二刻拍案驚奇

书名题字／沈尹默

插图本

中国古典小说藏本

二刻拍案惊奇（下）

凌濛初 著
陈迩冬 郭隽杰 校注

人民文学出版社

二刻拍案惊奇卷二十一

许察院感梦擒僧　王氏子因风获盗

诗云：

　　狱本易冤，况于为盗。

　　若非神明，鲜不颠倒。

话说天地间事，只有狱情最难测度。问刑官凭着自己的意思，认是这等了，坐在上面只是敲打。自古道："棰楚之下，何求不得？"任是甚么事情，只是招了。见得说道重大之狱，三推六问〔1〕。大略多守着现成的案，能有几个伸冤理枉的？至于盗贼之事，尤易冤人。一心猜是那个人了，便觉语言、行动件件可疑，越辨越像。除非天理昭彰，显应出来，或可明白。若只靠着鞫问一节，尽有屈杀了再无说处的。

记得宋朝隆兴元年〔2〕，镇江军将吴超守楚州〔3〕，魏胜在东海与虏人〔4〕相抗，因缺军中赏赐财物，遣统领〔5〕官盛彦来取。别将

---

〔1〕 三推六问——多次审问。
〔2〕 隆兴元年——公元1163年。隆兴，宋孝宗赵昚年号，公元1163—1164年。
〔3〕 楚州——宋称楚州山阳郡，治所在今江苏省淮安市。
〔4〕 虏人——指金人。
〔5〕 统领——武官名，南宋屯驻大军各军的统兵官有统制、同统制、副统制、统领、同统领、副统领等名目。

袁忠押了一担金帛，从丹阳来到。盛彦到船相拜，见船中白物堆积，笑道："财不可露白。今满舟累累，晃人眼目如此。"袁忠道："官物甚人敢轻觑？"盛彦戏道："吾今夜当令壮士来取了去，看你怎地！"袁忠也笑道："有胆来取，任从取去。"大家一笑而别。是夜果有强盗二十馀人，跳上船来，将袁将捆缚，掠取船中银四百锭去了。

次日袁将到帅府中哭告吴帅，说昨夜被统领官盛彦劫去银四百锭，且被绑缚，伏乞追还究治。吴帅道："怎见得是盛彦劫去？"袁将道："前日袁忠船自丹阳来到，盛统领即来相拜，一见银两便已动心，口说道今夜当遣壮士来取去。袁忠还道他是戏言，不想至夜果然上船劫掠了四百锭去。不是他是谁？"吴帅听罢，大怒道："有这样大胆的！"即着四个捕盗人，将盛彦及随行亲校尽数绑来。军令严肃，谁敢有违？须臾一干人众绑入辕门，到了庭下。盛统领请问得罪缘繇。吴帅道："袁忠告你带领兵校，劫了他船上银四百锭，还说无罪？"盛彦道："那有此事？小人虽然卑微，也是个职官，岂不晓得法度，干这样犯死的事？"袁忠跪下来证道："你日间如此说了，晚间就失了盗，还推得那里去？"盛彦道："日间见你财物太露，故此戏言，岂有当真做起来的？"吴帅道："这样事岂可戏得？自然有了这意思，方才说那话。"盛彦慌了道："若小人要劫他的，岂肯先自泄机？"吴帅怒道："正是你心动火了，口里不觉自露。如此大事，料你不肯自招！"喝教用起刑来。盛彦杀猪也似叫喊冤屈，吴帅那里肯听？只是严加拷掠，备极惨酷。盛彦熬刑不过，只得招道："不合见银动念，带领亲兵夜劫是实。"因把随来亲校逐个加刑起来。其间有认了的，有不认的。那不认的,落得多受了好些刑法,有甚用处?不蘱你不胡卢提一概画了招伏。及至追究原赃,一些无有。搜索行囊一遍,别无踪迹。又把来加上刑法,盛统领没奈何,信口妄言道:"即时有个亲眷到湖湘,已尽数付他贩鱼米去了。"吴帅写了口词,军法所系,等不得赃到成狱,三日内便要押赴市曹,先行枭首示众。盛统领不合一时取笑,到了这个地位。正是:

浑身是口不能言,遍体排牙说不得。

且说镇江市上有一个破落户,姓王,名林,素性无赖,专一在扬子江中做些不用本钱的勾当。有妻冶容年少,当垆沽酒,私下顺便结识几个俘俏的,走动走动。这一日王林出去了,正与邻居一个少年在房中调情,搂着要干那话。怎当得七岁的一个儿子在房中顽耍,不肯出去。王妻骂道:"小业种,还不走了出去!"那儿子顽到兴头上,那里肯走?年纪虽小,也倒晓得些光景,便苦毒[1]道:"你们自要入屄,干我甚事?只管来碍着我。"王妻见说着病痛,自觉没趣,起来赶去,一顿栗暴[2],又将出去。小孩子被打得疼了,捧着头,号天号地价哭,口里千入屄、万入屄的喊。恼得王妻性起,且丢着汉子,抓了一条面杖,赶来打他。小孩子一头喊,一头跑,急急奔出街心,已被他头上捞了一下。小孩子护着痛,口里嚷道:"你家干得甚么好事,倒来打我?好端端的灶头拆开了,偷别人家许多银子,放在里头,遮好了。

---
[1] 苦毒——恨毒。
[2] 栗暴——屈起手指敲击头顶。

不要讨我说出来!"呜哩呜喇的正在嚷处,王妻见说出海底眼,急走出街心拉了进去。

早有做公的听见这话,走去告诉与伙伴道:"小孩子这句话,造不出来的,必有缘故。目今袁将官失了银四百锭,冤着盛统领劫了,早晚处决。不见赃物。这个王林乃是惯家,莫不有些来历么?我们且去察听个消息。"约了五六个伙伴,到王林店中来买酒吃。吃得半阑,大叫道:"店主人,有鱼肉回些[1]我们下酒!"王妻应道:"我店里只是腐酒,没有荤菜。"做公的道:"又不白吃了你们的,为何不肯?"王妻道:"家里不曾有得,变不出来。谁说白吃?"一个做公的便倚着酒势要来寻非,走起来道:"不信没有,待我去搜看!"望着内里便走。一个赶来相劝,已被他抢入厨房中,故意将灶上一撞,撞下一块砖来,跌得粉碎。王妻便发话道:"谁人家没个内外?怎吃了酒没些清头,赶到人家厨房中?灶砧多打碎了!"做公的回嗔作喜道:"店家娘子不必发怒,灶砧小事,我收拾好还你。"便把手去剜那碎处。王妻慌忙将手来遮掩道:"不妨事,待我们自家修罢。"做公的看见光景有些尴尬,不繇分说,索性用力一推,把灶角多推塌了,里面露出白晃晃大锭银子一堆来。胡哨一声道:"在这里了!"众人一齐起身,赶进来看见,先把王妻拴起。正要跟究王林,只见一个人撞将进来道:"谁在我家啰唣?"众人看去,认得是王林,喝道:"拿住!拿住!"王林见不是头,转身要走。众做公的如鹰拿燕雀,将索来绑缚了。一齐动手,

---

[1] 回些——吴方言,卖些,含有恳求通融的语气。

索性把灶头扒开，取出银子数一数看，四百锭多在，不曾动了一些。连人连赃，一起解到帅府。

吴帅取问口词，王林招说打劫袁将官船上银两是实。推究党与，就是平日与妻子往来的邻近一伙恶少年，共有二十余人。密地擒来，不曾脱了一个，招情相同。即以军法从事，立时枭首，妻子官卖。方才晓得前日屈了盛统领并一干亲校，放了出狱。若不是这日王林败露，再隔一晚，盛统领并亲校的头多不在颈上了。可见天下的事，再不可因疑心妄坐着人的。

而今也为一桩失盗的事，疑着两个人，后来却得清官辨白出来，有好些委曲之处。待小子试说一遍。

讼狱从来假，翻令梦寐真。

莫将幽暗事，冤却眼前人。

话说国朝正德[1]年间，陕西有兄弟二人，一个名唤王爵，一个名唤王禄。祖是个贡途知县，致仕在家。父是个盐商，与母俱在堂。王爵生有一子，名一皋。王禄生有一子，名一夔。爵、禄两人，幼年俱读书。爵进学为生员。禄废业不成，却精干商贾榷算之事，其父就带他去山东相帮种盐。见他能事，后来其父不出去了，将银一千两，托他自往山东做盐商去。随行两个家人，一个叫做王恩，一个叫做王惠，多是经履风霜、惯走江湖的人。

王禄到了山东，主仆三个，眼明手快，算计过人，撞着时运又顺

---

[1] 正德——明武宗朱厚照年号，公元 1506—1521 年。

利,做去就是便宜的,得利甚多。自古道:"饱暖思淫欲。"王禄手头饶裕,又见财物易得,便思量淫荡起来。接着两个表子,一个唤做夭夭,一个唤做蓁蓁,嫖宿情浓,索性兑出银子来包了他身体。又与家人王恩、王惠各娶了一个小老婆,多拣那少年美貌的。名虽为家人媳妇,伏侍夭夭、蓁蓁,其实王禄轮转歇宿,反是王恩、王惠到手的时节甚少。兴高之时,四个弄做一床,大家淫戏,彼此无忌。日夜欢歌,酒色无度,不及二年,遂成劳怯。一丝两气,看看至死。王禄自知不济事了,打发王恩寄书家去与父兄,叫儿子王一夔同了王恩到山东来,交付帐目。王爵看书中说得银子甚多,心里动了火,算计道:"侄儿年纪幼小,便去也未必停当。况且病势不好,万一等不得,却不散失了银两?"意要先赶将去,却交儿子一皋相伴一夔同走。遂分付王恩道:"你慢慢与两位小官人收拾了,一同后来。待我星夜先自前去见二官人则个。"只因此去,有分交:白面书生,遽作离乡之鬼;缁衣佛子,翻为入狱之囚。正是:

福无双至犹难信,祸不单行果是真。

不为弟兄多滥色,怎教双丧异乡身?

王爵不则一日,到了山东,寻着兄弟王禄,看见病虽沉重,还未曾死。元来这些色病固然到底不救,却又一时不死,最有清头的,幸得兄弟两个还及相见。王禄见了哥哥,吊下泪来。王爵见了兄弟病势已到十分,涕泣道:"怎便狼狈至此?"王禄道:"小弟不幸,病重不起,忍着死,专等亲人见面。今吾兄已到,弟死不恨了。"王爵道:"贤弟在外日久,营利甚多,皆是贤弟辛苦得来。今染病危急,万一不好,有甚遗言回覆父母？"王禄道："小弟远游，父母、兄长跟前有失孝悌。专为着几分微利，以致如此。闻兄说我辛苦，只这句话，虽劳不怨了。今有原银一千两，奉还父母，以代我终身之养。其馀利银三千馀两，可与我儿一夔一半，侄儿一皋一半，两分分了。幸得吾兄到此，银既有托，我虽死亦瞑目地下矣。"分付已毕，王爵随叫家人王惠，将银子查点已过。王禄多说了几句话，渐渐有声无气，挨到黄昏，只有出的气，没有入的气，呜呼哀哉，伏惟尚飨[1]。王爵与王惠哭做了一团，四个妇人也陪出了些哀而不伤的眼泪。

王爵着王惠去买了一副好棺木，盛贮了。下棺之时，王爵推说日辰有犯，叫王惠监视着四个妇女，做一房锁着，一个人也不许来看；殡殓好了，方放出来。随去唤那夭夭、蓁蓁的鸨儿到来，写个领子，领了回去。还有这两个女人，也叫元媒人领还了娘家，也不管眼面前的王惠有些不舍得，身背后的王恩不曾相别得，只要设法轻松了，便当走路。当下一面与王惠收拾打叠起来，将银五百两装在一个大匣之内，将一百多两零碎银子、金首饰二副，放在随身行囊中，一路使用。王惠疑心，问道："二官人许多银两，如何只有得这些？"王爵道："恐怕路上不好走，多的我自有妙法藏过，到家便有。所以只剩得这些在外边。"王惠道："大官人既有妙法，何不连这五百两也藏过？路上盘缠勾用罢了。"王爵道："一个大客商尸棺回去，难道几百两银子也没有

---

[1] 呜呼哀哉，伏惟尚飨——旧时祭文结尾常用的套话，后来也借作"死"的代词。尚飨，亦作"尚享"，意谓请死者享用祭品。

的?别人疑心起来,反要搜根剔齿,便不妙了。不如放此一匣在行李中,也勾看得沉重,别人便再不疑心还有甚么了。"王惠道:"大官人见得极是。"计较已定,去雇起一辆车来。车户唤名李旺。车上载着棺木,满贮着行李。自己与王惠短拨着牲口骑了,相傍而行。一路西来,到了曹州东关饭店内歇下,车子也推来安顿在店内空处了。

车户李旺,行了多日,习见匣子沉重,晓得是银子在内。起个半夜,竟将这一匣抱着,趁人睡熟时离了店内,连车子撇下,逃了出去。比及天明客起,唤李旺来推车,早已不知所向。急简点行李物件,止不见了匣子一个。王爵对店家道:"这个匣子装着银子五百两在里头,你也脱不得干系。"店家道:"若是小店内失所了,应该小店查还。今却是车户走了,车户是客人前途雇的,小店有何干涉?"王爵见他说得有理,便道:"就与你无干,也是在你店内失去,你须指引我们寻他的路头。"店家道:"客人这车户那里雇的?"王惠道:"是省下雇来的北地里回头车子。"店家道:"这等,他不往东去,还只在西去的路上。况且身有重物,行走不便,作速追去,还可擒获。只是得个官差同去,追获之时方无疏失。"王爵道:"这个不打紧。我穿了衣巾,与你同去禀告州官,差个快手〔1〕便是。"店家道:"原来是一位相公〔2〕,一发不难了。"问问州官,却也是个陕西人。王爵道:"是我同乡,更妙。"王爵写个帖子,又写着一纸失状。州官见是同乡,分外用

---

〔1〕 快手——衙役、差人。

〔2〕 相公——古代称宰相为"相公",后来借作对上层社会年轻人的敬称,这里用来尊称秀才。

情,即差快手李彪,随着王爵跟捕贼人,必要擒获,方准销牌。王爵就央店家另雇了车夫,推了车子,别了店家,同公差三个人,一起走路。

到了开河集上,王爵道:"我们带了累堆[1]物事,如何寻访?不若寻一大店安下了,住定了身子,然后分头缉探消息方好。"李彪道:"相公极说得有理。我们也不是一日访得着的;访不着,相公也去不成。此间有个张善店,极大,且把丧车停在里头,相公住起两日来。我们四下寻访,访得影响,我们回覆相公,方有些起倒[2]。"王爵道:"我正是这个意思。"叫王惠分付车夫,竟把车子推入张善店内。店主人出来接了。李彪分付道:"这位相公是州里爷的乡里,护丧回去,有些公干,要在此地停住两日。你们店里拣洁净好房,收拾两间我们歇宿。须要小心承直[3]。"店主张善见李彪是个公差,不敢怠慢,回言道:"小店在这集上算是宽敞的,相公们安心住几日就是。"一面摆出常例的酒饭来。王爵自居上房另吃,王惠与李彪同吃。吃过了,李彪道:"日色还早,小人去与集上一班做公的弟兄约会一声,大家留心一访。"王爵道:"正该如此。访得着了,重重相谢。"李彪道:"当得效劳。"说罢自去了。

王爵心中闷闷不乐,问店主人道:"我要到街上闲步一回,没个做伴,你与我同走走?"张善道:"使得。"王爵留着王惠看守行李房卧,自己同了张善走出街上来。在闹热市里挤了一番,王爵道:"可

---

[1] 累堆——吴方言,意即"累坠"。这里"累堆物事"指棺木。
[2] 起倒——始末根由。
[3] 承直——也作"承值",当值、侍奉。

引我到幽静处走走。"张善道："来，来，有一个幽静好去处在那里。"王爵随了张善，在野地里穿将去。走到一个所在，乃是个尼庵。张善道："这里甚幽静。里边有好尼姑，我们进去讨杯茶儿吃吃。"张善在前，王爵在后，走入庵里。只见一个尼僧，在里面踱将出来。王爵一见，惊道："世间有这般标致的！"怎见得那尼僧标致？

  尖尖发印，好眉目新剃光头；窄窄缁袍，俏身躯雅裁称体。樱桃樊素口[1]，芬芳吐气只看经；杨柳小蛮腰，袅娜逢人旋唱喏。似是摩登女来生世，那怕老阿难不动心[2]！

王爵看见尼姑，惊得荡了三魂，飞了七魄。固然尼姑生得大有颜色，亦是客边人易得动火。尼姑见有客来，趋跄迎进，拜茶。王爵当面相对，一似雪狮子向火酥了半边，看看软了。坐间未免将几句风话撩他。那尼姑也是多见广识的，公然不拒。王爵晓得可动，密怀有意。

  一盏茶罢，作别起身，同张善回到店中来。暗地取银一锭，藏在袖中，叮咛王惠道："我在此闷不过，出外去寻个乐地适兴，晚间不回来也不可知。店家问时，只推不知。你伴着公差，好生看守行李。"王惠道："小人晓得，官人自便。"

  王爵撇了店家，回身重到那个庵中来。尼姑出来见了，道："相

---

[1] 樱桃樊素口——与下边"杨柳小蛮腰"是唐代大诗人白居易的一联诗句，樊素和小蛮是白居易的两个侍姬，樊素善歌，小蛮善舞。

[2] "似是"二句——摩登女，即"摩登伽女"，印度摩登伽种之淫女。阿难，佛祖释迦牟尼十大弟子之一。据《楞严经》载，阿难乞食途中，被摩登伽女摄入淫席，佛祖派文殊菩萨往护，阿难与摩登伽女同归佛所。

公方才别得去,为何又来?"王爵道:"心里舍不得师父美貌,再来相亲一会。"尼姑道:"好说。"王爵道:"敢问师父法号?"尼姑道:"小尼贱名真静。"王爵笑道:"只怕树欲静而风不宁,便动动也不妨。"尼姑道:"相公休得取笑。"王爵道:"不是取笑。小生客边,得遇芳容,三生有幸。若便是这样去了,想也教人想杀了。小生寓所烦杂,敢具白金一锭,在此要赁一间闲房住几晚,就领师父清诲,未知可否?"尼姑道:"闲房尽有,只是晚间不便,如何?"王爵笑道:"晚间宾主相陪,极是便的。"尼姑也笑道:"好一个老脸皮的客人!"元来那尼姑是个经弹的班鸠,着实在行的。况见了白晃晃一锭银子,心下先自要了。便伸手来接着银子道:"相公果然不嫌此间窄陋,便住两日去。"王爵道:"方才说要主人晚间相陪的。"尼姑微笑道:"夯货!谁说道叫你独宿?"王爵大喜,彼此心照。是夜就与真静一处宿了,你贪我爱,颠鸾倒凤,恣行淫乐,不在话下。

睡到次日天明,来到店中看看,打发差人李彪出去探访,仍留王惠在店,傍晚又到真静处去了。两下情浓,割扯不开。王惠与李彪见他出去外边歇宿,只说是在花柳人家,也不查他根脚。店主人张善一发不干他己事,只晓得他不在店里宿罢了。

如此多日。李彪日日出去,晚晚回店,并没有些消息。李彪对王爵道:"眼见得开河集上地方没影踪,我明日到济宁密访去。"王爵道:"这个却好。"就秤些银子与他做盘缠,打发他去了。又转一个念头道:"缉访了这几时,并无下落。从来说做公人的,捉贼放贼,敢是有弊在里头?"随叫王惠:"可赶上去,同他一路走,他便没做手脚处。"王惠领命也去了。王爵剩得一个在店,思量道:"行李是要看守的,今晚须得住在店里。"日间先走去与尼姑说了今夜不来的缘故。真静恋恋不舍,王爵只得硬了肚肠,别了到店里来。店家送些夜饭吃了,收拾歇宿。店家并叠了家伙,关好了店门,大家睡去。

一更之后,店主张善听得屋上瓦响。他是个做经纪的人,常是提心吊胆的,睡也睡得惺憽[1]。口不做声,嘿嘿静听。须臾之间,似有个人在屋檐上跳下来的声响。张善急披了衣服,跳将起来,口里一面喊道:"前面有甚么响动,大家起来看看!"张善等不得做工的起身,慌忙走出外边。脚步未到时,只听得劈扑之声,店门已开了。张善晓得着了贼,自己一个人不敢追出来,心下想道:"且去问问王家房里看。"那王爵这间的住房门也开了。张善连声叫:"王相公!王相公!不好了,不好了,快起来点行李!"不见有人应。只见店外边一个人,气急咆哮的走将进来,道:"这些时怎生未关店门,还在这里做甚么?"张善抬头看时,却是快手李彪。张善道:"适间响动,想是有贼,故来寻问王相公。你到济宁去了,为何转来?"李彪道:"我掉下了随身腰刀在床铺里了,故连忙赶回拿去。既是响动,莫不失所了甚么?"张善道:"正要去问王相公。"李彪道:"大家去叫他起来。"走到王爵卧内,叫声不应。点火来看,一齐喊一声道:"不好了!"元来王爵已被杀死在床上了。李彪呆了,道:"这分明是你店里的缘故了!见我每二人多不在,他是秀才家孤身,你就算计他了。"张善也

---

[1] 惺憽(sōng 松)——这里是形容警觉的意思。

变了脸道:"我每睡梦里听得响声,才起来寻问,不见别人,只见你一个。你既到济宁去,为何还在?这杀人事,不是你,倒说是我?"李彪气得眼睁道:"我自掉了刀,转来寻的。只见你夜晚了还不关门,故此问你,岂知你先把人杀了!"张善也战抖抖的怒道:"你有刀的,怕不会杀了人?反来赖我!"李彪道:"我的刀须还在床上,不曾拿得在手里。"随走去床头,取了出来,灯下与张善看道:"你们多来看看,这可是方才杀人的?血迹也有一点半点儿?"李彪是公差人,能说能话,张善那里说得他过?嚷道:"我只为赶贼,走起来不见别贼,只撞着的是你。一同叫到房里,才见王秀才杀死,怎赖得我?"两个人彼此相疑,大家混争。惊起地方邻里人等,多来问故。两个你说一遍,我说一遍。地方见是杀人公事,道:"不必相争,两下多走不脱。到了天明,一同见官去。"把两个人拴起了,收在铺里。

　　一霎时天明,地方人等一齐解到州里来。知州升堂,地方带将过去,禀说是人命重情。州官问其缘繇,地方人说:"客店内晚间杀死了一个客人,这两个人互相疑推,多带来听爷究问。"李彪道:"小人就是爷前日差出去同王秀才缉贼的公差。因停住在开河张善店内,缉访无踪,小人昨日同王秀才家人王惠,前往济宁广缉,单留得王秀才在下处。店家看见单身,贪他行李,把来杀了。"张善道:"小人是个店家。歇下王秀才在店几日了,只因访贼无踪,还未起身。昨日打发公差与家人到济宁去了,独留在店。小人晚间听得有人开门响,这是小人店里的干系,起来寻问。只见公差重复回店,说是寻刀。当看王秀才时,已被杀死。"知州问李彪道:"你既去了,为何转来,得知店家杀了王秀才？"李彪道："小人也不知。小人路上记起失带了腰刀，与同行王惠说知，叫他前途等候，自己转来寻的。到得店中，已自更馀，只见店门不关，店主张善正在店里慌张。看王秀才，已被杀了。不是店家杀了，是谁？"知州也决断不开，只得把两人多用起刑来。李彪终久是衙门中人，说话硬浪，又受得刑起。张善是个经纪人，不曾熬过这样痛楚的，当不过了，只得屈招道："是小人见财起意，杀了王秀才是实。"知州取了供词，将张善发下死囚牢中，申详上司发落。李彪保候听结。

且说王惠在济宁饭店宿歇，等李彪到了一同访缉。第二日等了一日，不见来到，心里不耐烦起来，回到开河来问消息。到得店中，只见店家嚷成一片，说是王秀才被人杀了，却叫我家问了屈刑。王惠只叫得苦，到房中看看家主王爵，颈下飡刀，已做了两截了。王惠号咷大哭了一场，急简点行李，已不见了银子八十两，金首饰二副。王惠急去买副棺木，盛贮了尸首。恐怕官府要相认，未敢钉盖，且就停在店内，排个座位，朝夕哭奠。已知张善在狱，李彪保候，他道这件事一来未有原告，二来不曾报得失赃，三来未知的是张善谋杀，下面官府未必有力量归结，报得冤仇。须得上司告去，才得明白。闻知察院许公，善能断无头事，恰好巡按到来，遂写下一张状子，赴察院案下投告。

那个察院，就是河南灵宝有名的许尚书襄毅公，其时在山东巡按。见是人命重情，批与州中审解。州中照了原招，只坐在张善身上，其赃银候追。张善当官怕打，虽然一口应承，见了王惠，私下对他着实叫屈。且诉说那晚门响,撞见李彪的光景。连王惠心里也不能无疑,只是不好指定了那一个。一同解到察院来。许公看了招词,叫起两下一问,多照前日说了一番说话。许公道:"既然张善还扳着李彪,如何州里一口招了?"张善道:"小人受刑不过,只得屈招。其实小人是屋主,些小失脱,还要累及小人追寻,怎敢公然杀死了人,藏了财物?小人待躲到那里去?那日门开时,小人赶起来,只见李彪撞进来的。怎倒不是李彪,却栽着小人身上?"李彪道:"小人是个官差,州里打发小人随着王秀才缉贼的。这秀才是小人的干系,杀了这秀才,怎好回得州官?况且小人掉了腰刀,转身来寻的,进门时手中无物,难道空拳头杀得人?已后床头才取刀出来,众目所见的,须不是杀人的刀了。人死在张善店里,不问张善问谁?"许公叫王惠问道:"你道是那一个?"王惠道:"连小人心里也胡突。两下多可疑,两下多有辨,说不得是那一个。"许公道:"据我看来,两个多不是,必有别情。"遂援笔判道:

> 李彪、张善,一为根寻,一为店主,动辄牵连,肯杀人以自累乎?必有别情,监候审夺。

当下把李彪、张善多发下州监,自己退堂进去,心中只是放这事不下。晚间朦胧睡去,只见一个秀才同着一个美貌妇人前来告状,口称被人杀死了。许公道:"我正要问这事。"妇人口中说出四句道:

> 无发青青,彼此来争。
>
> 土上鹿走,只看夜明。

许公点头记着。正要问其详细,忽然不见,吃了一惊,飒然觉来,乃是一梦。那四句却记得清清的。仔细思之,不解其意。但忖道:"妇人口里说的首句,有'无发'二字。妇人无发,必是尼姑也。这秀才莫不被尼姑杀了?且待明日细审,再看如何。这诗句必有应验处。"

次日升堂,就提张善一起再问。人犯到了案前,许公叫张善起来问道:"这秀才自到你店中,晚间只在店中歇宿的么?"张善道:"自到店中,就只留得公差与家人在店歇宿,他自家不知那里去过夜的。直到这晚,因为两人多差往济宁,方才来店歇宿,就被杀了。"许公道:"他曾到本地甚么庵观去处么?"张善想了一想,道:"这秀才初到店里,要在幽静处闲走散心,曾同了小人尼庵内走了一遭。"许公道:"庵内尼姑年纪多少?生得如何?"张善道:"一个少年尼僧,生得美貌。"许公暗喜道:"事有因了。"又问道:"尼僧叫得甚名字?"张善道:"叫得真静。"许公想着,拍案道:"是了!是了!梦中头两句'无发青青,彼此来争','无发'二字应了尼僧,下面'青'字配着个'争'字,可不是个'静'字?这人命只在这真静身上。"就写个小票,掣一根签,差个公人李信速拿尼僧真静解院。

李信承了签票,竟到庵中来拿。真静慌了,问是何因。李信道:"察院老爷要问杀人公事,非同小可。"真静道:"爷爷呀,小庵有甚杀人事体?"李信道:"张善店内王秀才被人杀了。说是曾在你这里走动的,故来拿你去勘问。"真静惊得木呆,心下想道:"怪道王秀才这两晚不见来,元来被人杀了。苦也!苦也!"求告李信道:"我是个女人,不出庵门,怎晓得他店里的事?牌头怎生可怜见,替我回覆一声,免我见官,自当重谢。"李信道:"察院要人,岂同儿戏!我怎生方便得?"真静见李信不肯,娇啼宛转,做出许多媚态来,意思要李信动心,拚着身子陪他,就好讨个方便。李信虽知其意,惧怕衙门法度,不敢胡行。只安慰他道:"既与你无干,见见官去,自有明白,也无妨碍的。"拉着就走。真静只得跟了,解至察院里来。

许公一见真静,拍手道:"是了!是了!此即梦中之人也。煞恁奇怪!"叫他起来跪在案前,问道:"你怎生与王秀才通奸?后来他怎生杀了?你从实说来,我不打你;有一句含糊,就活敲死了。"满堂皂隶雷也似吆喝一声。真静年纪不上廿岁,自不曾见官的,胆子先吓坏了,不敢隐瞒,战抖抖的道:"这个秀才,那一日到庵内游玩,看见了小尼。到晚来,他自拿了白银一锭,求在庵中住宿。小尼不合留他。一连过了几日,彼此情浓。他口许小尼道,店中有几十两银子,两副首饰,多要拿来与小尼。这一日说道有事干,晚间要在店里宿,不得来了。自此一去,竟无影响。小尼正还望他来,怎知他被人杀了?"许公看见真静年幼,形容娇媚,说话老实,料道通奸是真,须不会杀的人。如何与梦中恰相符合?及至说所许银两物件之类,又与告赃不差?踌躇了一会,问道:"秀才许你东西之时,有人听见么?"真静道:"在枕边说的话,没人听见。"许公道:"你可曾对人说么?"真静想了一想,通红了脸,低低道:"是了,是了,不该与这狠厮说。这秀才苦死是他杀了!"许公拍案道:"怎的说?"真静道:"小尼该死。到此地位,瞒不得了。小尼平日有一个和尚私下往来,自有那秀才在庵中,不招接了他。这晚秀才去了,他却走来,问起与秀才交好之故。我说秀才情意好,他许下我若干银两东西,所以从他。和尚问秀才住处,我说他住在张善大店中。和尚就忙忙的起身去了,这几时也不见来。想必这和尚走去,就把那秀才来杀了。"许公道:"和尚叫甚名字?"真静道:"叫名无尘。"许公听说了和尚之名,跌足道:"是了!是了!'土上鹿走',不是'麈'字么?他住在那寺里?"真静道:"住光善寺。"许公就差李信去光善寺里拿和尚无尘,分付道:"和尚干下那事必然走了,就拿他徒弟来问去向。但和尚名多相类,不可错误生事。——那尼僧晓得他徒弟名字么?"真静道:"他徒弟名月朗,住在寺后。"许公推详道:"一发是了!梦中道:'只看夜明'。'夜明'不是'月朗'么?一个个字多应了!但只拿了月朗,便知端的。"

李信领了密旨,去到光善寺拿无尘,果然徒弟回道师父几日前不知那里去了。李信问得这徒弟就是月朗,一索套了,押到公庭。许公问无尘去向,月朗一口应承道:"他只在亲眷人家,不要惊张,致他走了。小的便与公差去挨〔1〕出来。"许公就差李信押了月朗,出去访寻。

月朗对李信道:"他结拜往来的亲眷甚多,知道在哪一家?若晓得是公差访他,他必然惊走。不若你扮做道人,随我沿门化饭,访得的当〔2〕,就便动手。"李信道:"说得是。"当下扮做了道人,跟着月朗,走了几日,不见踪迹。来到一村中人家,李信与月朗进去化斋,正见一个和尚在里头吃酒。月朗轻轻对李信道:"这和尚正是师父无

---

〔1〕 挨——吴方言,这里是挤的意思。
〔2〕 的当——确实、可靠。

尘。"李信悄悄去叫了地方,把牌票与他看了,一同闯入去。李信一把拿住无尘道:"你杀人事发了,巡按老爷要你!"无尘说着心病,慌了手脚,看见李信是个道妆,叫道:"斋公〔1〕,我与你并无冤仇,何故首〔2〕我?"李信扑地一掌打过去,道:"我把你这瞎眼的贼秃!我是斋么?"掀起衣服,把出腰牌来,道:"你睁着驴眼认认看!"无尘晓得是公差,欲待要走,却有一伙地方在那里,料走不脱,软软地跟了出来。看见了月朗,骂道:"贼弟子!是你领他到这里的?"月朗道:"官府押我出来,我自身也难保。你做了事,须自家当去,我替了你不成?"

李信一同地方押了无尘,俟候许公升堂,解进察院来。许公问他:"为何杀了王秀才?"无尘初时抵赖,只推不知。用起刑法来,又叫尼姑真静与他对质。真静心里也恨他,便道:"王秀才所许东西,止是对你说得,并不曾与别个讲。你那时狠狠出门,当夜就杀了,还推得那里?"李信又禀他在路上与徒弟月朗互相埋怨的说话。许公叫起月朗来,也要夹他。月朗道:"爷爷不要夹得,如今首饰、银两还藏在寺中箱里,只问师父便是。"无尘见满盘托出,晓得枉熬刑法不济事了,遂把真情说出来道:"委实一来忌他占住尼姑,致得尼姑心变了;二来贪他这些财物,当夜到店里去杀了这秀才,取了银两首饰是实。"画了供状,押去取了八十两原银、首饰二副,封在曹州库中,

---

〔1〕 斋公——对道人的称呼。
〔2〕 首——出首,告发人罪。

等待给主。无尘问成死罪,尼姑逐出庵舍,赎了罪,当官卖为民妇。张善、李彪与和尚月朗俱供明无罪,释放宁家。这件事方得明白。若非许公神明,岂不枉杀了人? 正是:

> 两值命途乖,相遭各致猜。
>
> 岂知杀人者,原自色中来。

当下王惠禀领赃物,许公不肯,道:"你家两个主人俱死了,赃物岂是与你领的? 你快去原籍叫了主人的儿子来,方准领去。"王惠只得叩头而出。走到张善店里,大家叫一声:"悔气! 亏得青天老爷追究得出来,不害了平人。"张善烧了平安纸[1],反请王惠、李彪吃得大醉。王惠次日与李彪说:"前有个兄弟到家接小主人,此时将到。我和你一同过西去迎他,就便访缉去。"李彪应允。王惠将主人棺盖钉好了,交与张善看守,自己收拾了包裹,同了李彪,望着家里进发。

行至北直隶开州长垣县[2]地方,下店吃饭。只见饭店里走出一个人来,却是前日家去的王恩。王惠叫了一声,两下相见。王恩道:"两个小主人多在里面。"王惠进去叩见一皋一夔,哭说两位老家主多没有了,备述了这许多事故。四个人抱头哭做一团。哭了多时,李彪上前来劝。三个人却不认得。王惠说:"这是李牌头,州里差他来访贼的,劳得久了,未得影踪。今幸得接着小主人,做一路儿行事,也不枉了。目今两棺俱停在开河。小人原匡小主们将到,故与李牌

---

[1] 烧了平安纸——烧纸祭鬼神,以祈保佑平安。
[2] 开州长垣县——开州治所在今河南省濮阳市;长垣县在濮阳市西南。

头迎上来。曹州库中现有银八十两,首饰二副,要得主人们亲到才肯给领。只这一项盘缠,两个棺木回去勾了。只这五百两一匣未有下落,还要劳着李牌头。"王恩道:"我去时官人尚有偌多银子,怎只说得这些?"王惠道:"银子多是大官人亲手着落。前日我见只有得这些发出来,也曾疑心,问着大官人。大官人回说:'我自藏得妙,到家便有。'今大官人已故,却无问处了。"王恩似信不信,来对一皋、一夔说:"许多银两,岂无下落?连王惠也有些信不得了。小主人记在心下,且看光景行去。道路之间,未可发露。"

　　五个人出了店门,连王惠、李彪多回转脚步,一起走路,重到开河来。正行之间,一阵大风起处,卷得灰沙飞起,眼前对面不见,竟不知东西南北了。五个人互相牵扭,信步行去,到了一个村房,方才歇了足。定一定喘息,看见风沙少静,天色明朗了,寻一个酒店,买碗酒吃再走。见一酒店中,止有妇人在内。王惠抬眼起来,见了一件物事,叫声"奇怪",即扯着李彪密密说道:"你看店桌上这个匣儿,正是我们放银子的,如何却在这里?必有缘故了。"一皋、一夔与王恩多来问道:"说甚么?"王惠也一一说了。李彪道:"这等,我们只在这家买酒吃,就好相脚手,盘问他。"一齐走至店中,分两个座头上坐了。妇人来问:"客人打多少酒?"李彪道:"不拘多少,随意盪来。"王惠道:"你家店中男人家那里去了?"妇人道:"我家老汉与儿子旺哥昨日去讨酒钱,今日将到。"王惠道:"你家姓甚么?"妇人道:"我家姓李。"王惠点头道:"惭愧!也有撞着的日子。"低低对众人道:"前日车户正叫做李旺。我们且坐在这里吃酒,等他来认。"五个人多磨枪备箭,只等拿贼。

到日西时，只见两个人踉踉跄跄走进店来。此时众人已不吃了酒，在店闲坐。那两个带了酒意，问道："你每一起是甚么人？"王惠认那后生的这一个正是车户李旺，走起身来，一把扭住道："你认得我么？"四人齐声和道："我们多是拿贼的！"李旺抬头，认得是王惠，先自软了。李彪身边取出牌来，明开着车户李旺盗银之事，把出铁链来锁了颈项，道："我每只管车户里打听，你却躲在这里卖酒！"连老儿也走不脱，也把绳来拴了。李彪终久是衙门人手段，走到灶下，取一根劈柴来，先把李旺打一个下马威。问道："银子那里去了？"李旺是贼皮贼骨，一任打着，只不开口。王惠道："匦子赃证现在，你不说便待怎么？"正施为间，那店里妇人一眼估着灶前地下，只管努嘴。——元来这妇人是李旺的继母，李旺凶狠，不把娘来看待，这妇人巴不得他败露的，不好说得，只做暗号。——一皋、一夔看见，叫王惠道："且慢着打，可从这地下掘看。"王惠掉了李旺，奔来取了一把厨刀，依着指的去处挖开泥来，泥内一堆白物。王惠喊道："在这里了！"王恩便取了匦子，走进来，将银只记件数，放在匦中。一皋、一夔将纸笔来，写个封皮封记了，对李彪道："有劳牌头这许多时，今日幸得成功，人赃俱获。我们一面解到州里发落去。"李彪又去叫了本处地方几个人，一路防送，一直到州里来。

州官将银当堂验过，收贮库中，候解院过，同前银一并给领。李彪销牌记功，就差他做押解，将一起人解到察院来。许公升堂带进，禀说是王秀才的子侄一皋、一夔，路上适遇盗银贼人，同公差擒获，一同解到事情。遂将李旺打了三十,发州问罪,同僧人无尘一并结案。李旺父亲年老免科[1]。一皋、一夔当堂同递领状,求批州中同前入库赃物一并给发。许公准了。抬起眼来,看见一皋、一夔多少年俊雅,问他作何生理。禀说多在学中。许公喜欢,分付道:"你父亲不安本分,客死他乡,几乎不得明白。亏我梦中显报,得了罪人。今你每路上,无心又获原贼,似有神助。你二子必然有福。今将了银子回去,各安心读书向上,不可效前人所为了。"二人叩谢流泪,就禀说道:"生员每还有一言:父亲未死之时,寄来家书,银数甚多。今被贼两番所盗同贮州库者,不过六百金。据家人王惠所言,此外止有二棺寄顿饭店,并无所有。必有隐弊。乞望发下州中,推勘前银下落,实为恩便。"许公道:"当初你父亲随行是那个?"二子道:"只有这个王惠。"许公便叫王惠,问道:"你小主说你家主死时银两甚多,今在那里了?"王惠道:"前日着落银两,多是大主人王爵亲手搬弄,后来只剩得这些上车。小人当时疑心,就问缘故。主人说:'我有妙法藏了,但到家中,自然有银。'今可惜主人被杀,就没处问了。小人其实不晓得。"许公道:"你莫不有甚欺心藏匿之弊么?"王惠道:"小人孤身在此,途路上那里是藏匿得的所在?况且下在张善店中时,主人还在,止有得此行李与棺木,是店家及推车人、公差李彪众目所见的,小人那里存得私?"许公道:"前日王禄下棺时,你在面前么?"王惠道:"大主人道是日辰有犯,不许看见。"许公笑一笑道:"这不干你事,银

---

〔1〕 免科——免除刑罚。

子自在一处。"取一张纸来,不知写上些甚么,叫门子封好了,上面用颗印印着,付与二子道:"银子在这里头,但到家时开看,即有取银之处了。不可在此担搁,又生出事端来。"

二子不敢再说,领了出来。回到张善店中,看见两个灵柩,一齐哭拜了一番。哭罢,取了院批的领状,到州中库里领这两项银子。州官原是同乡,周全其事,衙门人不敢勒掯,一些不少,如数领了。到店中,将二十两谢了张善,一向停柩,且累他吃了官司。就央他写顾诚实车户,车运两柩回家。明日置办一祭,奠了两柩。祭物多与了店家与车脚夫,随即起柩而行。

不则一日,到了家中,举家号咷,出来接着。

> 雄纠纠两人次第去,四方方两柩一齐来。
> 一般丧命多因色,万里亡躯只为财。

此时王爵、王禄的父母俱在堂,连祖公公岁贡知县也还康健,闻得两个小官人各接着父亲棺柩回来,大家哭得不耐烦。慢慢说着彼中事体,致死根繇,及许公判断许多缘故,合家多感戴许公问得明白。不然,几乎一命也没人偿了。其父问起馀银,一皋、一夔道:"因是馀银不见,禀告许公,许公发得有单。今既到家,可拆开来看了。"遂将前日所领印信小封,一齐拆开看时,上面写道:

> 银数既多,非仆人可匿。尔父云藏之甚秘,必在棺中。若虑开棺碍法,执此为照。

看罢,王惠道:"当时不许我每看二官人下棺,后来盖好了,就不见了许多银子。想许爷之言,必然明见。"其父道:"既给了执照,况有我为父的在,开棺不妨。"即叫王惠取器械来,轻轻将王禄灵柩撬开,只见身尸之傍,周围多是白物。王惠叫道:"好个许爷!若是别个昏官,连王惠也造化低了。"一皋、一夔大家动手,尽数取了出来,眼同[1]一兑,足足有三千五百两。内有一千,另是一包,上写道:"还父母原银。"馀包多写"一皋、一夔均分"。合家看见了这个光景,思量他们在外死的苦恼,一齐恸哭不禁。仍把棺木盖好了,银子依言分讫。那个老知县祖公公,见说着察院给了执照、开棺见银之事,讨枝香来点了,望空叩头道:"亏得许公神明,仇既得报,银子得归。愿他福禄无疆,子孙受享。"举家顶戴[2]不尽。

可见世间刑狱之事,许多隐昧之情,一些造次不得的。有诗为证:

世间经目未为真,疑似鯀来易枉人。

寄语刑官须仔细,狱中尽有负冤魂。

---

〔1〕 眼同——会同。
〔2〕 顶戴——敬礼。

二刻拍案惊奇卷二十二

痴公子狠使噪脾钱　贤丈人巧赚回头婿

诗云：

最是富豪子弟，不知稼穑艰难。

悖入必然悖出，天道一理循环。

话说宋时汴京有一个人，姓郭，名信。父亲是内诸司[1]官，家事殷富，止生得他一个，甚是娇养溺爱。从小不教他出外边来的，只在家中读些点名[2]的书。读书之外，毫厘世务也不要他经涉。到了十七八岁，未免要多了声名，投拜名师。其时有个蔡元中先生，是临安人，在京师开馆。郭信的父亲出了礼物，叫郭信从他求学。那先生开馆去处，是个僧房，颇极齐整。郭家就赁了他旁舍三间，亦甚幽雅。郭信住了，心里不像意，道是不见华丽。看了舍后一块空地，另去兴造起来。总是他也不知数目，不识物料，凭着家人与匠作扶同破费，不知用了多少银两，他也不管。只见造成了几间，妆饰起来，弄得花簇簇的，方才欢喜住下了。终日叫书童打扫，门窗梁柱之类略有点染不洁，便要匠人连夜换得过，心里方掉得下。身上衣服穿着必要新

---
[1] 内诸司——指宋代内侍省所属各司，所掌皆宫廷内部事务。
[2] 点名——装点门面。

的,穿上了身,左顾右盼,嫌长嫌短,甚处不熨贴,一些不当心里,便别买段匹,另要做过。鞋袜之类,多是上好绫罗,一有微污,便丢下另换。至于洗过的衣服,决不肯再着的。

彼时有赴京听调的一个官人,姓黄,表字德琬。他的寓所,恰与郭家为邻。见他行径如此,心里不然。后来往来得熟了,时常好言劝他道:"君家后生年纪,未知世间苦辣。钱财入手甚难,君家虽然富厚,不宜如此枉费。日复一日,须有尽时。日后后手不上〔1〕了,悔之无及矣。"郭信听罢,暗暗笑他道:"多是寒酸说话!钱财那有用得尽的时节?吾家田产不计其数,岂有后手不上之理?只是家里没有钱钞,眼孔子小,故说出这等议论,全不晓得我们富家行径的。"把好言语如风过耳,一毫不理,只依着自己性子行去不改。黄公见说不听,晓得是纵惯了的,道:"看他后来怎生结果!"得了官,自别过出京去了,以后绝不相闻。

过了五年,有事干,又到京中来。问问旧邻,已不见了郭家踪迹。偌大一个京师,也没处查访了。一日偶去拜访一个亲眷,叫做陈晟。主人未出来,先叫门馆先生〔2〕出来陪着。只见一个人葳葳蕤蕤〔3〕踱将出来,认一认,却是郭信。戴着一顶破头巾,穿着一身蓝缕衣服,手臂颤抖抖的,叙了一个礼,整椅而坐。黄公看他脸上饥寒之色,殆

---

〔1〕 后手不上——以后钱财不能为继。
〔2〕 门馆先生——即家塾教师。
〔3〕 葳葳蕤蕤——原意为草木茂盛枝叶下垂貌,这里由下垂貌引申为萎靡困顿的样子。

不可言，恻然问道："足下何故在此，又如此形状？"郭信叹口气道："谁晓得这样事！钱财要没有起来，不消用得完，便是这样没有了。"黄公道："怎么说？"郭信道："自别尊颜之后，家父不幸弃世。有个继娶的晚母，在丧中罄卷所有，转回娘家。第二日去问，连这家多搬得走了，不知去向。看看家人多四散逃去，剩得孑然一身，一无所有了。还亏得识得几个字，胡乱在这主家，教他小学生，度日而已。"黄公道："家财没有了，许多田业须在，这是偷不去的。"郭信道："平时不曾晓得田产之数，也不认得田产在那一块所在，一经父丧，簿籍多不见了，不知还有一亩田在那里。"黄公道："当初我曾把好言相劝，还记得否？"郭信道："当初接着东西便用，那管他来路是怎么样的？只道到底如此。见说道要惜费，正不知惜他做甚么。岂知今日一毫也没来处了！"黄公道："今日这边所得束修〔1〕之仪多少？"郭信道："能有多少？每月千钱，不勾充身。图得个朝夕糊口，不去寻柴米就好了。"黄公道："当时一日之用，也就有一年馆资了。富家儿女，到此地位，可怜！可怜！"身边恰带有数百钱，尽数将来送与他，以少见故人之意。少顷，主人出来，黄公又与他说了郭信出身富贵光景，教好看待他。郭信不胜感谢，捧了几百个钱，就像获了珍宝一般，紧紧收藏。只去守那冷板凳了。

　　看官，你道当初他富贵时节，几百文钱，只与他家赏人也不爽利；而今才晓得是值钱的，却又迟了。只因幼年时不知稼穑艰难，以致如

---

〔1〕 束修——也作"束脩"，旧时学生给教师的酬金。

此。到此地位，晓得值钱了，也还是有受用的。所以说"败子回头好作家"也。小子且说一回败子回头的正话。

无端浪子昧持筹，偌大家缘一旦休。

不是丈人生巧计，夫妻怎得再同俦？

话说浙江温州府有一个公子，姓姚。父亲是兵部尚书[1]，丈人上官翁也是显宦。家世富饶，积累钜万，周匝百里之内，田圃池塘，山林川薮，尽是姚氏之业。公子父母俱亡，并无兄弟，独主家政。妻上官氏生来软默，不管外事。公子凡事只凭着自性而行，自恃富足有馀，豪奢习成。好往来这些淫朋狎友，把言语奉承他，哄诱他，说是"自古豪杰英雄，必然不事生产，手段慷慨；不以财物为心，居食为志，方是侠烈之士"。公子少年心性，道此等是好言语，切切于心。见别人家算计利息，较量出入，孳孳[2]作家的，便道龌龊小人，不足指数的。又懒看诗书，不习举业，见了文墨之士便头红面热手足无措，厌憎不耐烦，远远走开。只有一班捷给[3]滑稽之人，利口便舌，胁肩谄笑，一日也少不得。又有一班猛勇骁悍之辈，揎拳舞袖，说强夸胜，自称好汉，相见了便觉分外兴高，说话处脾胃多燥[4]，行事时举步生风。是这两种人，才与他说得话着。有了这两种人，便又去呼

----

[1] 兵部尚书——兵部的最高长官。兵部为国家最高军事机构。
[2] 孳孳——同"孜孜"，努力不懈。
[3] 捷给——言辞敏捷，应对不穷。
[4] 脾胃多燥——吴方言，犹如说称心合意，非常爽快。货物畅销为"燥"，有通畅、快当诸义。下文"噪尽了脾胃"、"噪脾"，兼有摆阔气的意思。"燥"、"噪"通用。

朋引类,你荐举我,我荐举你,市井无赖少年,多来倚草附木,献技呈能,掇臀捧屁。公子要人称扬大量,不论好歹,一概收纳。一出一入,何止百来个人扶从他?那百来个人多吃着公子,还要各人安家分例,按月衣粮。公子皆千欢万喜,给派不吝,见他们拿得家去,心里方觉爽利。

公子性好射猎,喜的是骏马良弓。有门客说道何处有名马一匹,价值千金,日走数百里,公子即便如数发银,只要买得来,不争价钱多少。及至买来,但只毛片好看,略略身材高耸些,便道值的了。有说贵了的,倒反不快,必要争说买便宜方喜。人晓得性子,看见买了物事,只是赞美上前了。遇说有良弓的,也是如此。门下的人,又要利落,又要逢迎,买下好马一二十匹,好弓三四十张。公子拣一匹最好的,时常乘坐,其馀的随意听骑。每与门下众客相约,各骑马持弓,分了路数,纵放辔头,约在某处相会,先到者有赏,后到者有罚。赏的多出公子己财,罚不过罚酒而已。只有公子先到,众皆罚酒,又将大觥上公子称庆。有时分为几队,各去打围。须臾合为一处,看擒兽多寡,以分赏罚。赏罚之法,一如走马之例,无非只是借名取乐。似此一番,所费酒食赏劳之类,已自不少了。还有时联镳〔1〕放马,踏伤了人家田禾,惊失了人家六畜〔2〕等事。公子是人心天理,又是慷慨好胜的人,门下客人又肯帮衬,道:"公子们出外,宁可使小百姓巴不

---

〔1〕 联镳(biāo 标)——将马头并联一起。镳,横放在牲口嘴中的小铁链,俗称"嚼子"。
〔2〕 六畜——马、牛、羊、鸡、狗、猪的合称。这里泛指家禽家畜。

得来，不可使他怨怅我每来。今若有伤损了他家，便是我每不是，后来他望见就怕了。必须加倍赔他，他每道有些便宜，方才赞叹公子，巴不得公子出来行走了。"公子大加点头道："说得极有见识。"因而估值损伤之数，分付："宁可估好看些，从重赔还，不要亏了他们。"门客私下与百姓们说通了，得来平分，有一分，说了七八分。说去，公子随即赔偿，再不论量。这又是射猎中分外之费，时时有的。

公子身边最讲得话、像心称意的，有两个门客，一个是箫管朋友贾清夫，一个是拳棒教师赵能武。一文一武，出入不离左右。虽然献谄效勤、哄诱撺掇的人不计其数，大小事多要串通得这两个方才弄得成。这两个一鼓一板〔1〕，只要公子出脱〔2〕得些，大家有味。

一日，公子出猎，草丛中惊起一个兔来。兔儿腾地飞跑，公子放马赶去，连射两箭，射不着。恰好后骑随至，赵能武一箭射个正着，兔儿倒了，公子拍手大笑。因贪赶兔儿，路来得远了，肚中有些饥饿起来。四围一看，山明水秀，光景甚好，可惜是个荒野去处，并无酒店饭店。贾清夫与一群少年随后多到，大家多说道："好一个所在，只该聚饮一回。"公子见说，兴高得不耐烦，问问后头跟随的，身边银子也有，铜钱也有，只没设法酒肴处。赵能武道："眼面前就有东西，怎苦没肴？"众人道："有甚么东西？"赵能武道："只方才射倒的兔儿，寻些火煨起，也勾公子下酒。"贾清夫道："若要酒时，做一匹快马不着，跑

---

〔1〕一鼓一板——鼓和板是南曲中用来节制曲子缓急的乐器，这里指互相帮衬。
〔2〕出脱——吴方言，"糟蹋"的意思，这里指破费钱财。

他五七里路，遇个村坊去处，好歹寻得些来。只不能勾多带得，可以畅饮。"公子道："此时便些少也好。"

正在商量处，只见路旁有一簇人，老少不等，手里各拿着物件，走近前来迎喏道："某等是村野小人，不曾识认财主贵人之面。今日难得遇公子贵步至此，谨备瓜果鸡黍、村酒野蔌数品，聊献从者一饭。"公子听说是酒肴，喜动颜色，回顾一班随从的道："天下有这样凑巧的事，知趣的人！"贾清夫等一齐拍手道："此皆公子吉人天相，酒食之来，如有神助。"各下了马，打点席地而坐。野老们道："既然公子不嫌饮食粗粝，何不竟到舍下坐饮？椅桌俱便。乃在此草地之上吃酒，不像模样。"众人一齐道："妙！妙！知趣得紧。"

野老们恭身在前引路，众人扶从了公子，一拥到草屋中来。那屋中虽然窄狭，也倒洁净。摆出椅桌来，拣一只齐整些的古老椅子公子坐了，其余也有坐椅的，也有坐凳的，也有扯张稻床来做杌子的，团团而坐。吃出兴头来，这家老小们供应不迭。贾清夫又打着撺鼓儿[1]道："多拿些酒出来，我们要吃得快活，公子是不亏人的。"这家子将酝下的杜茅柴[2]不住的盪来，吃得东倒西歪，撑肠挂腹。又道是"饥者易为食，渴者易为饮"，大凡人在饥渴之中，觉得东西好吃。况又在兴趣头上，就是肴馔粗些，鸡肉肥些，酒味薄些，一总不论，只算做第一次嘉肴美酒了。公子不胜之喜。门客多帮衬道："这样凑

---

〔1〕 打着撺鼓儿——谓从旁配合帮助。撺鼓，奏乐中以鼓配合。
〔2〕 杜茅柴——自己酿造的劣酒。冯时化《酒史·酒品》："恶酒曰茅柴。"

趣的东道主人，不可不厚报他的。"公子道："这个自然该的。"便教贾清夫估他约费了多少。清夫在行，多说了些。公子教一倍偿他三倍。管事的和众人克下了一倍自得，只与他两倍。这家子道已有了对合利钱[1]，怎不欢喜？当下公子上马回步，老的少的多来马前拜谢，兼送公子。公子一发快活道："这家子这等殷勤！"赵能武道："不但敬心，且有礼数。"公子再教后骑赏他。管事的策马上前问道："赏他多少？"公子叫打开银包来，看见有几两零碎银子，何止千百来块。公子道："多与他们罢，论甚么多少？"用手只一抬，银子块块落地，只剩得一个空包。那些老小们看见银子落地，大家来抢，也顾不得尊卑长幼，扯扯拽拽，磕磕撞撞。溜撒的拾了大块子，又来拈撮；迟夯[2]的将拾到手，又被眼快的先取了去。老人家战抖抖的拿得一块，死也不放，还累了两个地滚。公子看此光景，与众客马上拍手大笑道："天下之乐，无如今日矣！"公子此番虽费了些赏赐，却噪尽了脾胃；这家子赔了些辛苦，落得便宜多了。

这个消息传将开去，乡里人家只叹惜无缘，不得遇着公子。自此以后，公子出去，就有人先来探听。马首所向，村落中无不整顿酒食，争来迎接。真个是：

东驰，西人已为备馔；南猎，北人就去戒厨。士有馀粮，马多剩草。一呼百诺，顾盼生辉，此送彼迎，尊荣莫并。凭他出外连

---
[1] 对合利钱——利钱与本钱相当。
[2] 迟夯——迟顿、笨拙。

旬乐，不必先营隔宿装。

公子到一处，一处如此。这些人也竭力奉承，公子也加意报答，还自歉然道："赏劳轻微，谢他们厚情不来。"众门客又齐声力赞道："此辈乃小人，今到一处，即便供帐备具，奉承公子，胜于君王。若非重赏，何以示劝？"公子道："说得有理。"每每赏了又赏，有增无减。元来这圈套，多是一班门客串同了百姓们，又是贾、赵二人先定了去向，约会得停当，故所到之处，无不如意。及至得来赏赐，尽皆分取，只是撺掇多些了。

亲眷中有老成的人，叫做张三翁，见公子日逐如此费用，甚为心疼。他曾见过当初尚书公行事来的，偶然与公子会间，劝讽公子道："宅上家业丰厚，先尚书也不纯仗做官得来的宦囊，多半是算计做人家来的。老汉曾经眼见先尚书早起晏眠，算盘天平、文书簿籍不离于手。别人少他分毫，也要算将出来，变面变孔，费唇费舌，略有些小便宜，即便喜动颜色。如此挣来的家私，非同容易。今郎君十分慷慨撒漫，与先尚书苦挣之意，太不相同了。"公子面色通红，未及回答。贾清夫、赵能武等一班儿朋友大嚷道："这样气量浅陋之言，怎么在公子面前讲？公子是海内豪杰，岂把钱财放在眼孔上？况且人家天做，不在人为。岂不闻李太白有言：'天生吾才终有用，黄金散尽还复来。'先尚书这些孜孜为利，正是差处。公子不学旧样，尽改前非，是公子超群出众、英雄不羁之处，岂田舍翁[1]所可晓哉？"公子听得这

---

[1] 田舍翁——老农。

一番说话，方才觉得有些吐气扬眉，心里放下。张三翁见不是头，晓得有这一班小人，料想好言不入，再不开口了。

公子被他们如此舞弄了数年，弄得囊中空虚，看看手里不能接济。所有仓房中庄舍内积下米粮，或时粜银使用，或时即发米代银，或时先在那里移银子用了，秋收还米，也就东扯西拽，不能如意。公子要噪脾时，有些掣肘不爽利。门客每见公子世业不曾动损，心里道："这里面尽有大想头。"与贾、赵二人商议定了，来见公子献策道："有一妙着，公子再不要愁没银子用了。"公子正苦银子短少，一闻此言，欣然起问道："有何妙计？"贾、赵等指手画脚道："公子田连阡陌，地占半州，足迹不到所在，不知多少。这许多田地，大略多是有势之时小民投献，富家馈送，原不尽用价银买的。就有些买的，也不过债利盘算，准折将来。或是户绝人穷，止剩得些硗田瘠地[1]，只得收在户内，所值原不多的。所以而今荒芜的多，开垦的少，租利没有，钱粮要紧。这些东西，留在后边，贻累不浅的。公子看来，不过是些土泥；小民得了，自家用力耕种，才方是有用的。公子若把这些作赏赐之费，不是土泥尽当银子用了？亦且自家省了钱粮之累。"公子道："我最苦的是时常来要我完甚么钱粮，激聒得不耐烦。今把来推将去，当得银子用，这是极便宜的事了。"

自此，公子每要用银子之处，只写一纸卖契，把田来准去。那得田的，心里巴不得，反要妆个腔儿说不情愿，不如受些现物好。门客

----

〔1〕 硗（qiāo 敲）田瘠地——坚硬而瘠薄的田地。

每故意再三解劝,强他拿去。公子蹴踏不安,惟恐他不受,直等他领了文契,方掉得下。所有良田美产,有富户欲得的,先来通知了贾、赵二人,借打猎为名,迂道到彼家边,极意酒食款待。还有出妻献子的,或又有接了娼妓养在家里,假做了妻女来与公子调情的。公子便有些晓得,只是将错就错,自以为得意。吃得兴阑将行,就请公子写契作赏。公子写字不甚利便,门客内有善写的,便来执笔。一个算价钱,一个查簿籍,写完了,只要公子押字。公子也不知田在那里,好的歹的,贵的贱的,见说押字,即便押了。又有时反有几两银子找将出来,与公子用,公子却像落〔1〕得的,分外喜欢。

如此多次,公子连押字也不耐烦了,对贾清夫道:"这些时不要我拿银子出来,只写张纸,颇觉便当。只是定要我执笔押字,我有些倦了。"赵能武道:"便是我们搦〔2〕着枪棒且溜撒,只这一管笔重得可厌相。"贾清夫道:"这个不打紧。我有一策,大家可以省力。"公子道:"何策?"贾清夫道:"把这些卖契套语,刊刻了板,空了年月,刷印百张,放在身边。临时只要填写某处及多少数目,注了年月。连公子花押,也另刻了一个,只要印上去,岂不省力?"公子道:"妙,妙。却有一件,卖契刻了印板,这些小见识的必然笑我,我那有气力逐个与他辨? 我做一首口号,也刻在后面,等别人看见的,晓得我心事开阔,不比他们猥琐的。"贾清夫道:"口号怎么样的?"公子道:"我念来,你

----

〔1〕 落——吴方言,指经手钱财,中饱私囊。
〔2〕 搦(nuò 诺)——持、握。

们写着:

> 千年田土八百翁,何须苦苦较雌雄。
> 古今富贵知谁在?唐宋山河总是空。
> 去时却似来时易,无他还与有他同。
> 若人笑我亡先业,我笑他人在梦中。"

念罢,叫一个门客写了。贾清夫道:"公子出口成章如此,何愁不富贵?些须田业,不足恋也。公子若刻此佳作在上面了,去得一张,与公子扬名一张矣。"公子大喜,依言刻了。每日印了十来张,带在贾、赵二人身边。行到一处,遇要赏赐,即取出来填注几字,印了个花押,即已成契了。公子笑道:"真正简便!此后再不消捏笔了。快活!快活!"其中门客每自家要的,只须自家写注,偷用花押,一发不难。如此过了几时,公子只见逐日费得几张纸,一毫不在心上。岂知皮里走了肉,田产俱已荡尽,公子还不知觉。但见供给不来,米粮不继,印板文契丢开不用,要些使费,别无来处。问问家人何不卖些田来用度,方知田多没有了。

门客看见公子艰难了些,又兼有靠着公子做成人家、过得日子的,渐渐散去不来。惟有贾、赵二人,哄得家里瓶满瓮满,还想道:"瘦骆驼尚有千斤肉",恋着未去。劝他把大房子卖了,得中人钱;又替他买小房子住,得后手钱。搬去新居不像意,又与他算计改造,置买木石,落他的。造得像样,手中又缺了。公子自思:"宾客既少,要这许多马也没干。"托着二人,把来出卖,比原价只好十分之一二。公子问:"为何差了许多?"二人道:"骑了这些时,走得路多了,价钱自减了。"公子也不计论,见着银子且便接来应用。起初还留着自己骑坐两三匹好的,后来因为赏赐无处,随从又少,把个出猎之兴叠起在三十三层高阁上了,一总要马没干,且喂养费力,贾、赵二人也设法卖了去。价钱不多,又不尽到得公子手里,勾他几时用?只得又商量卖那新居。枉自装修许多,性急要卖,只卖得原价钱到手。新居既去,只得赁居而住。一向家中牢曹[1]什物,没处藏叠,半把价钱,烂贱送掉。

到得迁在赁的房子内时,连贾、赵二人也不来了,惟有妻上官氏随起随倒。当初风花雪月之时,虽也曾劝谏几次,如水投石,落得反目;后来晓得说着无用,只得凭他。上官氏也是富贵出身,只会吃到口茶饭,不晓得甚么经求,也不曾做下一些私房。公子有时,他也有得用;公子没时,他也没了。两个住在赁房中,且用着卖房的银子度日。走出街上来,遇见旧时的门客,一个个多新鲜衣服,仆从跟随。初时撞见公子,还略略叙寒温;已后渐渐掩面而过;再过几时,对面也不来理着了。一日早晨,撞着了赵能武。能武道:"公子曾吃早饭未曾?"公子道:"正来买些点心吃。"赵能武道:"公子且未要吃点心,到家里来坐坐,吃一件东西去。"公子随了他到家里。赵能武道:"昨夜打得一只狗,煨得糜烂在这里,与公子同享。"果然拿出热腾腾的狗肉来,与公子一同狼飧虎咽,吃得尽兴。公子回来饱了一日,心里道:"他还是个好人。"没些生意,便去寻他。后来也常时躲过,不十分招

---

[1] 牢曹——吴方言,指无用的破烂东西。

揽了。贾清夫遇着公子,原自满面堆下笑来。及至到他家里坐着,只是泡些好清茶来,请他评品些茶味,说些空头话。再不然,趫[1]着脚儿,把管箫闲吹一曲,只当是他的敬意。再不去破费半文钱钞,多少弄些东西来点饥。公子忍饿不过,只得别去。此外再无人理他了。

公子的丈人上官翁,是个达者。初见公子败时,还来主张争论。后来看他行径,晓得不了住,索性不来管他。意要等他干净了,吃尽穷苦滋味,方有回转念头的日子。所以富时也不来劝戒,穷时也不来资助,只像没相干的一般。公子手里罄尽,衣食不敷,家中别无可卖。一身之外,只有其妻。没做思量处,痴算道:"若卖了他去,省了一个口食,又可得些银两用用。"只是怕丈人,开不得这口。却是有了这个意思,未免露些光景出来。上官翁早已识破其情,想道:"省得他自家蛮做出事来,不免用个计较,哄他在圈套中了,慢作道理。"遂挽[2]出前日劝他好话的那个张三翁来,托他做个说客。商量说话完了,竟来见公子。

公子因是前日不听其言,今荒凉光景了,羞惭满面。张三翁道:"郎君才晓得老汉前言不是迂阔么?"公子道:"惶愧,惶愧。"张三翁道:"近闻得郎君度日艰难,有将令正娘子改适之意,果否如何?"公子满面通红了道:"自幼夫妻之情,怎好轻出此言?只是绝无来路,两口饭食不给,惟恐养他不活。不如等他别寻好处安身,我又省得多

---

[1] 趫(qiáo乔)——"翘"的借字。
[2] 挽——疑为"浼"(měi每)字之误。浼,请托、恳求。

一个口食,他又有着落了,免得跟着我一同忍饿。所以有这一点念头,还不忍出口。"张三翁道:"果有此意,作成老汉做个媒人何如?"公子道:"老丈有甚么好人家在肚里么?"张三翁道:"便是有个人叫老汉打听,故如此说。"公子道:"就有了人家,岳丈面前怎好启齿?"张三翁道:"好教足下得知:令岳正为足下败完了人家,令正后边日子难过,尽有肯改嫁之意。只是在足下身边起身,甚不雅相。令岳欲待接着家去,在他家门里择配人家,那时老汉便做个媒人。等令正嫁了出去,寂寂里将财礼送与足下,方为隐秀[1],不伤体面。足下心里何如?"公子道:"如此委曲最妙,省得眼睁睁的我与他不好分别。只是既有了此意,岳丈那里我不好再走去了。我在那里问消息?"张三翁道:"只消在老汉家里讨回话。一过去了,就好成事体,我也就来回覆你的。不必挂念。"公子道:"如此做事,连房下[2]面前我不必说破,只等岳丈接他归家便了。"张三翁道:"正是,正是。"两下别去。

上官翁一径打发人来接了女儿,回家住了。过了两日,张三翁走来见公子道:"事已成了。"公子道:"是甚么人家?"张三翁道:"人家豪富,也是姓姚。"公子道:"既是富家,聘礼必多了。"张三翁道:"他们道是中年再醮,不肯出多,是老汉极力称赞贤能,方得聘金四十两。你可省吃俭用些。再若轻易弄掉了,别无来处了。"公子见就有了银

----

〔1〕 隐秀——吴方言,隐秘、不显露。
〔2〕 房下——对妻子的俗称。

子,大喜过望,口口称谢。张三翁道:"虽然得了这几两银子,一入豪门,终身不得相见了,为何如此快活?"公子道:"譬如两个一齐饿死了。而今他既落了好处,我又得了银子,有甚不快活处?"——元来这银子就是上官翁的,因恐他把女儿当真卖了,故装成这个圈套,接了女儿家去,把这些银子暗暗助他用度,试看他光景。

公子银子接到手,手段阔惯了的,那里勾他的用?况且一向处了不足之乡,未免房钱、柴米钱之类挂欠些在身上,拿来一出摩诃萨[1],没多几时,手里又空。左顾右盼,别无可卖,单单剩得一个身子。思量索性卖与人了,既得身钱,又可养口。却是一向是个公子,那个来兜他?又兼目下已做了单身光棍,种火又长,挂门又短[2],谁来要这个废物!

公子不揣,各处央人寻头路。上官翁知道了,又拿几两银子,另换出一个来,要了文契,叫庄客收他在庄上用。庄客就假做了家主,与他约道:"你本富贵出身,故此价钱多了。既已投靠[3],就要随我使用,禁持[4]苦楚,不得违慢。说过方收留你。"公子思量道:"我当初富盛时,家人几十房,多是吃了着了闲荡的,有甚苦楚处?"一力应承道:"这个不难。既已靠身,但凭使唤了。"公子初时,看见遇饭吃

---

[1] 摩诃萨——梵语"摩诃萨埵"之略语,意译"大心",这里指很大方,不吝啬。
[2] 种火又长,挂门又短——比喻是块不成器的木料,用来烧火或作顶门棍都不中用。
[3] 投靠——卖身做家奴。
[4] 禁持——禁受得住。

饭,遇粥吃粥,不消自己经营,颇谓得计。谁知隔得一日,庄客就限他功课〔1〕起来,早晨要打柴,日里要挑水,晚要舂谷簸米,劳筋苦骨,没一刻得安闲。略略推故懈惰,就拿着大棍子吓他。公子受不得那苦,不勾十日,魆地逃去。庄客受了上官翁分付,不去追他,只看他怎生着落。

公子逃去两日,东不着边,西不着际,肚里又饿不过。看见乞儿每讨饭,讨得来倒有得吃,只得也皮着脸,去讨些充饥。讨了两日,挨去乞儿队里做了一伴了。自家想着当年的事,还有些气傲心高,只得作一长歌,当做似《莲花落》〔2〕,满市唱着乞食。歌曰:

> 人道光阴疾似梭,我说光阴两样过。昔日繁华人羡我,一年一度易蹉跎。可怜今日我无钱,一时一刻如长年。我也曾轻裘肥马载高轩,指麾万众驱山前。一声围合魑魅惊,百姓邀迎如神明。今日黄金散尽谁复矜?朋友离群猎狗烹。昼无馇粥夜无眠,落得街头唱哩莲。一生两截谁能堪?不怨爹娘不怨天。早知到此遭坎坷,悔教当日结妖魔。而今无计可奈何,殷勤劝人休似我!

上官翁晓得公子在街上乞化了,教人密地分付了一班乞儿,故意要凌辱他,不与他一路乞食。及至自家讨得些须来,又来抢夺他的,没得他吃饱。略略不顺意,便吓他道:"你无理,就扯你去告诉家

---

〔1〕 功课——应做的事务。
〔2〕 《莲花落》——一种长期流传在民间的小调,唱词可以现编,中间夹唱"哩哩莲花,哩哩莲花落也",下文"唱哩莲"即指唱《莲花落》。

主。"公子就慌得手脚无措,东躲西避,又没个着身之处。真个是冻馁忧愁,无件不尝得到了。

上官翁道:"奈何得他也勾了。"乃先把一所大庄院,与女儿住下了。在后门之傍,收拾一间小房,被窝什物,略略备些在里边。又叫张三翁来寻着公子,对他道:"老汉做媒不久,怎知你就流落此中了?"公子道:"此中了,可怜众人还不容我。"张三翁道:"你本大家,为何反被乞儿欺侮?我晓得你不是怕乞儿,只是怕见你家主。你主幸不遇着,若是遇着,送你到牢狱中,追起身钱来,你再无出头日子了。"公子道:"今走身无路,只得听天命。早晚是死,不得见你了。前日你做媒,嫁了我妻子出去,今不知好过日子否?"说罢大哭。张三翁道:"我正有一句话要对你说。你妻子今为豪门主母,门庭贵盛,与你当初也差不多。今托我寻一个管后门的。我若荐了你去,你只管晨昏启闭,再无别事,又不消自爨,享着安乐茶饭,这可好么?"公子拜道:"若得如此,是重生父母了。"张三翁道:"只有一件,他原先是你妻子,今日是你主母,必然羞提旧事。你切不可妄言放肆,露了风声,就安身不牢了。"公子道:"此一时,彼一时。他如今在天上,我得收拾门下,免死沟壑,便为万幸了。还敢妄言甚么?"张三翁道:"既如此,你随我来,我帮衬你成事便了。"

公子果然随了张三翁去,住在门外等候回音。张三翁去了好一会,来对他道:"好了,好了,事已成了。你随我进来。"遂引公子到后门这间房里来。但见:

床帐皆新,器具粗备。萧萧一室,强如庵寺坟堂;寂寂数椽,不见露霜风雨。虽单身之入卧，审容膝之易安。

公子一向草栖露宿，受苦多了，见了这一间清净房室，器服整洁，吃惊问道："这是那个住的？"张三翁道："此即看守后门之房，与你住的了。"公子喜之不胜，如入仙境。张三翁道："你主母家富，故待仆役多齐整。他着你管后门，你只坐在这间房里，吃自在饭勾了。凭他主人在前面出入，主母在里头行止，你一切不可窥探。他必定羞见你。又万不可走出门一步，倘遇着你旧家主，你就住在此不稳了。"再三叮嘱而去。

公子吃过苦的，谨守其言。心中一来怕这饭碗弄脱了，二来怕露出踪迹，撞着旧主人的是非出来，呆呆坐守门房，不敢出外。过了两个月馀，只是如此。上官翁晓得他野性已收了，忽一日，叫一个人拿一封银子与他，说道："主母生日，众人多有赏。说你管门没事，赏你一钱银子买酒吃。"公子接了，想一想，这日正是前边妻子的生辰。思量在家富盛之时，多少门客来作贺，吃酒兴头，今却在别人家了，不觉凄然泪下。藏着这包银子，不舍得轻用。隔几日，又有个人走出来道："主母唤你后堂说话。"公子吃一惊，道："张三翁前日说他羞见我面，叫我不要露形，怎么如今唤我说话起来？我怎生去相见得？"又不好推故，只得随着来人一步步走进中堂。只见上官氏坐在里面，俨然是主母尊严。公子不敢抬头。上官氏道："但见说管门的姓姚，不晓得就是你。你是富公子，怎在此与人守门？"说得公子羞惭满面，做声不得。上官氏道："念你看门勤谨，赏你一封银子买衣服穿去。"丫鬟递出来，公子称谢受了。上官氏分付，原叫领了门房中来。公子到了房中，拆开封筒一看，乃是五钱足纹，心中喜欢。把来与前次生日里赏的一钱并做一处，包好藏在身边。就有一班家人来与他庆松，哄他拿出些来买酒吃。公子不肯。众人又说："不好独难为他一个，我们大家凑些，打个平火〔1〕。"公子捏着银子道："钱财是难得的，我藏着后来有用处。这样闲好汉再不做了。"众人强他不得，只得散了。

一日黄昏时候，一个丫鬟走来，说道主母叫他进房中来，问旧时说话。公子不肯道："夜晚间不是说话时节。我在此住得安稳，万一有些风吹草动，不要我管门起来，赶出去，就是个死。我只是守着这斗室罢了。你与我回覆主母一声，决不敢胡乱进来的。"

上官翁逐时叫人打听，见了这些光景，晓得他已知苦辣了。遂又去挽那张三翁来看公子。公子见了，深谢他荐举之德。张三翁道："此间好过日子否？"公子道："此间无忧衣食，吾可以老死在室内了。皆老丈之恩也。若非老丈，吾此时不知性命在那里。只有一件，吃了白饭，闲过日子，觉得可惜。吾今积攒几钱银子在身边，不舍得用。老丈是好人，怎生教导我一个生利息的方法儿？或做些本等手业，也不枉了。"张三翁笑道："你几时也会得惜光阴、惜财物起来了？"公子也笑道："不是一时学得的。而今晓得也迟了。"张三翁道："我此来，单为你有一亲眷，要来会你，故着我先来通知。"公子道："我到此地位，亲眷无一人理我了，那个还来要会我？"张三翁道："有一个在此，

---

〔1〕 打个平火——即"打平火"，大家均摊出钱聚餐。

你随我来。"

张三翁引了他走入中堂,只见一个人在里面,巍冠大袖,高视阔步,踱将出来。公子望去一看,见是前日的丈人上官翁。公子叫声:"呵也!"失色而走。张三翁赶上,一把拉住道:"是你的令岳,为何见了就走?"公子道:"有甚么面孔见他?"张三翁道:"自家丈人,有甚么见不得?"公子道:"妻子多卖了,而今还是我的丈人?"张三翁道:"他见你有些务实了,原要把女儿招你。"公子道:"女儿已是此家的主母,还有女儿在那里?"张三翁道:"当初是老汉做媒卖去,而今原是老汉做媒还你。"公子道:"怎么还得?"张三翁道:"痴呆子!大人家的女儿,岂肯再嫁人?前日恐怕你当真胡行起来,令岳叫人接了家去,只说嫁了,今住的原是你令岳家的房子。又恐怕你冻饿死在外边了,故着老汉设法了你家来,收拾在门房里。今见你心性转头,所以替你说明,原等你夫妻完聚。这多是令岳造就你成器的好意思。"公子道:"怪道住在此多时,只见说主母,从不见甚么主人出入。我守着老实,不敢窥探一些,岂知如此就里。元来岳丈恁般费心!"张三翁道:"还不上前拜见他去!"一手扯着公子,走将进来。上官翁也凑将上来,撞着道:"你而今记得苦楚,省悟前非了么?"公子无言可答,大哭而拜。上官翁道:"你痛改前非,我把这所房子与你夫妻两个住下,再拨一百亩田与你管运,做起人家来。若是饱暖之后,旧性复发,我即时逐你出去,连妻子也不许见面了。"公子哭道:"经了若干苦楚过来,今受了岳丈深恩,若再不晓得省改,真猪狗不值了。"上官翁领他进去,与女儿相见。夫妻抱头而哭。说了一会,出来谢了张三翁。

张三翁临去，公子道："只有一件不干净的事，倘或旧主人寻来怎么好？"张三翁道："那里甚么旧主人，多是你令岳捏弄出来的。你只要好做人家，再不必别虑。"公子方得放心。住在这房子里做了家主。虽不及得富盛之时，却是省吃俭用，勤心苦觅，衣食尽不缺了。记恨了日前之事，不容一个闲人上门。

那贾清夫、赵能武见说公子重新做起人家来了，合了一伴来拜望他。公子走出来道："而今有饭我要自吃，与列位往来不成了。"贾清夫把些趣话来说说，议论些箫管；赵能武又说某家的马健，某人的弓硬，某处地方禽兽多。公子只是冷笑，临了道："两兄看有似我前日这样主顾，也来作成我，做一伙同去，赚他些儿。"两人见说话不是头，扫兴而去。

上官翁见这些人又来歪缠，把来告了一状，搜根剔齿，查出前日许多隐漏白占的田产来，尽归了公子。公子一发有了家业，夫妻竟得温饱而终。可见前日心性，只是不曾吃得苦楚过。世间富贵子弟，还是等他晓得些稼穑艰难为妙。至于门下往来的人，尤不可不慎也。

贫富交情只自知，翟公何必署门楣[1]？

今朝败子回头日，便是奸徒退运时。

---

[1] "翟公"句——翟公传为西汉初年人。《史记·汲郑列传赞》："始翟公为廷尉，宾客阗门；及废，门外可设雀罗。翟公复为廷尉，宾客欲往，翟公乃大署其门曰：'一死一生，乃知交情；一贫一富，乃知交态；一贵一贱，交情乃见。'"署门楣，在门上横木写字。

二刻拍案惊奇卷二十三

大姊魂游完宿愿　小姨病起续前缘

诗曰：

生死由来一样情，豆萁燃豆并根生[1]。

存亡姊妹能相念，可笑阋墙亲弟兄。

话说唐宪宗元和年间，有个侍御[2]李十一郎，名行修。妻王氏夫人，乃是江西廉使王仲舒女，贞懿贤淑，行修敬之如宾。王夫人有个幼妹，端妍聪慧，夫人极爱他，常领他在身边鞠养。连行修也十分爱他，如自家养的一般。一日行修在族人处赴婚礼喜筵，就在这家歇宿。晚间忽做一梦，梦见自身再娶夫人，灯下把新人认看，不是别人，正是王夫人的幼妹。猛然惊觉，心里甚是不快活。巴到天明，连忙归家。进得门来，只见王夫人清早已起身了，闷坐着，将手频频拭泪。行修问着，不答。行修便问家人道："夫人为何如此？"家人辈齐道："今早当厨老奴在厨下自说，五更头做一梦，梦见相公再娶王家小娘子。夫人知道了，恐怕自身有甚山高水低，所以悲哭了一早起了。"行修听罢，毛骨耸然，惊出一身冷汗。想道："如何与我所梦正合？"他两个是恩爱夫妻，心下十分不乐，只得勉强劝谕夫人道："此老奴

---

[1]　"豆萁"句——据《世说新语·文学》载，曹丕命曹植在七步之内做诗一首，曹植应声咏道："煮豆持作羹，漉菽以为汁。萁在釜下燃，豆在釜中泣。本是同根生，相煎何太急！"这里用此诗意，讽喻兄弟相残。萁，豆的枝干。

[2]　侍御——即侍御史，属于国家监察机构御史台中的官员。

颠颠倒倒,是个愚懵之人,其梦何足凭准?"口里虽如此说,心下因是两梦不约而同,终久有些疑惑。

只见隔不多几日,夫人生出病来,累医不效,两月而亡。行修哭得死而复苏,书报岳父王公。王公举家悲恸,因不忍断了行修亲谊,回书还答,便有把幼女续婚之意。行修伤悼正极,不忍说起这事,坚意回绝了岳父。

于时有个卫秘书[1]卫随,最能广识天下奇人,见李行修如此思念夫人,突然对他说道:"侍御怀想亡夫人如此深重,莫不要见他么?"行修道:"一死永别,如何能勾再见?"秘书道:"侍御若要见亡夫人,何不去问稠桑[2]王老?"行修道:"王老是何人?"秘书道:"不必说破,侍御只牢牢记着'稠桑王老'四字,少不得有相会之处。"行修见说得作怪,切切记之于心。

过了两三年,王公幼女越长成了。王公思念亡女,要与行修续亲,屡次着人来说,行修不忍背了亡夫人,只是不从。此后除授东台御史[3],奉诏出关[4],行次稠桑驿。驿馆中先有敕使住下了,只得讨个官房歇宿。那店名就叫做稠桑店,行修听得"稠桑"二字触着,便自上心。想道:"莫不甚么'王老'正在此处?"正要跟寻间,只听得街上人乱嚷,行修走到店门边一看,只见一伙人,团团围住一个老者,你扯我扯,你问我问,缠得一个头昏眼暗。行修问店主人道:"这些

---

[1] 秘书——即秘书郎,掌管图书收藏及抄写的官员。
[2] 稠桑——地名,即下文所说"稠桑驿",在河南省灵宝市西三十里。
[3] 东台御史——东都留台御史的省称。唐代以洛阳为东都,亦置御史台。
[4] 关——指潼关。

人何故如此？"主人道："这个老儿姓王，是个希奇的人，善谈禄命。乡里人敬他如神，故此见他走过，就缠住他问祸福。"行修想着卫秘书之言道："元来果有此人！"便叫店主人快请他到店相见。

店主人见行修是个出差御史，不敢稽延，拨开人丛，走进去扯住他道："店中有个李御史李十一郎奉请。"众人见说是官府请，放开围，让他出来，一哄多散了。到店相见，行修见是个老人，不要他行礼，就把想念亡妻、有卫秘书指引来求他的话，说了一遍。便道："不知老翁果有奇术，能使亡魂相见否？"老人道："十一郎要见亡夫人，就是今夜罢了。"老人前走，叫行修打发开了左右，引了他，一路走入一个土山中。又升一个数丈的高坡，坡侧隐隐见有个丛林。老人便住在路傍，对行修道："十一郎可走去林下，高声呼'妙子'，必有人应。应了，便说道：'传语九娘子，今夜暂借妙子同看亡妻。'"行修依言，走去林间呼着，果有人应。又依着前言说了。

少顷，一个十五六岁的女子走出来道："九娘子差我随十一郎去。"说罢，便折竹二枝，自跨了一枝，一枝与行修跨。跨上，便同马一般快。行勾三四十里，忽到一处，城阙壮丽，前经一大宫，宫前有门。女子道："但循西廊直北，从南第二宫，乃是贤夫人所居。"行修依言，趋至其处，果见十数年前一个死过的丫头出来拜迎，请行修坐下。夫人就走出来，涕泣相见。行修伸诉离恨，一把抱住不放。却待要再讲欢会，王夫人不肯，道："今日与君幽显异途，深不愿如此，贻妾之患。若是不忘平日之好，但得纳小妹为婚，续此姻亲，妾心愿毕矣。所要相见，只此奉托。"言罢，女子已在门外厉声催叫道："李十一郎速出！"行修不敢停留，含泪而出。

女子依前与他跨了竹枝同行，到了旧处，只见老人头枕一块石头，眠着正睡。听得脚步响，晓得是行修到了，走起来问道："可如意么？"行修道："幸已相会。"老人道："须谢九娘子遣人相送。"行修依言，送妙子到林间，高声称谢。回来问老人道："此是何等人？"老人道："此原上有灵应九子母祠耳。"老人复引行修到了店中，只见壁上灯盏荧荧，槽中马嗒刍如故，仆夫等个个熟睡。行修疑道做梦，却有老人尚在可证。老人当即辞行修而去。行修叹异了一番，因念妻言谆恳，才把这段事情，备细写与岳丈王公，从此遂续王氏之婚，恰应前日之梦。正是：

旧女婿为新女婿，大姨夫做小姨夫。

古来只有娥皇、女英[1]姊妹两个，一同嫁了舜帝。其他姊姊亡故，不忍断亲，续上小姨，乃是世间常事；从来没有个亡故的姊姊，怀此心愿，在地下撮合完成好事的。今日小子先说此一段异事，见得人生只有这个"情"字至死不泯的，只为这王夫人身子虽死，心中还念着亲夫恩爱，又且妹子是他心上喜欢的，一点情不能忘，所以阴中如此主张，了其心愿。这个还是做过夫妇多时的，如此有情，未足为怪。小子如今再说一个不曾做亲过的，只为不忘前盟，阴中完了自己姻缘，又替妹子联成婚事，怪怪奇奇，真真假假，说来好听。有诗为证：

还魂从古有，借体亦其常。

---
〔1〕 娥皇、女英——传说中唐尧的两个女儿，同嫁虞舜。

谁摄生人魄，先将宿愿偿！

这本话文乃是元朝大德年间，扬州有个富人，姓吴，曾做防御使[1]之职，人都叫他做吴防御。住居春风楼侧，生有二女，一个叫名兴娘，一个叫名庆娘。庆娘小兴娘两岁，多在襁褓之中。邻居有个崔使君，与防御往来甚厚。崔家有子名曰兴哥，与兴娘同年所生。崔公即求聘兴娘为子妇，防御欣然相许。崔公以金凤钗一只为聘礼。定盟之后，崔公合家多到远方为官去了。一去一十五年，竟无消息回来。此时兴娘已一十九岁，母亲见他年纪大了，对防御道："崔家兴哥一去十五年，不通音耗。今兴娘年已长成，岂可执守前说，错过他青春？"防御道："一言已定，千金不移。吾已许吾故人了，岂可因他无耗，便欲食言？"那母亲终久是妇人家识见，见女儿年长无婚，眼中看不过意，日日与防御絮聒，要另寻人家。兴娘肚里，一心专盼崔生来到，再没有二三的意思。虽是亏得防御有正经，却看见母亲说起激聒，便暗地恨命自哭。又恐怕父亲被母亲缠不过，一时更变起来，心中长怀着忧虑，只愿崔家郎早来得一日也好。眼睛几望穿了，那里叫得崔家应？看看饭食减少，生出病来，沉眠枕席，半载而亡。父母与妹及合家人等，多哭得发昏章第十一。临入殓时，母亲手持崔家原聘这只金凤钗，抚尸哭道："此是你夫家之物，今你已死，我留之何益？见了徒增悲伤，与你戴了去罢。"就替他插在髻上，盖了棺，三日之

---

[1] 防御使——本是晚唐在军事要地设置的掌管本区军事的官员，宋、元时此官职已无兵权，仅为武臣的寄禄官。

后,抬去殡在郊外了。家里设个灵座,朝夕哭奠。

殡过两个月,崔生忽然来到。防御迎进问道:"郎君一向何处?尊父母平安否?"崔生告诉道:"家父做了宣德府理官[1],没于任所;家母亦先亡了数年。小婿在彼守丧,今已服除,完了殡葬之事。不远千里,特到府上,来完前约。"防御听罢,不觉吊下泪来,道:"小女兴娘薄命,为思念郎君成病,于两月前饮恨而终,已殡在郊外了。郎君便早到得半年,或者还不到得死的地步。今日来时,却无及了。"说罢又哭。崔生虽是不曾认识兴娘,未免感伤起来。防御道:"小女殡事虽行,灵位还在,郎君可到他席前看一番,也使他阴魂晓得你来了。"噙着泪眼,一手拽了崔生,走进内房来。崔生抬头看时,但见:

> 纸带飘摇,冥童[2]绰约。飘摇纸带,尽写着梵字金言;绰约冥童,对捧着银盆绣帨。一缕炉烟常袅,双台灯火微荧。影神图[3]画个绝色的佳人,白木牌[4]写着新亡的长女。

崔生看见了灵座,拜将下去。防御拍着桌子大声道:"兴娘吾儿,你的丈夫来了!你灵魂不远,知道也未?"说罢,放声大哭。合家见防御说得伤心,一齐号哭起来,直哭得一佛出世,二佛生天,连崔生也不知陪下了多少眼泪。哭罢,焚了些楮钱,就引崔生在灵位前拜见了妈

---

[1] 宣德府理官——元代宣德府辖境相当今河北省北部地区,治所在张家口市宣化区。理官为掌管狱讼的官员。
[2] 冥童——旧时为死人制作的泥塑或纸糊的童男童女偶像,放置在灵位的左右。
[3] 影神图——即遗像。
[4] 白木牌——旧时丧礼所设的"灵牌"。

妈。妈妈兀自哽哽咽咽的，还了个半礼。防御同崔生出到堂前来，对他道："郎君父母既没，道途又远，今既来此，可便在吾家住宿。不要论到亲情，只是故人之子，即同吾子，勿以兴娘没故，自同外人。"即令人替崔生搬将行李来，收拾门侧一个小书房与他住下了。朝夕看待，十分亲热。

将及半月，正值清明节届，防御念兴娘新亡，合家到他茔上挂钱祭扫。此时兴娘之妹庆娘，已是十七岁，一同妈妈抬了轿，到姊姊坟上去了；只留崔生一个在家中看守。大凡好人家女眷出外稀少，到得时节头边，看见春光明媚，巴不得寻个事由，来外边散心耍子。今日虽是到兴娘新坟上，心中怀着凄惨的，却是荒郊野外，桃红柳绿，正是女眷们游耍去处。盘桓了一日，直到天色昏黑，方才到家。崔生步出门外等候，望见女轿二乘来了，走在门左迎接。前轿先进，后轿至前，到生身边经过，只听得地下砖上铿的一声，却是轿中掉一件物事出来。崔生待轿过了，急去拾起来看，乃是金凤钗一只。崔生知是闺中之物，急欲进去纳还，只见中门已闭。元来防御合家在坟上辛苦了一日，又各带了些酒意，进得门，便把来关了，收拾睡觉。崔生也晓得这个意思，不好去叫得门，且待明日未迟。

回到书房把钗子放好在书箱中了，明烛独坐。思念婚事不成，只身孤苦，寄迹人门，虽然相待如子婿一般，终非久计，不知如何是个结果。闷上心来，叹了几声。上了床，正要就枕，忽听得有人扣门响。崔生问道："是那个？"不见回言。崔生道是错听了，方要睡下去，又听得敲的毕毕剥剥。崔生高声又问，又不见声响了。崔生心疑，坐在床沿,正要穿鞋到门边静听,只听得又敲响了,却只不见则声。崔生忍耐不住,立起身来,幸得残灯未熄,重捻亮了,拿在手里,开出门来一看。灯却明亮,见得明白,乃是十七八岁一个美貌女子,立在门外。看见门开,即便褰起布帘走将进来。

崔生大惊,吓得倒退了两步。那女子笑容可掬,低声对生道:"郎君不认得妾耶?妾即兴娘之妹庆娘也。适才进门时,坠钗轿下,故此乘夜来寻。郎君曾拾得否?"崔生见说是小姨,恭恭敬敬答应道:"适才娘子乘轿在后,果然落钗在地。小生当时拾得,即欲奉还,见中门已闭,不敢惊动,留待明日。今娘子亲寻至此,即当持献。"就在书箱取出,放在桌上道:"娘子请拿了去。"女子出纤手来取钗,插在头上了,笑嘻嘻的对崔生道:"早知是郎君拾得,妾亦不必乘夜来寻了。如今已是更阑时候,妾身出来了,不可复进。今夜当借郎君枕席,侍寝一宵。"崔生大惊道:"娘子说那里话?令尊令堂待小生如骨肉,小生怎敢胡行,有污娘子清德?娘子请回步,誓不敢从命的。"女子道:"如今合家睡熟,并无一个人知道的,何不趁此良宵,完成好事?你我悄悄往来,亲上加亲,有何不可!"崔生道:"欲人不知,莫若勿为。虽承娘子美情,万一后边有些风吹草动,被人发觉,不要说道无颜面见令尊,传将出去,小生如何做得人成?不是把一生行止[1]多坏了?"女子道:"如此良宵,又兼夜深,我既寂寥,你亦冷落。难得这个机会,同在一个房中,也是一生缘分。且顾眼前好事,管甚么发

---

[1] 行止——品行、作为。

觉不发觉？况妾自能为郎君遮掩，不至败露。郎君休得疑虑，挫过了佳期。"崔生见他言词娇媚，美艳非常，心里也禁不住动火。只是想着防御相待之厚，不敢造次，好像个小儿放纸炮，真个又爱又怕。却待依从，转了一念，又摇头道："做不得！做不得！"只得向女子哀求道："娘子看令姊兴娘之面，保全小生行止罢！"女子见他再三不肯，自觉羞惭，忽然变了颜色，勃然大怒道："吾父以子侄之礼待你，留置书房，你乃敢于深夜诱我至此，将欲何为？我声张起来，去告诉了父亲，当官告你，看你如何折辨？不到得轻易饶你！"声色俱厉。崔生见他反跌一着〔1〕，放刁起来，心里好生惧怕。想道："果是老大的利害！如今既见在我房中了，清浊难分。万一声张，被他一口咬定，从何分剖？不若且依从了他，倒还未见得即时败露，慢慢图个自全之策罢了。"正是：

> 羝羊触藩〔2〕，进退两难。

只得陪着笑，对女子道："娘子休要声高。既承娘子美意，小生但凭娘子做主便了。"女子见他依从，回嗔作喜道："元来郎君恁地胆小的。"崔生闭上了门，两个解衣就寝。有《西江月》为证：

> 旅馆羁身孤客，深闺皓齿韶容。合欢裁就两情浓，好对娇鸾雏凤。　　认道良缘辐辏，谁知哑谜包笼。新人魂梦雨云中，还

---

〔1〕 反跌一着——意即反咬一口、倒打一耙。
〔2〕 羝（dī低）羊触藩——是下句"进退两难"的比喻词，语出《易·大壮》"羝羊触藩，羸其角"，意思是说公羊用头去撞篱笆，羊角却让篱笆给缠绕住了。羝，公羊；藩，篱笆。

是故人重。

两人云雨已毕,真是千恩万爱,欢乐不可名状。将至天明,就起身来辞了崔生,闪将进去。

崔生虽然得了些甜头,心中只是怀着个鬼胎,战兢兢的,只怕有人晓得。幸得女子来踪去迹,甚是秘密,又且身子轻捷,朝隐而入,暮隐而出,只在门侧书房私自往来快乐,并无一个人知觉。

将及一月有馀,忽然一晚对崔生道:"妾处深闺,郎处外馆,今日之事,幸而无人知觉。诚恐好事多磨,佳期易阻,一旦声迹彰露,亲庭罪责,将妾拘系于内,郎赶逐于外,在妾便自甘心,却累了郎之清德,妾罪大矣。须与郎从长商议一个计策便好。"崔生道:"前日所以不敢轻从娘子,专为此也。不然,人非草木,小生岂是无情之物?而今事已到此,还是怎的好?"女子道:"依妾愚见,莫若趁着人未及知觉,先自双双逃去,在他乡外县居住了,深自敛藏,方可优游偕老,不致分离。你心下如何?"崔生道:"此言固然有理,但我目下零丁孤苦,素少亲知。虽要逃亡,还是向那边去好?"想了又想,猛然省起来道:"曾记得父亲在日,常说有个旧仆金荣,乃是信义的人,见居镇江吕城〔1〕,以耕种为业,家道从容。今我与你两个前去投他,他有旧主情分,必不拒我。况且一条水路〔2〕直到他家,极是容易。"女子道:"既然如此,事不宜迟,今夜就走罢!"

---

〔1〕 镇江吕城——镇江是府名,辖境相当现在江苏省镇江市及丹阳、金坛两市地。吕城在丹阳市东南五十里,是个名镇,相传为三国时吴将吕蒙所筑。
〔2〕 一条水路——按从扬州到吕城,沿大运河南下可直达。

商量已定，起个五更，收拾停当了。那个书房即在门侧，开了甚便。出了门，就是水口[1]。崔生走到船帮里，叫了一只小划子船[2]，到门首下了女子。随即开船，径到瓜洲[3]；打发了船，又在瓜洲另讨了一个长路船。渡了江，进了润州[4]，奔丹阳，又四十里，到了吕城。泊住了船，上岸访问一个村人道："此间有个金荣否？"村人道："金荣是此间保正，家道殷富，且是做人忠厚，谁不认得？你问他则甚？"崔生道："他与我有些亲，特来相访。有烦指引则个。"村人把手一指，道："你看那边有个大酒坊，间壁大门就是他家。"

崔生问着了，心下喜欢。到船中安慰了女子，先自走到这家门首，一直走进去。金保正听得人声，在里面踱将出来，道："是何人下顾？"崔生上前施礼。保正问道："秀才官人何来？"崔生道："小生是扬州府崔公之子。"保正见说了"扬州崔"三字，便吃一惊，道："是何官位？"崔生道："是宣德府理官，今已亡故了。"保正道："是官人的何人？"崔生道："正是我父亲。"保正道："这等，是衙内了。请问当时乳名可记得么？"崔生道："乳名叫做兴哥。"保正道："说起来是我家小主人也。"推崔生坐了，纳头便拜。问道："老主人几时归天的？"崔生道："今已三年了。"保正就走去掇张椅桌，做个虚位，写一神主牌放

------

[1] 水口——河边水深岸陡之处。船只多在这种地方停泊，这里指码头。
[2] 小划子船——就是小船，小船也叫"划子"。下文"长路船"则指大船。
[3] 瓜洲——在江苏省扬州市邗江区南，大运河入长江处，与镇江市隔江相对，为水上交通的重镇。
[4] 润州——即今江苏省镇江市。

在桌上，磕头而哭。哭罢问道："小主人今日何故至此？"崔生道："我父亲在日，曾聘定吴防御家小娘子兴娘，……"保正不等说完，就接口道："正是。这事老仆晓得的，而今想已完亲事了么？"崔生道："不想吴家兴娘为盼望吾家音信不至，得了病症。我到得吴家，死已两月。吴防御不忘前盟，款留在家，喜得他家小姨庆娘，为亲情顾盼，私下成了夫妇。恐怕发觉，要个安身之所。我没处投奔，想着父亲在时，曾说你是忠义之人，住在吕城，故此带了庆娘一同来此。你既不忘旧主，一力周全则个。"金保正听说罢，道："这个何难！老仆自当与小主人分忧。"便进去唤嬷嬷出来拜见小主人，又叫他带了丫头，到船边接了小主人娘子起来。老夫妻两个亲自洒扫正堂，铺叠床帐，一如待主翁之礼。衣食之类，供给周备，两个安心住下。

将及一年，女子对崔生道："我和你住在此处虽然安稳，却是父母生身之恩，竟与他永绝了，毕竟不是个收场，心里也觉过不去。"崔生道："事已如此，说不得了。难道还好去相见得？"女子道："起初一时间做的事，万一败露，父母必然见责，你我离合，尚未可知。思量永久完聚，除了一逃，再无别着。今光阴似箭，已及一年，我想爱子之心，人皆有之。父母那时不见了我，必然舍不得的；今日若同你回去，父母重得相见，自觉喜欢，前事必不记恨。这也是料得出的。何不拚个老脸，双双去见他一面，有何妨碍？"崔生道："丈夫以四方为事，只是这样潜藏在此，原非长算。今娘子主见如此，小生拚得受岳丈些罪责，为了娘子，也是甘心的。既然做了一年夫妻，你家素有门望，料没有把你我重拆散了，再嫁别人之理。况有令姊旧盟未完，重续前好，正是应得。只须陪些小心往见,元自不妨。"

两人计议已定,就央金荣讨了一只船,作别了金荣,一路行去。渡了江,进瓜洲,前到扬州地方。看看将近防御家,女子对崔生道:"且把船歇在此处,未要竟到门口,我还有话和你计较。"崔生叫船家住好了船,问女子道:"还有甚么说话?"女子道:"你我逃窜一年,今日突然双双往见,幸得容恕,千好万好了。万一怒发,不好收场。不如你先去见见,看着喜怒,说个明白。大约没有变卦了,然后等他来接我上去,岂不婉转些?我也觉得有颜采。我只在此等你消息就是。"崔生道:"娘子见得不差,我先去见便了。"跳上了岸,正待举步,女子又把手招他转来,道:"还有一说:女子随人私奔,原非美事,万一家中忌讳,故意不认帐起来的事,也是有的。须要防他。"伸手去头上拔那只金凤钗下来,与他带去,道:"倘若言语支吾,将此钗与他们一看,便推故不得了。"崔生道:"娘子恁地精细!"接将钗来,袋在袖里了,望着防御家里来。

到得堂中,传进去。防御听知崔生来了,大喜出见。不等崔生开口,一路说出来道:"向日看待不周,致郎君住不安稳,老夫有罪。幸看先君之面,勿责老夫。"崔生拜伏在地,不敢仰视,又不好直说,口里只称"小婿罪该万死",叩头不止。防御倒惊骇起来,道:"郎君有何罪过,口出此言?快快说个明白,免老夫心里疑惑。"崔生道:"是必岳父高抬贵手,恕着小婿,小婿才敢出口。"防御说道:"有话但说,通家子侄,有何嫌疑?"崔生见他光景是喜欢的,方才说道:"小婿蒙令爱庆娘不弃,一时间结了私盟。房帏事密,儿女情多,负不义之名,犯私通之律。诚恐得罪非小,不得已夤夜奔逃,潜匿村墟。经今一载,音容久阻,书信难传。虽然夫妇情深,敢忘父母恩重？今日谨同令爱到此拜访,伏望察其深情,饶恕罪责,恩赐谐老之欢,永遂于飞[1]之愿,岳父不失为溺爱,小婿得完美室家,实出万幸。只求岳父怜悯则个！"防御听罢,大惊道："郎君说的是甚么话？小女庆娘卧病在床,经今一载,茶饭不进,转动要人扶靠,从不下床一步。方才的话在那里说起的？莫不见鬼了！"崔生见他说话,心里暗道："庆娘真是有见识,果然怕玷辱门户,只推说病在床上,遮掩着外人了。"便对防御道："小婿岂敢说谎,目今庆娘见在船中,岳父叫个人去接了起来,便见明白。"防御只是冷笑不信,却对一个家僮说："你可走到崔家郎船上去看看,与同来的是甚么人,却认做我家庆娘子。岂有此理！"

家僮走到船边,向船内一望,舱中悄然,不见一人。问着船家,船家正低着头艄上吃饭。家僮道："你舱里的人那里去了？"船家道："有个秀才官人上岸去了,留个小娘子在舱中。适才看见也上去了。"家僮走来,回覆家主道："船中不见有甚么人。问船家说,有个小娘子上了岸了,却是不见。"防御见无影响,不觉怒形于色道："郎君少年,当诚实些,何乃造此妖妄,诬玷人家闺女,是何道理？"崔生见他发出话来,也着了急。急忙袖中摸出这只金凤钗来,进上防御

---

[1] 于飞——语出《诗·大雅·卷阿》："凤皇于飞,翙翙其羽。"本指凤与凰相偕而飞,后来借喻夫妻的和美快乐。于,语助词,无义。

道:"此即令爱庆娘之物,可以表信,岂是脱空说的?"防御接来看了,大惊道:"此乃吾亡女兴娘殡殓时戴在头上的钗,已殉葬多时了,如何得在你手里?奇怪!奇怪!"崔生却把去年坟上女轿归来,轿下拾得此钗,后来庆娘因寻钗夜出,遂得成其夫妇,恐怕事败,同逃至旧仆金荣处,住了一年,方才又同来的说话,备细述了一遍。防御惊得呆了,道:"庆娘见在房中床上卧病,郎君不信,可以去看得的,如何说得如此有枝有叶?又且这钗如何得出世?真是蹊跷的事!"执了崔生的手,要引他房中去看病人,证辨真假。

却说庆娘果然一向病在床上,下地不得。那日外厢正在疑惑之际,庆娘托地在床上走将起来,竟望堂前奔出。家人看见奇怪,同防御的嬷嬷一哄的都随了出来,嚷道:"一向动不得的,如今忽地走将起来。"只见庆娘到得堂前,看见防御便拜。防御见是庆娘,一发吃惊道:"你几时走起来的?"崔生心里还暗道是船里走进去的,且听他说甚么。只见庆娘道:"儿乃兴娘也,早离父母,远殡荒郊。然与崔郎缘分未断。今日来此,别无他意,特为崔郎方便,要把爱妹庆娘续其婚姻。如肯从儿之言,妹子病体当即痊愈;若有不肯,儿去妹也死了。"合家听说,个个惊骇。看他身体面庞是庆娘的,声音举止却是兴娘,都晓得是亡魂归来,附体说话了。防御正色责他道:"你既已死了,如何又在人世妄作胡为,乱惑生人?"庆娘又说着兴娘的话道:"儿死去见了冥司,冥公道儿无罪,不行拘禁,得属后土夫人帐下,掌传笺奏。儿以世缘未尽,特向夫人给假一年,来与崔郎了此一段姻缘。妹子向来的病,也是儿假借他精魄,与崔郎相处来。今限满当夫,岂可使崔郎自此孤单,与我家遂同路人?所以特来拜求父母,是必把妹子许了他,续上前姻。儿在九泉之下,也放得心下了。"防御夫妻见他言词哀切,便许他道:"吾儿放心,只依着你主张,把庆娘嫁他便了。"兴娘见父母许出,便喜动颜色,拜谢防御道:"多感父母肯听儿言,儿安心去了。"走到崔生面前,执了崔生的手,哽哽咽咽哭起来道:"我与你恩爱一年,自此别了。庆娘亲事,父母已许我了,你好作娇客[1]。与新人欢好时节,不要竟忘了我旧人。"言毕大哭。崔生见说了来踪去迹,方知一向与他同住的乃是兴娘之魂。今日听罢叮咛之语,虽然悲切,明知是小姨身体,又在众人面前,不好十分亲近得。

只见兴娘的魂语分付已罢,大哭数声,庆娘身体蓦然倒地。众人惊惶,前来看时,口中已无气了。摸他心头,却温温的,急把生姜汤灌下。将有一个时辰,方醒转来。病体已好,行动如常。问他前事,一毫也不晓得。人丛之中,举眼一看,看见崔生站在里头,急急遮了脸,望中门奔了进去。崔生如梦初觉,惊疑了半日始定。防御就拣个黄道吉日,将庆娘与崔生合了婚。花烛之夜,崔生见过庆娘惯的,且是熟分;庆娘却不十分认得崔生的,老大羞惭。真个是:

> 一个闺中弱质,与新郎未经半晌交谈;一个旅邸故人,共娇面曾做一年相识。一个只觉耳畔声音稍异,面目无差;一个但见眼前光景皆新,心胆尚怯。一个还认蝴蝶梦中寻故友,一个正在

---

[1] 娇客——对女婿的爱称。

海棠枝上试新红。

却说崔生与庆娘定情之夕,只见庆娘含苞未破,元红尚在,仍是处子之身。崔生悄地问他道:"你令姊借你的身体,陪伴了我一年,如何你身子还是好好的?"庆娘怫然不悦道:"你自撞见了姊姊鬼魂,做作出来的,干我甚事,说到我身上来!"崔生道:"若非令姊多情,今日如何能勾与你成亲?此恩不可忘了。"庆娘道:"这个也说得是。万一他不明不白,不来周全此事,借我的名头,出了我偌多时丑,我如何做得人成?只你心里到底认是我随你逃走了的,岂不羞死人!今幸得他有灵,完成你我的事,也是他十分情分了。"

次日,崔生感兴娘之情不已,思量荐度他。却是身边无物,只得就将金凤钗到市上货卖,卖得钞二十锭,尽买香烛楮锭,赍到琼花观中,命道士建醮三昼夜,以报恩德。

醮事已毕,崔生梦中见一个女子来到,崔生却不认得。女子道:"妾乃兴娘也。前日是假妹子之形,故郎君不曾相识,却是妾一点灵性,与郎君相处一年了。今日郎君与妹子成亲过了,妾所以才把真面目与郎相见。"遂拜谢道:"蒙郎荐拔,尚有馀情。虽隔幽明,实深感佩。小妹庆娘,禀性柔和,郎好看觑他。妾从此别矣!"崔生不觉惊哭而醒。庆娘枕边见崔生哭醒来,问其缘故。崔生把兴娘梦中说话,一一对庆娘说。庆娘问道:"你见他如何模样?"崔生把梦中所见容貌,备细说来。庆娘道:"真是我姊也。"不觉也哭将起来。庆娘再把一年中相处事情,细细问崔生。崔生逐件和庆娘备说始末根繇,果然与兴娘生前情性光景无二。两人感叹奇异,亲上加亲,越然过得和睦了。自此兴娘别无影响。——要知只是一个"情"字为重,不忘崔生,做出许多事体来;心愿既完,便自罢了。此后崔生与庆娘年年到他坟上拜扫。后来崔生出仕,讨了前妻封诰,遗命三人合葬。曾有四句口号,道着这本话文:

　　大姊精灵,小姨身体。
　　到得圆成,无此无彼。

二刻拍案惊奇卷二十四

庵内看恶鬼善神　井中谭前因后果

经云：

　　要知前世因，今生受者是。

　　要知来世因，今生作者是。

话说南京新桥有一人，姓丘，字伯皋。平生忠厚志诚，奉佛甚谨，性喜施舍，不肯妄取人一毫一厘，最是个公直有名的人。一日独坐在家内屋檐之下，朗声诵经。忽然一个人背了包裹，走到面前来，放下包裹在地，向伯皋作一个揖道："借问老丈一声。"伯皋慌忙还礼道："有甚话？"那人道："小子是个浙江人，在湖广做买卖。来到此地，要寻这里一个丘伯皋，不知住在何处？"伯皋道："足下问彼住处，敢是与他旧相识么？"那人道："一向不曾相识，只是江湖上闻得这人是个长者，忠信可托。今小子在途路间有些事体，要干累他，故此动问。"伯皋道："在下便是丘伯皋。足下既是远来相寻，请到里面来细讲。"立起身来，拱进堂内坐定，问道："足下高姓？"那人道："小子姓南，贱号少营。"伯皋道："有何见托？"少营道："小子有些事体，要到北京会一个人，两月后可回了。"手指着包裹道："这里头颇有些东西。今单身远走，路上干系，欲要寄顿停当，方可起程。世上的人，便是亲眷朋友最相好的，撞着财物交关，就未必保得心肠不变。一路闻得吾丈大名，是分毫不苟的人，所以要将来寄放在此，安心北去，回来叩领。即此便是干累老丈之处，别无他事。"伯皋道："这个当得。但请足下封记停当，安放舍下，只管放心自去，万无一失。"少营道："如此多谢。"当下依言，把包裹封记好了，交与伯皋拿了进去。伯皋见他是远来的人，整治酒饭待他。他又要置办上京去的几件物事，未得动身。伯皋就留他家里住宿两晚，方才别去。

过了两个多月，不见他来。看看等至一年有馀，杳无音耗。伯皋问着北来的浙江人，没有一个晓得他的。要差人到浙江问他家里，又不晓得他地头[1]住处。相遇着浙人，便问南少营，全然无人认得。伯皋道："这桩未完事，如何是了？"没计奈何，巷口有一卜肆甚灵，特去问卜一卦。那占卦的道："卦上已绝生气，行人必应沉没在外，不得回来。"

伯皋心下委决不开，归来与妻子商量道："前日这人与我素不相识，忽然来寄此包裹。今一去不来，不知包内是甚么东西。意欲开来看一看，这人道我忠厚可托，故一面不相识，肯寄我处，如何等不得他来？欲待不看，心下疑惑不过。我想只不要动他原物，便看一看，想也无害。"妻子道："自家没有欺心便是，看看何妨？"取将出来，觉得沉重；打开看时，多是黄金白银，约有千两之数。伯皋道："原来有这些东西在这里，为何却不来了？启卦的说卦上已绝生气，莫不这人死了，所以不来？我而今有个主意，在他包里取出五十金来，替他广请

---
〔1〕 地头——吴方言，所在的地方。

高僧，做一坛佛事，祈求佛力，保佑他早早回来。倘若真个死了，求他得免罪苦，早早受生。也是我和他相与一番，受寄多时，尽了一片心，不便是这样埋没了他的。"妻子道："若这人不死，来时节动了他五十两，怎么回他？"伯皋道："我只把这实话对他讲，说是保佑他回来的，难道怪我不成？十分不认帐，我填还他也罢了。佛天面上，那里是使了屈钱处？"算计已定，果然请了几众僧人，做了七昼夜功果。伯皋是致诚人，佛前至心祈祷，愿他生得早归，死得早脱。功果已罢，又是几时，不见音信，眼见得南少营不来了。伯皋虽无贪他东西念头，却没个还处，自佛事五十两之外，已此是入己的财物。伯皋心里常怀着不安。日远一日，也不以为意了。

伯皋一向无子，这番佛事之后，其妾即有妊孕。明年，生下一男，眉目疏秀，甚觉可喜，伯皋夫妻十分爱惜。养到五六岁，送他上学，取名丘俊。岂知小聪明甚有，见了书就不肯读，只是赖学。到得长大来，一发不肯学好，专一结识了一班无赖子弟，嫖赌行中一溜，撒漫使钱，戒训不下。乡里人见他如此作为，尽皆叹息道："丘伯皋做了一世好人，生下后代乃是败子，天没眼睛，好善无报如此。"过了几时，伯皋与他娶了妻，生有一子，指望他渐渐老成，自然收心。不匡丘俊有了妻儿，越加狂肆，连妻儿不放在心上，弃着不管。终日只是三街两市和着酒肉朋友串哄，非赌即嫖，整个月不回家来。便是到家，无非是取钱钞，要当头。伯皋气忿不过。

一日，伯皋出外去。思量他在家非为，哄他回来，锁在一间空室里头，团团多是墙壁，只留着一个圆洞，放进饮食。就是生了双翅，也没处飞将出来。伯皋去了多时,丘俊坐在房里,真如囹圄一般。其大娘[1]甚是怜他,恐怕他愁苦坏了。一日早起,走到房前,在壁缝中张他一张,看他在里面怎生光景。不看万事全休,只这一看,那一惊非小可。正是:

分开八片顶阳骨,倾下一桶雪水来。

丘俊的大娘看见房里坐的,不是丘俊的模样,吃了一惊。仔细看时,俨然是向年寄包裹的客人南少营。大娘认得明白,不敢则声,嘿嘿归房。恰好丘伯皋也回来。妻子说着怪异的事,伯皋猛然大悟道:"是了!是了!不必说了。原是他的东西,我怎管得他浪费?枉做冤家。"登时开了门,放了丘俊出来,听他仍旧外边浮浪。快活不多几时,酒色淘空的身子,一口气不接,无病而死。伯皋算算所费,恰正是千金的光景。明晓得是因果,不十分在心上,只收拾孙子过日,望他长成罢了。

后边人议论:丘俊是南少营的后身,来取这些寄下东西的不必说了;只因丘伯皋是个善人,故来与他家生下一孙,衍着后代,天道也不为差。但只是如此忠厚长者,明受人寄顿,又不曾贪谋了他的,还要填还本人,还得尽了方休。何况实负欠了人,强要人的,打点受用,天岂容得你过?所以冤债相偿,因果的事,说他一年也说不了。小子而今说一个没天理的与看官们听一听。

钱财本有定数,莫要欺心胡做。

------

[1] 大娘——妾所生子女称正妻为"大娘"。

试看古往今来，只是一本帐簿。

却说元朝至正年间，山东有一人姓元，名自实。田庄为生，家道丰厚。性质愚钝，不通文墨，却也忠厚认真，一句说话两个半句的人。同里有个姓缪的千户[1]，与他从幼往来相好。一日，缪千户选授得福建地方官职，收拾赴任，缺少路费，要在自实处借银三百两。自实慨然应允。缪千户写了文券送过去。自实道："通家至爱，要文券做甚么？他日还不还在你心里，你去做官的人，料不赖了我的。"此时自实恃家私有馀，把这几两银子也不放在心上，竟自不收文券，如数交与他去。缪千户自去上任了。

真是事有不测，至正末年间，山东大乱，盗贼四起。自实之家，被群盗劫掠一空。所剩者田地屋宇，兵戈扰攘中，又变不出银子来。恋着住下，又恐性命难保，要寻个好去处避兵。其时福建被陈友定[2]所据，七郡地方，独安然无事。自实与妻子商量道："目今满眼兵戈，只有福建平静。况缪君在彼为官，可以投托。但道途阻塞，人口牵连，行动不得。莫若寻个海船搭了他，繇天津出海，直趋福州，一路海洋，可以径达。便可挈家而去了。"商量已定，收拾了些零剩东西，载了一家，上了海船，看了风讯[3]开去。

不则几时，到了福州地面。自实上岸，先打听缪千户消息。见说

---
[1] 千户——官名，为世袭军职。元承金制，军队设千户为"千夫之长"，即统兵千人左右。
[2] 陈友定——字安国，福清人，元末军阀，据有福建八郡之地，后为明军所破。
[3] 风讯——即"风信"，风向有季节性变化，以有准期，故称。

缪千户正在陈友定幕下当道用事,威权隆重,门庭赫奕。自实喜之不胜,道是来得着了。匆忙之中,未敢就去见他,且回到船里,对妻子说道:"问着了缪家,他正在这里兴头,便是我们的造化了。"大家欢喜。

自实在福州城中赁下了一个住居,接妻子上来,安顿行李停当,思量要见缪千户。转一个念头道:"一路受了风波,颜色憔悴,衣裳蓝褛。他是兴头的时节,不要讨他鄙贱,还宜从容为是。"住了多日,把冠服多整饰齐楚,面庞也养得黑色退了,然后到门求见。门上人见是外乡人,不肯接帖。问其来繇,说是山东。门上人道:"我们本官最怕乡里来缠,门上不敢禀得,怕惹他恼燥。等他出来,你自走过来觌面见他,须与吾们无干。他只这个时节出来快了。"自实依言,站着等候。果然不多一会,缪千户骑着马出来拜客。自实走到马前,躬身打拱。缪千户把眼看别处,毫厘不像认得的。自实急了,走上前去,说了山东土音,把自己姓名大声叫喊。缪千户听得,只得叫拢住了马,认一认,假作吃惊道:"元来是我乡亲,失瞻!失瞻!"下马来作了揖,拉了他,转到家里来,叙了宾主坐定。一杯茶罢,千户自立起身来道:"适间正有小事要出去,不得奉陪。且请仁兄回寓,来日薄具小酌,奉请过来一叙。"自实不曾说得甚么,没奈何且自别过。

等到明日,千户着个人拿了一个单帖,来请自实。自实对妻子道:"今日请我,必有好意。"欢天喜地,不等再邀,跟着就走。到了衙内,千户接着。自实只说道长久不见,又远来相投,怎生齐整待他;谁知千户意思甚澹,草草酒果三杯,说些地方上大概的话,略略问问家中兵戈光景,亲眷存亡之类,毫厘不问着自实为何远来,家业兴废若何。比及自实说着遭劫逃难，苦楚不堪，千户听了，也只如常，并无惊骇怜恤之意。至于借银之事，头也不提起，谢也不谢一声。自实几番要开口，又想道："刚到此地，初次相招，怎生就说讨债之事？万一冲撞了他，不好意思。"只得忍了出门。

到了下处，旅寓荒凉，柴米窘急。妻子问说："何不与缪家说说前银，也好讨些来救急？"自实说初到不好启齿未曾说得的缘故。妻子怨怅道："我们万里远来，所干何事？专为要投托缪家。今特特请去一番，却只贪着他些微酒食，碍口识羞，不把正经话提起。我们有甚么别望头在那里？"自实被埋怨得不耐烦，踌躇了一夜，次日早起，就到缪千户家去求见。

千户见说自实到来，心里已有几分不像意了。免不得出来见他，意思甚倦，叙得三言两语，做出许多勉强支吾的光景出来。自实只得自家开口道："在下家乡遭变，拚了性命，挈家海上远来，所仗惟有兄长。今日有句话，不揣来告。"千户不等他说完，便接口道："不必兄说，小弟已知。向者承借路费，于心不忘。虽是一宦萧条，俸入微薄，恰是故人远至，岂敢辜恩？兄长一面将文券简出来，小弟好照依数目，打点陆续奉还。"

看官，你道此时缪千户肚里，岂是忘记了当初借银之时并不曾有文券的？只是不好当面赖得，且把这话做出推头，等他拿不出文券来，便不好认真催逼。此乃负心人起赖端的圈套处。——自实是个老实人，见他说得蹊跷了，吃惊道："君言差矣！当初乡里契厚，开口就相借，从不曾有甚么文契。今日怎么说出此话来？"千户故意妆出正经面孔来道："岂有是理！债负往来，全凭文券，怎么说个没有？或者兵火之后，君家自失去了；容或有之。然既与兄旧交，而今文券有无也不必论，自然处来还兄。只是小弟也在不足之乡，一时性急不得。从容些个，勉强措办才妙。"自实听得如此说了，一时也难相逼，只得唯唯而出。一路想："他说话古怪，明是欺心光景。却是既到此地，不得不把他来作傍[1]。他适才也还有从容处还的话，不是绝无生意的。还须忍耐几日，再去求他。只是我当初要好的不是，而今权在他人之手，就这般烦难了。"

归来与妻子说知，大家叹息了一回，商量还只是求他为是。只得挨着面皮，走了几次。常只是这些说话，推三阻四，一千年也不赖，一万年也不还。耳朵里时时好听，并不见一分递过手里来。欲待不走时，又别无生路。自实走得一个不耐烦，正所谓：

羝羊触藩，进退两难。

自实枉自奔波多次，竟无所得。日挨一日，倏忽半年，看看已近新正[2]。自实客居萧索，合家嗷嗷，过岁之计，分毫无处。自实没奈何了，只得到缪家去。见了千户，一头哭，一头拜将下去道："望兄长救吾性命则个！"千户用手扶起，道："何至于此？"自实道："新正在迩，妻子饥寒，囊乏一钱，瓶无一粒粟，如何过得日子？向者所借银两，今不敢求还；任凭尊意，应济多少，一丝一毫，尽算是尊赐罢了。

---

〔1〕 作傍——作为依靠。
〔2〕 新正——新年、大年初一。

就是当时无此借贷一项,今日故人之谊,也求怜悯一些。"说罢大哭。千户见哭得慌了,也有些不安,把手指数一数道:"还有十日,方是除夜。兄长可在家专待。小弟分些禄米,备些柴薪之费,送到贵寓,以为兄长过岁之资。但勿以轻微为怪,便见相知。"自实穷极之际,见说肯送些东西了,心下放掉了好些,道:"若得如此,且延残喘到新年,便是盛德无尽。"欢喜作别。临别之时,千户再三叮嘱道:"除夕切勿他往,只在贵寓等着便是。"自实领诺。归到寓中,把千户之言对妻子说了,一家安心。

到了除日,清早就起来坐在家里等候。欲要出去寻些过年物事,又恐怕一时错过。心里还想等有些钱钞到手了,好去运动。呆呆等着,心肠扒将出来。叫一个小厮站在巷口,看有甚么动静,先来报知。去了一会,小厮奔来道:"有人挑着米来了。"自实急出门一看,果然一个担夫挑着一担米,一个青衣人前头拿了帖儿走来。自实认道是了。只见走近门边,担夫并无歇肩之意,那个青衣人也径自走过了。自实疑心道:"必是不认得吾家,错走过了。"连忙叫道:"在这里,可转来。"那两个并不回头。自实只得赶上前去,问青衣人道:"老哥送礼到那里去的?"青衣人把手中帖与自实看道:"吾家主张员外送米与馆宾的。你问他则甚?"自实情知不是,佯佯走了转来。又坐在家里一会,小厮又走进来道:"有一个公差打扮的,肩上驮了一肩钱走来了。"自实到门边探头一望,道:"这番是了。"只见那公差打扮的,经过门首,脚步不停,更跑得紧了些。自实越加疑心,跑上前问时,公差答道:"县里知县相公送这些钱与他乡里过节的。"自实又见不是,心里道:"别人家多纷纷送礼,要见只在今日这一日了,如何我家的偏不见到?"自实心里好像十五个吊桶打水,七上八落的;身子好像鏊盘[1]上蚂蚁,一霎也站脚不住。

看看守到下午,竟不见来。落得探头探脑,心猿意马,这一日一件过年的东西也不买得。到街前再一看,家家户户多收拾起买卖,开店的多关了门,只打点过新年了。自实反为缪家所误,粒米束薪,家里无备。妻子只是怨怅啼哭。别人家欢呼畅饮,爆竹连天;自实攒眉皱目,凄凉相对。自实越想越气,双脚乱跳,大骂:"负心的狠贼,害人到这个所在!"一愤之气,箱中翻出一柄解腕刀来,在磨石上磨得雪亮,对妻子道:"我不杀他,不能雪这口气!我拚着这命抵他。好歹三推六问,也还迟死几时。明日绝早清晨,等他一出门来,断然结果他了!"妻子劝他且耐性,自实那里按纳得下?捏刀在手,坐到天明,鸡鸣鼓绝,径望缪家门首而去。

且说这条巷中间,有一个小庵,乃自实家里到缪家必由之路。庵中有一道者,号轩辕翁,年近百岁,是个有道之士。自实平日到缪家时经过此庵,每走到里头歇足,便与庵主轩辕翁叙一会闲话。往来既久,遂成熟识。此日是正月初一日元旦,东方将动,路上未有行人。轩辕翁起来开了门,将一张桌当门放了,点上两枝蜡烛,朝天拜了四拜,将一卷经摊在桌上,中间烧起一炉香,对着门坐下,朗声而诵。诵

---

[1] 鏊(ào 傲)盘——烙饼的炊具,铁制,平底而浅,北方叫"饼铛"。

不上一两板[1]，看见街上天光熹微中，一个人当前走过，甚是急遽，认得是元自实。因为怕断了经头，繇他自去，不叫住他。这个老人家道眼清明，看元自实在前边一面走，后面却有许多人跟着。仔细一看，那里是人？乃是奇形异状之鬼，不计其数，跳舞而行。但见：

  或握刀剑，或执椎凿。

  披头露体，势甚凶恶。

轩辕翁住了经不念，口里叫声道："怪哉！"把性定一回，重把经念起。不多时，见自实复走回来，脚步懒慢。轩辕翁因是起先咤异了，嘿嘿看他自走，不敢叫破。自实走得过，又有百来个人跟着在后。轩辕翁着眼细看，此番的人多少比前差不远，却是打扮大不相同，尽是金冠玉佩之士。但见：

  或挈幢盖，或举旌幡。

  和容悦色，意甚安闲。

轩辕翁惊道："这却是甚么缘故？岁朝清早，所见如此，必是元生死了，适间乃其阴魂，故到此不进门来，相从的多是神鬼。然恶往善归，又怎么解说？"心下狐疑未决。一面把经诵完了，急急到自实家中，访问消耗。

  进了元家门内，不听得里边动静。咳嗽一声，叫道："有客相拜。"自实在里头走将出来，见是个老人家，新年初一相拜，忙请坐

---

  [1] 板——犹"页"。旧时经卷雕板印刷，一板即印一页。

下。轩辕翁说了一套随俗的吉利话,便问自实道:"今日绝清早足下往何处去?去的时节甚是匆匆,回来的时节甚是缓缓,其故何也?愿得一闻。"自实道:"在下有一件不平的事,不好告诉得老丈。"轩辕翁道:"但说何妨?"自实把缪千户当初到任借他银两,而今来取,只是推托,希图混赖,及年晚哄送钱米竟不见送,以致狼狈过年的事,从头至尾,说了一遍。轩辕翁也顿足道:"这等恩将仇报,其实可恨!这样人必有天报。足下今日出门,打点与他寻闹么?"自实道:"不敢欺老丈,昨晚委实气了一晚。吃亏不过,把刀磨快了,巴到天明,意要往彼门首,等他清早出来,一刀刺杀了,以雪此恨。及至到了门首,再想一想,他固然得罪于我,他尚有老母妻子,平日与他通家往来的,他们须无罪。不争杀了千户一人,他家老母妻子就要流落他乡了。思量自家一门流落之苦,如此难堪,怎忍叫他家也到这地位?宁可他负了我,我不可做那害人的事。所以忍住了这口气,慢慢走了来。心想未定,不曾到老丈处奉拜得,却教老丈先降,得罪,得罪。"轩辕翁道:"老汉不是来拜年,其实有桩奇异,要到宅上奉访。今见足下诉说这个缘故,当与足下称贺了。"自实道:"有何可贺?"轩辕翁道:"足下当有后禄。适间之事,神明已知道了。"自实道:"怎见得?"轩辕翁道:"方才清早足下去时节,老汉看见许多凶鬼相随;回来时节,多换了福神。老汉因此心下奇异。今见足下所言如此,乃知一念之恶,凶鬼便至;一念之善,福神便临。如影随形,一毫不爽。暗室之内,造次之间,万不可萌一毫恶念,造罪损德的。足下善念既发,鬼神必当嘿佑,不必愁恨了。"自实道:"虽承老丈劝慰,只是受了负心之骗,一个新岁,钱米俱无,光景难堪。既不杀得他,自家寻个死路罢,也羞对妻子了。"轩辕翁道:"休说如此短见的话。老汉庵中尚有馀粮,停会当送些过来,权时应用。切勿更起他念。"自实道:"多感!多感!"轩辕翁作别而去。

去不多时,果然一个道者领了轩辕翁之命,送一挑米、一贯钱到自实家来。自实枯渴之际,只得受了。转托道者,致谢庵主。

道者去后,自实展转思量:"此翁与我向非相识,尚承其好意如此。叵耐缪千户负欠了我的,反一毛不拔。本为他远来相投,今失了望,后边日子如何过得?我要这性命也没干。况且此恨难消。据轩辕翁所言,神鬼如此之近,我阳世不忍杀他,何不寻个自尽,到阴间告理他去?必有伸诉之处。"遂不与妻子说破,竟到三神山下一个八角井边,叹了一口气,仰天喊道:"皇天有眼,我元自实被人赖了本钱,却教我死于非命。可怜!可怜!"说罢,扑通的跳了下去。

自实只道是水渰将来,立刻可死,谁知道井中可煞作怪,自实脚踏实地,点水也无。伸手一摸,两边俱是石壁削成,中间有一条狭路,只好容身。自实将手托着两壁,黑暗中只管向前,依路走去。走匀有数百步远,忽见有一线亮光透入。急急望亮处走去,须臾壁尽路穷,乃是一个石洞小口。出得口时,豁然天日明朗,别是一个世界。又走了几十步,见一所大宫殿,外边门上牌额四个大金字,乃是"三山福地"。自实瞻仰了一会,方敢举步而入。但见:

> 古殿烟消,长廊昼静。徘徊四顾,阒无人踪;钟磬一声,恍来云外。自是洞天福地,宜有神仙在此藏;绝非俗境尘居,不带凤

缘那得到?

自实立了一晌,不见一个人面,肚里饥又饥,渴又渴,腿脚又酸,走不动了。见面前一个石坛,且是洁净,自实软倒来,只得眠在石坛傍边,歇息一回。

忽然里边走出一个人来,乃是道士打扮,走到自实跟前,笑问自实道:"翰林已知客边滋味了么?"自实吃一惊,道:"客边滋味,受得勾苦楚了;如何呼我做翰林? 岂不大差!"道士道:"你不记得在兴庆殿草诏书么?"自实道:"一发好笑。某乃山东鄙人,布衣贱士,生世四十,目不知书,连京里多不曾认得,晓得甚么兴庆殿,草甚么诏书?"道士道:"可怜!可怜!人生换了皮囊,便为嗜欲所汩〔1〕,饥寒所困,把前事多忘记了。你来此间,腹中已饿了么?"自实道:"昨晚忿恨不食,直到如今。为寻死地到此,不期误入仙境。却是腹中又饿,口中又渴,腿软筋麻,当不得,暂卧于此。"道士袖里摸出大梨一颗,大枣数枚,与自实道:"你认得这东西么? 此交梨火枣〔2〕也。你吃了下去,不惟免了饥渴,兼可晓得过去之事。"自实接来手中,正当饥渴之际,一口气吃了下去。不觉精神爽健,瞑目一想,惺然明悟。记得前生身为学士,在大都〔3〕兴庆殿侧草诏,犹如昨日。一毂辘扒将起来,拜着道道:"多蒙仙长佳果之味,不但解了饥渴,亦且顿悟前生。但前生既如此清贵,未知作何罪业,以致今生受报,弄得如此

---

〔1〕 汩(gǔ骨)——沉迷。
〔2〕 交梨火枣——道教经书中所说的"仙果"。
〔3〕 大都——即今北京市。元代建都于此,名为"大都"。

没下稍了。"道士道："你前世也无大罪。但在职之时，自恃文学高强，忽略后进之人，不肯加意汲引，故今世罚你愚懵，不通文义。又妄自尊大，拒绝交游，毫无情面，故今世罚你漂泊，投人不着。这也是一还一报，天道再不差的。今因你一念之善，故有分到此福地，与吾相遇，救你一命。"道士因与自实说世间许多因果之事：某人是善人，该得好报；某人是恶人，该得恶报。某人乃是无厌鬼王出世，地下有十个炉替他铸横财，故在世贪饕不止，贿赂公行，他日福满，当受幽囚之祸。某人乃多杀鬼王出世，有阴兵五百，多是铜头铁额的，跟随左右，助其行虐，故在世杀害良民，不戢军士，他日命衰，当受割截之殃。其余凡贪官污吏，富室豪民，及矫情干誉[1]，欺世盗名，种种之人，无不随业得报，一一不爽。

自实见说得这等利害明白，打动了心中事，遂问道："假似缪千户欺心混赖，负我多金，反致得无聊如此，他日岂无报应？"道士道："足下不必怪他。他乃是王将军的库子[2]，财物不是他的，他岂得妄动耶？"自实道："见今他享荣华，我受贫苦，眼前怎么当得？"道士道："不出三年，世运变革，地方将有兵戈大乱，不是这光景了。你快择善地而居，免受池鱼之祸[3]。"自实道："在下愚昧，不识何处可以躲避。"道士道："福宁[4]可居。且那边所在与你略有缘分，可偿得

---

〔1〕 干誉——追逐名誉。干，求。
〔2〕 库子——看守库房的人。
〔3〕 池鱼之祸——即成语"城门失火，殃及池鱼"，喻无端受祸。
〔4〕 福宁——旧县名，即今福建省霞浦县。

你前日好意贷人之物,不必想缪家还了。此皆子善念所至也。今到此已久,家人悬望,只索回去罢。"自实道:"起初自井中下来,行了许多暗路,今不能重记。就寻着了旧路,也上去不得,如何归去?"道士道:"此间别有一径,可以出外,不必从旧路了。"因指点山后一条路径,叫自实从此而行。自实再拜称谢。道士自转身去了。

自实依着所指之径,行不多时,见一个穴口,走将出来,另有天日。急回头认时,穴已不见。自实望去百步之外,远远有人行走,奔将去问路,元来即是福州城外。遂急急跑回家来。家人见了,又惊又喜道:"那里去了这几日?"自实道:"我今日去,就是今日来,怎么说几日?"家人道:"今日是初十了。自那日初一出门,到晚不见回来,只道在轩辕翁庵里。及至去问时,却又说不曾来。只疑心是有甚么山高水低,轩辕翁说你家主人还有后禄,定无他事,所以多勉强宽解。这几日杳然无信,未免慌张。幸得来家,却好了!"自实把愤恨投井,谁知无水不死,却遇见道士,奇奇怪怪许多说话,说了一遍,道:"闻得仙家日月长。今吾在井里只得一响,世上却有十日,这道士多分是仙人。他的说话,必定有准。我们依言,搬在福宁去罢。不要恋恋缪家的东西,不得到手,反为所误了。"一面叫家人收拾起来,打点上路。

自实走到轩辕翁庵中,别他一别,说迁去之意。轩辕翁问:"为何发此念头?"自实把井中之事说了一遍。轩辕翁跌足道:"可惜足下不认得人,这道士乃芙蓉真人也!我修炼了一世,不能相遇,岂知足下当面错过。仙家之言,不可有违。足下迁去为上。老汉也自到山中去了。若住在此地，必为乱兵所杀。"自实别了回来，一径领了妻子，同到福宁。

此时天下扰乱，赋役烦重，地方多有逃亡之屋。自实走去，寻得几间可以收拾得起的房子，并叠瓦砾，将就修葺来住。挥锄之际，铮然有声，掘将下去，却是石板一块。掇将开来，中有藏金数十锭。合家见了，不胜之喜，恐怕有人看见，连忙收拾在箱匣中了。自实道："井中道士所言，此间与吾有些缘分，可还所贷银两，正谓此也。"将来秤一秤，果是三百金之数，不多不少。自实道："井中人果是仙人，在此住料然不妨。"从此安顿了老小，衣食也充足了些，不愁冻馁，放心安居。

后来张士诚大军临福州，陈平章〔1〕遭掳，一应官吏多被诛戮。缪千户一家，被王将军所杀，尽有其家资。自实在福宁，竟得无事。算来恰恰三年，道士之言，无一不验。可见财物有定数，他人东西，强要不得的。为人一念，善恶之报，一些不差的。有诗为证：

　　一念起时神鬼至，何况前生夙世缘。

　　方知富室多悭吝，只为他人守业钱。

---

〔1〕"后来"二句——陈平章，即陈友定，因其曾官"平章"，故称。元代平章为地方高级长官。陈友定实为明军所俘，非遭张士诚掳。

二刻拍案惊奇卷二十五

徐茶酒乘闹劫新人　　郑蕊珠鸣冤完旧案

词云：

  瑞气笼清晓。卷珠帘、次第笙歌，一时齐奏。无限神仙离蓬岛，凤驾鸾车初到。见拥个、仙娥窈窕。玉佩玎珰风缥缈，望娇姿、一似垂杨袅。天上有，世间少。　　刘郎正是当年少。更那堪、天教付与，最多才貌。玉树琼枝相映耀，谁与安排忒好？有多少、风流欢笑。直待来春成名了，马如龙、绿绶欺芳草。同富贵，又偕老。

这首词名《贺新郎》，乃是宋时辛稼轩[1]为人家新婚吉席而作。天下喜事，先说洞房花烛夜，最为热闹。因是这热闹，就有趁哄打劫的了。吴兴安吉州富家新婚。当夜有一个做贼的，趁着人杂时节溜将进去，伏在新郎的床底下了，打点人静后出来卷取东西。怎当这人家新房里头，一夜停火[2]到天明。床上新郎新妇，云雨欢浓了一会，枕边切切私语，你问我答，烦琐不休。说得高兴，又弄起那话儿

---

[1] 辛稼轩——辛弃疾，字幼安，号稼轩居士，南宋著名爱国将领和杰出的词人，著有《稼轩长短句》。所引词题为《吉席》，《全宋词》收此词，云"此首不似辛弃疾作"。
[2] 停火——陈列灯火。

来，不十分肯睡。那贼躲在床下，只是听得肉麻不过，却是不曾静悄。又且灯火明亮，气也喘不得一口，何况脱身出来做手脚？只得耐心伏着不动。水火[1]急时，直等日间床上无人时节，就床下暗角中撒放。如此三日夜，毕竟下不得手。肚中饿得难堪，顾不得死活，听得人声略定，拚着命魆魆走出，要寻路逃去。火影下早被主家守宿人瞧见，叫一声："有贼！"前后人多扒起来，拿住了。先是一顿拳头脚尖，将绳捆着，整备[2]天明送官。贼人哀告道："小人其实不曾偷得一毫物事，便做道不该进来，适间这一顿臭打也折算得过了，千万免小人到官。放了出去，小人自有报效之处。"主翁道："谁要你报效！你每这样歹人，只是送到官打死了才干净。"贼人道："十分不肯饶我，我到官自有说话。你每不要懊悔。"主翁见他说得倔强，更加可恨，又打了几个巴掌。

捆到次日，申破[3]了地方，一同送到县里去。县官审问时，正是"贼有贼智"，那贼人不慌不忙的道："老爷详察，小人不是个贼，不要屈了小人。"县官道："不是贼，是甚么样人，躲在人家床下？"贼人道："小人是个医人。只为这家新妇，从小有个暗疾，举发之时，疼痛难当，惟有小人医得，必要亲手调治，所以一时也离不得小人。今新婚之夜，只怕旧疾举发，暗约小人随在房中防备用药，故此躲在床下。这家人不认得，当贼拿了。"县官道："那有此话！"贼人道："新妇乳名

---

[1] 水火——大小便的隐语。
[2] 整备——吴方言，即"准备"。
[3] 申破——申报，上报说明。

瑞姑。他家父亲宠了妾生子女，不十分照管他。母亲与他一路，最是爱惜，所以有了暗疾，时常叫小人私下医治。今若叫他到官，自然认得小人，才晓得不是贼。"知县见他丁一确二[1]说着，有些信将起来，道："果有这等事，不要冤屈了平人。而今只提这新妇当堂一认就是了。"元来这贼躲在床下这三夜，备细听见床上的说话。新妇果然有些心腹之疾，家里常医的，因告诉丈夫，被贼人记在肚里。恨这家不饶他，当官如此攀出来，不惟可以遮饰自家的罪，亦且可以弄他新妇到官，出他家的丑。这是那贼人怠赖之处。那晓县官竟自被他哄了，果然提将新妇起来。

富家主翁急了，负极[2]去求免新妇出官。县官那里肯听？富家翁又告："情愿不究贼人罢了。"县官大怒道："告别人做贼也是你，及至要个证见，就说情愿不究，可知是诬赖平人为盗。若不放新妇出来质对，必要问你诬告。"富家翁计无所出，方悔道："早知如此，放了这猾贼也罢。而今反受他累了！"衙门中一个老吏，见这富家翁彷徨，问知其故，便道："要破此猾贼也不难，只要重重谢我。我去禀明了，有方法叫他伏罪。"富家翁许了谢礼十两。老吏去禀县官道："这家新妇初过门，若出来与贼盗同辨公庭，耻辱极矣。老爷还该惜其体面。"县官道："若不出来，怎知贼的真假？"老吏道："吏典倒有一个愚见。想这贼潜藏内室，必然不曾认得这妇人的，他却混赖其妇有约。

---

[1] 丁一确二——明明白白、确确实实。
[2] 负极——急忙、赶紧。

而今不必其妇到官,密地另使一个妇人代了,与他相对。他认不出来,其诬立见。既可以辨贼,又可以周全这家了。"县官点头道:"说得有理。"就叫吏典悄地去唤一娼妇,打扮了良家,包头素衣,当贼人面前带上堂来,高声禀道:"其家新妇瑞姑拿到。"贼人不知是假,连忙叫道:"瑞姑,瑞姑,你约我到房中治病的,怎么你公公家里拿住我做贼送官,你就不说一声?"县官道:"你可认得正是瑞姑了么?"贼人道:"怎么不认得?从小认得的。"县官大笑道:"有这样奸诈贼人,险些被你哄了!元来你不曾认得瑞姑,怎赖道是他约你医病?这是个娼妓,你认得真了么?"贼人对口无言。县官喝叫:"用刑!"贼人方才诉说不曾偷得一件,乞求减罪。县官打了一顿大板,枷号示众。因为无赃,恕其徒罪。富家翁新妇方才得免出官。这也是新婚人家一场大笑话。

先说此一段,做个笑本。小子的正话,也说着一个新婚人家,弄出好些没头的官司,直到后来,方得明白。

本为花烛喜筵,弄作是非苦海。

不因天网恢恢,哑谜何时得解?

却说直隶苏州府嘉定县,有一人家,姓郑,也是经纪行中人,家事不为甚大。生有一女,小名蕊珠,这倒是个绝世佳人,真个有沉鱼落雁之容,闭月羞花之貌。许下本县一个民家,姓谢,是谢三郎,还未曾过门。这个月里拣定了吉日,谢家要来取[1]去。三日之前,蕊珠要

---

[1] 取——通"娶"。

整容开面[1],郑家老儿去唤整容匠。

元来嘉定风俗,小户人家女人篦头剃脸,多用着男人。其时有一个后生,姓徐名达,平时最是不守本分,心性奸巧好淫,专一打听人家女子那家生得好,那家生得丑。因为要像心看着内眷,特特去学了那栉工生活,得以进入内室;又去做那婚筵茶酒,得以窥看新人。如何叫得"茶酒"?即是那边傧相[2]之名。因为赞礼时节,在傍高声"请茶"、"请酒",多是他口里说的,所以如此称呼。这两项生意多傍着女人行止,他便一身兼做了。比时郑家就叫他与女儿蕊珠开面。

徐达带了篦头家火,一径到郑家内里来。蕊珠做女儿时节,徐达未曾见一面,而今却叫他整容,煞是看得亲切。徐达一头动手,一头觑玩,身子如雪狮子向火,看看软起来。可惜碍着前后有人,恨不就势一把抱住,弄他一会。郑老儿在傍看见模样,识破他有些轻薄意思,等他用手一完,急打发他出到外边来了。

徐达看得浑身似火,心里掉不下。晓得嫁去谢家,就设法到谢家包做了吉日的茶酒。到得那日,郑老儿亲送女儿过门,只见出来迎接的傧相,就是前日的栉工徐达,心下一转道:"元来他又在此!"比至新人出轿,行起礼来,徐达没眼看得,一心只在新娘子身上,口里哩哇啰哇啰,把礼数多七颠八倒起来。但见:

---

[1] 开面——旧俗,女子临出嫁前去净脸和脖子上的汗毛,修齐鬓角,俗称"开面"、"开脸"。
[2] 傧相——宋以后称婚礼中接引宾客和赞礼的人为"傧相",与称伴郎、伴娘的"傧相"不同。

东西错认,左右乱行。信口称呼,亲翁忽为亲妈;无心赞喝,该拜反做该兴[1]。见过泰山[2],又请岳翁受礼;参完堂上,还叫父母升厅。不管嘈坏郎君,只是贪看新妇。

徐达乱嘈嘈的行过了许多礼数,新娘子花烛已过,进了房中,算是完了,只要款待送亲吃喜酒。这谢家民户人家,没甚人力,谢翁与谢三郎只好陪客在外边。里头妈妈率了一二个养娘,亲自厨房整酒。有个把当直的,搬东搬西,手忙脚乱,常是来不迭的。徐达相礼[3],到客人坐定了席,正要"请汤"、"请酒",是件赞唱,忽然不见了他。两三次汤送到,只得主人家自请过吃了。将至终席,方见徐达慌慌张张在后面走出来,喝了两句。比至酒散,谢翁见茶酒如此参前失后,心中不喜,要叫他来埋怨几句,早又不见。当值的道:"方才往前面去了。"谢翁道:"怎么寻了这样不晓事的?如此淘气!"亲家翁不等茶酒来赞礼,自起身谢了酒。

谢三郎走进新房,不见新娘子在内。疑他床上睡了,揭帐一看,仍然是张空床。前后照着,竟不见影。跑至厨房问人时,厨房中人多嚷道:"我们多只在这里收拾。新娘子花烛过了,自坐房中,怎么倒来问我们?"三郎叫了当值的,后来各处找寻。到后门一看,门又关得好好的。走出堂前说了,合家惊惶。当值的道:"这个茶酒,一向不是个好人。方才喝礼时节,看他没心没想,两眼只看着新人,又两

---

[1] 兴——指站起。
[2] 泰山——对岳父的俗称。
[3] 相礼——即赞礼,也就是下文的"喝礼",相当现在的"司仪"。

次不见了他,而今竟不知那里去了。莫不是他有甚么奸计,藏过了新人么?"郑老儿道:"这个茶酒,元不是好人。小女前日开面也是他,因见他轻薄态度,正心里怪恨。不想宅上茶酒也用着他!"郑家随来的仆人也说道:"他元是个游嘴光棍,这篦头、赞礼,多是近新来学了,撺哄过日子的。毕竟他有缘故。去还不远,我们追去。"谢家当值的道:"他要内里拐出新人,必在后门出后巷里去了。方才后门关好,必是他复身转来关了,使人不疑,所以又到堂前衒这一回。必定从前面转至后巷去了,故此这会不见。是他无疑!"此时是新婚人家,篦子〔1〕火把多有在家里,就每人点着一根。两家仆人与同家主,共是十来个,开了后门,多望后巷里赶来。

　　元来谢家这条后门路是一个直巷,也无弯曲,也无傍路。火把照起,明亮犹同白日,一望去多是看见的。远远见有两三个人走,前头差一段路,去了两个,后边有一个还在那里。疾忙赶上,拿住火把一照,正是徐茶酒。问道:"你为何在这里?"徐达道:"我有些小事,等不得酒散,我要回去。"众人道:"你要回去,直不得〔2〕对本家说声?况且好一会不见了你,还在这里行走,岂是回去的?你好好说,拐将新娘子那里去了?"徐达支吾道:"新娘子在你家里,岂是我掌礼人包管的?"众人打的打,推的推,喝道:"且拿这游嘴光棍到家里,拷问他出来!"

---

〔1〕　篦(tán 谈)子——用竹篾扎成的火把,吴方言也叫"篾篦"。
〔2〕　直不得——竟不能、就不该。

一群人拥着徐达,到了家里,两家亲翁一同新郎各各盘问,徐达只推不知。一齐道:"这样顽皮赖骨,私下问他,如何肯说?绑他在柱上,待天明送到官去。难道当官也赖得?"遂把徐达做一团捆住,只等天明。此时第一个是谢三郎扫兴了。

不能勾握雨携云,整备着鼠牙雀角。

喜筵前枉唤新郎,洞房中依然独觉。

众人闹闹嚷嚷,簇拥着徐达,也有吓他的,也有劝他的,一夜何曾得睡?徐达只不肯说。

须臾天已大明,谢家父子教众人带了徐达,写了一纸状词,到县堂上告准,面禀其故。知县惊异道:"世间有此事!"遂唤徐达问道:"你拐的郑蕊珠那里去了?"徐达道:"小人是婚筵的茶酒,只管得行礼的事,怎晓得新人的去向?"谢公就把他不辞而去、在后巷赶着之事,说了一遍。知县喝叫:"用刑起来!"徐达虽然是游花光棍,本是柔脆的人,熬不起刑。初时支吾两句,看看当不得了,只得招道:"小人因为开面时见他美貌,就起了不良之心。晓得嫁与谢家,谋做了婚筵茶酒,预先约会了两个同伴,埋伏在后门了。趁他行礼已完,外边只要上席,小人在里面一看,只见新人独坐在房中。小人哄他还要行礼,新人随了小人走出。新人却不认得路,被小人引他到了后门,就把新人推与门外二人。新人正待叫喊,却被小人关好了后门,望前边来了。仍旧从前边抄至后巷,赶着二人。正要奔脱,看见后面火把明亮,知是有人赶来。那两个人顾不得小人,竟自飞跑去了。小人有这个新人在旁,动止不得。恰好路傍有个枯井,一时慌了,只得抱住了他,撑了下去。却被他们赶着,拿了送官。这新人现在井中。只此是实。"知县道:"你在他家时为何不说?"徐达道:"还打点遮掩得过,取他出井来受用。而今熬刑不起,只得实说了。"知县写了口词,就差一个公人,押了徐达,与同谢、郑两家人,快到井边来勘实回话。

　　一行人到了井边,郑老儿先去望一望,井底下黑洞洞,不见有甚声响,疑心女儿此时毕竟死了,扯着徐达狠打了几下,道:"你害我女儿死了,怕不偿命!"众人劝住道:"且捞了起来,不要厮乱。自有官法处他!"郑老儿心里又慌又恨,且把徐达咬住一块肉不肯放。徐达杀猪也似叫喊。这边谢公叫人停当了竹兜绳索,一面下井去救人。一个胆大些的家人,扎缚好了,挂将下去。井中无水,用手一摸,果然一个人蹲倒在里面。推一推看,已是不动的了。抱将来放在兜中,吊将上去。众人一看,那里是甚么新娘子? 却是一个大胡须的男子,鲜血模糊,头多开的了。众人多吃了一惊。郑老儿将徐达又是一巴掌,道:"这是怎么说?"连徐达看见,也吓得呆了。谢公道:"这又是甚么跷蹊的事?"对了井中,问下边的人道:"里头还有人么?"井里应道:"并无甚么了,接了我上去。"随即放绳下去,接了那个家人上来,一齐问道:"井中还有甚么?"家人道:"止有些石块在内,是一个干枯的井。方才黑洞洞地摸起来的人,不知死活,可正是新娘子么?"众人道:"是一个死了的胡子,那里是新人? 你看么!"押差公人道:"不要鸟乱了! 回覆官人去,还在这个入娘的身上寻究新人下落!"郑、谢两老儿多道:"说得是。"就叫地方人看了尸首,一同公人去禀白县官。

知县问徐达道："你说把郑蕊珠推在井中,而今井中却是一个男尸。且说郑蕊珠那里去了？这尸是那里来的？"徐达道："小人只见后边赶来,把新人推下井里是实。而今却是一个男尸,连小人也猜不出了。"知县道："你起初约会这两个同伴,叫做甚么名字？必是这二人的缘故了。"徐达道："一个张寅,一个李卯。"知县写了名字住址,就差人去拿来。瓮中捉鳖,立时拿到。每人一夹棍,只招得道："徐达相约后门等待。后见他推出新人来,负了就走。徐达在后赶来,正要同去,望见后面火把齐明,喊声大震,我们两个胆怯了,把新人掉与徐达,只是拚命走脱了。已后的事一些也不知。"又对着徐达道："你当时将的新人那里去了？怎不送了出来,要我们替你吃苦？"徐达对口无言。知县指着徐达道："还只是你这奴才奸巧!"喝叫再夹起来。徐达只喊得是"小人该死",说来说去,只说到推在井中,便再说不去了。

知县便叫郑、谢两家父亲,与同媒妁人等,又拘齐两家左右邻里,备细访问。多只是一般不知情,没有甚么别话,也没有一个认得这尸首的。知县出了一张榜文,召取尸亲家属认领埋葬,也不曾有一个说起的。郑、谢两家自备了赏钱,知县又替他写了榜文访取郑蕊珠下落,也没有一个人晓得影响的。知县断决不开,只把徐达收在监中,五日一比[1]。谢三郎苦毒,时时催禀。县官没法,只得做他不着,

----

[1] 比——即"比较",是旧时官府对未能按期完成差事的衙役和涉案人员的加以杖责的惩罚手段,也叫"限棒"。

也不知打了多多少少。徐达起初一时做差了事,到此不知些头脑,教他也无奈何。只好巴过五日,吃这番痛棒。也没个打听的去处,也没个结局的法儿,真正是没头的公事。表过不提。

再说郑蕊珠那晚被徐达拐至后门,推与二人,便见把后门关了,方晓得是歹人的做作。欲待叫着本家人,自是新来的媳妇,不曾知道一个名姓,一时叫不出来。亦且门已关了,便口里喊得两句"不好了",也没人听得。那些后生背负着只是走。心里正慌,只见后面赶来,两个人撇在地下,竟自去了。那个徐达一把抱来丢在井里。井里无水,又不甚深,只跌得一下,毫无伤损。听见上面众人喧嚷,晓得是自己家人,又火把齐明,照得井里也有光。郑蕊珠负极叫喊救人,怎当得上边人拿住徐达,你长我短,嚷得一个不耐烦。妇人声音终久娇细,又在井里,那个听见?多簇拥着徐达,吆吆喝喝,一路去了。郑蕊珠听得人声渐远,只叫得苦,大声啼哭。看看天色明亮,蕊珠想道:"此时上边未必无人走动。"高叫两声:"救人!"又大哭两声,果然惊动了上边两个人。只因这两个人走将来,有分教:

黄尘行客,翻为坠井之魂;绿鬓新人,竟作离乡之妇。

说那两个人,是河南开封府杞县客商,一个是赵申,一个是钱巳,合了本钱,同到苏松做买卖,得了重利,正要回去。偶然在此经过,闻得啼哭喊叫之声,却在井中出来。两个多走到井边,望下一看。此时天光照下去,隐隐见是个女人。问道:"你是甚么人,在这里头?"下边道:"我是此间人家新妇,被强盗劫来,丢在此的。快快救我出来,到家自有重谢!"两人听得,自商量道:"从来说'救人一命,胜造七级浮屠'。况是个女人，怎能勾出来？没人救他，必定是死。我每撞着，也是有缘。行囊中有长绳，我每坠下去救了他起来。"赵申道："我溜撒些，等我下去。"钱巳道："我身子笨，果然下去不得。我只在上边吊着绳头，用些笨气力罢。"也是赵申悔气到了，见是女子，高兴之甚，揎拳裸袖，把绳缚在腰间，双手吊着绳。钱巳一脚踹着绳头，双手提着绳，一步步放将下去。到了下边，见是没水的，他就不慌不忙，对郑蕊珠道："我救你则个。"郑蕊珠道："多谢大恩。"赵申就把身上绳头解下来，将郑蕊珠腰间如法缚了，道："你不要怕，只把双手吊着绳，上边自提你上去。缚得牢，不掉下来的。快上去了，把绳来吊我。"郑蕊珠巴不得出来，放着胆，吊了绳。上边钱巳见绳急[1]了，晓得有人吊着，尽气力一扯一扯的吊出井来。钱巳抬眼一看，却是一个艳妆的女子：

虽然鬟乱钗横，却是天姿国色。

猛地井里现身，疑是龙宫拾得。

大凡人不可有私心，私心一起，就要干出没天理的勾当来。起初钱巳与赵申商量救人，本是好念头。一下子救将起来，见是个美貌女子，就起了打偏手之心，思量道："他若起来，必要与我争，不能勾独享。况且他囊中本钱尽多。而今生死之权，操在我手。我不放他起来，这女子与囊橐多是我的了。"歹念正起，听得井底下大叫道："怎不把绳下来？"钱巳发一个狠道："结果了他罢！"在井傍掇起一块大石头来，照着井中，叫声：

----

[1] 急——紧，此指绳子绷紧了。

"下去！"可怜赵申眼盼盼望着上边放绳下来，岂知是块石头，不曾隄防的，回避不及，打着脑盖骨，立时粉碎，呜呼哀哉了。

郑蕊珠在井中出来，见了天日，方抖擞衣服，略定得性。只见钱巳如此做作，惊得魂不附体，口里只念"阿弥陀佛"。钱巳道："你不要慌。此是我仇人，故此哄他下去，结果了他性命。"郑蕊珠心里道："是你的仇人，岂知是我的恩人。"也不敢说出来，只求送在家里去。钱巳道："好自在话！我特特在井里救你出来，是我的人了，我怎肯送还你家去？我是河南开封富家，你到我家里，就做我家主婆[1]，享用富贵了。快随我走！"郑蕊珠昏天暗地，不认得这条路是那里，离家里是近是远。又没个认得的人在傍边，心中没个主见。钱巳催促他走动道："你若不随我，仍旧撺你在井中，一石头打死了。你见方才那个人么？"郑蕊珠惧怕，思量无计，只得随他去。正是：

才脱风狂子，又逢轻薄儿。

情知不是伴，事急且相随。

钱巳一路分付郑蕊珠，教道他到家见了家人，只说苏州讨来的；有人来问赵申时，只回他还在苏州就是了。不多几日，到了开封杞县，进了钱巳家里。谁知钱巳家中还有一个妻子万氏，小名叫做虫儿。其人狠毒的甚，一见郑蕊珠，就放出手段来，无所不至摆布他。将他头上手饰[2]、身上衣服，尽多夺下，只许他穿着布衣服。打水

---

[1] 家主婆——吴方言，称妻子。
[2] 手饰——即"首饰"。

做饭,一应粗使生活,要他一身支当。一件不到,大棒打来。郑蕊珠道:"我又不是嫁你家的,你家又不曾出银子讨我的,平白地强我来,怎如此毒打得我?"那个万虫儿那里听你分诉? 也不问着来历,只说是小老婆,就该一味吃醋蛮打罢了。万虫儿一向做人恶劣,是邻里妇人没一个不相骂断的。有一个邻妈,看见他如此毒打郑蕊珠,心中常抱不平。忽听见郑蕊珠口中如此说话,心里道:"又不嫁,又不讨,莫不是拐来的? 做这样阴骘事,坑着人家儿女!"把这话留在心上。

一日,钱巳出到外边去了。郑蕊珠打水,走到邻妈家借水桶。邻妈留他坐着,问道:"看娘子是好人家出身,为何宅上爹娘肯远嫁到此,吃这般磨折?"郑蕊珠哭道:"那里是爹娘嫁我来的?"邻妈道:"这等,怎得到此?"郑蕊珠把身许谢家,初婚之夜被人拐出抛在井中之事,说了一遍。邻妈道:"这等,是钱家在井中救出了你,你随他的了?"郑蕊珠道:"那里是! 其时还有一个人下井,亲身救我起来的。这个人好苦,指望我出井之后,就将绳接他。谁知钱家那厮狠毒,就把一块大石头丢下去,打死了那人,拉了我就走。我彼时一来认不得家里,二来怕他那杀人手段,三来他说道到家就做家主婆。岂知堕落在此,受这样磨难!"邻妈道:"当初你家的与前村赵家一同出去为商。今赵家不回来,前日来问你家时,说道还在苏州,他家信了。依小娘子说起来,那下井救你吃打死的,必是赵家了。小娘子何不把此情当官告明了,少不得牒送你回去,可不免受此间之苦?"郑蕊珠道:"只怕我跟人来了,也要问罪。"邻妈道:"你是妇人家,被人迫诱,有何可罪? 我如今替你把此情先对赵家说了,赵家必定告状。再与你写一张首状,当官递去。你只要实说,包你些罪也没有,且得还乡见父母了。"郑蕊珠道:"若得如此,重见天日了。"

计较已定,邻妈一面去与赵家说了,赵家赴县理告。这边郑蕊珠也拿首状到官。杞县知县问了郑蕊珠口词,即时差捕钱巳到官。钱巳欲待支吾,却被郑蕊珠是长是短,一口证定。钱巳抵赖不去,恨恨的向郑蕊珠道:"我救了你,你倒害我!"郑蕊珠道:"那个救我的,你怎么打杀了他?"钱巳无言。赵家又来求判填命。知县道:"杀人情真,但皆系口词,尸首未见,这里成不得狱。这是嘉定县地方做的事,郑蕊珠又是嘉定县人,尸首也在嘉定县,我这里只录口词成招,将一行人连文卷押解到嘉定县结案就是了。"当下先将钱巳打了三十大板,收在牢中。郑蕊珠召保,就是邻妈替他递了保状。且喜与那个恶妇万虫儿不相见了。杞县一面叠成文卷,佥了长解[1],把一干人多解到苏州府嘉定县来。

是日正逢五日比较之期,嘉定知县带出监犯徐达,恰好在那里比较。开封府杞县的差人投了文,当堂将那解批[2]上姓名,逐一点过。叫到郑蕊珠,蕊珠答应。徐达抬头一看,却正是这个失去的郑蕊珠,是开面时认得亲切的。大叫道:"这正是我的冤家!我不知为你打了多少,你却在那里来?莫不是鬼么?"知县看见,问徐达道:"你为甚认得那妇人?"徐达道:"这个正是井里失去的新人,不消比较小

---

[1] 长解——押送犯人到较远的地方去。解,押送犯人。
[2] 解批——押送犯人的公文。

人了。"知县也骇然道："有这等事！"唤郑蕊珠近前,一一细问。郑蕊珠照前事细说了一遍。知县又把来文逐一简看,方晓得前日井中死尸乃赵申,被钱已所杀。遂吊取赵申尸首,令仵作人简验得头骨碎裂,系是生前被石块打伤身死。将钱已问成死罪,抵赵申之命。徐达拐骗,虽事不成,祸端所自,问三年满徒。张寅、李卯,各不应杖罪。郑蕊珠所遭不幸,免科,给还原夫谢三郎完配。赵申尸骨,家属领埋；系隔省,埋讫,释放宁家。

知县发落已毕,笑道："若非那边弄出,解这两个人来,这件未完何时了结也？"嘉定一县,传为新闻。可笑谢三郎,好端端的新妇,直到这日方得到手,已是个弄残的了。又为这事,坏了两条性命。其祸皆在男人开面上起的,所以内外之防不可不严也。

男子何当整女容？致令恶少起顽凶。

今朝试看含香蕊,已动当年函谷封。

二刻拍案惊奇卷二十六

懵教官爱女不受报　穷庠生助师得令终

诗曰：

朝日上团团，照见先生盘。

盘中何所有？苜蓿长阑干[1]。

这首诗乃是广文先生所作，道他做官清苦处。盖因天下的官，随你至卑极小的，如仓大使、巡简司[2]，也还有些外来钱。惟有这教官，管的是那几个酸子，有体面的还来送你几分节仪，没体面的终年面也不来见你，有甚往来交际？所以这官极苦。然也有时运好，撞着好门生，也会得他的气力起来。这又是各人的造化不同。

浙江温州府曾有一个廪膳秀才[3]，姓韩，名赞卿。屡次科第不得中式，挨次出贡[4]，到京赴部听选，选得广东一个县学里的

---

[1] "朝日"四句——据《唐摭言》载，此诗作者薛令之，闽中长溪人，时开元东宫官僚冷清，令之以诗自悼。《全唐诗》诗题即为《自悼》。这里只引全诗前四句，后四句为："饭涩匙难绾，羹稀箸易宽。无以谋朝夕，何由保岁寒？"苜蓿，豆科草本植物，这里谓教官清苦，常以苜蓿为蔬。阑干，纵横散乱的样子。
[2] 仓大使、巡简司——管理仓库和维护地方治安的两种低级官吏。
[3] 廪膳秀才——即"廪生"。明代府、州、县学的生员每月都给膳食补助，故称。
[4] 出贡——明代府、州、县学按时保送一定数量的生员进入国子监学习，称为"贡生"，出贡即以这样的途径选入国学。

司训[1]。那个学直在海边,从来选了那里,再无人去做的。你道为何?元来与军民府州一样,是个有名无实的衙门。有便有几十个秀才,但是认得两个"上大人"[2]的字脚,就进了学,再不退了。平日只去海上寻些道路,直到上司来时,穿着衣巾,摆班接一接、送一送,就是他向化之处了。不知国朝几年间曾创立得一个学舍,无人来住,已自东倒西歪。旁边有两间舍房,住一个学吏,也只管记记名姓簿籍;没事得做,就合着秀才一伙去做生意。这就算做一个学了。韩赞卿悔气,却选着了这一个去处。曾有走过广里[3]的,备知详细,说了这样光景。合家恰像死了人一般,哭个不歇。韩赞卿家里穷得火出,守了一世书窗,指望巴个出身,多少挣些家私,今却如此遭际,没计奈何。韩赞卿道:"难道便是这样罢了不成?穷秀才结煞[4],除了去做官,再无路可走了。我想朝廷设立一官,毕竟也有个用处。见放着一个地方,难道是去不得、哄人的?也只是人自怕了。我总是没事得做,拚着穷骨头去走一遭,或者撞着上司可怜,有些别样处法,作成些道路,就强似在家里坐了。"遂发一个狠,决意要去。亲眷们阻当他,多不肯听。措置了些盘缠,别了家眷,冒冒失失,竟自赴任。

到了省下,见过几个上司,也多说道:"此地去不得。住在会城,

----

〔1〕 司训——职务是管理、训导学生。
〔2〕 上大人——这是"描红纸"上开头的三个字。"描红纸"是过去供儿童初学写毛笔字的习字纸,字的笔划很少,用红色楷字印出,供儿童用墨笔套描。
〔3〕 广里——指广东地方。
〔4〕 结煞——结局,末了。

守几时，别受些差委罢。"韩赞卿道："朝廷命我到此方行教，岂有身不履其地，算得为官的？是必到任一番，看如何光景。"上司闻知，多笑是迂儒腐气，凭他自去了。

韩赞卿到了海边地方，寻着了那个学吏，拿出吏部急字号文凭，与他看了。学吏吃惊道："老爷你如何直走到这里来？"韩赞卿道："朝廷教我到这里做教官，不到这里，却到那里？"学吏道："旧规但是老爷们来，只在省城住下，写个谕帖来知会我们，开本花名册子送来，秀才廪粮中扣出一个常例〔1〕，一同送到，一件事就完了。老爷每俸薪，自在县里去取，我们不管。以后升除〔2〕去任，我们总不知道了。今日如何却竟到这里？"韩赞卿道："我既是这里官，须管着这里秀才。你去叫几个来见我。"学吏见过文凭，晓得是本管官，也不敢怠慢，急忙去寻几个为头的积年秀才，与他说知了。秀才道："奇事！奇事！有个先生来了！"一传两，两传三，一时会聚了十四五个。商量道："既是先生到此，我们也该以礼相见。"有几个年老些的，穿戴了衣巾，其馀的只是常服，多来拜见先生。韩赞卿接见已毕，逐个问了姓，叙些寒温，尽皆欢喜。略略问起文字大意，一班儿都相对微笑。老成的道："先生不必拘此，某等敢以实情相告。某等生在海滨，多是在海里去做生计的。当道恐怕某等在内地生事，作成我们穿件蓝袍，做了个秀才，羁縻着。唱得几个喏，写得几字，就是了；其实不知

---

〔1〕 常例——即"常例钱"，按惯例支取的小费。
〔2〕 升除——升任新官。除，除旧职就新职。

孔夫子义理怎么样的。所以再没有先生们到这里的。今先生辛辛苦苦来走这番，这所在不可久留，却又不好叫先生便如此空回去。先生且安心住两日，让吾们到海中去去，五日后却来见先生，就打发先生起身。只看先生造化何如。"说毕，哄然而散。韩赞卿听了这番说话，惊得呆了，做声不得。只得依傍着学吏，寻间民房，权且住下。

这些秀才去了五日，果然就来。见了韩赞卿道："先生大造化！这五日内，生意不比寻常，足足有五千金，勾先生下半世用了。弟子们说过的话，毫厘不敢入己，尽数送与先生，见弟子们一点孝意。先生可收拾回去，是个高见。"韩赞卿见了许多东西，吓了一跳，道："多谢列位盛意。只是学生带了许多银两，如何回去得？"众秀才道："先生不必忧虑，弟子们着几个与先生做伴，同送过岭〔1〕，万无一失。"韩赞卿道："学生只为家贫无奈，选了这里，不得不来。岂知遇着列位，用情如此。"众秀才道："弟子们从不曾见先生面的，今劳苦先生一番，周全得回去，也是我们弟子之事。已后的先生不消再劳了。"当下众秀才替韩赞卿打叠起来，水陆路程舟车之类，多是众秀才备得停当。有四五个陪他一路起身，但到泊舟所在，有些人来相头相脚，面生可疑的，这边秀才不知口里说些甚么，抛个眼色，就便走开了去。直送至交界地方，路上太平的了，然后别了韩赞卿告回。韩赞卿谢之不尽，竟带了重资回家。一个穷儒，一旦饶裕了。可见有造化的，只是这个教官，又到了做不得的地方，也原有起好处来。

---

〔1〕 过岭——意为出了广东省界。广东在五岭之南，故又名"岭南"。

在下为何把这个教官说这半日？只因有一个教官，做了一任回来，贫得彻骨，受了骨肉许多的气。又亏得做教官时一个门生之力，挣了一派后运，争尽了气，好结果了。正是：

　　世情看冷暖，人面逐高低。

　　任是亲儿女，还随阿堵[1]移。

话说浙江湖州府近太湖边地方，叫做钱箦，有一个老廪膳秀才，姓高，名广，号愚溪。为人忠厚，生性古执。生有三女，俱已适人过了。妻石氏已死，并无子嗣。止有一侄，名高文明，另自居住，家道颇厚。这高愚溪积祖传下房屋一所，自己在里头住，侄儿也是有分的。只因侄儿自挣了些家私，要自家像意，见这祖房坍塌下来修理不便，便自己置买了好房子，搬出去另外住了。若论支派，高愚溪无子，该是侄儿高文明承继的。只因高愚溪讳言这件事，况且自有三女，未免偏向自己骨血，有积趱下的束修、本钱，多零星与女儿们去了。后来挨得出贡，选授了山东费县教官，转了沂州，又升了东昌府。做了两三任归来，囊中也有四五百金宽些。看官听说：大凡穷家穷计，有了一二两银子，便就做出十来两银子的气质出来。况且世上人的眼光极浅，口头最轻，见一两个箱儿匣儿略重些，便猜道有上千上万的银子在里头。还有凿凿说着数目，恰像亲眼看见、亲手兑过的一般，总是一划的穷相。彼时高愚溪带得些回来，便就声传有上千的数目了。

　　三个女儿晓得老子有些在身边，争来亲热，一个赛一个的要好。

---

〔1〕阿堵——六朝人口语，意犹"这个"。这里代指钱。

高愚溪心里欢喜,道:"我虽是没有儿子,有女儿们如此殷勤,老景也还好过。"又想一想道:"我总是留下私蓄,也没有别人得与他,何不拿些出来,分与女儿们了,等他们感激,越坚他每的孝心。"当下取三百两银子,每女儿与他一百两。女儿们一时见了银子,起初时千欢万喜,也自感激。后来闻得说身边还多,就有些过望起来,不见得十分足处。大家唧哝道:"不知还要留这偌多与那个用?"虽然如此说,心里多想他后手的东西,不敢冲撞,只是赶上前的讨好。侄儿高文明照常往来,高愚溪不过体面相待。虽也送他两把俸金,几件人事〔1〕,恰好侄儿也替他接风洗尘,只好直退〔2〕。侄儿有些身家,也不想他的,不以为意。

那些女儿闹哄了几日,各要回去,只剩得老人家一个,在这些败落旧屋里面居住,觉得凄凉。三个女儿你也说,我也说,多道来接老爹家去住几时,各要争先。愚溪笑道:"不必争,我少不得要来看你们的。我从头而来,各住几时便了。"别去不多时,高愚溪在家清坐了两日,寂寞不过,收拾了些东西,先到大女儿家里住了几时。第二个、第三个女儿多着人来相接,高愚溪以次而到。女儿们只怨怅来得迟,住得不长远,过得两日,又来接了。高愚溪周而复始,住了两巡。女儿们殷殷勤勤,东也不肯放,西也不肯放。高愚溪思量道:"我总是不生得儿子,如今年已老迈,又无老小,何苦独自个住在家里?有

---

〔1〕 人事——礼物。
〔2〕 直退——扯直,"两下相抵"之意。

此三个女儿轮转供养,勾过了残年了。只是白吃他们的,心里不安。前日虽然每人与了他百金,他们也费些在我身上了,我何不与他们说过,索性把身边所有,尽数分与三家,等三家轮供养了我,我落得自繇自在。这边过几时,那边过几时,省得老人家还要去买柴籴米,支持辛苦。最为便事。"把此意与女儿们说了,女儿们个个踊跃从命,多道:"女儿养父亲,是应得的。就不分得甚么,也说不得。"高愚溪大喜,就到自屋里,把随身箱笼有些实物的,多搬到女儿家里来了。私下把箱笼东西拼拼凑凑,还有三百多两。装好汉,发个慷慨,再是一百两一家,分与三个女儿,身边剩不多些甚么了。三个女儿接受,尽皆欢喜。

自此,高愚溪只轮流住在三个女儿家里过日,不到自家屋里去了。这几间祖屋,久无人住,逐渐坍将下来。公家物事,卖又卖不得。女儿们又撺掇他,说是有分东西,何不拆了些来?愚溪总是不想家去住了,道是有理。但见女婿家里有些甚么工作修造之类,就去悄悄载了些作料[1]来,增添改用。东家取了一条梁,西家就想一根柱,甚至猪棚屋,也取些椽子板障来拉一拉。多是零碎取了的,侄儿子也不好小家子样来争,听凭他没些搭煞的,把一所房屋狼籍完了。

祖宗缔造本艰难,公物将来弃物看。

自道婿家堪毕世,宁知转眼有炎寒。

且说高愚溪初时在女婿家里过日,甚是热落,家家如此。以后手

---

〔1〕 作料——匠人所用的材料。

中没了东西，要做些事体也不得自繇，渐渐有些不便当起来。亦且老人家心性，未免有些嫌长嫌短，左不是、右不是的难为人。略不像意，口里便恨恨毒毒的说道："我还是吃用自家的，不吃用你们的。"聒絮个不住。到一家，一家如此。那些女婿家里，未免有些厌倦起来。况且身边无物，没甚么想头了，就是至亲如女儿，心里较前也懈了好些。说不得个推出门，却是巴不得转过别家去了，眼前清净几时。所以初时，这家住了几时，未到满期，那家就先来接他。而今就过日期也不见来接，只是巴不得他迟来些。高愚溪见未来接，便多住了一两日，这家子就有些言语出来，道："我家住满了，怎不到别家去？"再略动气，就有的发话道："当初东西，三家均分，又不是我一家得了的。"言三语四，耳朵里听不得。高愚溪受了一家之气，忿忿地要告诉这两家，怎当得这两家真是一个娘养的，过得两日这些光景也就现出来了。闲话中间，对女儿们说着姊妹不是，开口就护着姊妹伙的。至于女婿，一发彼此相为。外貌解劝之中，带些尖酸讥评，只是丈人不是，更当不起。高愚溪恼怒不过，只是寻是寻非的炒闹，合家不宁。数年之间，弄做个老厌物，推来攘去。有了三家，反无一个归根着落之处了。

看官，若是女儿、女婿说起来，必定是老人家不达时务，惹人憎嫌；若是据着公道评论，其实他分散了好些本钱，把这三家做了靠傍，凡事也该体贴他意思一分，才有人心天理。怎当得人情如此：与他的便算己物，用他的便是冤家。况且三家相形〔1〕，便有许多不调匀

------

〔1〕 相形——互相比着。

处。假如要请一个客，做个东道，这家便嫌道："何苦定要在我家请？"口里应承时，先不爽利了。就应承了去，心是懒的，日挨一日。挨得满了，又过了一家。到那家提起时，又道："何不在那边时节请了，偏要留到我家来请？"到底不请得，撒开手。难道遇着大小一事，就三家各派不成？所以一件也成不得了，怎教老人家不气苦？这也是世态自然到此地位的。只是起初不该一味溺爱女儿，轻易把家事尽情散了。而今权在他人之手，岂得如意？只该自揣了些己〔1〕也罢，却又是亲手分过银子的，心不甘伏。欲待憋了口气，别走道路，又手无一钱，家无片瓦，争气不来，动弹不得。要去告诉侄儿，平日不曾有甚好处到他，今如此行径，没下稍了，恐怕他们见笑，没脸嘴见他。左思右想，恨道："只是我不曾生得儿子，致有今日。枉有三女，多是负心向外的，一毫没干，反被他们赚得没结果了！"使一个性子，噙着眼泪，走到路傍一个古庙里坐祠，越想越气，累天倒地的哭了一回。猛想道："我做了一世的儒生，老来弄得这等光景，要这性命做甚么？我把胸中气不忿处，哭告菩萨一番，就在这里寻个自尽罢了。"

又道是无巧不成话。高愚溪正哭到悲切之处，恰好侄儿高文明在外边收债回来，船在岸边摇过，只听得庙里哭声。终是关着天性，不觉有些动念，仔细听着，像是伯伯的声音。便道："不问是不是，这个哭哭得好古怪。就住拢去看一看，怕做甚么？"叫船家一橹邀住了船，船头凑岸，扑的跳将上去。走进庙门，喝道："那个在此啼哭？"各

---
〔1〕 揣了些己——退让一些。揣己，即"克己"，退让的意思。

抬头一看，两下多吃了一惊。高文明道："我说是伯伯的声音，为何在此？"高愚溪见是自家侄儿，心里悲酸起来，越加痛切。高文明道："伯伯老人家，休哭坏了身子。且说与侄儿，受了何人的气，以致如此？"高愚溪道："说也羞人。我自差了念头，死靠着女儿，不留个后步，把些老本钱多分与他们了，今日却没一个理着我了。气忿不过，在此痛哭，告诉神明一番，寻个自尽。不想遇着我侄，甚为有愧。"高文明道："伯伯怎如此短见！姊妹们是女人家见识，与他认甚么真？"愚溪道："我宁死于此，不到他三家去了。"高文明道："不去也凭得伯伯，何苦寻死？"愚溪道："我已无家可归，不死何待？"高文明道："侄儿不才，家里也还奉养得伯伯一口起，怎说这话？"愚溪道："我平时不曾有好处到我侄，些些家事，多与了别人，今日剩得个光身子，怎好来扰得你？"高文明道："自家骨肉，如何说个扰字？"愚溪道："便做道我侄不弃，侄媳妇定嫌憎的。我出了偌多本钱，买别人嫌憎过了，何况孑然一身！"高文明道："侄儿也是个男子汉，岂縣妇人做主？况且侄妇颇知义理，必无此事。伯伯只是随着侄儿到家里罢了，再不必迟疑。快请下船同行。"高文明也不等伯子回言，一把扯住衣袂，拉了就走，竟在船中载回家来。

高文明先走进去，对娘子说着伯伯苦恼，思量寻死的话。高娘子吃惊道："而今在那里了？"高文明道："已载他在船里回来了。"高娘子道："虽然老人家没搭煞，讨得人轻贱，却也是高门里的体面，原该收拾了回家来，免被别家耻笑。"高文明还怕娘子心未定，故意道："老人家虽没用了，我家养这一群鹅在圈里，等他在家，早晚看看也好的，不到得吃白饭。"娘子道："说那里话！家里不争得这一口，就吃了白饭，也是自家骨肉，又不养了闲人。没有侄儿叫个伯子来家看鹅之理。不要说这话，快去接了他起来。"高文明道："既如此说，我去请他起来，你可整理些酒饭相待。"说罢，高文明三脚两步走到船边，请了伯子起来。到堂屋里坐下，就搬出酒肴来，伯侄两人吃了一会。高愚溪还想着可恨之事，提起一两件来告诉侄儿，眼泪簌簌的下来。高文明只是劝解。自此且在侄儿处住下了。

三家女儿知道，晓得老儿心里怪了，却是巴不得他不来。虽体面上也叫个人来动问动问，不曾有一家说来接他去的。那高愚溪心性古撇[1]，便接也不肯去了。一直到了年边，三个女儿家才假意来说接去过年，也只是说声，不见十分殷勤。高愚溪回道"不来"，也就住了。高文明道："伯伯过年，正该在侄儿家里住的，祖宗影神也好拜拜。若在姊妹们家里，挂的是他家祖宗，伯伯也不便。"高愚溪道："侄儿说得是。我还有两个旧箱笼，有两套圆领[2]在里头，旧纱帽一顶，多在大女儿家里，可着人去取了来，过年时也好穿了拜拜祖宗。"高文明道："这是要的。可写两个字去取。"随着人到大女儿家里去讨这些东西。那家子正怕这厌物再来，见要这付行头[3]，晓得在别家过年了，恨不得急烧一付退送纸[4]，连忙把箱笼交还不迭。

------

[1] 古撇——性情固执古怪。
[2] 圆领——圆领长衫，与下句的"纱帽"均为旧时官员的礼服。
[3] 行头——戏装。这里是形容大女儿对父亲官服的嘲弄。
[4] 退送纸——旧时迷信为驱魔避邪而烧的纸钱为"退送钱"。

高愚溪见取了这些行头来,心里一发晓得女儿家里不要他来的意思,安心在侄儿处过年。

大凡老休在屋里的小官,巴不得撞个时节吉庆,穿着这一付红闪闪的,摇摆摇摆,以为快乐。当日高愚溪着了这一套,拜了祖宗,侄儿、侄媳妇也拜了尊长,一家之中,甚觉和气,强似在别人家了。只是高愚溪心里时常不快,道是不曾掉得甚么与侄儿,今反在他家打搅,甚为不安。就便是看鹅的事,他也肯做,早是侄儿不要他去。

　　同枝本是一家亲,才属他门便路人。

　　直待酒阑人散后,方知叶落必归根。

一日,高愚溪正在侄儿家闲坐,忽然一个人——公差打扮的——走到面前,拱一拱手道:"老伯伯,借问一声,此间有个高愚溪老爹否?"高愚溪道:"问他怎的?"公差道:"老伯伯指引一指引。一路问来,说道在此间。在下要见他一见,有些要紧说话。"高愚溪道:"这是个老朽之人,寻他有甚么勾当?"公差道:"福建巡按李爷,山东沂州人,是他的门生。今去到任,迂道到此,特特来访他,找寻两日了。"愚溪笑道:"则我便是高广。"公差道:"果然么?"愚溪指着壁间道:"你不信,只看我这顶破纱帽。"公差晓得是实,叫声道:"失敬了!"转身就走。愚溪道:"你且说山东李爷叫甚名字?"公差道:"单讳着一个某字。"愚溪想了一想道:"元来是此人!"公差道:"老爹家里收拾一收拾,他等得不耐烦了。小的去禀,就来拜了。"公差访得的实,喜喜欢欢自去了。

高愚溪叫出侄儿高文明来,与他说知此事。高文明道:"这是兴头的事。贵人来临,必有好处。伯伯当初怎么样与他相处起的?"愚溪道:"当初吾在沂州做学正[1],他是童生新进学,家里甚贫,出那拜见钱不起,有半年多了,不能勾来尽礼。斋中两个同僚,撺掇我出票去拿他,我只是不肯。后来访得他果贫,去唤他来见,是我一个做主,分文不要他的。斋中见我如此,也不好要得了。我见这人身虽寒俭,意气轩昂,模样又好。问他家里,连灯火之资多难处的。我倒助了他些盘费回去,又替他各处赞扬,第二年就有了一个好馆。在东昌时节,又府里荐了他。归来这几时不相闻了。后来见说中过进士,也不知在那里为官。我已是老迈之人,无意世事,总不记在心上,也不去查他了。不匡他不忘旧情,一直到此来访我。"高文明道:"这也是个好人了。"

正说之间,外边喧嚷起来,说一个大船泊将拢来了,一齐来看。高文明走出来,只见一个人拿了红帖,竟望门里直奔。高文明接了,拿进来看。高愚溪忙将古董衣服穿戴了,出来迎接。船舱门开处,摇摇摆摆,踱上个御史来。那御史生得齐整,但见:

胸蟠豸绣,人避骢威。揽辔想像澄清,停车动摇山岳。霜飞白简[2],一笔里要管闲非;清比黄河,满面上专寻不是。若不为学中师友谊,怎肯来林外野人家?

那李御史见了高愚溪,口口称为老师,满面堆下笑来,与他拱揖

---

[1] 学正——明代地方学校学官。
[2] 白简——即"白象简",指象牙做的朝笏。

进来。李御史退后一步,不肯先走。扯得个高愚溪气喘不迭,涎唾鼻涕乱来。李御史带着笑,只是谦逊。高愚溪强不过,只得扯着袖子,占先了些,一同行了。进入草堂之中,御史命设了毯子,纳头四拜,拜谢前日提携之恩。高愚溪还礼不迭。拜过,即送上礼帖,候敬十二两。高愚溪收下,整椅在上面。御史再三推辞,定要傍坐,只得左右相对。御史还不肯占上,必要愚溪右手高些,才坐了。御史提起昔日相与之情,甚是感谢,说道:"侥幸之后,日夕想报师恩,时刻在念。今幸适有此差,道由贵省,迂途来访。不想高居如此乡僻。"高愚溪道:"可怜,可怜。老朽那得有居?此乃舍侄之居,老朽在此趁住的。"御史道:"老师当初,必定有居。"愚溪道:"老朽拙算,祖居尽废。今无家可归,只得在此强颜度日。"说罢,不觉哽咽起来。老人家眼泪,极易落的,扑的掉下两行来。御史恻然不忍道:"容门生到了地方,与老师设处便了。"愚溪道:"若得垂情,老朽至死不忘。"御史道:"门生到任后,便着承差来相候。"说勾一个多时的话,起身去了。

愚溪送动身,看船开了,然后转来。将适才所送银子来看一看,对侄儿高文明道:"此封银子,我侄可收去,以作老汉平日供给之费。"高文明道:"岂有此理?供养伯伯,是应得的。此银伯伯留下,随便使用。"高愚溪道:"一向打搅,心实不安,手中无物,只得腆颜过了。今幸得门生送此,岂有累你供给了,我白收物事自用之理?你若不收我的,我也不好再住了。"高文明推却不得,只得道:"既如此说,侄儿取了一半去,伯伯留下一半别用罢。"高愚溪依言,各分了六两。

自李御史这一来,闹动了太湖边上,把这事说了几日。女儿家知道了,见说送来银子,分一半与侄儿了,有的不气干道:"光辉了他家,又与他银子!"有的道:"这些须银子,也不见几时用,不要欣羡他。免得老厌物来家也勾了,料没得再有几个御史来送银子。"各自唧哝不题。

且说李御史到了福建,巡历地方,祛蠹除奸,雷厉风行,且是做得利害。一意行事,随你天大分上挽回不来。三月之后,即遣承差到湖州公干,顺便赍书一封,递与高愚溪,约他到任所。先送程仪十二两,教他收拾了,等承差公事已毕,就接了同行。高愚溪得了此信,与侄儿高文明商量,伯侄两个一同去走走。收拾停当,承差公事已完,来促起身。一路上多是承差支持,毫不费力,不二十日,已到了省下。

此时察院正巡历漳州。开门时节,承差进禀:"请到了高师爷。"察院即时送了下处,打轿出拜。拜时赶开闲人,叙了许多时说话。回到衙内,就送下程〔1〕。又分付办两桌酒,吃到半夜方散。外边见察院如此绸缪,那个不钦敬?府县官多来相拜送下程,尽力奉承。大小官吏多来掇臀捧屁,希求看觑,把一个老教官抬在半天里。因而有求荐奖的,有求免参论的,有求出罪的,有求免赃的,多来钻他分上。察院密传意思,教且离了所巡境地,或在省下,或游武夷,已叮嘱了心腹府县,其有所托之事,钉好书札,附寄公文封筒〔2〕进来,无有不依。

---

〔1〕 下程——吴方言,也作"嘎程",送行的礼物。
〔2〕 封筒——封套。

高愚溪在那里半年,直到察院将次复命,方才收拾回家。总计所得,足足有二千馀两白物,其馀土产货物,尺头〔1〕礼仪之类甚多,真叫做满载而归。只这一番,比似先前自家做官时倒有三四倍之得了。伯侄两人满心欢喜,到了家里,搬将上去。邻里之间,见说高愚溪在福建巡按处抽丰回来,尽来观看。看见行李沉重,货物堆积,传开了一片,道:"不知得了多少来家。"

三家女儿知道了,多着人来问安,又各说着要接到家里去的话。高愚溪只是冷笑,心里道:"见我有了东西,又来亲热了!"接着几番,高愚溪立得主意定,只是不去。正是:

　　自从受了卖糖公公骗,至今不信口甜人。

这三家女儿见老子不肯来,约会了一日,同到高文明家里来。见高愚溪个多撮得笑起,说道:"前日不知怎么样冲撞了老爹,再不肯到家来了。今我们自己来接,是必原到我每各家来住住。"高愚溪笑道:"多谢,多谢。一向打搅得你们勾了,今也要各自揣己,再不来了。"三个女儿你一句、我一句说道:"亲的只是亲,怎么这等见弃我们?"高愚溪不耐烦起来,走进房中去了一会,手中拿出三包银子来。每包十两,每一个女儿与他一包道:"只此见我老人家之意。以后我也再不来相扰,你们也不必再来相缠了。"又拿一个柬帖来,付高文明,就与三个女儿看一看。众人争上前看时,上面写道:

　　平日空囊,止有亲侄收养;今兹馀橐,无用他姓垂涎。一生

---

〔1〕 尺头——绸缎衣料。

宦资,已归三女;身后长物,悉付侄儿。讠此为照。
女儿中颇有识字义者,见了此纸,又气忿又没趣,只得各人收了一包,且自各回家里去了。

高愚溪罄将所有,尽交付与侄儿。高文明那里肯受?说道:"伯伯留些防老,省得似前番缺乏了,告人便难。"高愚溪道:"前番分文没有时,你兀自肯白养我;今有东西与你了,倒怠慢我不成?我老人家心直口直,不作久计了。你收下我的,一家一计过去,我倒相安。休分彼此,说是你的我的。"高文明依言,只得收了。以后尽心供养,但有所需,无不如意。高愚溪到底不往女儿家去,善终于侄儿高文明之家。所剩之物,尽归侄儿,也是高文明一点亲亲之念不衰,毕竟得所报也。

广文也有遇时人,自是人情有假真。

不遇门生能报德,何缘爱女复思亲?

二刻拍案惊奇卷二十七

伪汉裔夺妾山中　假将军还妹江上

诗云：

> 曾闻盗亦有道，其间多有英雄。
>
> 若逢真正豪杰，偏能掉臂[1]于中。

昔日宋相张齐贤[2]，他为布衣时，值太宗皇帝驾幸河北，上太平十策。太宗大喜，用了他六策，馀四策斟酌再用。齐贤坚执道："是十策皆妙，尽宜亟用。"太宗笑其狂妄，还朝之日对真宗道："我在河北得一宰相之才，名曰张齐贤，留为你他日之用。"真宗牢记在心。后来齐贤登进士榜，却中在后边。真宗见了名字，要拔他上前，争奈榜已填定，特旨一榜尽赐及第。他日直做到宰相。

这个张相未遇时节，孤贫落魄，却倜傥有大度。一日偶到一个地方，投店中住止。其时适有一伙大盗劫掠归来，在此经过，下在店中造饭饮酒，枪刀森列，形状狰狞。居民恐怕拿住，东逃西匿，连店主多去躲藏。张相剩得一身在店内，偏不走避。看见群盗吃得正酣，张相

---

[1] 掉臂——甩着臂膊走路，形容无所顾忌。
[2] 张齐贤——字师亮，北宋初宰相。文中所述事与《宋史》本传有出入，张齐贤布衣时向宋太祖条陈十事，而非向太宗；欲置其高第者，是太宗而非真宗。至于未遇时与群盗痛饮事，则属民间传说。

整一整巾帻,岸然走到群盗面前,拱一拱手道:"列位大夫请了。小生贫困书生,欲就大夫求一醉饱,不识可否?"群盗见了容貌魁梧,语言爽朗,便大喜道:"秀才乃肯自屈,何不可之有?但是吾辈粗疏,恐怕秀才见笑耳。"即立起身来请张相同坐。张相道:"世人不识诸君,称呼为盗,不知这盗非是龌龊儿郎做得的。诸君多是世上英雄,小生也是慷慨之士,今日幸得相遇,便当一同欢饮一番,有何彼此?"说罢,便取大碗斟酒,一饮而尽。群盗见他吃得爽利,再斟一碗来,也就一口吸干。连吃个三碗。又在桌上取过一盘猪蹄来,略擘一擘开,狼飧虎咽,吃个罄尽。群盗看了,皆大惊异,共相希咤道:"秀才真宰相器量!能如此不拘小节,决非凡品。他日做了宰相,宰制天下,当念吾曹为盗多出于不得已之情。今日尘埃中,愿先结纳,幸秀才不弃。"各各身畔将出金帛来赠,你强我赛,堆了一大堆。张相毫不推辞,一一简取,将一条索子捆缚了,携在手中,叫声:"聒噪!"大踏步走出店去。此番所得,倒有百金,张相尽付之酒家,供了好些时酬畅。只此一段气魄,在贫贱时就与人不同了。这个是胆能玩盗的。有诗为证:

等闲卿相在尘埃,大嚼无惭亦异哉。

自是胸中多磊落,直教剧盗也怜才。

山东莱州府[1]掖县,有一个勇力之士邵文元,义气胜人,专要路见不平,拔刀相助。有人在知县面前,谤他恃力为盗。知县初到,

---

[1] 莱州府——辖境相当山东半岛中部地区,治所即在莱州市。

不问的实，寻事打了他一顿。及至知县朝觐入京，才出境外，只见一人骑着马，跨着刀，跑至面前，下马相见。知县认得是邵文元，只道他来报仇，吃了一惊。问道："你自何来？"文元道："小人特来防卫相公入京。前途剧贼颇多，然闻了小人之名，无不退避的。"知县道："我无恩于你，你怎倒有此好心？"文元道："相公前日戒训小人，也只是要小人学好。况且相公清廉，小人敢不尽心报效？"知县心里方才放了一个大疙瘩[1]。文元随至中途，别了自去，果然绝无盗言。

一日出行，过一富翁之门，正撞着强盗四十馀人在那里打劫他家。将富翁捆缚住，着一个强盗将刀加颈，吓他道："如有官兵救应，即先下手。"其馀强盗尽劫金帛。富翁家里有一个钱堆，高与屋齐。强盗算计拿他不去，尽笑道："不如替他散了罢！"号召居民，多来分钱。居民也有怕事的，不敢去；也有好事的，去看光景；也有贪财大胆的，拿了家伙，称心的兜取，弄得钱满阶墀。邵文元闻得这话，要去玩弄这些强盗，在人丛中侧着肩膊，挨将进去，高声叫道："你们做甚的？做甚的？"众人道："强盗多着哩，不要惹事！"文元走到邻家，取一条铁叉，立在门内，大叫道："邵文元在此。你们还了这家银子，快散了罢！"富翁听得，恐怕强盗见有救应，即要动刀，大叫道："壮士快不要来。若来，先杀我了。"文元听得，权且走了出来。

群盗齐把金银装在囊中，驮在马背上，有二十驮。仍绑押了富翁，送出境外二十里，方才解缚。富翁披发，狼狈而归。谁知文元

---
〔1〕 疙瘩——同"疙瘩"，喻心中不易解开的问题。

自出门外,骑着马,即远远随来。看见富翁已回,急鞭马追赶。强盗见是一个人,不以为意。文元喝道:"快快把金银放在路傍!汝等认得邵文元否?"强盗闻其名,正慌张未答,文元道:"汝等迟迟,且着你看一个样!"飕的一箭,已把内中一个射下马来,死了。众盗大惊,一齐下马,跪在路傍,告求饶命。文元喝道:"留下东西,饶你命去罢!"强盗尽把囊物丢下,空身上马,逃遁而去。文元就在人家借几匹马,负了这些东西,竟到富翁家里,一一交还。富翁迎着叩头道:"此乃壮士出力夺来之物,已不是我物了。愿送至君家,吾不敢吝。"文元怒叱道:"我哀怜你家横祸,故出力相助。吾岂贪私邪?"尽还了富翁,不顾而去。这个是力能制盗的。有诗为证:

> 白昼探丸势已凶,不堪壮士笑谈中。
>
> 挥鞭能返相如璧[1],尽却酬金更自雄。

再说一个见识能作弄强盗的汪秀才,做回正话。看官要知这个出处,先须听我《潇湘八景》:

> 云暗龙堆古渡,湖连鹿角平田。薄暮长杨垂首,平明秀麦齐肩。人羡春游此日,客愁夜泊如年。(《潇湘夜雨》)

> 湘妃初理云鬟,龙女忽开晓镜。银盘水面无尘,玉魄天心相映。一声铁笛风清,两岸画阑人静。(《洞庭秋月》)

> 八桂城南路香,苍梧江月音稀。昨夜一天风色,今朝百道帆

---

[1] 相如璧——战国时赵得楚和氏璧,秦王欲骗取,赵臣蔺相如护璧入秦,又能完璧归赵。这里借此典故赞扬邵文元夺还盗劫的财物。

飞。对镜且看妾面,倚楼好待郎归。(《远浦归帆》)

湖平波浪连天,水落汀沙千里。芦花冷澹秋容,鸿雁差池南徙。有时小棹经过,又遣几群惊起。(《平沙落雁》)

轩帝洞庭声歇,湘灵宝瑟香销。湖上长烟漠漠,山中古寺迢迢。钟击东林新月,僧归野渡寒潮。(《烟屿晚钟》)

湖头俄顷阴晴,楼上徘徊晚眺。霏霏雨障轻过,闪闪夕阳回照。渔翁东岸移舟,又向西湾垂钓。(《渔村夕阳》)

石港湖心野店,板桥路口人家。少妇篚中麦芡,村翁筒里鱼虾。蜃市依稀海上,岚光咫尺天涯。(《山市晴岚》)

陇头初放梅花,江面平铺柳絮。楼居万玉丛中,人在水晶深处。一天素幔低垂,万里孤舟归去。(《江天暮雪》)

此八词多道着楚中景致,乃一浙中缙绅所作。楚中称道此词颇得真趣,人人传诵的。这洞庭湖八百里,万山环列,连着三江,乃是盗贼渊薮。国初时,伪汉陈友谅[1]据楚称王,后为太祖所灭。今其子孙住居瑞昌、兴国[2]之间,号为柯陈,颇称蕃衍。世世有勇力出众之人,推立一个为主。其族负险善斗,劫掠客商。地方有亡命无赖,多去投入伙中。官兵不敢正眼觑他,虽然设立有游击、把总[3]等巡

---

[1] 陈友谅——元末人,渔民出身,加入徐寿辉红巾军,升为元帅。两年后迎寿辉迁都江州,自称汉王。后杀寿辉而称帝,国号汉,终为朱元璋所败,中箭身亡。
[2] 瑞昌、兴国——瑞昌,旧县名,今江西省瑞昌市。兴国,旧县名,今湖北省阳新县。两县毗邻。
[3] 游击、把总——均明代军官名。游击,"游击将军"的简称,分掌驻地的防守应援。把总,各地总兵之下分设把总领兵。

游武官,提防地方非常事变,却多是与他们豪长通同往来,地方官不奈他何的。宛然宋时梁山泊[1]光景。

且说黄州府[2]黄冈县有一个汪秀才,身在黉宫,家事富厚,家僮数十,婢妾盈房。做人倜傥不羁,豪侠好游,又兼权略过人,凡事经他布置,必有可观,混名称他为汪太公,盖比他吕望[3]一般智术。他房中有一爱妾,名曰回风,真个有沉鱼落雁之容,闭月羞花之貌。更兼吟诗作赋,驰马打弹,是少年场中之事,无所不能。汪秀才不惟宠冠后房[4],但是游行,再没有不带他同走的。怎见得回风的标致?

> 云鬓轻梳蝉翼,翠眉淡扫春山。朱唇绽一颗樱桃,皓齿排两行碎玉。花生丹脸,水剪双眸。意态自然,技能出众。直教杀人壮士回头觑,便是入定[5]禅师转眼看。

一日,汪秀才领了回风来到岳州[6],登了岳阳楼。望着洞庭浩渺,巨浪拍天。其时冬月水落,自楼上望君山,隔不多些水面。遂出了岳州南门,拿舟而渡,不上数里,已到山脚。顾了肩舆[7],与回风

---

[1] 梁山泊——遗址在山东省梁山县。《水浒传》以为宋代宋江起义军的根据地。
[2] 黄州府——辖境相当现在湖北省京汉铁路以东、长江以北地区,治所即黄州市。
[3] 吕望——姜姓,一说字子牙,俗称姜太公,周初贤臣,有谋略。
[4] 后房——姬妾居住的地方。
[5] 入定——佛教名词。指僧人坐禅时,精神集中,进入安静不动的状态。
[6] 岳州——今湖南省岳阳市。著名的岳阳楼即岳州西门城楼,下瞰洞庭湖,遥望君山,是游览胜地。
[7] 肩舆——轿子。

同行十餘里,下舆谒湘君[1]。祠右数十步,榛莽中有二妃冢。汪秀才取酒来,与回风各酹一杯。步行半里,到崇胜寺之外,三个大字是"有缘山"。汪秀才不解。回风笑道:"只该同我们女眷游的,不然何称'有缘'?"汪秀才去问僧人,僧人道:"此处山灵,妒人来游,每将渡,便有恶风浊浪阻人。得到此地者,便是有缘,故此得名。"汪秀才笑对回风道:"这等说来,我与你今日到此,可谓侥幸矣!"其僧遂指引汪秀才许多胜处,说有:

轩辕台乃黄帝铸鼎于此　　酒香亭乃汉武帝得仙酒于此

朗吟亭乃吕仙遗迹　　　　柳毅井乃柳毅为洞庭君女传书处

汪秀才别了僧人,同了回风,緣方丈侧出去,登了轩辕台。凭阑四顾,水天一色,最为胜处。又左侧过去,是酒香亭。绕出山门之左,登朗吟亭。再下柳毅井,旁有传书亭,亭前又有刺橘泉许多古迹。正游玩间,只见山脚下走起一个大汉来,仪容甚武,也来看玩。回风虽是遮遮掩掩,却没十分好躲避处。那大汉看见回风美色,不转眼的上下瞟觑,跟定了他两人,步步傍着不舍。汪秀才看见这人有些尴尬,急忙下山。将到船边,只见大汉也下山来,口里一声胡哨。左近一只船中吹起号头答应,船里跳起一二十彪形大汉来,对岸上大汉声喏。大汉指定回风道:"取了此人,献大王去!"众人应一声,一齐动手,犹如鹰拿燕雀,竟将回风抢到那只船上,拽起满篷,望洞庭湖中而去。

------

[1] 湘君——指娥皇和女英二妃死于江湘之间,成了湘水神。这里指湘君祠。

汪秀才只叫得苦。这湖中盗贼去处，窟穴甚多，竟不知是那一处的强人弄的去了。凄凄惶惶，双出单回，甚是苦楚。正是：

不知精爽落何处，疑是行云秋水中。

汪秀才眼看爱姬失去，难道就是这样罢了？他是个有擘划的人，即忙着人四路找听。是省府州县闹热市镇去处，即贴了榜文："但有知风来报的，赏银百两。"各处传遍道："汪家失了一妾，出着重赏招票。"

从古道："重赏之下，必有勇夫。"汪秀才一日到省下来，有一个都司[1]向承勋，是他的相好朋友，摆酒在黄鹤楼[2]请他。饮酒中间，汪秀才凭栏一望，见大江浩渺，云雾苍茫，想起爱妾回风，不知在烟水中那一个所在，投袂而起，亢声长歌苏子瞻《赤壁》[3]之句云：

渺渺兮予怀，望美人兮天一方。

歌之数回，不觉潸然泪下。向都司看见，正要请问，旁边一个护身的家丁慨然向前道："秀才饮酒不乐，得非为家姬失去否？"汪秀才道："汝何以知之？"家丁道："秀才遍榜街衢，谁不知之？秀才但请与我主人尽欢，管还秀才一个下落。"汪秀才纳头便拜，道："若得知一个下落，百觥也不敢辞。"向都司道："为一女子，直得如此着急？且满饮三大卮，教他说明白。"汪秀才即取大卮过手，一气吃了三巡。再

---

[1] 都司——"都指挥使司"的简称，明代掌一省之兵的总兵官。
[2] 黄鹤楼——故址在今湖北省武汉市黄鹄矶头，下临长江，建构宏伟，解放后修长江大桥时拆除，今又修复。
[3] 苏子瞻《赤壁》——苏轼，字子瞻，号东坡，北宋杰出文学家；下引是他在黄州写的前《赤壁赋》中的句子。

斟一卮,奉与家丁道:"愿求壮士明言,当以百金为寿。"家丁道:"小人是兴国州人,住居阖闾山下,颇知山中柯陈家事体。为头的叫做柯陈大官人。有几个兄弟,多有勇力,专在江湖中做私商勾当。他这一族最大。江湖之间,各有头目,惟他是个主。前日闻得在岳州洞庭湖劫得一美女回来,进与大官人,甚是快活,终日饮酒作乐。小人家里离他不上十里路,所以备细得知。这个必定是秀才家里小娘子了。"汪秀才道:"我正在洞庭湖失去的,这消息是真了。"向都司便道:"他这人慷慨好义,虽系草窃之徒,多曾与我们官府往来,上司处也私有进奉。盘结深固,四处响应,不比其他盗贼,可以官兵缉拿得的。若是尊姬被此处弄了去,只怕休想再合了。天下多美妇人,仁兄只宜丢开为是。且自畅饮,介怀无益。"汪秀才道:"大丈夫生于世上,岂有爱姬被人所据,既已知下落,不能用计夺转来的?某虽不才,誓当返此姬,以博一笑。"向都司道:"且看仁兄大才。谈何容易?"当下汪秀才放下肚肠,开怀畅饮而散。

次日,汪秀才即将五十金送与向家家丁,以谢报信之事。就与都司讨此人去做眼,事成之后,再奉五十金,以凑百两。向都司笑汪秀才痴心,立命家丁到汪秀才处,听凭使用,看他怎么作为。家丁接了银子,千欢万喜,头颠尾颠,巴不得随着他使唤了。就向家丁问了柯陈家里弟兄名字。

汪秀才胸中算计已定,写下一状,先到兵巡[1]衙门去告。兵巡

---

〔1〕 兵巡——即"兵备道",明代于各省重要地方设置整饬兵备的官员。

看状，见了柯陈大等名字，已自心里虚怯，对这汪秀才道："这不是好惹的。你无非只为一妇女小事，我若行个文书下去，差人拘拿对理，必要激起争端，致成大祸，决然不可。"汪秀才道："小生但求得一纸牒文，自会去与他讲论曲直，取讨人口。不须大人的公差，也不到得与他争竞，大人可以放心。"兵巡见他说得容易，便道："牒文不难。即将汝状判准，排号用印，付汝持去就是了。"汪秀才道："小生之意，也只欲如此，不敢别求多端。有此一纸，便可了一桩公事来回覆。"兵巡似信不信，分付该房如式端正，付与汪秀才。

汪秀才领了此纸，满心欢喜，就像爱姬已取到手了一般的，来见向都司道："小生状词已准，来求将军助一臂之力。"都司摇头道："若要我们出力添拨兵卒，与他厮斗，这决然不能的。"汪秀才道："但请放心，多用不着，我自有人。只那平日所驾江上楼船[1]，要借一只；巡江哨船[2]，要借二只；与平日所用伞盖、旌旗、冠服之类，要借一用。此外不劳一个兵卒相助，只带前日报信的家丁去就勾了。"向都司道："意欲何为？"汪秀才道："汉家自有制度[3]，此时不好说得，做出便见。"向都司依言，尽数借与汪秀才。汪秀才大喜，馨备了一个多月粮食，唤集几十个家人，又各处借得些号衣，多打扮了军士，一齐到船上去，撑驾开江。鼓吹喧阗，竟像武官出汛一般。有诗为证：

---

〔1〕 楼船——有楼的大船，为古时水战主帅所居。
〔2〕 哨船——巡视江上的一种小型战船。
〔3〕 "汉家"句——意思是我自有办法。汉家，男子汉，这里是自称。

舳舻千里传赤壁,此日江中行画鹢[1]。
　　将军汉号是楼船,这回投却班生笔[2]。

汪秀才驾了楼船,领了人从,打了游击牌额,一直行到阖闾山江口来。未到岸四五里,先差一只哨船,载着两个人前去,——一个是向家家丁,一个是心腹家人汪贵。——拿了一张硬牌[3],去叫齐本处地方居民,迎接新任提督江洋游击。就带了几个红帖,把汪姓去了一画,帖上写名江万里,竟去柯陈大官人家投递。几个兄弟,每人一个帖子,说新到地方的官,慕大名就来相拜。两人领命去了。汪秀才分付船户,把船漫漫自行。

且说向家家丁是个熟路,得了汪家重赏,有甚不依他处?领了家人汪贵,一同下在哨船中了。顷刻到了岸边,掮了硬牌,上岸各处一说,多晓得新官船到,整备迎接。家丁引了汪贵,同到一个所在,元来是一座庄子。但见:

　　冷气侵人,寒风扑面。三冬无客过,四季少人行。团团苍桧若龙形,郁郁青松如虎迹。已升红日,庄门内鬼火荧荧;未到黄昏,古涧边悲风飒飒。盆盛人酢酱,板盖铸钱炉。蓦闻一阵血腥来,元是强人居止处。

----

〔1〕 画鹢——船的别名,因古代常于船头画上鹢鸟,故称。
〔2〕 投却班生笔——班生,指班超,东汉名将。班超是"投笔从戎"的,这里是说汪秀才也要学样。
〔3〕 硬牌——一种大型的木制官牌,旧时大官出行时前站扛着这牌通知地方官绅迎候。

家丁原是地头人,多曾认得柯陈家里的,一径将帖儿进去报了。柯陈大官人认得向家家丁是个官身,有甚么疑心?与同兄弟柯陈二、柯陈三等会集,商议道:"这个官府,甚有吾每体面。他既以礼相待,我当以礼接他。而今吾每办了果盒,带着羊酒,结束鲜明,一路迎将上去。一来见我每有礼体,二来显我每弟兄有威风。看他举止如何,斟酌待他的厚薄就是了。"商议已定,外报:"游府船到江口,一面叫轿夫打轿拜客,想是就起来了。"柯陈弟兄果然一齐戎装,点起二三十名喽啰,牵羊担酒,擎着旗幡,点着香烛,迎出山来。

汪秀才船到泊里,把借来的纱帽红袍穿着在身,叫齐轿夫,四抬四插〔1〕,抬上岸来。先是地方人等声喏已过,柯陈兄弟站着两傍,打个躬,在前引导。汪秀才分付一径抬到柯陈家庄上来。抬到厅前,下了轿。柯陈兄弟忙掇一张坐椅,摆在中间。柯陈大开口道:"大人请坐,容小兄弟拜见。"汪秀才道:"快不要行礼。贤昆玉〔2〕多是江湖上义士好汉,下官未任之时,闻名久矣。今幸得守此地方,正好与诸公义气相与,所以特来奉拜。岂可以官民之礼相拘?只是个宾主相待,倒好久长。"柯陈兄弟跪将下去。汪秀才一手扶起,口里连声道:"快不要这等。吾辈豪杰,不比寻常,决不要拘于常礼。"柯陈兄弟谦逊一回,请汪秀才坐了,三人侍立。汪秀才急命取坐来,分左右而坐。柯陈兄弟道游府如此相待,喜出非常,急忙治酒相款。汪秀才

---

〔1〕 四抬四插——指八个轿夫的轿子。四人"抬"轿,四人扶轿杠,即"插","抬""插"轮换。

〔2〕 昆玉——称他人兄弟的敬词。

解带脱衣,尽情欢宴,猜拳行令,不存一毫形迹。行酒之间,说着许多豪杰勾当,掀拳裸袖,只恨相见之晚。柯陈兄弟不唯唯服,又且感恩,多道:"若得恩府如此相待,我辈赤心报效,死而无怨。江上有警,一呼即应,决不致自家作孽,有负恩府青目[1]。"汪秀才听罢,越加高兴,接连百来巨觥,引满不辞。自日中起,直饮至半夜,方才告别下船。

此一日算做柯陈大官人的酒。第二日就是柯陈二做主,第三日就是柯陈三做主,各各请过。柯陈大官人又道:"前日是仓卒下马,算不得数。"又请吃了一日酒,俱有金帛折席[2]。汪秀才多不推辞,欣然受了。

酒席已完,回到船上。柯陈兄弟,多来谢拜。汪秀才留住在船上,随命治酒相待。柯陈兄弟推辞道:"我等草泽小人,承蒙恩府不弃,得献酒食,便为大幸,岂敢上叨赐宴?"汪秀才道:"礼无不答。难道只是学生叨扰,不容做个主人还席的?况我辈相与,不必拘报施常规。前日学生到宅上就是诸君作主;今日诸君见顾,就是学生做主。逢场作戏,有何不可?"柯陈兄弟不好推辞,早已排上酒席,摆设已完。汪秀才定席已毕,就有带来一班梨园子弟[3]上场做戏,做的是《桃园结义》、《千里独行》[4]许多豪杰襟怀的戏文。柯陈兄弟多是

---

[1] 青目——又称"青眼",表示对人的尊重或喜爱。《晋书·阮籍传》载,阮籍能为青白眼,见俗士以白眼对之,见良士以青眼对之。

[2] 折席——意谓酒席不足敬意,以金帛相赠。

[3] 梨园子弟——"梨园"是唐代宫中排练歌舞的所在,后遂称乐工伶人为"梨园子弟"。元明时戏曲盛行,遂又多指戏剧演员。

[4] 《桃园结义》、《千里独行》——根据《三国演义》中刘、关、张桃园结义和关云长千里走单骑故事改编的戏曲。

卷二十一・许察院感梦擒僧

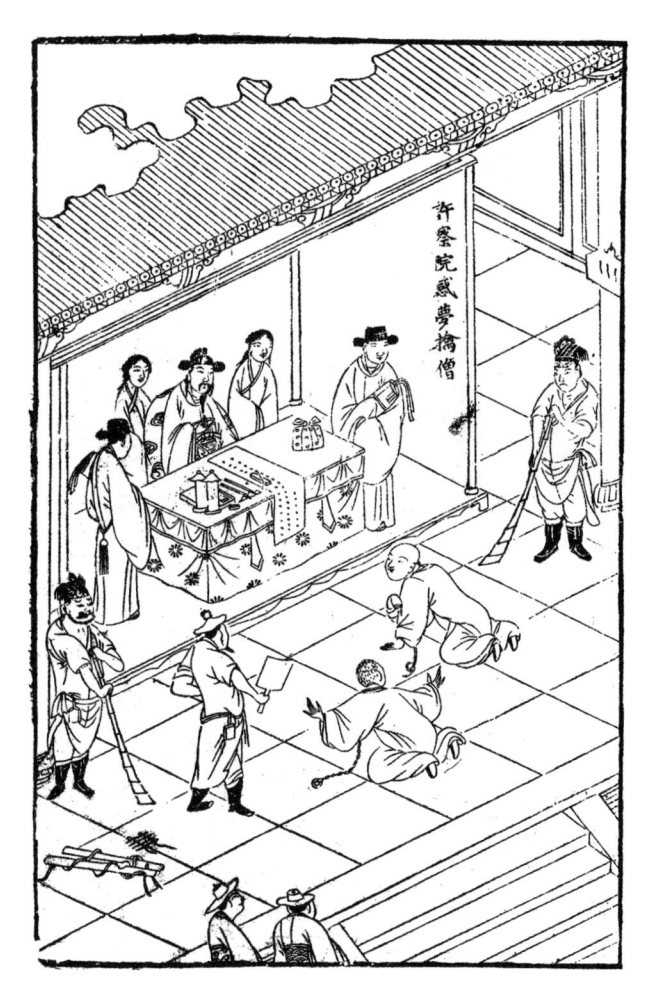

卷二十二·痴公子狠使噪脾钱

痴公子狠使噪脾钱

賢丈人巧賺回頭婿

卷二十三・大姊魂游完宿願

大姊魂將完宿願

小姨病起續前緣

卷二十四・庵内看惡鬼善神

徐茶酒乘鬧劫新人

卷二十六・憎教官爱女不受报

憎教官爱女不受报

卷二十六·穷库生助师得令终

穷库生助
师得令终

卷二十七・伪汉裔夺妾山中

假將軍還
姝江上

程朝奉單遇
無頭婦

王通判雙雪不明冤

卷二十九・赠芝麻识破假形

赠芝麻识破
假形

卷二十九・擷草藥巧諧真偶

擷草藥巧諧真偶

卷三十・瘞遺骸王玉英配夫

瘞遺骸王玉英配夫

山野之人,见此花哄[1],怎不贪看?岂知汪秀才先已密密分付行船的,但听戏文锣鼓为号,即便魆地开船,趁着月明,沿流放去,缓缓而行,要使舱中不觉。行来数十馀里,戏文方完。兴未肯阑,仍旧移席团坐,飞觞行令。乐人清唱,劝酬大乐。

汪秀才晓得船已行远,方发言道:"学生承诸君见爱,如此倾倒,可谓极欢。但胸中有一件小事,甚不便于诸君,要与诸君商量一个长策。"柯陈兄弟愕然道:"不知何事,但请恩府明言,愚兄弟无不听令。"汪秀才叫从人掇一个手匣过来,取出那张榜文来,捏在手中,问道:"有一个汪秀才告着诸君,说道劫了他爱妾,有此事否?"柯陈兄弟两两相顾,不好隐得。柯陈大回言道:"有一女子,在岳州所得,名曰回风,说是汪家的。而今见在小人处,不敢相瞒。"汪秀才道:"一女子是小事。那汪秀才是当今豪杰,非凡人也。今他要去上本,奏请征剿,先将此状告到上司。上司密行此牒,托与学生勾当此事。学生是江湖上义气在行的人,岂可兴兵动卒,前来搅扰?所以邀请诸君到此,明日见一见上司,与汪秀才质证那一件公事。"柯陈兄弟见说,惊得面如土色,道:"我等岂可轻易见得上司?一到公庭,必然监禁,好歹是死了!"人人思要脱身,立将起来推窗一看,大江之中,烟水茫茫,既无舟楫,又无崖岸,巢穴已远,救应不到,再无个计策了。正是:

有翅膀飞腾天上,有鳞甲钻入深渊。

---
〔1〕 花哄——好看,热闹。

既无窟地升天术,目下灾殃怎得延?

柯陈兄弟明知着了道儿,一齐跪下道:"恩府救命则个。"汪秀才道:"到此地位,若不见官,学生难以回覆;若要见官,又难为公等。是必从长计较,使学生可以销得此纸,就不见官罢了。"柯陈兄弟道:"小人愚昧,愿求恩府良策。"汪秀才道:"汪生只为一妾着急。今莫若差一只哨船,飞棹到宅上,取了此妾来船中。学生领去,当官交付还了他,这张牒文可以立销,公等可以不到官了。"柯陈兄弟道:"这个何难?待写个手书与当家的做个执照,就取了来了。"汪秀才道:"事不宜迟,快写起来。"柯陈大写下执照,汪秀才立唤向家家丁与汪贵两个到来,他一个是认得路的,一个是认得人的,悄地分付,付与执照,打发两只哨船一齐棹去,立等回报。船中且自金鼓迭奏,开怀吃酒。柯陈兄弟见汪秀才意思坦然,虽觉放下了些惊恐,也还心绪不安,牵筋缩脉。汪秀才只是一味豪兴,谈笑洒落,饮酒不歇。

候至天明,两只哨船已此载得回风小娘子飞也似的来报。汪秀才立教请过船来。回风过船,汪秀才大喜,叫一壁厢房舱中去。一壁厢将出四锭银子来,两个去的人各赏一锭,两船上各赏一锭,众人齐声称谢。

分派已毕,汪秀才再命斟酒三大觥,与柯陈兄弟作别道:"此事已完,学生竟自回覆上司,不须公等在此了。就此请回。"柯陈兄弟感激,称谢救命之恩。汪秀才把柯陈大官人须髯捋一捋道:"公等果认得汪秀才否?我学生便是。那里是甚么新升游击?只为不舍得爱妾,做出这一场把戏。今爱妾仍归于我,落得与诸君游宴数日,备极欢畅,莫非结缘?多谢诸君,从此别矣。"柯陈兄弟如梦初觉,如醉方醒,才放下心中挖搭,不觉大笑道:"元来秀才诙谐至此!如此豪放不羁,真豪杰也。吾辈粗人,幸得陪侍这几日,也是有缘。小娘子之事,失于不知,有愧!有愧!"各解腰间所带银两出来,约有三十馀两,赠与汪秀才道:"聊以赠小娘子添妆。"汪秀才再三推却不得,笑而受之。柯陈兄弟求差哨船一送。汪秀才分付送至通岸大路,即放上岸。柯陈兄弟殷勤相别,登舟而去。

汪秀才房舱中唤出回风来,说前日惊恐的事。回风呜咽告诉。汪秀才道:"而今仍归吾手,旧事不必再提,且吃一杯酒压惊。"两人如渴得浆,吃得尽欢,遂同宿于舟中。

次日起身,已到武昌码头上。来见向都司,道:"承借船只家伙等物,今已完事,一一奉还。"向都司道:"尊姬已如何了?"汪秀才道:"叨仗尊庇,已在舟中了。"向都司道:"如何取得来?"汪秀才把假妆新任,拜他赚他的话,备细说了一遍,道:"多在尊使肚里,小生也仗尊使之力不浅。"向都司道:"有此奇事!真正有十二分胆智,才弄得这个伎俩出来。仁兄手段,可以行兵。"当下汪秀才再将五十金送与向家家丁,完前日招票上许出之数。另顾下一船,装了回风小娘子,再与向都司讨了一只哨船护送,并载家僮人等。

安顿已定,进去回覆兵巡道,缴还原牒。兵巡道问道:"此事已如何了,却来缴牒?"汪秀才再把始终之事,备细一禀。兵巡道笑道:"不动干戈,能入虎穴取出人口,真奇才奇想!秀才他日为朝廷所用,处分封疆[1]大事,料不难矣!"大加赏叹。汪秀才谦谢而出,遂载了回风,还至黄冈。黄冈人闻得此事,尽多惊叹道:"不枉了汪太公之名,真不虚传也!"有诗为证:

> 自是英雄作用殊,虎狼可狎与同居。
>
> 不须窃伺骊龙睡,已得探还颔下珠[2]。

---

[1] 封疆——分封疆土,指诸侯。这里指"封疆大吏",明代称总揽一省或数省军政大权的官吏,喻汪秀才有这样的才干。
[2] "不须"二句——《庄子·列御寇》载,河边住一织席的穷人,儿子在河里得到一颗明珠,他对儿子说:"这颗骊龙颔下的珠子,一定是骊龙睡着了,你才取得。"这里是说汪秀才无须骊龙睡着也能取来颔下之珠,强调汪秀才本领超群。

二刻拍案惊奇卷二十八

程朝奉单遇无头妇　王通判双雪不明冤

诗云：

> 人命关天地，从来有报施。
>
> 其间多幻处，造物显其奇。

话说湖广[1]黄州府有一地方，名曰黄圻嶂，最产得好瓜。有一老圃以瓜为业，时时手自灌溉，爱惜倍至。圃中诸瓜独有一颗结得极大，块垒[2]如斗。老圃特意留着，待等味熟，要献与豪家做孝顺的。一日，手中持了锄头去圃中掘菜，忽见一个人掩掩缩缩[3]在那瓜地中，急赶去看时，乃是一个乞丐在那里偷瓜吃，把个篱笆多扒开了。仔细一认，正不见了这颗极大的，已被他打碎，连瓤连子，在那里乱啃。老圃见偏摘掉了加意的东西，不觉怒从心上起，恶向胆边生，提起手里锄头，照头一下。却元来不禁打，打得脑浆迸流，死于地下。老圃慌了手脚，忙把锄头锄开一楞地[4]来，把尸首埋好，上面将泥

---

[1] 湖广——即"湖广行省"，元置，明代辖境相当现在湖北、湖南两省地域。
[2] 块垒——这里即吴方言"块头"之意，指个头。
[3] 掩掩缩缩——躲躲藏藏。
[4] 一楞地——一小块地。楞，通"棱"，作量词。

铺平。且喜是个乞丐,并没个亲人来做苦主[1]讨命,竟没有人知道罢了。

到了明年,其地上瓜愈盛,仍旧一颗独结得大,足抵得三四个小的,也一般加意爱惜,不肯轻采。偶然县官衙中有个害热渴的,想得个大瓜清解,各处买来多不中意,累那买办衙役比较了几番。衙役急了,四处寻访,见说老圃瓜地专有大瓜,遂将钱与买。进圃选择,果有一瓜,比常瓜大数倍,欣然出了十个瓜的价钱,买了去,送进衙中。衙中人大喜,见这个瓜大得异常,集了众人共剖。剖将开来,瓢水乱流,多嚷道:"可惜好大瓜,是烂的了。"仔细一看,多把舌头伸出,半晌缩不进去。你道为何?元来满桌多是鲜红血水,满鼻是血腥气的。众人大惊,禀知县令。县令道:"其间必有冤事!"遂叫那买办的来问道:"这瓜是那里来的?"买办的道:"是一个老圃家里地上的。"县令道:"他怎生法儿,养得这瓜恁大?唤他来,我要问他。"买办的不敢稽迟,随去把个老圃唤来当面。县令问道:"你家的瓜为何长得这样大?一圃中多是这样的么?"老圃道:"其馀多是常瓜,只有这颗,不知为何恁大。"县令道:"往年也这样结一颗儿么?"老圃道:"去年也结一颗,没有这样大,略比常瓜大些。今年这一颗大得古怪,自来不曾见这样。"县令笑道:"此必异种,他的根毕竟不同。快打轿,我亲去看。"

----

[1] 苦主——命案中被害人的家属。

当时抬至老圃家中,叫他指示结瓜的处所,县令教人取锄头掘将下去,看他根是怎么样的。掘不多深,只见这瓜的根在泥土中,却像种在一件东西里头的。扒开泥土一看,乃是个死人的口张着,其根直在里面出将起来。众人发声喊,把锄头乱挖开来,一个死尸全见。县令叫挖开他口中,满口尚是瓜子。县令叫把老圃锁了,问其死尸之故。老圃赖不得,只得把去年乞丐偷瓜吃,误打死了埋在地下的事,从实说了。县令道:"怪道这瓜瓤内的多是血水,元来是这个人冤气所结。他一时屈死,膏液未散,滋长这一棵根苗来。天教我衙中人渴病,拣选大瓜,得露出这一场人命。乞丐虽贱,生命则同。总是偷窃,不该死罪,也要抵偿。"把老圃问成殴死人命绞罪,后来死于狱中。

可见人命至重。一个乞丐死了,又没人知见的,埋在地下已是一年,又如此结出异样大瓜来,弄一个明白,正是天理昭彰的所在。而今还有一个,因这一件事露出那一件事来,两件不明不白的官司,一时显露,说着也古怪。有诗为证:

从来见说没头事,此事没头真莫猜。

及至有时该发露,一头弄出两头来。

话说国朝成化〔1〕年间,直隶徽州府有一个富人,姓程。他那边土俗,但是有资财的就呼为朝奉,盖宋时有朝奉大夫;就像称呼富人为员外一般,总是尊他。这个程朝奉拥着巨万家私,真所谓"饱暖生淫欲",心里只喜欢的是女色。见人家妇女生得有些姿容

---

〔1〕 成化——明宪宗朱见深年号,公元1465—1487年。

的,就千方百计,必要弄他到手才住。随你费下几多东西,他多不吝,只是以成事为主。所以花费的也不少,上手的也不计其数。自古道天道祸淫,才是这样贪淫不歇,便有希奇的事体做出来,直教你破家辱身。急忙分辨得来,已吃过大亏了。这是后话。

且说徽州府岩子街有一个卖酒的,姓李,叫做李方哥。有妻陈氏,生得十分娇媚,丰采动人。程朝奉动了火,终日将买酒为繇,甜言软语,哄动他夫妻二人。虽是缠得熟分了,那陈氏也自正正气气,一时也勾搭不上。程朝奉道:"天下的事,惟有利动人心。这家子是贫难之人,我拚舍着一主财,怕不上我的钩? 私下钻求,不如明买。"

一日,对李方哥道:"你一年卖酒,得利多少?"李方哥道:"靠朝奉福荫,借此度得〔1〕夫妻两口,便是好了。"程朝奉道:"有得赢馀么?"李方哥道:"若有得一两二两赢馀,便也留着些做个根本。而今只好绷绷拽拽〔2〕,朝升暮合过去,那得赢馀?"程朝奉道:"假如有个人帮你十两五两银子做本钱,你心下何如?"李方哥道:"小人若有得十两五两银子,便多做些好酒起来,开个兴头的槽坊,一年之间,度了口,还有得多。只是没寻那许多东西。就是有人肯借,欠下了债,要赔利钱。不如守此小本经纪罢了。"朝奉道:"我看你做人也好。假如你有一点好心到我,我便与你二三十两也不打紧。"李方哥道:"二三十两是朝奉的毫毛,小人得了,却一生一世受用不尽了。只是朝奉

---

〔1〕 度得——过得,指生活过得去。
〔2〕 绷绷拽拽——形容生活窘迫,勉强支撑。

怎么肯？"朝奉道："肯倒肯，只要你好心。"李方哥道："教小人怎么样的才是好心？"朝奉笑道："我喜欢你家里一件物事，是不费你本钱的。我借来用用，仍旧还你。若肯时，我即时与你三十两。"李方哥道："我家里那里有朝奉用得着的东西？况且用过就还，有甚么不奉承了朝奉，却要朝奉许多银子？"朝奉笑道："只怕你不肯。你肯了，又怕你妻子不舍得。你且两个去商量一商量，我明日将了银子来与你现成讲兑。今日空口说白话，未好就明说出来。"笑着去了。

李方哥晚上把这些话与陈氏说道："不知是要我家甚么物件？"陈氏想一想道："你听他油嘴！若是别件动用物事，又说道借用就还的，随你奢遮宝贝，也用不得许多贳钱[1]。必是痴心想到我身上来讨便宜的说话了。你男子汉放些主意出来，不要被他腾倒。"李方哥笑笑道："那有此话！"

隔了一日，程朝奉果然拿了一包银子，来对李方哥道："银子已现有在此，打点送你的了，只看你每意思如何。"朝奉当面打开包来，白灿灿的一大包。李方哥见了，好不眼热，道："朝奉明说是要怎么，小人好如命奉承。"朝奉道："你是个晓事人，定要人说个了话？你自想家里是甚东西是我用得着的，又这般直钱就是了。"李方哥道："教小人没想处。除了小人夫妻两口身子外，要直上十两银子的家伙，一件也不曾有。"朝奉笑道："正是身上的，那个说是身子外边的？"李方哥通红了脸道："朝奉没正经，怎如此取笑？"朝

---

[1] 贳(shì世)钱——租金。

奉道:"我不取笑。现钱买现货,愿者成交。若不肯时,也只索罢了。我怎好强得你?"说罢,打点袖起银子了。自古道:

　　清酒红人面,黄金黑世心。

李方哥见程朝奉要收拾起银子,便呆着眼不开口,仅有些沉吟不舍之意。程朝奉早已瞧科,就中取着三两多重一锭银子,塞在李方哥袖子里道:"且拿着这锭去做样,一样十锭就是了。你自家两个计较去。"李方哥半推半就的接了。程朝奉正是会家不忙,见接了银子,晓得有了机关[1],说道:"我去去再来讨回音。"

　　李方哥进到内房,与妻陈氏说道:"果然你昨日猜得不差,元来真是此意。被我抢白了一顿,他没意思,把这一锭子作为陪礼,我拿将来了。"陈氏道:"你不拿他的便好。拿了他的,已似有肯意了,他如何肯歇这一条心?"李方哥道:"我一时没主意,拿了。他临去时就说:'像得我意,十锭也不难。'我想,我与你在此苦挣一年,挣不出几两银子来。他的意思,倒肯在你身上舍主大钱。我每不如将计就计哄他,与了他些甜头,便起他一主大银子也不难了,也强如一盏半盏的与别人论价钱。"李方哥说罢,就将出这锭银子放在桌上。陈氏拿到手来看一看,道:"你男子汉,见了这个东西,就舍得老婆养汉了?"李方哥道:"不是舍得。难得财主家倒了运,来想我们。我们拚忍着一时羞耻,一生受用不尽了。而今总是混帐的世界,我们又不是甚么

----

〔1〕 机关——这里指事物发生的契机、苗头。

阀阅人家,就守着清白也没人来替你造牌坊。落得和同[1]了些。"陈氏道:"是倒也是。羞人答答的,怎好兜他?"李方哥道:"总是做他的本钱不着,我而今办着一个东道在房里,请他晚间来吃酒。我自到外边那里去避一避。等他来时,只说我偶然出外,就来的,先做主人陪他。饮酒中间,他自然撩拨你,你看着机会,就与他成了事。等得我来时,事已过了。可不是不知不觉的,落得赚了他一主银子?"陈氏道:"只是有些害羞,使不得。"李方哥道:"程朝奉也是一向熟的,有甚么羞? 你只是做主人陪他吃酒,又不要你先去兜他,只看他怎么样来,才回答他就是。也没甚么羞处。"陈氏见说,算来也不打紧的,当下应承了。

李方哥一面办治了东道,走去邀请程朝奉,说道:"承朝奉不弃,晚间整酒在小房中,特请朝奉一叙。朝奉就来则个。"程朝奉见说,喜之不胜,道:"果然利动人心,他已商量得情愿了! 今晚请我,必然就成事。"巴不得天晚前来赴约。

从来好事多磨。程朝奉意气洋洋,走出街来,只见一般儿朝奉姓汪的,拉着他水口[2],去看甚新来的表子王大舍,一把拉了就走。程朝奉推说没功夫要去。他说:"有甚么贵干?"程朝奉心忙里,一时造不出来。汪朝奉见他没得说,便道:"原没事干,怎如此推故扫兴?"不管三七二十一,同了两三个少年子弟,一推一攘的,牵的去

---

[1] 和同——"和光同尘"的略语,这里是随俗的意思。
[2] 水口——衣袖。

了。到了那里,汪朝奉看得中意,就秤银子办起东道来,在那里入马。程朝奉心上有事,被带住了身子,好不耐烦。三杯两盏,逃了席就走,已有二更天气。此时李方哥已此寻个事繇,避在朋友家里了,没人再来相邀的。程朝奉径自急急忙忙,走到李家店中,见店门不关,心下意会了。进了店,就把门拴着。那店中房子,苦不深邃,抬眼望见房中灯烛明亮,酒肴罗列,悄无人声。走进看时,不见一个人影。忙把桌上火移来一照,大叫一声:"不好了!"正是:

> 分开八片顶阳骨,倾下一桶雪水来。

程朝奉看时,只见满地多是鲜血,一个没头的妇人躺在血泊里,不知是甚么事繇,惊得牙齿捉对儿厮打。抽身出外,开门便走。到了家里,只是打颤,蹲跕不定〔1〕,心头丕丕的跳。晓得是非要惹到身上,一味惶惑不题。

且说李方哥在朋友家里,捱过了更深,料道程朝奉与妻子事体已完,从容到家,还好趁吃杯儿酒。一步步蹓将回来,只见店门开着,心里道:"那朝奉好不精细!既要私下做事,门也不掩掩着。"走到房里,不见甚么朝奉,只有个没头的尸首躺在地下。看看身上衣服,正是妻子,惊得乱跳道:"怎的起?怎的起?"一头哭,一头想道:"我妻子已是肯的,有甚么言语冲撞了他,便把来杀了?须与他讨命去!"连忙把家里收拾干净了,锁上了门,径奔到程朝奉家敲门。

程朝奉不知好歹,听得是李方哥声音,正要问他个端的,慌忙开

---

〔1〕 蹲跕(zhàn 站)不定——即蹲也不是,站也不是,心神不定。跕,站立。

出门来。李方哥一把扭住道:"你干得好事! 为何把我妻子杀了?"程朝奉道:"我到你家里,并不见一人,只见你妻子已杀倒在地。怎说是我杀了?"李方哥道:"不是你是谁?"程朝奉道:"我心里爱你的妻子,若是见了,奉承还恐不及,舍得杀他? 你须访个备细,不要冤我。"李方哥道:"好端端两口住在家里,是你来起这些根繇。而今却把我妻子杀了,还推得那个? 和你见官去,好好还我一个人来!"两下你争我嚷。天已大明,结扭了一直到府里来叫屈。

府里见是人命事,准了状,发与三府[1]王通判审问这件事。王通判带了原被两人,先到李家店中相验尸首。相得是个妇人身体,被人用刀杀死的,现无头颅。通判着落地方把尸盛了,带原被告到衙门来。先问李方哥的口词。李方哥道:"小人李方,妻陈氏,是开酒店度日的。是这程某看上了小人妻子,乘小人不在,以买酒为繇,来强奸他。想是小人妻子不肯,他就杀死了。"通判问程某如何说,程朝奉道:"李方夫妻卖酒,小人是他的熟主顾。李方昨日来请小人去吃酒,小人因有事,去得迟了些。到他家里不见李方,只见他妻子不知被何人杀死在房。小人慌忙走了家来。与小人并无相干。"通判道:"他说你以买酒为繇,去强奸他;你又说是他请你到家。他既请你,是主人了,为何他反不在家? 这还是你去强奸是真了。"程朝奉道:"委实是他来请小人,小人才去的。当面在这里,老爷问他,他须赖

---

[1] 三府——三府是通判的别称,以其官品低于知府、同知。明代各府均置通判一官,为府的副长官,分掌粮运、水利、狱讼等事务。

不过。"李方道："请是小人请他的,小人未到家,他先去强奸杀了人了。"王通判道："既是你请他,怎么你未到家,他倒先去行奸杀人?你其时不来家做主人,倒在那里去了? 其间必有隐情!"取夹棍来,每人一夹棍,只得多把实情来说了。李方哥道："其实程某看上了小人妻子,许了小人银两,要与妻子同吃酒。小人贪利,不合许允请他吃酒是真。小人怕碍他眼,只得躲过片时。后边到家,不想妻子被他杀死在地,他逃在家里去了。"程朝奉道："小人喜欢他妻子,要营勾他是真。他已自许允,请小人吃酒了,小人为甚么反要杀他? 其实到他家时妻子已不知为何杀死了,小人慌了,走了回家。实与小人无干。"通判道："李方请吃酒,卖奸是真;程某去时,必是那妇人推拒,一时杀了,也是真。平白地要谋奸人妻子,原不是良人行径,这人命自然是程某抵偿了。"程朝奉道："小人不合见了美色辄起贪心,是小人的罪了。至于人命,委是不知。不要说他夫妇商同请小人吃酒,已是愿从的了,即使有些勉强,也还好慢慢央求,何至下手杀了他?"王通判恼他奸淫起祸,那里听他辨说? 要把他问个强奸杀人死罪,却是死人无头,又无行凶器械,成不得招。责了限期,要在程朝奉身上追那颗头出来。正是:

官法如炉不自繇,这回惹着怎干休?

方知女色真难得,此日何来美妇头?

程朝奉比过几限,只没寻那颗头处。程朝奉诉道："便做道是强奸不从,小人杀了,小人藏着那颗头做甚么用? 在此挨这样比较!"王通判见他说得有理,也疑道是或者另有人杀了这妇人,也不可知。

且把程朝奉与李方哥多下在监里了,便叫拘集一干邻里人等,问他事体根繇与程某杀人真假。邻里人等多说:"他们是主顾家,时常往来的,也未见甚么奸情事。至于程某,是个有身家的人,贪淫的事,或者有之,从来也不曾见他做甚么凶恶歹事过来。人命的事,未必是他。"通判道:"既未必是程某,你地方人必晓得李方家的备细,与谁有仇,那处可疑,该推详得出来。"邻里人等道:"李方平日卖酒,也不见有甚么仇人。他夫妻两口做人多好,平日与人斗口的事多没有的。这黑夜间不知何人所杀,连地方人多没猜处。"通判道:"你们多去外边访一访。"众人领命,正要走出,内中一个老者走上前来禀道:"据小人愚见,猜着一个人,未知是否。"通判道:"是那个?"只因说出这个人来,有分交:乞化游僧,明投三尺之法;沉埋朽骨,趁白十年之冤。正是:

善恶到头终有报,只争来早与来迟。

老者道:"地方上向有一个远处来的游僧,每夜敲梆高叫,求人布施,已一个多月了。自从那夜李家妇人被杀之后,就不听得他的声响了。若道是别处去了,怎有这样恰好的事?况且地方上不曾见有人布施他的,怎肯就去?这个事着实可疑。"通判闻言道:"杀人作歹,正是野僧本等,这疑也是有理的。只那寻这个游僧处?"老者道:"重赏之下,必有勇夫。老爷唤那程某出来,说与他知道。他家道殷富,要明白这事,必然不吝重赏。这游僧也去不久,不过只在左近地方,要访着他也不难的。"通判依言,狱中带出程朝奉来,把老者之言说与他。程朝奉道:"有此疑端,便是小人生路。只求老爷与小人做主,出个广捕文书[1],着落几个应捕,四处寻访。小人情愿立个赏票,认出谢金就是。"当下通判差了应捕出来。程朝奉托人邀请众应捕说话,先送了十两银子做盘费。又押起三十两,等寻得着这和尚,即时交付。众应捕应承去了。

元来应捕党与极多,耳目最众,但是他们上心的事,没有个访拿不出的。见程朝奉是可扰之家,又兼有了厚赠,怎不出力?不上一年,已访得这叫夜僧人在宁国府[2]地方乞化,夜夜街上叫了转来,投在一个古庙里宿歇。众应捕带了一个地方人,认得面貌是真,正是在岩子镇叫夜的了。众应捕商量道:"人便是这个人了,不知杀人是他不是他。就是他了,没个凭据,也不好拿得他。只可智取。"算计去寻了一件妇人衣服,把一个少年些的应捕打扮起来,装做了妇人模样,一同众人去埋伏在一个林子内,是街上回到古庙必经之地。守至更深,果然这僧人叫夜转来,撍[3]了梆,正自独行。林子里假做了妇人,低声叫道:"和尚,还我头来!"初时一声,那僧人已吃了一惊,立定了脚,昏黑之中,隐隐见是个穿红的妇人,心上虚怯不过了。只听得一声不了,又叫:"和尚,还我头来!"连叫不止。那僧人慌了。颤笃笃的道:"头在你家上三家铺架上不是?休要来缠我!"众人听罢,情知杀人事已实,胡哨一声,众应捕一齐钻出,把个和尚捆住,道:"这贼秃! 你岩子镇杀了人,还躲在这里么?"先是一顿下马威,打软

---
[1] 广捕文书——不限时间和地域的缉捕文书。
[2] 宁国府——辖境相当现在安徽省长江东南部地区,治所在今宣城市。
[3] 撍(jiǎn 简)——手中提取。

了,然后解到府里来。

通判问应捕如何拿得着他,应捕把假装妇人吓他,他说出真情,才擒住他的话,禀明白了。带过僧人来。僧人明知事已露出,混赖不过,只得认道:"委实杀了妇人是的。"通判道:"他与你有甚么冤仇,杀了他?"僧人道:"并无冤仇。只因那晚叫夜,经过这家门首,见店门不关,挨身进去,只指望偷盗些甚么。不晓得灯烛明亮,有一个美貌的妇人,盛装站立在床边。看见了,不繇得心里不动火,抱住求奸。他抵死不肯。一时性起,拔出戒刀来杀了,提了头就走。走将出来,才想道要那头做甚么。其时把来挂在上三家铺架上了。只是恨他那不肯,出了这口气。当时连夜走脱此地。而今被拿住,是应得偿他命的,别无他话。"

通判就出票去,提那上三家铺上人来,问道:"和尚招出人头在铺架上,而今那里去了?"铺上人道:"当时实有一个人头挂在架上,天明时见了,因恐怕经官受累,悄悄将来移上前去十来家赵大门首一棵树上挂着,已后不知怎么样了。"通判差人押了这三家铺人,来提赵大到官。赵大道:"小人那日早起,果然见树上挂着一颗人头。心中惊惧,思要首官。诚恐官司牵累,当下悄地拿到家中,埋在后园了。"通判道:"而今现在那里么?"赵大道:"小人其时就怕后边或有是非,要留做证见,埋处把一棵小草树记认着的,怎么不现在?"通判道:"只怕其间有诈伪,须得我亲自去取验。"

通判即时打轿,抬到赵大家里,叫赵大在前引路。引至后园中,赵大指着一处道:"在这底下。"通判叫从人掘将下去。刚钯得土开,只见一颗人头,连泥带土,毂碌碌滚将出来。众人发声喊道:"在这里了!"通判道:"这妇人的尸首,今日方得完全。"从人把泥土拂去,仔细一看,惊道:"可又古怪!这妇人怎生是有髭须的?"送上通判看时,但见这颗人头:

> 双眸紧闭,一口牢关。颈子上也是刀刃之伤,嘴儿边却有须髯之覆。早难道〔1〕骷髅能作怪,致令得男女会差池?

王通判惊道:"这分明是一个男子的头,不是那妇人的了。这头又出见得作怪,其中必有蹊跷。"喝道:"把赵大锁了!"寻那赵大时,先前看见掘着人头不是妇人的,已自往外跑了。王通判就走出赵大前边屋里,叫抬张桌儿做公座坐了,带那赵大的家属过来,且问这颗人头的事。赵大妻子一时难以支吾,只得实招道:"十年前,赵大曾有个仇人,姓马,被赵大杀了,带这头来埋在这里的。"通判道:"适才赵大在此,而今躲在那里了?"妻子道:"他方才见人头被掘将出来,晓得事发,他一径出门,连家里多不说那里去了。"王通判道:"立刻的事,他不过走在亲眷家里,料去不远。快把你家甚么亲眷住址,一一招出来。"妻子怕动刑法,只得招道:"有个女婿姓江,做府中令史〔2〕,必是投他去了。"通判即时差人押了妻子,竟到这江令史家里来拿。通判坐在赵大家里,立等回话。果然——

> 瓮中捉鳖,手到拿来。

---
〔1〕 早难道——难道说、怎么能。
〔2〕 令史——书吏,州府的低级事务员。

且说江令史是衙门中人,晓得利害。见丈人赵大急急忙忙走到家来,说道是杀人事发,思要藏避。令史恐怕累及身家,不敢应承,劝他往别处逃走。赵大一时未有去向,心里不决。正踌蹰间,公差已押着妻子来要人了。江令史此时火到身上,且自图灭熄,不好隐瞒,只得付与公差,仍带到赵大自己家里来。妻子路上已自对他说道:"适才老爷问时,我已实说了。你也招了罢,免受痛苦。"赵大见通判时,果然一口承认。通判问其详细,赵大道:"这姓马的先与小人有些仇隙,后来在山路中遇着小人,因在那里砍柴,带得有刀在身边,把他来杀了。恐怕有人认得,一时传遍,这事就露出来。所以既剥了他的衣服,就割下头来,藏到家里,把衣服烧了,头埋在园中。后来马家不见了人,寻问时,只见有人说山中有个死尸,因无头的,不知是不是,不好认得。而今事已经久,连马家也不提起了。这埋头的去处,与前日妇人之头相离有一丈多地。因为有这个头在地里,恐怕发露,所以前日埋那妇人头时,把草树记认的。因为隔得远,有胆气掘下去。不知为何,一掘倒先掘着了。这也是宿世冤业,应得填还。早知如此,连那妇人的头也不说了。"通判道:"而今妇人的头,毕竟在那里?"赵大道:"只在那一块,这是记认不差的。"通判又带他到后园,再命从人打旧掘处掘下去,果然又掘出一颗头来。认一认,才方是妇人的了。通判笑道:"一件人命,却问出两件人命来,莫非天意也?"

　　锁了赵大,带了两颗人头,来到府中。出张牌去,唤马家亲人来认。马家儿子见说,才晓得父亲不见了十年,果是被人杀了,来补状词。王通判准了。把两颗人头,一颗给与马家埋葬去,一颗唤李方哥出来认看,果是其妻的了。把叫夜僧与赵大各打三十板,多问成了死罪。程朝奉不合买奸,致死人命,问成徒罪,折价纳赎。李方哥不合卖奸,问杖罪的决。断程朝奉出葬埋银六两,给与李方哥,葬那陈氏。三家铺人不合移尸,各该问罪,因不是这等不得并发赵大人命,似乎天意明冤,非关人事,释罪不究。

王通判这件事问得清白,一时清结了两件没头事,申详上司,各各称奖,至今传为美谈。只可笑程朝奉空想一个妇人,不得到手,枉葬送了他一条性命,自己吃了许多惊恐,又坐了一年多监,费掉了百来两银子,方得明白。有甚便宜处?那陈氏立个主意,不从夫言,也不见得被人杀了。至于因此一事,那赵大久无对证的人命,一并发觉,越见得天心巧处。可见欺心事做不得一些的。有诗为证:

冶容诲淫从古语,会见金夫不自主[1]。

称觥已自不有躬[2]。何怪启宠纳人侮。

彼黠者徒恣强暴,将此头颅向何许?

幽冤郁积十年馀,彼处有头欲出土。

---

[1] "会见"句——意为女人被男人用金钱勾引,自己就不由自主地依从了。金夫,用金钱引诱妇女的男人。

[2] 不有躬——指妇女不能保全自身贞洁。语出《周易·蒙》:"见金夫不有躬。"

二刻拍案惊奇卷二十九

赠芝麻识破假形　撷草药巧谐真偶

诗曰：

万物皆有情，不论妖与鬼。

妙药可通灵，方信岐黄[1]理。

话说宋乾道年间，江西一个官人，赴调临安都下。因到西湖上游玩，独自一人，各处行走。走得路多了，觉得疲倦。道傍有一民家，门前有几株大树，树傍有石块可坐，那官人遂坐下少息。望去屋内有一双鬟女子，明艳动人。官人见了，不觉心神飘荡，注目而视。那女子也回眸流盼，似有寄情之意。官人眷恋不舍，自此时时到彼处少坐。那女子是店家卖酒的，就在里头做生意，不避人的。见那官人走来，便含笑相迎，竟以为常。往来既久，情意绸缪。官人将言语挑动他，女子微有羞涩之态，也不恼怒。只是店在路傍，人眼看见，内有父母，要求谐鱼水之欢，终不能勾。但只两心眷眷而已。

官人已得注选[2]，归期有日，掉那女子不下，特到他家告别。

----
[1] 岐黄——岐伯和黄帝，后世奉为医家之祖。岐伯是黄帝的臣子，精医学，曾与黄帝论医，互问互答，记录下来，便成《内经》。
[2] 注选——应试获选，注授官职。

恰好其父出外，女子独自在店，见说要别，拭泪私语道："自与郎君相见，彼此倾心。欲以身从郎君，父母必然不肯。若私下随着郎君去了，淫奔之名，又羞耻难当。今就此别去，必致梦寐焦劳，相思无已，如何是好？"那官人深感其意，即央他邻近人将着厚礼求聘为婚。那父母见说是江西外郡，如何得肯？那官人只得怏怏而去，自到家收拾赴任，再不能与女子相闻音耗了。

隔了五年，又赴京听调。刚到都下，寻个旅馆，歇了行李，即去湖边寻访旧游。只见此居已换了别家在内，问着五年前这家，茫然不知。邻近人也多换过了，没有认得的。心中怅然不快。回步中途，忽然与那女子相遇。看他年貌，比昔时已长大，更加标致了好些。那官人急忙施礼相揖，女子万福不迭，口里道："郎君隔阔许久，还记得奴否？"那官人道："为因到旧处寻访不见，正在烦恼，幸喜在此相遇。不知宅上为何搬过了？今在那里？"女子道："奴已嫁过人了，在城中小巷内。吾夫坐库务〔1〕，监在狱中，故奴出来求救于人，不匡撞着五年前旧识。郎君肯到我家啜茶否？"那官人欣然道："正要相访。"两个人一头说，一头走。先在那官人的下处前经过，官人道："此即小生馆舍，可且进去谈一谈。"那官人正要营勾着他，了还心愿，思量下处尽好就做事，那里还等得到他家里去？一邀就邀了进来，关好了门，两个抱了一抱，就推倒床上，行其云雨。那馆舍是个独院，甚是僻静。馆舍中又无别客，止是那江西官人一个住着。女子见了光景，便

---

〔1〕 坐库务——因库房事务出了差错而受牵连。

道："此处无人知觉,尽可偷住,与郎君欢乐,不必到吾家去了。吾家里有人,反更不便。"官人道："若就肯住此,更便得紧了。"一留半年。女子有时出外,去去即时就来,再不提着家中事,也不见他想着家里。那官人相处得浓了,也忘记他是有夫家的一般。

那官人调得有地方了,思量回去,因对女子道："我而今同你悄地家去了,可不是长久之计么?"女子见说要去,便流下泪来道："有句话对郎君说,郎君不要吃惊。"官人道："是甚么话?"女子道："奴自向时别了郎君,终日思念,恹恹成病,期年而亡。今之此身,实非人类,以夙世缘契,幽魂未散,故此特来相从这几时。欢期有限,冥数已尽,要从郎君远去,这却不能勾了。恐郎君他日有疑,不敢避嫌,特与郎君说明。但阴气相侵已深,奴去之后,郎君腹中必当暴下〔1〕,可快服平胃散,补安精神,即当痊愈。"官人见说,不胜惊骇了许久。又闻得教服平胃散,问道："我曾读《夷坚志》〔2〕,见孙九鼎遇鬼,亦服此药。吾思此药皆平平,何故奏效?"女子道："此药中有苍术,能去邪气,你只依我言就是了。"说罢,涕泣不止;那官人也相对伤感。是夜同寝,极尽欢会之乐。将到天明,恸哭而别。出门数步,倏已不见。果然别后,那官人暴下不止,依言赎平胃散服过才好。那官人每对人说着此事,还凄然泪下。可见情之所钟,虽已为鬼,犹然眷恋如此。况别后之病,又能留方服药医好,真多情之鬼也。

----

〔1〕 暴下——猛烈下泄。下,指泄肚。
〔2〕《夷坚志》——南宋洪迈撰的一部笔记小说集,内容多神怪故事和异闻杂录。

而今说一个妖物,也与人相好了,留着些草药,不但医好了病,又弄出许多姻缘事体,成就他一生夫妇,更为奇怪。有《忆秦娥》一词为证:

> 堪奇绝,阴阳配合真丹结。真丹结,欢娱虽就,精神亦竭。
> 殷勤赠物机关泄,姻缘尽处伤离别。伤离别,三番草药,百年欢悦。

这一回书,乃京师老郎[1]传留,原名为《灵狐三束草》。天地间之物,惟狐最灵,善能变幻,故名狐魅。北方最多,宋时有"无狐魅,不成村"之说。又性极好淫,其涎染着人,无不迷惑,故又名狐媚,以比世间淫女。唐时有"狐媚偏能惑主"之檄[2]。然虽是个妖物,其间原有好歹。如任氏以身殉郑六[3],连贞节之事也是有的。至于成就人功名,度脱人灾厄,撮合人夫妇,这样的事往往有之。莫谓妖类,便无好心,只要有缘遇得着。

国朝天顺甲申[4]年间,浙江有一个客商,姓蒋,专一在湖广、江西地方做生意。那蒋生年纪二十多岁,生得仪容俊美,眉目动人。同伴里头,道是他模样可以选得过驸马,起他混名,叫做蒋驸马。他自

---

[1] 老郎——对前辈说书艺人的尊称。
[2] "唐时"句——"狐媚偏能惑主"是初唐骆宾王《为徐敬业讨武曌檄》中的句子。武曌,即武则天。
[3] 任氏以身殉郑六——事见唐沈既济所撰传奇小说《任氏传》。贫士郑六爱上狐妖任氏,任氏感其诚,知不利西行,难却郑六强邀之情,途中遇犬而死。
[4] 天顺甲申——天顺为明英宗朱祁镇年号,公元1457—1464年。甲申,公元1464年,是年英宗卒。

家也以风情自负,看世间女子,轻易也不上眼,道是必遇绝色,方可与他一对。虽在江湖上走了几年,不曾撞见一个中心满意女子。也曾同着朋友,衏衏人家走动两番,不过是遣兴而已。公道看起来,还则是他失便宜与妇人了。一日置货到汉阳马口地方,下在一个店家,姓马,叫得马月溪店。那个马月溪是本处马少卿家里的人,领着主人本钱,开着这个歇客商的大店。店中尽有幽房邃阁,可以容置上等好客,所以远方来的斯文人,多来投他。

店前走去不多几家门面,就是马少卿的家里。马少卿有一位小姐,小名叫得云容,取李青莲[1]"云想衣裳花想容"之句,果然纤姣非常,世所罕有。他家内楼小窗,看得店前人见。那小姐闲了,时常登楼,看望作耍。一日正在临窗之际,恰被店里蒋生看见。蒋生远望去,极其美丽,生平目中所未睹,一步步走近前去细玩。走得近了,看得较真,觉他没一处生得不妙。蒋生不觉魂飞天外,魄散九霄,心里妄想道:"如此美人,得以相叙一宵,也不枉了我的面庞风流。却怎生能勾?"只管仰面痴看。那小姐在楼上瞧见有人看他,把半面遮藏,也窥着蒋生是个俊俏后生,恰像不舍得就躲避着一般。蒋生越道是楼上留盼,卖弄出许多飘逸身分出来,要惹他动火。直等那小姐下楼去了,方才走回店中,关着房门,默默暗想:"可惜不曾晓得丹青[2]!若晓得时,描也描他一个出来。"次日问着店家,方晓得是主

----

[1] 李青莲——即唐代诗人李白,下引"云想衣裳花想容"是其《清平调》中的诗句。
[2] 丹青——丹和青是古代绘画中常用的颜色,遂借指绘画。

人之女,还未曾许配人家。蒋生道:"他是个仕宦人家,我是个商贾,又是外乡,虽是未许下丈夫,料不是我想得着的。若只论起一双的面庞,却该做一对才不亏了人。怎生得氤氲大使做一个主便好!"大凡是不易得动情的人,一动了情,再按纳不住的。蒋生自此行着思,坐着想,不放下怀。

他原卖的是丝绸绫绢、女人生活之类,他央店家一个小的,拿了箱笼,引到马家宅里去卖,指望撞着那小姐,得以饱看一回。果然卖了两次,马家家眷们你要买长,我要买短,多讨箱笼里东西自家翻看,觌面讲价。那小姐虽不十分出头露面,也在人丛之中遮遮掩掩的看物事,有时也眼瞟着蒋生,四目相视。蒋生回到下处,越加禁架不定,长吁短气,恨不身生双翅,飞到他闺阁中做一处,晚间的春梦也不知做了多少。蒋生眠思梦想,日夜不置,真所谓:

思之思之,又从而思之。

思之不得,鬼神将通之。

一日晚间关了房门,正待独自去睡,只听得房门外有行步之声,轻轻将房门弹响。蒋生幸未熄灯,急忙捵[1]明了灯,开门出看,只见一个女子闪将入来。定睛仔细一认,正是马家小姐。蒋生吃了一惊,道:"难道又做起梦来了?"正心一想,却不是梦,灯儿明亮,俨然与美貌的小姐相对。蒋生疑假疑真,惶惑不定。小姐看见意思,先开口道:"郎君不必疑怪,妾乃马家云容也。承郎君久垂顾盼,妾亦关

---

〔1〕 捵(tiàn 填去声)——拨动。

情多时了。今偶乘家间空隙,用计偷出重门,不自嫌其丑陋,愿伴郎君客中岑寂。郎君勿以自献为笑,妾之幸也。"蒋生听罢,真个如饥得食,如渴得浆,宛然刘、阮入天台[1],下界凡夫得遇仙子,快乐侥幸,难以言喻。忙关好了门,挽手共入鸳帷,急讲于飞之乐。云雨既毕,小姐分付道:"妾见郎君韶秀,不能自持,致于自荐枕席。然家严[2]刚厉,一知风声,祸不可测。郎君此后切不可轻至妾家门首,也不可到外边闲步,被别人看破行径。只管夜夜虚掩房门相待,人定之后,妾必自来。万勿轻易漏泄,始可欢好得久长耳。"蒋生道:"远乡孤客,一见芳容,想慕欲死。虽然梦寐相遇,还道仙凡隔远,岂知荷蒙不弃,垂盼及于鄙陋,得以共枕同衾,极尽人间之乐。小生今日,就死也瞑目了。何况金口分付,小生敢不记心?小生自此足不出户,口不轻言,只呆呆守在房中,等到夜间,候小姐光降相聚便了。"天未明,小姐起身,再三计约了夜间,然后别去。蒋生自想,真如遇仙,胸中无限快乐,只不好告诉得人。

　　小姐夜来明去。蒋生守着分付,果然轻易不出外一步,惟恐露出形迹,有负小姐之约。蒋生少年,固然精神健旺,竭力纵欲,不以为疲。当得那小姐深自知味,一似能征惯战的一般,一任颠鸾倒凤,再不推辞,毫无厌足。蒋生倒时时有怯败之意。那小姐竟像不要睡的,

---

[1] 刘、阮入天台——传说汉代的刘晨和阮肇入天台山采药,与两位仙女结婚,半年后回到故乡,方知人世已经过了七代。事见《太平御览》卷四十一引刘义庆《幽明录》。
[2] 家严——对人称自己父亲的谦辞。

一夜何曾休歇？蒋生心爱得紧，见他如此高兴，道是深闺少女乍知男子之味，又两情相得，所以毫不避忌，尽着性子喜欢做事，难得这样真心，一发快活，惟恐奉承不周。把个身子不放在心上，拚着性命做，就一下走了阳死了也罢了。弄了多时，也觉有些倦怠，面颜看看憔悴起来。正是：

二八佳人体似酥，腰间仗剑斩愚夫。

虽然不见人头落，暗里教君骨髓枯。

且说蒋生同伴的朋友，见蒋生时常日里闭门昏睡，少见出外；有时略略走得出来，呵欠连天，像夜间不曾得睡一般；又不曾见他搭伴夜饮，或者中了宿酲[1]；又不曾见他妓馆留连，或者害了色病：不知为何如此。及来牵他去那里吃酒宿娼，未到晚，必定要回店中，并不肯少留在外边一更二更的。众人多各疑心道："这个行径，必然心下有事的光景，想是背着人做了些甚么不明的勾当了。我们相约了，晚间候他动静，是必要捉破他。"当夜天色刚晚，小姐已来。蒋生将他藏好，恐怕同伴疑心，反走出来谈笑一会，同吃些酒，直等大家散了，然后关上房门，进来与小姐上床。上得床时，那交欢高兴，弄得你死我活，哼哼嗾嗾的声响，也顾不得傍人听见。又且无休无歇，外边同伴窃听的道："蒋驸马不知那里私弄个妇女，在房里受用，这等久战。"站得不耐烦，各自归房，自去睡了。

---

[1] 中了宿酲(chéng呈)——因饮酒过量，第二天感到身体不爽，也叫"中酒"或"病酒"。酲，酒醒后仍觉疲惫如病。

次日起来,大家道:"我们到蒋驸马房前守他,看甚么人出来。"走在房外,房门虚掩,推将进去,蒋生自睡在床上,并不曾有人。众同伴疑道:"那里去了?"蒋生故意道:"甚么那里去了?"同伴道:"昨夜与你弄那话儿的。"蒋生道:"何曾有人?"同伴道:"我们众人多听得的,怎么混赖得?"蒋生道:"你们见鬼了!"同伴道:"我们不见鬼,只怕你着鬼了。"蒋生道:"我如何着鬼?"同伴道:"晚间与人干那话,声响外闻,早来不见有人,岂非是鬼?"蒋生晓得他众人夜来窃听了,亏得小姐起身得早,去得无迹,不被他们看见,实为万幸。一时把说话支吾道:"不瞒众兄说,小生少年出外,鳏旷日久,晚来上床,忍制不过,学作交欢之声,以解欲火。其实只是自家喉急的光景,不是真有个人在里面交合。说着甚是惶恐,众兄不必疑心。"同伴道:"我们也多是喉急的人,若果是如此,有甚惶恐?只不要着了甚么邪妖,便不是耍事。"蒋生道:"并无此事,众兄放心。"同伴似信不信的,也不说了。

只见蒋生渐渐支持不过,一日疲倦似一日,自家也有些觉得了。同伴中有一个姓夏的,名良策,与蒋生最是相爱。见蒋生如此,心里替他耽忧,特来对他说道:"我与你出外的人,但得平安,便为大幸。今仁兄面黄肌瘦,精神恍惚,语言错乱。及听兄晚间房中,每每与人切切私语,此必有作怪蹊跷的事。仁兄不肯与我每明言,他日定要做出事来,性命干系,非同小可。可惜这般少年,葬送在他乡外府,我辈何忍?况小弟蒙兄至爱,有甚么勾当,便对小弟说说,斟酌而行也好,何必相瞒?小弟赌个咒,不与人说就是了。"蒋生见夏良策说得痛切,只得与他实说道:"兄意思真恳,小弟实有一件事,不敢瞒兄。此间主人马小卿的小姐,与小弟有些缘分,夜夜自来欢会。两下少年,未免情欲过度。小弟不能坚忍,以致生出疾病来。然小弟性命还是小事,若此风声一露,那小姐性命也不可保了。再三叮嘱小弟慎口,所以小弟只不敢露。今虽对仁兄说了,仁兄万勿漏泄,使小弟有负小姐。"夏良策大笑道:"仁兄差矣!马家是乡宦人家,重垣峻壁,高门邃宇,岂有女子夜夜出得来?况且旅馆之中,众人杂沓,女子来来去去,虽是深夜,难道不隄防人撞见?此必非他家小姐可知了。"蒋生道:"马家小姐我曾认得的,今分明是他,再有何疑?"夏良策道:"闻得此地惯有狐妖,善能变化惑人,仁兄所遇,必是此物。仁兄今当谨慎自爱。"蒋生那里肯信?

夏良策见他迷而不悟,踌躇了一夜,心生一计道:"我直教他识出踪迹来,方才肯住手。"只因此一计,有分交:深山妖牝[1],难藏丑秽之形;幽室香躯,陡变温柔之质。用着那神仙洞里千年草,成就了卿相门中百岁缘。

且说蒋生心神惑乱,那听好言?夏良策劝他不转,来对他道:"小弟有一句话,不碍兄事的。兄是必依小弟而行。"蒋生道:"有何事教小弟做?"夏良策道:"小弟有件物事,甚能分别邪正。仁兄等那人今夜来时,把来赠他拿去。若真是马家小姐,也自无妨。若不是时,须有认得他处。这却不碍仁兄事的。仁兄当以性命为重,自家留

---

[1] 妖牝(pìn 聘)——雌妖。牝,雌性鸟兽。

心便了。"蒋生道："这个却使得。"夏良策就把一个粗麻布袋,袋着一包东西,递与蒋生。蒋生收在袖中。夏良策再三叮嘱道："切不可忘了。"蒋生不知何意,但自家心里也有些疑心,便打点依他所言试一试看,料也无碍。

是夜小姐到来,欢会了一夜。将到天明去时,蒋生记得夏良策所嘱,便将此袋出来赠他道："我有些少物事,送与小娘拿去,且到闺阁中慢慢自看。"那小姐也不问是甚么物件,见说送他的,欣然拿了就走,自出店门去了。蒋生睡到日高,披衣起来,只见床面前多是些碎芝麻粒儿,一路出去,洒到外边。蒋生恍然大悟道："夏兄对我说,此囊中物,能别邪正。元来是一袋芝麻。芝麻那里是辨别得邪正的?他以粗麻布为袋,明是要他撒将出来,就此可以认他来踪去迹。这个就是教我辨别邪正了。我而今跟着这芝麻踪迹寻去,好歹有个住处,便见下落。"

蒋生不说与人知,只自心里明白,逐步暗暗看地上有芝麻处便走。眼见得不到马家门上,明知不是他家出来的人了。纤纤曲曲,穿林过野,芝麻不断。一直跟寻到大别山〔1〕下,见山中有个洞口,芝麻从此进去。蒋生晓得有些咤异,担着一把汗,望洞口走进。果见一个牝狐身边,放着一个麻布袋儿,放倒头在那里鼾睡。

几转雌雄坎与离〔2〕,皮囊改换使人迷。

------

〔1〕 大别山——一名翼际山,又名鲁山,在今湖北省武汉市汉阳区东北。
〔2〕 坎与离——"坎"、"离"是八卦中的两个卦名,道家常以"坎离"作阴阳交合的代称。

此时正作阳台梦,还是为云为雨时。

蒋生一见大惊,不觉喊道:"来魅吾的,是这个妖物呀!"那狐性极灵,虽然睡卧,甚是警醒。一闻人声,倏把身子变过,仍然是个人形。蒋生道:"吾已识破,变来何干?"那狐走向前来,执着蒋生手道:"郎君勿怪。我为你看破了行藏,也是缘分尽了。"蒋生见他仍复旧形,心里老大不舍。那狐道:"好教郎君得知,我在此山中修道,将有千年,专一与人配合雌雄,炼成内丹。向见郎君韶丽,正思借取元阳,无门可入。却得郎君钟情马家女子,思慕真切,故尔效仿其形,特来配合。一来助君之欢,二来成我之事。今形迹已露,不可再来相陪,从此永别了。但往来已久,与君不能无情。君身为我得病,我当为君治疗。那马家女子,君既心爱,我又假托其貌,邀君恩宠多时,我也不能恝然[1]。当为君谋取,使为君妻,以了心愿,是我所以报君也。"说罢,就在洞中手撷出一般希奇的草来,束做三束,对蒋生道:"将这头一束,煎水自洗,当使你精完气足,壮健如故。这第二束,将去悄地撒在马家门口暗处,马家女子即时害起癫病来。然后将这第三束去煎水与他洗濯,这癫病自好,女子也归你了。新人相好时节,莫忘我做媒的旧情也!"遂把三束草一一交付蒋生。蒋生收好,那狐又分付道:"慎之,慎之,莫对人言!我亦从此逝矣。"言毕依然化为狐形,跳跃而去,不知所往。

蒋生又惊又喜,谨藏了三束草,走归店中来。叫店家烧了一锅

---

[1] 恝(jiá颊)然——坦然,无动于衷。

水,悄地放下一束草,煎成药汤。是夜将来自洗一番,果然神气开爽,精力陡健。沉睡一宵,次日将镜一照,那些萎黄之色,一毫也无了,方知仙草灵验。谨闷其言,不向人说。

夏良策来问昨日踪迹,蒋生推道:"寻至水边已住,不可根究,想来是个怪物。我而今看破,不与他往来便了。"夏良策见他容颜复旧,便道:"兄心一正,病色便退。可见是个妖魅。今不被他迷了,便是好了,连我们也得放心。"蒋生口里称谢,却不把真心说出来。只是一依狐精之言,密去干着自己的事。将着第二束草,守到黄昏人静后,走去马少卿门前,向户槛底下、墙角暗处,各各撒放停当。自回店中,等待消息。

不多两日,纷纷传说马家云容小姐生起癞疮来。初起时不过二三处,虽然嫌憎,还不十分在心上。渐渐浑身癞发,但见:

  腥臊遍体,臭味难当。玉树亭亭,改做鱼鳞皱皱;花枝袅袅,变为虫蚀累堆。痒动处不住爬搔,满指甲霜飞雪落;痛来时岂胜啾唧,镇朝昏抹泪揉眵。谁家女子恁般撑,闻道先儒以为癞。

马家小姐忽患癞疮,皮痒脓腥,痛不可忍。一个绝色女子,弄成人间厌物。父母无计可施,小姐求死不得。请个外科先生来医,说得甚不值事,敷上药去就好。依言敷治,过了一会,浑身针刺,却像剥他皮下来一般疼痛,顷刻也熬不得,只得仍旧洗掉了。又有内科医家前来处方,说是:"内里服药,调得血脉停当,风气开散,自然痊可。只是外用敷药,这叫得治标,决不能除根的。"听了他,把煎药日服两三剂,落得把脾胃盪坏了,全无功效。外科又争说是他专门,必竟要用擦洗之药；内科又说是肺经受风，必竟要吃消风散毒之剂。落得做病人不着，挨着疼痛，熬着苦水，今日换方，明日改药。医生相骂了几番，你说我无功，我说你没用，总归没帐。

马少卿大张告示在外："有人能医得痊愈者，赠银百两。"这些医生看了告示，只好咽唾。真是孝顺郎中[1]，也算做竭尽平生之力，查尽秘藏之书，再不曾见有些些小效处。小姐已是十死九生，只多得一口气。马少卿束手无策，对夫人道："女儿害着不治之症，已成废人。今出了重赏，再无人能医得好。莫若舍了此女，待有善医此症者，即将女儿与他为妻，倒赔妆奁，招赘入室。我女儿颇有美名，或者有人慕此，献出奇方来救他，也未可知。就未必门当户对，譬如女儿害病死了。就是不死，这样一个癞人，也难嫁着人家。还是如此，庶几有望。"遂大书于门道：

> 小女云容，染患癞疾。一应人等，能以奇方奏效者，不论高下门户，远近地方，即以此女嫁之，赘入为婿。立此为照。

蒋生在店中，已知小姐病癞出榜招医之事，心下暗暗称快。然未见他说到婚姻上边，不敢轻易兜揽。只恐远地客商，他日便医好了，只有金帛酬谢，未必肯把女儿与他。故此藏着机关，静看他家事体。果然病不得痊，换过榜文，有医好招赘之说。蒋生抚掌道："这番老婆到手了！"即去揭了门前榜文，自称能医。门公见说，不敢迟滞，立时奔进通报。

------

[1] 郎中——吴方言称中医医生为"郎中"。

马少卿出来相见,见了蒋生一表非俗,先自喜欢,问道:"有何妙方,可以医治?"蒋生道:"小生原不业医,曾遇异人,传有仙草,专治癫疾,手到可以病除。但小生不慕金帛,惟求不爽榜上之言,小生自当效力。"马少卿道:"下官止此爱女,德容俱备。不幸忽犯此疾,已成废人。若得君子施展妙手,起死回生,榜上之言,岂可自食?自当以小女馀生奉侍箕帚。"蒋生道:"小生原籍浙江,远隔异地,又是经商之人,不习儒业,只恐有玷门风。今日小姐病颜消减,所以舍得轻许。他日医好复旧,万一悔却前言,小生所望,岂不付之东流?先须说得明白。"马少卿道:"江浙名邦,原非异地;经商亦是善业,不是贱流。看足下器体,亦非以下之人。何况有言在先,远近高下,皆所不论,只要医得好。下官忝在缙绅,岂为一病女,就做爽信之事?足下但请用药,万勿他疑。"

蒋生见说得的确,就把那一束草叫煎起汤来,与小姐洗澡。小姐闻得药草之香,已自心中爽快。到得倾下浴盆,通身澡洗,可煞作怪,但是汤到之处,疼的不疼,痒的不痒,透骨清凉,不可名状。小姐把脓污抹尽,出了浴盆,身子轻松了一半。眠在床中一夜,但觉疮痂渐落,粗皮层层脱下来。过了三日,完全好了。再复清汤浴过一番,身体莹然如玉,比前日更加嫩相。

马少卿大喜,去问蒋生下处,元来就住在本家店中。即着人请得蒋生过家中来,打扫书房,与他安下。只要拣个好日,就将小姐赘他。蒋生不胜之喜,已在店中把行李搬将过来,住在书房,等候佳期。马家小姐心中感激蒋生救好他病,见说就要嫁他,虽然情愿,未知生得人物如何。叫梅香探听，元来即是曾到家里卖过绫绢的客人，多曾认得他，面庞标致的，心里就放得下。

吉日已到，马少卿不负前言，主张成婚。两下少年，多是美丽人物，你贪我爱，自不必说。但蒋生未成婚之先，先有狐女假扮，相处过多时，偏是他熟认得的了。一日，马家小姐说道："你是别处人，甚气力到得我家里？天教我生出这个病来，成就这段姻缘。那个仙方，是我与你的媒人，谁传与你的，不可忘了！"蒋生笑道："是有一个媒人，而今也没谢他处了。"小姐道："你且说是那个？今在何处？"蒋生不好说是狐精，捏个谎道："只为小生曾瞥见小姐芳容，眠思梦想，寝食俱废。心意志诚了，感动一位仙女，假托小姐容貌，来与小生往来了多时。后被小生识破，他方才说果然不是真小姐。小姐应该目下有灾，就把一束草，教小生来救小姐，说当有姻缘之分。今果应其言，可不是个媒人？"小姐道："怪道你见我就像旧识一般，元来曾有人假过我的名来。而今在那里去了？"蒋生道："他是仙家，一被识破，就不再来了。知他在那里？"小姐道："几乎被他坏了我名声，却也亏他救我一命，成就我两人姻缘，还算做个恩人了。"蒋生道："他是个仙女，恩与怨总不挂在心上。只是我和你合该做夫妻，遇得此等仙缘，称心满意。但愧小生不才，有屈了小姐耳。"小姐道："夫妻之间，不要如此说。况我是垂死之人，你起死回生的大恩，正该终身奉侍君子。妾无所恨矣！"自此，如鱼似水，蒋生也不思量回乡，就住在马家终身，夫妻偕老。这是后话。

那蒋生一班儿同伴，见说他赘在马少卿家了，多各不知其繇。惟有夏良策,曾见蒋生说着马小姐的话,后来道是妖魅的假托,而今见真个做了女婿,也不明白他备细。多来与蒋生庆喜,夏良策私下细问根繇。蒋生瞒起用草生癞一段话,只说:"前日假托马小姐的,是大别山狐精。后被夏兄粗布芝麻之计追寻踪迹,认出真形。他赠此药草,教小弟去医好马小姐,就有姻缘之分。小弟今日之事,皆狐精之力也。"众人见说多称奇道:"一向称仁兄为蒋驸马,今仁兄在马口地方作客,住在马月溪店,竟为马少卿家之婿,不脱一个马字。可知也是天意,生出这狐精来,成就此一段姻缘。驸马之称,便是前谶〔1〕了。"大家相传,以为佳话。有等痴心的,就恨怎生我偏不撞着狐精,得有此奇遇?妄想得一个不耐烦。有诗为证:

  人生自是有姻缘,得遇灵狐亦偶然。

  妄意洞中三束草,岂知月下赤绳牵!

野史氏曰:

  生始窥女而极慕思,女不知也。狐实阴见,故假女来。生以色自惑,而狐惑之也。思虑不起,天君泰然,即狐何为?然以祸始,而以福终,亦生厚幸。虽然,狐媒犹狐媚也,终死色刃矣。

---

〔1〕 谶(chèn 衬)——谶语,将来会得到应验的话语。

二刻拍案惊奇卷三十

瘗遗骸王玉英配夫　偿聘金韩秀才赎子

诗云：

> 晋世曾闻有鬼子，今知鬼子乃其常。
>
> 既能成得雌雄配，也会生儿在冥壤。

话说国朝隆庆[1]年间，陕西西安府有一个易万户[2]，以卫兵入屯京师。同乡有个朱工部[3]，相与得最好。两家夫人各有妊孕。万户与工部偶在朋友家里同席，一时说起，就两下指腹为婚。依俗礼各割衫襟，彼此互藏，写下合同文字为定。后来工部建言，触忤了圣旨，钦降为四川泸州州判[4]；万户升了边上参将，各奔前程去了。

万户这边生了一男，传闻朱家生了一女。相隔既远，不能勾图完前盟。过了几时，工部在谪所水土不服，全家不保，剩得一两个家人，投托着在川中做官的亲眷，经纪得丧事回乡，殡葬在郊外。其时万户也为事革任回卫，身故在家了。

---

〔1〕隆庆——明穆宗朱载垕年号，公元1567—1572年。
〔2〕万户——世袭的高级军职，为"千户"的统领。
〔3〕工部——掌管国家各项工程、工匠、屯田、水利、交通等政令的官署，这里指工部的最高长官"工部尚书"。
〔4〕州判——即"州判官"，州的佐吏。

万户之子易大郎年已长大,精熟武艺,日夜与同伴驰马较射。一日正在角逐之际,忽见草间一兔腾起,大郎舍了同伴,挽弓赶去。赶到一个人家门口,不见了兔儿。望内一看,元来是一所大宅院。宅内一个长者走出来,衣冠伟然,是个士大夫模样,将大郎相了一相,道:"此非易郎么?"大郎见是认得他的,即下马相揖。长者拽了大郎之手,步进堂内来,重见过礼,即分付里面治酒相款。酒过数巡,易大郎请问长者姓名。长者道:"老夫与易郎葭莩[1]不薄,老夫教易郎看一件信物。"随叫书童在里头取出一个匣子来,送与大郎开看。大郎看时,内有罗衫一角,文书一纸,合缝押字半边,上写道:

> 朱易两姓,情既断金[2],家皆种玉[3]。得雄者为婿,必谐百年。背盟者天厌之! 天厌之!

> 隆庆某年月日,朱某、易某书。坐客某某为证。

大郎仔细一看,认得是父亲万户亲笔,不觉泪下交颐。只听得后堂传说:"孺人同小姐出堂。"大郎抬眼看时,见一个年老妇人,珠冠绯袍,拥一女子,袅袅婷婷,走出厅来。那女子真色澹容,蕴秀包丽,世上所未曾见。长者指了女子对大郎道:"此即弱息[4],尊翁所订

---

[1] 葭莩——芦苇里的薄膜。《汉书·中山靖王传》有"葭莩之亲"的话,后遂为亲戚的代称。
[2] 断金——《易·系辞上》:"二人同心,其利断金。"因此后来使用"断金"作"同心"的代辞。
[3] 种玉——干宝《搜神记》载:孝子杨雍伯得仙人赠石,种之生玉;时徐氏有好女,杨往求婚,徐氏谓需白璧一双为聘,杨自种玉田中得白璧五双,遂娶徐氏女以为妻。后人借此称婚姻之缘为"种玉"。此处因两家指腹为婚,故云。
[4] 弱息——这里是对女儿的谦指。息,子女。

以配君子者也。"大郎拜见孺人已过,对长者道:"极知此段良缘出于先人成命,但媒妁未通,礼仪未备,奈何?"长者道:"亲口交盟,何须执伐[1]?至于仪文末节,更不必计较。郎君倘若不弃,今日即可就甥馆[2]。万勿推辞。"大郎此时意乱心迷,身不自主。女子已进去妆梳。须臾出来行礼,花烛合卺,悉依家礼仪节。是夜送归同房,两情欢悦,自不必说。

正是欢娱夜短,大郎匆匆一住数月,竟不记得家里了。一日,忽然念着道:"前日骤马到此,路去家不远,何不回去看看就来?"把此意对女子说了。女子禀知父母,那长者与孺人坚意不许。大郎问女子道:"岳父母为何不肯?"女子垂泪道:"只怕你去了不来。"大郎道:"那有此话?我家里不知我在这里,我回家说声就来。一日内的事,有何不可?"女子只不应允。大郎见他作难,就不开口。又过了一日,大郎道:"我马闲着,久不骑坐,只怕失调了。我须骑出去盘旋一回。"其家听信。大郎走出门,一上了马,加上数鞭,那马四脚腾空,一跑数里。马上回头看那旧处,何曾有甚么庄院?急盘马转来一认,连人家影迹也没有,但只群冢累累,荒藤野蔓而已。

归家昏昏了几日,才与朋友们说着这话。有老成人晓得的道:"这两

---

[1] 执伐——指媒妁。《诗·豳风·伐柯》:"伐柯如何?匪斧不克;取妻如何?匪媒不得。"后称为人作媒为"执伐",也叫"作伐"。
[2] 甥馆——入赘女婿所居之室。甥,女婿。馆,留宿之处。语出《孟子·万章》:"舜尚见帝,帝馆甥于贰室。"

家割襟之盟，果是有之。但工部举家已绝，郎君所遇，乃其幽宫[1]。想是凤缘未了，故有此异。幽明各路，不宜相侵，郎君勿可再往。"大郎听了这话，又眼见奇怪，果然不敢再去。自到京师，袭了父职回来，奉上司檄文，管署卫印事务。夜出巡堡[2]，偶至一处，忽见前日女子，怀抱一小儿迎上前来，道："易郎认得妾否？郎虽忘妾，襁[3]中之儿，谁人所生？此子有贵征，必能大君门户。今以还郎，抚养他成人，妾亦藉手不负于郎矣。"大郎念着前情，不复顾忌，抱那儿子一看，只见眉清目秀，甚是可喜。大郎未曾娶妻有子的，见了好个孩子，岂不快活？走近前去，要与那女子重叙离情，再说端的。那女子忽然不见，竟把怀中之子掉下去了。大郎带了回来。后来大郎另娶了妻，又断弦再续了两番，立意要求美色，娶来的皆不能如此女之貌，又绝无生息。惟有得此子长成，勇力过人，兼有雄略。大郎因前日女子有"大君门户"之说，见他不凡，深有大望。一十八岁了，大郎倦于戎务，就让他袭了职。以累建奇功，累官至都督，果如女子之言。

这件事，全似晋时范阳卢充与崔少府女金碗幽婚之事。然有地有人，不是将旧说附会出来的。可见姻缘未完、幽明配合，鬼能生子之事，往往有之。这还是目前的鬼，魂气未散。更有几百年鬼，也会与人生子，做出许多话柄来，更为奇绝。要知此段话文，先听几首七

---

[1] 幽宫——即坟墓。
[2] 巡堡——巡视军队驻地。堡，土筑小城，泛指军事防御建筑。
[3] 襁——背负婴儿的宽带子。

言绝句为证。

  洞里仙人路不遥,洞庭烟雨昼潇潇。

  莫教吹笛城头阁,尚有销魂乌鹊桥。(其一)

  莫讶鸳鸯会有缘,桃花结子已千年。

  尘心不识蓝桥路,信是蓬莱有谪仙。(其二)

  朝暮云骖闽楚关,青鸾信不断尘寰。

  乍逢仙侣抛桃打,笑我清波照雾鬟。(其三)

这三首乃女鬼王玉英忆夫韩庆云之诗。那韩庆云是福建福州府福清县的秀才,他在本府长乐县蓝田石尤岭地方开馆授徒。一日散步岭下,见路傍有枯骨在草丛中,心里恻然道:"不知是谁人遗骸,暴露在此。吾闻收掩胔骼[1],仁人之事。今此骸无主,吾在此间开馆,既为吾所见,即是吾责了。"就归向邻家借了锄耰畚锸之类,又没个人帮助,亲自动手,瘗埋停当。撮土为香,滴水为酒,以安他魂灵,致敬而去。

是夜独宿书馆,忽见篱外毕毕剥剥,敲得篱门响。韩生起来,开门出看,乃是一个端丽女子。韩生慌忙迎揖。女子道:"且到尊馆,有话奉告。"韩生在前引导,同至馆中。女子道:"妾姓王,名玉英,本是楚中湘潭人氏。宋德祐[2]年间,父为闽州守,将兵御元人,力战而死。妾不肯受胡虏之辱,死此岭下。当时人怜其贞义,培土掩覆。

---

[1] 胔(zì自)骼——腐肉未尽的尸骨。
[2] 德祐——宋恭帝赵㬎年号,即公元1275—1276年。

经今二百馀年,骸骨偶出,蒙君埋藏,恩最深重。深夜来此,欲图相报。"韩生道:"掩骸小事,不足挂齿。人鬼道殊,何劳见顾?"玉英道:"妾虽非人,然不可谓无人道。君是读书之人,幽婚冥合之事,世所常有。妾蒙君葬埋,便有夫妻之情。况夙缘甚重,愿奉君枕席,幸勿为疑。"韩生孤馆寂寥,见此美妇,虽然明说是鬼,然行步有影,衣衫有缝,济济楚楚,绝无鬼意。又且说话明白可听,能不动心?遂欣然留与同宿。交感之际,一如人道,毫无所异。韩生与之相处一年有馀,情同伉俪。忽一日,对韩生道:"妾于去年七月七日,与君交接,腹已受妊。今当产了。"是夜即在馆中产下一儿。

初时韩生与玉英往来,俱在夜中,生徒俱散,无人知觉。今已有子,虽是玉英自己乳抱,却是婴儿啼声,瞒不得人许多,渐渐有人知觉。但亦不知女子是谁,婴儿是谁,没个人家主名,也没人来查他细帐,只好胡猜乱讲,总无实据。

传将开去,韩生的母亲也知道了,对韩生道:"你山间处馆,恐防妖魅。外边传说你有私遇的事,果是怎么样的,可实对我说。"韩生把掩骸相报及玉英姓名说话,备细述一遍。韩母惊道:"依你说来,是个多年之鬼了。一发可虑!"韩生道:"说也奇怪,虽是鬼类,实不异人,已与儿生下一子了。"韩母道:"不信有这话!"韩生道:"儿岂敢造言欺母亲?"韩母道:"果有此事?我未有孙,正巴不得要个孙儿。你可抱归来与我看一看,方信你言是真。"韩生道:"待儿与他说着。"果将母亲之言与玉英说知。玉英道:"孙子该去见婆婆。只是儿受阳气尚浅,未可便与生人看见,待过几时再处。"韩生回覆母亲。韩母不信，定要捉破他踪迹，不与儿子说知，忽一日自己魆地到书馆中来。玉英正在馆中楼上，将了果子，喂着儿子。韩母一直闯将上楼去。玉英望见有人，即抱着儿子从窗外逃走。喂儿的果子多遗弃在地，看来像是莲肉。拾起仔细一看，元来是蜂房中白子。韩母大惊道："此必是怪物！"教儿子切不可再近他。韩生口中唯唯，心下实舍不得。等得韩母去了，玉英就来对韩生道："我因有此儿在身，去来不便。今婆婆以怪物疑我，我在此也无颜。我今抱了他，回故乡湘潭去，寄养在人间，他日相会罢。"韩生道："相与许久，如何舍得离别？相念时节，教小生怎生过得！"玉英道："我把此儿寄养了，自身去来由我。今有二竹筴，留在君所。倘若相念及，有甚么急事要相见，只把两筴相击，我当自至。"说罢，即飘然而去。

玉英抱此儿到了湘潭，写七字在儿衣带上道："十八年后当来归。"又写他生年月日在后边了，弃在河傍。湘潭有个黄公，富而无子，到河边遇见，拾了回去，养在家里。玉英已知，来对韩生道："儿已在湘潭黄家，吾有书在衣带上，以十八年为约。彼时当得相会，一同归家。今我身无累，可以任从去来了。"

此后韩生要与玉英相会，便击竹筴，玉英即来。凡有疾病祸患，与玉英言之，无不立解。甚至他人祸福，玉英每先对韩生说过，韩生与人说，立有应验。外边传出去，尽道韩秀才遇了妖邪，以妖言惑众。恰好其时主人有女淫奔于外，又有疑韩生所遇之女即是主人家的。弄得人言肆起，韩生声名颇不好听。玉英知道，说与韩生道："本欲相报，今反相累。"渐渐来得希疏，相期一年只来一番，来必以七夕为度。韩生感其厚意,竟不再娶。

如此一十八年,玉英来对韩生道:"衣带之期已至,岂可不去一访之?"韩生依言,告知韩母,遂往湘潭。正是:

阮修倡论无鬼,岂知鬼又生人。

昔有寻亲之子,今为寻子之亲。

且说湘潭黄翁,一向无子,偶至水滨,见有弃儿在地,抱取回家。看见眉清目秀,聪慧可爱,养以为子。看那衣带上面,有"十八年后当来归"七字,心里疑道:"还是人家嫡妾相忌,没奈何抛下的?还是人家生得儿女多了,怕受累弃着的?既已抛弃,如何又有十八年之约?此必是他父母既不欲留,又不忍舍,明白记着,寄养在人家,他日必来相访。我今现在无子,且收来养着,到十八年后再看如何。"黄翁自拾得此儿之后,忽然自己连生二子。因将所拾之儿取名鹤龄,自己二子分开他二字,一名鹤算,一名延龄,同共送入学堂读书。鹤龄敏惠异常,过目成诵。二子虽然也好,总不及他。总丱〔1〕之时,三人一同游庠〔2〕。黄翁欢喜无尽,也与二子一样相待,毫无差别。二子是老来之子,黄翁急欲他早成家室,目前生孙,十六七岁,多与他毕过了姻。只有鹤龄因有衣带之语,怕父母如期来访,未必不要归宗,是以独他迟迟未娶。却是黄翁心里过意不去道:"为我长子,怎生反未有室家?"先将四十金与他定了里中易氏之女。那鹤龄也晓得衣

---
〔1〕 总丱(guàn贯)——义同"总角",古时儿童束发成两角的样子,后因指童年。语出《诗·齐风·甫田》:"婉兮娈兮,总角丱兮。"
〔2〕 游庠——就读于州县学宫。庠,本为周代乡校,后代指学校。

带之事,对黄翁道:"儿自幼蒙抚养深恩,已为翁子。但本生父母既约得有期,岂可娶而不告?虽蒙聘下妻室,且待此期已过,父母不来,然后成婚,未为迟也。"黄翁见他讲得有理,只得凭他。

既到了十八年,多悬悬望着,看有甚么动静。一日,有个福建人在街上与人谈星命,访至黄翁之家,求见黄翁。黄翁心里指望三子立刻科名,见是星相家,无不延接。闻得远方来的,疑有异术,遂一面请坐,将着三子年甲,央请推算。谈星的假意推算了一回,指着鹤龄的八字对黄翁道:"此不是翁家之子。他生来不该在父母身边的,必得寄养出外,方可长成。及至长成之后,即要归宗。目下已是其期了。"黄公见他说出真底实话,面色通红道:"先生好胡说!此三子皆我亲子,怎生有寄养的话说?况说的更是我长子,承我宗祧,那里还有宗可归处?"谈星的大笑道:"老翁岂忘衣带之语乎?"黄翁不觉失色道:"先生何以知之?"谈星的道:"小生非他人,即是十八年前弃儿之父韩秀才也。恐翁家不承认,故此假扮做谈星之人,来探踪迹。今既在翁家,老翁必不使此子昧了本姓。"黄翁道:"衣带之约果然是真,老汉岂可昧得?况我自有子,便一日身亡,料已不填沟壑,何必赖取人家之子!但此子为何见弃,乞道其详。"韩生道:"说来事涉怪异,不好告诉。"黄翁道:"既有令郎这段缘契,便是自家骨肉。说与老夫知道,也好得知此子本末。"韩生道:"此子之母非今世人,乃二百年前贞女之魂也。此女在宋时,父为闽官,御敌失守,全家死节。其魂不泯与小生配合生儿。因被外人所疑,他说家世湘潭,将来贵处寄养。衣带之字,皆其亲书。今日小生到此,也是此女所命,不想果然遇着，敢请一见。"黄翁道："有如此作怪异事！想令郎出身如此，必不寻常。今令郎与小儿，共是三兄弟，同到长沙应试去了。"韩生道："小生既远寻到此，就在长沙，也要到彼一面。只求老翁念我天性父子，恩使归宗，便为万幸。"黄翁道："父子至亲，谊当使君还珠〔1〕。况是足下冥缘，岂可间隔？但老夫十八年抚养已不必说，只近日下聘之资，也有四十金。子既已归足下，此聘金须得相还。"韩生道："老翁恩德难报，至于聘金，自宜奉还。容小生见过小儿之后，归与其母计之，必不敢负义也。"

韩生就别了黄翁，径到长沙，访问黄翁三子应试的下处。已问着了，就写一帖，传与黄翁大儿子鹤龄。帖上写道："十八年前与闻衣带事人韩某。"鹤龄一见衣带说话，感动于心，惊出请见，道："足下何处人氏？何以知得衣带事体？"韩生看那鹤龄时：

　　年方弱冠，体不胜衣。清标固禀父形，嫣质犹同母貌。恂恂儒雅，尽道是十八岁书生；邈邈源流，岂知乃二百年鬼子。

韩生看那鹤龄模样，俨然与王玉英相似，情知是他儿子，遂答道："小郎君可要见写衣带的人否？"鹤龄道："写衣带之人，非吾父，即吾母。原约在今年，今足下知其人，必是有的信。望乞见教。"韩生道："写衣带之人，即吾妻王玉英也。若要相见，先须认得我。"鹤龄见说，知是其父，大哭，抱住道："果是吾父！如何舍得弃了儿子一十八年？"

---

〔1〕还珠——用"合浦珠还"的典故，喻失物复得。《后汉书·孟尝传》载，合浦郡盛产珍珠，因宰守贪秽，极力搜刮，致使宝珠移往他处，后孟尝任太守，为政清廉，革除前弊，去珠复还。这里指鹤龄归宗。

韩生道："汝母非凡女，乃二百年鬼仙，与我配合生儿。因乳养不便，要寄托人间。汝母原籍湘潭，故将至此地。我实福建秀才，与汝母姻缘也在福建。今汝若不忘本生父母，须别了此间养父，还归福建为是。"鹤龄道："吾母如今在那里？儿也要相会。"韩生道："汝母倏去倏来，本无定所。若要相会，也须到我闽中。"鹤龄至性所在，不胜感动。

两弟鹤算、延龄在旁边听见说着要他归福建说话，少年心性，不觉大怒起来，道："那里来这野汉，造此不根之谈，来诱哄人家子弟，说着不达道理的说话！好耽耽一个哥哥，却教他到福建去，有这样胡说的？"那家人每见说，也多嗔怪起来，对鹤龄道："大官人不要听这个游方人，他每专打听着人家事体，来撰造是非，哄诱人的。"不管三七二十一，扯的扯，推的推，要搡他出去。韩生道："不必啰唣，我已湘潭见过了你老主翁，他只要完得聘金四十两，便可赎回，还只是我的儿子。你们如何胡说！"众人那里听他，只是推他出去为净。鹤龄心下不安，再三恋恋，众人也不顾他。两弟狠狠道："我兄无主意，如何与这些闲棍讲话？饶他一顿打，便是人情了。"鹤龄道："衣带之语，必非虚语，此实吾父来寻盟。他说道曾在湘潭见过爹爹来，回去到家里必知端的。"鹤算、延龄两人与家人只是不信，管住了下处门首，再不放他进去与鹤龄相见了。

韩生自思："儿子虽得见过，黄家婚聘之物理所当还，今没个处法还得他，空手在此一年也无益，莫要想得儿子归去，不如且回家去，再做计较。"心里主意未定，到了晚间，把竹筴击将起来，王玉英即至。韩生因说着已见儿子,黄家要偿取聘金方得赎回的话。玉英道:"聘金该还,此间未有处法,不如且回闽中,别图机会。易家亲事,亦是前缘,待处了聘金,再到此地完成其事,未为晚也。"韩生因此决意回闽。一路浮湘涉湖,但是波浪险阻,玉英便到舟中护卫。至于盘缠缺乏,也是玉英暗地资助,得以到家。

到家之日,里邻惊骇,道是韩生向来遇妖,许久不见,是被妖魅拐到那里去,必然丧身在外,不得归来了;今见好好还家,以为大奇。平日往来的,多来探望。韩生因为众人疑心坏了他,见来问的,索性一一把实话从头至尾,备述与人,一些不瞒。众人见他不死,又果有儿子在湘潭,方信他说话是实,反共说他遇了仙缘,多来慕羡他。不认得的,尽想一识其面。有问韩生为何不领了儿子归来,他把聘金未曾还得,湘潭养父之家不肯的话说了。有好事的,多愿相助,不多几时,凑上了二十馀金,尚少一半。夜间击柝,与王玉英商量。玉英道:"既有了一半,你只管起身前去,途中有凑那一半之处。"

韩生随即动身。到了半路,在江边一所古庙边经过。玉英忽来对韩生道:"此庙中神厨里坐着,可得二十金,足还聘金了。"韩生依言,泊船登岸。走入庙里看时,只见:

> 庙门颓败,神路荒凉。执挝[1]的小鬼无头,拿簿的判官落帽。庭中多兽迹,狐狸在此宵藏;地上少人踪,魍魉投来夜宿。存有千年香火样,何曾一陌纸钱飘。

---

[1] 挝(zhuā 抓)——马鞭子。

韩生到神厨边,揭开帐幔来看,灰尘堆来有寸多厚。心里道:"此处那里来的银子?"然想着玉英之言,未曾有差,且依他说话,爬上去蹲在厨里。

喘息未定,只见一个人慌慌忙忙走将进来,将手在案前香炉里乱塞。塞罢,对着神道声喏道:"望菩萨遮盖遮盖,所罚之咒,不要作准。"又见一个人在外边嚷进来道:"你欺心偷过了二十两银子,打点混赖?我与你此间神道面前罚个咒。罚得咒出,便不是你。"先来那个人便对着神道口里念诵道:"我若偷了银子,如何如何。"后来这个人见他赌得咒出,遂放下脸子道:"果是与你无干,不知在那里错去了。"先来那个人把身子抖一抖,两袖洒一洒,道:"你看我身边须没藏处。"两个唧唧哝哝,一路说着外边去了。韩生不见人来了,在神厨里走将出来,摸一摸香炉,看适间藏的是甚么东西。摸出一个大纸包来,打开看时,是一包成锭的银子,约有二十馀两。韩生道:"惭愧!眼见得这先人来的瞒起同伴的银子,藏在这里,等赌过咒、搜不出时,慢慢来取用。岂知已先为鬼神所知,归我手也。"欲待不取,总来是不义之财;欲待还那失主,又明显出这个人的偷窃来了。不如依着玉英之言,且将去做赎子之本,有何不可?当下取了,出庙下船。船里从容一秤,果有二十两重,分毫不少。

韩生大喜,到了湘潭,径将四十金来送还黄翁聘礼,求赎鹤龄。黄翁道:"婚盟已定,男女俱已及时。老夫欲将此项,与令郎完了姻亲,此后再议归闽。唯足下乔梓〔1〕自做主张,则老夫事体也完了。"

----
〔1〕 乔梓——指父子。乔和梓是两种树木,因《尚书大传》中有"乔者,父道也"、"梓者,子道也"的说法,故称父子为"乔梓"。

韩生道："此皆老翁玉成美意，敢不听命？"黄翁着媒人与易家说知此事，易家不肯起来道："我家初时，只许嫁黄公之子，门当户对，又同里为婚，彼此俱便。今闻此子原籍福建，一时配合了，他日要离了归乡，相隔着四五千里，这怎使得？必须讲过，只在黄家不去的，其事方谐。"媒人来对黄翁说了。黄翁巴不得他不去的，将此语一一告诉韩生道："非关老夫要留此子，乃亲家之意如此。况令郎名在楚籍，婚在楚地，还闽之说，必是不妥。为之奈何？"韩生也自想有些行不通，再击竹筊与玉英商量。玉英道："一向说易家亲事是前缘，既已根绊在此，怎肯放去？况妾本籍湘中，就等儿子做了此间女婿，成立在此也好。郎君只要父子相认，何必归闽？"韩生道："闽是吾乡，我母还在，若不归闽，要此儿子何用？"玉英道："事数到此，不繇君算。若执意归闽，儿子婚姻便不可成。郎君将此儿归闽中，又在何处另结良缘？不如且从黄、易两家之言，成了亲事。他日儿子自有分晓也。"韩生只得把此意回覆了黄翁，一凭黄翁主张。黄翁先叫鹤龄认了父亲，就收拾书房，与韩生歇下了。然后将此四十两银子，支分作花烛之费，到易家道了日子。易家见说不回福建了，无不依从。

成亲之后，鹤龄对父韩生说，要见母亲一面。韩生说与玉英，玉英道："是我自家的儿子，正要见他。但此间生人多，非我所宜。可对儿子说，人静后房中悄悄击筊，我当见他夫妇两人一面。"韩生对鹤龄说知，就把竹筊密付与他。鹤龄领着去了。

等到黄昏，鹤龄击筊，只见一个澹妆女子，在空中下来。鹤龄夫妻知是尊嫜[1]，双双跪下。玉英抚摩一番道："好一对儿子媳妇！我为你一点骨血，精缘所牵，二百年贞静之性，不得安闲。今幸已成房立户，我愿已完矣。"鹤龄道："儿子颇读诗书，曾见古今事迹。如我母数百年精魂，犹然游戏人间，生子成立，诚为希有之事。不知母亲何术致此，望乞见教。"玉英道："我以贞烈而死，后土[2]录为鬼仙，许我得生一子，延其血脉。汝父有掩骸之仁，阴德可纪，故我就与配合，生汝以报其恩。此皆生前之注定也。"鹤龄道："母亲既然灵通如此，何不即留迹人间，使儿媳辈得以朝夕奉养？"玉英道："我与汝父有缘，故得数见于世，然非阴道所宜。今日特为要见吾儿与媳妇一面，故此暂来。此后也不再来了。直待归闽之时，石尤岭下再当一见。我儿前程远大，勉之勉之！"说罢，腾空而去。鹤龄夫妇恍恍自失了半日，才得定性。事虽怪异，想着母亲之言句句有头有尾，鹤龄自叹道："读尽稗官野史，今日若非身为之子，随你传闻，岂肯即信也？"次日与黄翁及两弟说了，俱各惊骇。

鹤龄随将竹笑交还韩生，备说母亲夜来之言。韩生道："今汝托义父恩庇，成家立业，俱在于此。归闽之期，知在何时？只好再过几时，我自回去看婆婆罢了。"鹤龄道："父亲不必心焦。秋试在即，且待儿子应试过了，再商量就是。"从此韩生且只在黄家住下。

鹤龄与两弟俱应过秋试，鹤龄与鹤算一同报捷，黄翁、韩生尽皆

----

[1] 嫜——按"嫜"是丈夫的父亲，与此处所指不符，当是"姑"（婆母）字之误。
[2] 后土——这里指大地之神，非一般所说的土地神。

欢喜。鹤龄要与鹤算同去会试，韩生住湘潭无益，思量暂回闽中。黄翁赠与盘费，鹤龄与易氏，各出所有送行。韩生仍到家来，把上项事一一对母亲说知。韩母见说孙儿娶妇成立，巴不得要看一看，只恨不得到眼前。此时连媳妇是个鬼也不说了。

次年，鹤龄、鹤算春榜连捷。鹤龄给假省亲，鹤算选授福州府闽县知县，一同回到湘潭。鹤算接了黄翁，全家赴任。鹤龄也乘此便，带了妻易氏，附舟到闽访亲，登堂拜见祖母，喜庆非常。韩生对儿子道："我馆在长乐石尤岭，乃与汝母相遇之所，连汝母骨骸也在那边。今可一同到彼，汝母必来相见。前日所约，原自如此。"遂合家同到岭下。方得驻足馆中，不须击筊，玉英已来。拜韩母道："今孙儿媳妇多在婆婆面前，况孙儿已得成名，妾所以报郎君者已尽。妾幽阴之质，不宜久在阳世周旋，只因夙缘，故得如此。今合门完聚，妾事已了，从此当静修玄理，不复再入尘寰矣。"韩生道："往还多年，情非朝夕。即为儿子一事，费过多少精神！今甫得到家，正可安享子媳之奉，如何又说要别的话来？"鹤龄夫妇涕泣请留。玉英道："冥数如此，非人力所强。若非数定，几曾见有二百年之精魂，还能同人道生子，又在世间往还二十多年的事？你每亦当以数自遣，不必作人间离别之态也。"言毕，翩然而逝。鹤龄痛哭失声，韩母与易氏各各垂泪，惟有韩生不十分在心上。他是惯了的，道夜静击筊，原自可会。岂知此后随你击筊，也不来了。守到七夕常期，竟自杳然。韩生方忽忽如有所失，一如断弦丧偶之情。思他平时相与时节，长篇短咏，落笔数千言，清新有致，皆如前三首绝句之类。传出与人，颇为众口所诵。

韩生取其所作成集,计有十卷,因曾赋《万鸟鸣春》四律,韩生即名其集为《万鸟鸣春》,流布于世。

韩生后来去世,鹤龄即合葬之石尤岭下。鹤龄改复韩姓,别号黄石,以示不忘黄家及石尤岭之意。三年丧毕,仍与易氏同归湘潭。至今闽中盛传其事。

二百年前一鬼魂,犹能生子在乾坤。

遗骸掩处阴功重,始信骷髅解报恩。

二刻拍案惊奇卷三十一

行孝子到底不简尸　殉节妇留待双出柩

诗云:
>削骨蒸肌岂忍言,世人借口欲伸冤。
>
>典刑未正先残酷,法吏当知善用权。

话说戮尸弃骨,古之极刑。今法被人殴死者,必要简尸[1]。简得致命伤痕,方准抵偿,问人死罪,可无冤枉,本为良法。自古道:"法立弊生。"只因有此一简,便有许多奸巧做出来。那把人命图赖人的,不到得就要这个人偿命,只此一简,已够奈何着他了。你道为何?官府一准简尸,地方上搭厂[2]的就要搭厂钱,跟官、门皂、轿夫、吹手多要酒饭钱,仵作人要开手钱、洗手钱,至于官面前桌上要烧香钱、朱墨钱、笔砚钱,毡条坐褥俱被告人所备,还有不肖佐贰[3]要摆案酒,要折盘盏,各项名色甚多,不可尽述。就简得雪白无伤,这人家已去了七八了;就问得原告招诬,何益于事?所以奸徒与人有仇,便思将人命为奇货。官府动笔判个"简"字,何等容易,道人命事应

---
[1] 简尸——验尸。简,通"检"。
[2] 搭厂——即搭棚。
[3] 佐贰——明代凡知府、知州、知县的辅佐官吏,如通判、州同、县丞等,统称"佐贰"。

得的,岂知有此等害人不小的事? 除非真正人命,果有重伤简得出来,正人罪名,方是正条。然刮骨蒸尸,千零百碎,与死的人计较,也是不忍见的。律上所以有"不愿者听"及"许尸亲告递免简"之例,正是圣主曲体人情处。岂知世上惨刻的官,要见自己风力,或是私心嗔恨被告,不肯听尸亲免简,定要劣撅[1]做去,以致开久殓之棺,掘久埋之骨,随你伤人子之心,堕傍观之泪,他只是硬着肚肠不管。原告不执命[2],就坐他受贿;亲友劝息,就诬他私和。一味蛮刑,打成狱案,自道是与死者伸冤,不知死者惨酷已极了。这多是绝子绝孙的勾当。

闽中有一人,名曰陈福生,与富人洪大寿家佣工,偶因口语不逊,被洪大寿痛打一顿。那福生才吃得饭过,气郁在胸,得了中蘁之症,看看待死。临死对妻子道:"我被洪家长痛打,致恨而死。但彼是富人,料掰[3]他不倒,莫要听了人教唆,赖他人命,致将我尸首简验,粉骨碎身。只略与他说说,他怕人命缠累,必然周给后事,供养得你每终身,便是便益了。"妻子听言,死后果去见那家长,但道:"因被责罚之后,得病不痊,今已身死。惟家长可怜孤寡,做个主张。"洪大寿见因打致死,心里虑怯的,见他说得揣已,巴不得他没有说话,给与银两,厚加殡殓,又许了时常周济他母子。已此无说了。

陈福生有个族人陈三,混名陈喇虎,是个不本分、好有事的。见

---

〔1〕 劣撅——亦作"劣缺"、"劣角"、"劣蹶",元明时俗语,意思是狠毒、顽劣。
〔2〕 执命——追查凶手偿命。
〔3〕 掰(bān 班)——同"扳",拉、挽。

洪大寿是有想头的人家,况福生被打而死,不为无因,就来撺掇陈福生的妻子,教他告状执命。妻子道:"福生的死,固然受了财主些气,也是年该命限。况且死后他一味好意,殡殓有礼,我们翻脸子不转,只自家认了晦气罢。"喇虎道:"你每不知事体!这出银殡殓,正好做告状张本[1]。这样富家,一条人命,好歹也起发他几百两生意,如何便是这样住了?"妻子道:"贫莫与富斗。打起官司来,我们先要银子下本钱,那里去讨?不如做个好人住手。他财主每或者还有不亏我处。"陈喇虎见说他不动,自到洪家去吓诈道:"我是陈福生族长。福生被你家打死了,你家私买下了他妻子,便打点把一场人命糊涂了?你们须要我口净,也得大家吃块肉儿。不然,明有王法,不到得被你躲过了。"洪家自恃福生妻子已无说话,天大事已定,傍边人闲言闲语不必怕他,不教人来兜揽,任他放屁喇撒[2]一出,没兴自去。喇虎见无动静,老大没趣,放他不下。思量道:"若要告他人命,须得是他亲人。他妻子是扶不起的了;若是自己出名,告他不得。我而今只把私和人命首他一状,连尸亲也告在里头,须教他开不得口。"登时写下一状,往府里首了。

　　府里见是人命,发下理刑馆。那理刑推官最是心性惨刻的,喜的是简尸,好的是入罪,是个拆人家的祖师。见人命状到手,访得洪家巨富,就想在这桩事上显出自己风力来。连忙出牌拘人,吊尸简验。

------

〔1〕 张本——为以后事态发展所作的布置。"做告状张本",即为告状作了准备,有了把柄。
〔2〕 放屁喇撒——吴方言,胡言乱语。

陈家妻子实是怕事,与人商量道:"递了免简,就好住得。"急写状去递。推官道:"分明是私下买和的情了!"不肯准状。洪家央了分上去说:"尸亲不愿,可以免简。"推官一发怒将起来,道:"有了银子,王法多行不去了?"反将陈家妻子拶出,定要简尸。没奈何,只得抬出棺木,解到尸场,聚齐了一干人众,如法蒸简。仵作人晓得官府心里要报重的,敢不奉承?把红的说紫,青的说黑,报了致命伤两三处。推官大喜,道是拿得倒一个富人,不肯假借,我声名就重了。立要问他抵命。怎当得将律例一查,家长殴死雇工人只断得埋葬,问得徒赎,并无抵偿之条。只落得洪家费掉了些银子,陈家也不得安宁,陈福生殓好入棺了,又狼狼籍籍这一番,大家多事。陈喇虎也不见沾了甚么实滋味,推官也不见增了甚么好名头,枉做了难人。一场人命结过了,洪家道陈氏母子到底不做对头,心里感激,每每看管他二人,不致贫乏。

陈喇虎指望个小富贵,竟落了空,心里常怀怏怏。一日在外酒醉,晚了回家,忽然路上与陈福生相遇。福生埋怨道:"我好好的安置在棺内,为你妄想吓诈别人,致得我尸骸零落,魂魄不安。我怎肯干休?你还我债去!"将陈喇虎按倒在地,满身把泥来搓擦。陈喇虎挣扎不得,直等后边人走来,陈福生放手而去。喇虎闷倒在地,后边人认得他的,扶了回家。家里道是酒醉,不以为意。不想自此之后,喇虎浑身生起癞来,起床不得,要出门来扛帮教唆,做些怠懒的事,再不能勾了。淹缠半载,不能支持。到临死才对家人说着:"路上遇陈福生,嫌我出首,简了他尸,以此报我。我不得活了!"说罢就死。死后家人信了人言,道癞疾要缠染亲人,急忙抬出,埋于浅土,被狗子乘热拖将出来,吃了一半。此乃陈唎虎作恶之报。

却是陈福生不与打他的洪大寿为仇,反来报替他执命的族人,可见简尸一事,原非死的所愿。做官的人要晓得,若非万不得已,何苦做那极惨的勾当?倘若尸亲苦求免简,也该依他为是。至于假人命,一发不必说,必待审得人命逼真,然后行简定罪。只一先后之着,也保全得人家多了。而今说一个情愿自死,不肯简父尸的孝子,与看官每听一听。

父仇不报忍模糊,自有雄心托湛卢[1]。

枭獍一诛身已绝,法官还用简尸无?

话说国朝万历[2]年间,浙江金华府武义县有一个人,姓王名良,是个儒家出身。有个族侄王俊,家道富厚,气岸凌人,专一放债取利,行凶剥民。就是族中支派,不论亲疏,但与他财利交关,锱铢必较,一些面情也没有的。王良不合曾借了他本银二两,每年将束修上利。积了四五年,还过他有两倍了,王良意思,道自家屋里,还到此地,可以相让,此后利钱,便不上紧了些。王俊是放债人心性,那管你是叔父?道逐年还煞[3],只是利银,本钱原根不动,利钱还须照常,岂算还过多寡?一日在一族长处会席,两下各持一说,争论起来。王

---
[1] 湛卢——古代宝剑名,相传为春秋时欧冶子所铸。这里作宝剑的代称。
[2] 万历——明神宗朱翊钧年号,公元1573—1620年。
[3] 还煞——还足、还够。"煞"在吴方言中用在形容词或动词之后,意思为"极"。

俊有了酒意，做出财主的样式，支手舞脚的发挥。王良气不平，又自恃尊辈，喝道："你如此气质，敢待打我么？"王俊道："便打了，只是财主打了欠债的。"趁着酒性，那管尊卑，扑的一掌打过去。王良不隄防的，一交跌倒。王俊索性赶上，拳头脚尖一齐来。族长道："使不得！使不得！"忙来劝时，已打得不亦乐乎了。——大凡酒德不好的人，酒性发了，也不认得甚么人，也不记得甚么事，但只是使他酒风，狠戾暴怒罢了，不管别人当不起的。——当下一个族侄把个叔子打得七损八伤。族长劝不住，猛力解开，教人负了王良家去。王俊没个头主，没些意思，耀武扬威，一路吆吆喝喝，也走去了。

讵知王良打得伤重，次日身危。王良之子王世名，也是个读书人。父亲将死之时，唤过分付道："我为族子王俊殴死，此仇不可忘。"王世名痛哭道："此不共戴天之仇，儿誓不与俱生人世。"王良点头而绝。王世名拊膺号恸，即具状到县间，告为立杀父命事，将族长告做见人。县间准行，随出牌吊尸到官，伺候相简。

王俊自知此事决裂，到不得官，苦央族长处息，任凭要银多少，总不计较；处得停妥，族长分外酬谢，自不必说。族长见有些油水，来劝王世名罢讼道："父亲既死，不可复生。他家有的是财物，怎与他争得过？要他偿命，必要简尸。他使用了作作，将伤报轻了，命未必得偿，尸骸先吃这番狼籍，大不是算。依我说，乘他惧怕成讼之时，多要了他些，落得做了人家。大家保全得无事，未为非策。"王世名自想了一回道："若是执命，无有不简尸之理。不论世情敌他不过，纵是偿得命来，伤残父骨，我心何忍？只存着报仇在心，拚得性命，那处不着了手？何必当官，拘着理法，先将父尸经这番惨酷？又三推六问，几年月日才正得典刑？不如目今权依了他们处法，诈痴佯呆，住了官司，且保全了父骨，别图再报。"回覆族长道："父亲委是冤死。但我贫家，不能与做头敌，只凭尊长所命罢了。"

族长大喜，去对王俊说了。主张将王俊膏腴田三十亩，与王世名为殡葬父亲、养膳老母之费；王世名同母当官递个免简，族长随递个息词〔1〕，永无翻悔。王世名一一依听了，来对母亲说道："儿非见利忘仇，若非如此，父骨不保。儿所以权听其处分，使彼绝无疑心也。"世名之母妇女见识，是做人家念头重的，见得了这些肥田，可以受享，也自甘心罢了。

世名把这三十亩田所收花利，每岁藏贮封识，分毫不动。外边人不晓得备细，也有议论他得了田业息了父命的，世名也不与人辨明。王俊怀着鬼胎，倒时常以礼来问候叔母。世名虽不受他礼物，却也像豪无嫌隙的，照常往来。有时撞着杯酒相会，笑语酬酢，略无介意。众人又多有笑他忘了父仇的。事已渐冷，径没人提起了。怎知世名日夜提心吊胆，时刻不忘，悄地铸一利剑，镂下两个篆字，名曰"报仇"，出入必佩。请一个传真〔2〕的，绘画父像，挂在斋中；就把自己之形，也图在上面，写他持剑侍立父侧。有人问道："为何画作此形？"世名答道："古人出必佩剑，故慕其风，别无他意。"有诗为证：

---

〔1〕 息词——申请撤销诉讼的状词。
〔2〕 传真——摹写人物形貌，即画像。

戴天不共敢忘仇，画笔常将心事留。

说与傍人浑不解，腰间宝剑自飕飕。

且说王世名日间对人嘻笑如常，每到归家，夜深人静，便抚心号恸。世名妻俞氏，晓得丈夫心不忘仇，每对他道："君家心事，妾所洞知。一日仇死君手，君岂能独生？"世名道："为子死孝，吾之职分。只恐仇不得报耳；若得报，吾岂愿偷生耶？"俞氏道："君能为孝子，妾亦能为节妇。"世名道："你身是女子，出口大易，有好些难哩。"俞氏道："君能为男子之事，安见妾身就学那男子不来？他日做出便见。"世名道："此身不幸，遭罹仇难。娘子不以儿女之见相阻，却以男子之事相勉，足见相成了。"夫妻各相爱重。

五载之内，世名已得游泮，做了秀才。妻俞氏又生下一儿。世名对俞氏道："有此呱呱，王氏之脉不绝了。一向怀仇在心，隐忍不报者，正恐此身一死，斩绝先祀，所以不敢轻生做事。如今我死可瞑目。上有老母，下有婴儿，此汝之责。我托付已过，我不能再顾了。"遂仗剑而出。

也是王俊冤债相寻，合该有事。他新相处得一个妇人在乡间，每饭后不带仆从，独往相叙。世名打听在肚里，晓得在蝴蝶山下经过，先伏在那边僻处了。王俊果然摇摇摆摆，独自一人踱过岭来。世名正是：

恩人相见，分外眼明。

仇人相见，分外眼睁。

看得明白，飕的钻将过来，喝道："还我父亲的命来！"王俊不提防的，吃了一惊，不及措手，已被世名劈头一剁。说时迟，那时快，王俊倒在地下挣扎。世名按倒，枭下首级，脱件衣服下来，包裹停当，带回家中。见了母亲，大哭拜道："儿已报仇，头在囊中。今当为父死，不得侍母膝下了。"拜罢，解出首级，到父灵位前拜告道："仇人王俊之头，今在案前。望父阴灵不远，儿今赴官投死去也。"随即取了历年所收田租帐目，左手持刀，右手提头，竟到武义县中出首。

此日县中传开，说王秀才报父仇，杀了人，拿头首告，是个孝子。一传两，两传三，哄动了一个县城。但见：

> 人人竖发，个个伸眉。竖发的恨那数载含冤，伸眉的喜得今朝吐气。挨肩叠背，老人家挤坏了腰脊厉声呼；裸袖舒拳，小孩子踏伤了脚指号咷哭。任侠豪人齐拍掌，小心怯汉独惊魂。

王世名到了县堂，县门外喊发连天，何止万人挤塞！武义县陈大尹[1]不知何事，慌忙出堂坐了，问其缘故。王世名把头与剑放下在阶前，跪禀道："生员特来投死。"陈大尹道："为何？"世名指着头道："此世名族人王俊之头。世名父亲被此人打死，昔年告得有状。世名法该执命，要他抵偿。但不忍把父尸简验，所以只得隐忍。今世名不烦官法，手刃其人，以报父仇，特来投到请死，乞正世名擅杀之罪。"大尹道："汝父之事，闻和解已久，如何忽有此举？"世名道："只为要保全父尸，先凭族长议处，将田三十亩养膳老母。世名一时含糊

---

[1] 大尹——相当现在的"县长"，元代称"尹"，明代称"知县"，这里是民间沿用旧的称呼。

应承，所收花息，年年封贮，分毫不动。今既已杀却仇人，此项义不宜取，理当入官。写得有簿籍在此，伏乞验明。"大尹听罢，知是忠义之士，说道："君行孝子之事，不可以文法相拘。但事干人命，须请详上司为主，县间未可擅便。且召保候详。王俊之头，先着其家领回候验。"看的人恐怕县官难为王秀才，个个伸拳裸臂，候他处分。见说申详上司，不拘禁他，方才散去。

陈大尹晓得众情如此，心里大加矜念，把申文多写得恳切。说先经王俊殴死王良是的，今王良之子世名报仇，杀了王俊，论来也是一命抵一命。但王世名不籴官断，擅自杀人，也该有罪。本人系是生员，特为申详断决。申文之外，又加上禀揭〔1〕，替他周全，说孝义可敬，宜从轻典。上司见了，也多叹羡，遂批与金华县汪大尹会同武义审决这事。汪大尹访问端的，备知其情，一心要保全他性命。商量道："须把王良之尸一简。若果然致命伤重，王俊原该抵偿，王世名杀人之罪就轻了。"

会审之时，汪大尹如此倡言。王世名哭道："当初专为不忍暴残父尸，故隐忍数年，情愿杀仇人而自死。岂有今日仇已死了，反为要脱自身，重简父尸之理！前日杀仇之日，即宜自杀。所以来造邑庭，正来受朝庭之法，非求免罪也。大人何不见谅如此？"汪大尹道："若不简父尸，杀人之罪难以自解。"王世名道："原不求解，望大人放归别母，即来就死。"汪大尹道："君是孝子烈士，自来投到者，放归何

---

〔1〕禀揭——呈报上司的揭帖，指"申文"（呈文）的附加说明。

妨？但事须断决，可归家与母妻再一商量。倘肯把父尸一简，我就好周全你了。此本县好意，不可错过。"

王世名主意已定，只不应承。回来对母亲说汪大尹之意，母亲道："你待如何？"王世名道："岂有事到今日，反失了初心？儿久已拚着一死，今特来别母而去耳。"说罢，抱头大哭。妻俞氏在傍，也哭做了一团。俞氏道："前日与君说过，君若死孝，妾亦当为夫而死。"王世名道："我前日已把老母与婴儿相托于你。我今不得已而死，你与我事母养子，才是本等。我在九原〔1〕，亦可瞑目。从死之说，万万不可，切莫轻言。"俞氏道："君向来留心报仇，誓必身死。别人不晓，独妾知之。所以再不阻君者，知君立志如此。君能捐生，妾亦不难相从，故尔听君行事。今事已至此，若欲到底完翁尸首，非死不可。妾岂可独生以负君乎？"世名道："古人言：死易，立孤难。你若轻一死，孩子必绝乳哺，是绝我王家一脉，连我的死也死得不正当了。你只与我保全孩子，便是你的大恩。"俞氏哭道："既如此，为君姑忍三岁。三岁之后，孩子不须乳哺了，此时当从君地下，君亦不能禁我也。"

正哀惨间，外边有二三十人喧嚷，是金华、武义两学中秀才与王世名曾往来相好的，乃汪、陈两令央他们来劝王秀才。还把前言来讲道："两父母〔2〕意见相同，只要轻兄之罪，必须得一简验，使仇罪应死，兄可得生。特使小弟辈来达知此意，与兄商量。依小弟辈愚见，

---

〔1〕 九原——春秋时晋国卿大夫的墓地，后作坟墓的代称。
〔2〕 两父母——指两县县官。旧时称县官为"父母官"。下文"两令君"、"两令"，同此。

尊翁之死,实出含冤,仇人本所宜抵。今若不从简验,兄须脱不得死罪,是以两命抵得他一命。尊翁之命,原为徒死。况子者,亲之遗体;不忍伤既死之骨,却枉残现在之体,亦非正道。何如勉从两父母之言,一简以白亲冤,以全遗体,未必非尊翁在天之灵所喜。惟兄熟思之。"王世名道:"诸兄皆是谬爱小弟,肝鬲之言。两令君之意,弟非不感激。但小弟提着'简尸'二字,便心酸欲裂。容到县堂再面计之。"众秀才道:"两令之意,不过如此。兄今往一决,但得相从,事体便易了。弟辈同伴兄去相讲一遭。"王世名即进去拜了母亲四拜,道:"从此不得再侍膝下了。"又拜妻俞氏两拜,托以老母幼子。大哭一场,噙泪而出,随同众友到县间来。

两个大尹正会在一处,专等诸生劝他的回话。只见王世名一同诸生到来,两大尹心里暗喜道:"想是肯从所议,故此同来也。"王世名身穿囚服,一见两大尹,即称谢道:"多蒙两位大人曲欲全世名一命,世名心非木石,岂不知感恩?但世名所以隐忍数年,甘负不孝之罪于天地间,靦颜嘻笑者,正为不忍简尸一事。今欲全世名之命,复致残久安之骨,是世名不是报仇,明是自杀其父了。总是看得世名一死太重,故多此议论。世名已别过母妻,特来就死,惟求速赐正罪。"两大尹相顾持疑,诸生辈杂遝乱讲,世名只不改口。汪大尹假意作色道:"杀人者死。王俊既以殴死,致为人杀,论法自宜简所殴之尸有伤无伤,何必问尸亲愿简与不愿简?吾们只是依法行事罢了。"王世名见大尹执意不回,愤然道:"所以必欲简视,止为要见伤痕。便做道世名之父毫无伤,王俊实不宜杀,也不过世名一死当之,何必再简?今日之事,要动父亲尸骸,必不能勾。若要世名性命,只在顷刻可了,决不偷生以负初心。"言毕,望县堂阶上一头撞去。眼见得世名被众人激得焦燥,用得力猛,早把颅骨撞碎,脑浆迸出而死。

图圄自可从容入,何必须臾赴九泉?

只为书生拘律法,反令孝子不回旋。

两大尹见王秀才如此决烈,又惊又惨,一时做声不得。两县学生一齐来看王秀才,见已无救,情义激发,哭声震天。对两大尹道:"王生如此死孝,真为难得。今其家惟老母、寡妻、幼子,身后之事,两位父母主张从厚,以维风化。"两大尹不觉垂泪道:"本欲相全,岂知其性烈如此!前日王生曾将当时处和之产,封识花息,当官交明,以示义不苟受。今当立一公案,以此项给其母妻,为终老之资,庶几两命相抵。独多着王良一死无着落,即以买和产业周其眷属,亦为得平。"诸生众口称是。两大尹随各捐俸金十两,诸生共认捐三十两,共成五十两,召王家亲人来将尸首领回,从厚治丧。

两学生员,为文以祭之,云:

呜呼王生,父死不鸣。刃加仇颈,身即赴冥。欲全其父,宁弃其生。一时之死,千秋之名。哀哉尚飨!

诸生读罢祭文,放声大哭。哭得山摇地动,闻之者无不泪流。哭罢,随请王家母妻拜见,面送赙仪[1]。说道:"伯母、尊嫂宜趁此资物,

---

〔1〕赙(fù付)仪——为丧事而赠与的财物。

出丧殡殓。"王母道："谨领尊命，即当与儿媳商之。"俞氏哭道："多承列位盛情。吾夫初死，未忍遽殡，尚欲停丧三年，尽妾身事生之礼。三年既满，然后议葬。列位伯叔，不必性急。"诸生不知他甚么意思，各自散去了。

此后，但是亲戚来往，问及出柩者，俞氏俱以言阻说，必待三年。亲戚多道："从来说入土为安，为何要拘定三年？"俞氏只不肯听，停丧在家。直至服满除灵，俞氏痛哭一场，自此绝食。旁人多不知道。不上十日，肚肠饥断，呜呼哀哉了。学中诸生闻之，愈加希奇，齐来吊视。王母诉出媳妇坚贞之性："矢志从夫，三年之中，如同一日，使人不及隄防，竟以身殉。今止剩三岁孤儿与老身，可怜！可怜！"诸生闻言，恸哭不已，齐去禀知陈大尹。大尹惊叹道："孝子节妇，出于一家，真可敬也。"即报各上司，先行奖恤，候抚按具题旌表。诸生及亲戚又义助含殓，告知王母，择日一同出柩。方知俞氏初时必欲守至三年，不肯先葬其夫者，专为等待自己双双同出也。远近闻之，人人称叹。巡按马御史奏闻于朝，下诏旌表其门曰"孝烈"，建坊褒荣。有《孝烈传志》行于世。

父死不忍简，自是人子心。

怀仇数年馀，始得伏斧碪。

岂肯自吝死，复将父骨侵？

法吏拘文墨，枉效书生忱。

宁知侠烈士，一死无沉吟。

彼妇激馀风，三年蓄意深。

一朝及其期,地下遂相寻。
似此孝与烈,堪为薄俗箴。

二刻拍案惊奇卷三十二

张福娘一心贞守　朱天锡万里符名

诗云：

耕牛无宿草，仓鼠有馀粮。

万事分已定，浮生空自忙。

话说天下凡事皆繇前定。如近在目前，远不过数年，预先算得出，还不足为奇。尽有世间未曾有这样事，未曾生这个人，几十年前先有前知的道破了，或是几千里外恰相凑着的，真令人梦想不到。可见数皆前定也。

且说宋时宣和年间，睢阳〔1〕有一官人，姓刘，名桨，与孺人年皆四十外了。屡生子不育，惟剩得一幼女。刘官人到京师调官去了，这幼女在家又得病而死，将出瘗埋。孺人看他出门，悲痛不胜，哭得发昏，倦坐椅上。只见一个高髻妇人走将进来道："孺人何必如此悲哭？"孺人告诉他屡丧嗣息，止存幼女，今又夭亡，官人又不在家这些苦楚。那妇人道："孺人莫心焦，从此便该得贵子了。官人已有差遣，这几日内就归。归来时节，但往城西魏十二嫂处，与他寻一领旧衣服留着。待生子之后，借一个大银盒子，把衣裙铺着，将孩子安放

------

〔1〕睢（suī虽）阳——旧县名，故城在今河南省商丘市南。

盒内。略过少时，抱将出来。取他一个小名，或是合住，或是蒙住，即易长易养，再无损折了。可牢牢记取老身之言。"孺人妇道家心性，最喜欢听他的是这些说话。见话得有枝有叶，就问道："姥姥何处来的，晓得这样事？"妇人道："你不要管我来处去处，我怜你哭得悲切，又见你贵子将到，故教你个法儿，使你以后生育得实了。"孺人问："高姓大名？后来好相谢。"妇人道："我惯救人苦恼做好事，不要人谢的。"说罢，走出门外，不知去向。

果然过得五日，刘官人得调滁州法曹掾，归到家里。孺人把幼女夭亡，又逢着高髻妇人的说话，说了一遍。刘官人感伤了一回，也是死怕了儿女的心肠，见说着妇人之言，便做个不着，也要试试看。况说他得差回来，已此准了，心里有些信他。次日即出西门，遍访魏家。走了二里多路，但只有姓张姓李，姓王姓赵，再没有一家姓魏。刘官人道："眼见得说话作不得准了。"走回转来，到了城门边，走得口渴。见一茶坊，进去坐下，吃个泡茶。问问主人家，恰是姓魏。店里一个后生，是主人之侄，排行十一。刘官人见他称呼出来，打动心里，问魏十一道："你家有兄弟么？"十一道："有兄弟十二。"刘官人道："令弟有嫂子了么？"十一道："娶个弟妇，生过了十个儿子，并无一个损折。见今同居共食，贫家支撑，甚是烦难。"刘官人见有了十二嫂，又是个多子的，谶兆相合，不觉大喜。就把实情告诉他，说屡损幼子及妇人教导向十二嫂假借旧衣之事："今如此多子，可见魇样[1]之说不为

---

〔1〕魇（yǎn 掩）样——对魔术、妖法、预言等等的统称。

虚妄的。"十一见是个官人，图个往来，心里也喜欢，忙进去对兄弟说了。魏十二就取了自穿的一件旧绢中单衣出来，送与刘官人。刘官人身边取出带来纸钞二贯答他。魏家兄弟断不肯受，道："但得生下贵公子之时，吃杯喜酒，日后照顾寒家照顾勾了。"刘官人称谢，取了旧衣回家。

不多几时，孺人果然有了妊孕。将五个月，夫妻同赴滁州之任。一日在衙对食，刘官人对孺人道："依那妇人所言，魏十二嫂已有这人，旧衣已得，生子之兆，显的据了。却要个大银盒子！吾想盛得孩子的盒子，也好大哩，料想自置不成。甚样人家有这样盒子，好去借得？这却是荒唐了！"孺人道："正是这话。人家料没有的；就有，我们从那里知道，好与他借？只是那姥姥说话，句句不妄，且看应验将来。"

夫妻正在疑惑间，刘官人接得府间文书，委他查盘滁州公库。刘官人不敢迟慢，分付库吏取齐了簿籍，凡公库所有，尽皆简出备查。滁州荒僻，库藏萧索，别不见甚好物，独内中存有大银盒二具。刘官人触着心里，又疑道："何故有此物事？"试问库吏，库吏道："近日有个钦差内相〔1〕谭稹到浙西公干，所过州县，必要献上土宜。那盛土宜的，俱要用银做盒子，连盒子多收去。所以州中备得有此。后来内相不打从滁州过，却在别路去了，银盒子得以不用，留在库中收贮，作为公物。"刘官人记在心里，回与孺人说其缘故，共相咤异。

----

〔1〕内相——宦官的别称。

过了几月,生了一子。遂到库中借此银盒,照依妇人所言,用魏十二家旧衣衬在底下,把所生儿子眠在盒子中间。将有一个时辰,才抱他出来,取小名做蒙住。看那盒子底下镌得有字,乃是"宣和庚子年制"。想起妇人在睢阳说话的时节,那盒子还未曾造起,不知为何他先知道了。这儿子后名孝匙,字正甫,官到兵部侍郎,果然大贵。高髻妇人之言,无一不验。真是数已前定,并那件物事世间还不曾有,那贵人已该在这里头眠一会,魇样得长成,说过在那里了,可不奇么?

而今说一个人在万里之外,两不相知,这边预取下的名字,与那边原取下的竟自相同。这个定数,还更奇哩。要知端的,先听小子四句口号:

有母将雏横遣离,谁知万里遇还时。

试看两地名相合,始信当年天赐儿。

这回书也是说宋朝,苏州一个官人,姓朱,字景先,单讳着一个铨字。淳熙丙申年间,主管四川茶马司〔1〕。有个公子名逊,年已二十岁。聘下妻室范氏,是苏州大家。未曾娶得过门,随父往任。那公子青春正当强盛,衙门独处无聊,欲念如火,按纳不下。央人对父亲朱景先说,要先娶一妾以侍枕席。景先道:"男子未娶妻,先娶妾,有此

---

〔1〕 茶马司——"都大提举茶马司"的简称,为北宋熙宁七年(1074)于秦州(今天水市)和成都两处所设官署,掌管以茶换取西北及西南少数民族马匹的事务,南宋北方被金兵占领,只剩下四川茶马司,其长官称大主管成都府利州等路茶事兼提举四川等路买马监牧公事。

礼否?"公子道:"固无此礼,而今客居数千里之外,只得反经行权,目下图个伴寂寥之计。他日娶了正妻,遣还了他亦无不可。"景先道:"这个也使得。只恐他日溺于情爱,要遣就烦难了。"公子道:"说过了话,男子汉做事,一刀两段,有何烦难!"景先许允。公子遂托衙门中一个健捕胡鸿,出外访寻。胡鸿访得成都张姓家里有一女子,名曰福娘,姿容美丽,性格温柔,来与公子说了。将着财礼银五十两,取将过来为妾。福娘与公子年纪相仿,正是:

> 少女少郎,其乐难当。

两情欢爱,如胶似漆,过了一年。

不想苏州范家,见女儿长成,女婿远方随任,未有还期,恐怕担阁了两下青春,一面整办妆奁,父亲范翁亲自伴送到任上成亲。将入四川境中,先着人传信到朱家衙内。已知朱公子一年之前娶得有妾,便留住行李不行,写书去与亲家道:

> 先妻后妾,世所恒有。妻未成婚,妾已入室,其义何在? 今小女于归[1]戒途,吉礼将成,必去骈枝,始谐连理。此白。

看官听说:这个先妾后妻,果不是正理。然男子有妾,亦是常事。今日既已娶在室中了,只合讲明了嫡庶之分,不得以先后至有僭越,便可相安,才是处分得妥的。争奈人家女子,无有不妒。只一句有妾,即已不相应了,必是逐得去,方拔了眼中之钉。与他商量,岂能相

---

〔1〕 于归——即出嫁。旧时称女子出嫁曰"归"。于,往。《诗·周南·桃夭》:"之子于归,宜其室家。"

容?做父亲的有大见识,当以正言劝勉,说:"媵妾虽贱,也是良家儿女。既已以身事夫,便亦是终身事体,如何可轻说一个去他?使他别嫁,亦非正道。到此地位,只该大度含容,和气相与,等人颂一个贤惠,他自然做小伏低,有何不可?"若父亲肯如此说,那未婚女子虽怎生嫉妒,也不好渗渗癞癞[1],就放出手段,要长要短的。当得人家父亲,护着女儿,不晓得调停为上,正要帮他立出界墙来,那管这一家增了好些难处的事!只这一封书去,有分交:锦窝爱妾,一朝剑析延津;远道孤儿,万里珠还合浦。正是:

世间好物不坚牢,彩云易散琉璃碎。

无缘对面不相逢,有缘千里能相会。

朱景先接了范家之书,对公子说道:"我前日曾说过的。今日你岳父以书相责,原说他不过。他又说必先遣妾,然后成婚。你妻已送在境上,讨了回话,然后前进。这也不得不从他了。"公子心里委是不舍得张福娘,然前日要娶妾时,原说过了娶妻遣还的话,今日父亲又如此说,丈人又立等回头[2],若不遣妾,便成亲不得。真也是左难右难,眼泪从肚子里落下来。只得把这些话与张福娘说了。张福娘道:"当初不要我时,凭得你家。今既娶了进门,我没有得罪,须赶我去不得。便做讨大娘来时,我只是尽礼奉事他罢了,何必要得我去?"公子道:"我怎么舍得你去?只是当初娶你时节,原对爹爹说

---

[1] 渗渗癞癞——亦作"渗渗濑濑",见卷十一"渗濑"注。
[2] 回头——吴方言,回复、回答。

过,待成正婚之日,先行送还。今爹爹把前言责我,范家丈人又带了女儿住在境上,要等送了你去,然后把女儿过门。我也处在两难之地,没奈何了。"张福娘道:"妾乃是贱辈,唯君家张主。君家既要遣去,岂可强住,以阻大娘之来?但妾身有件不得已事,要去也去不得了。"公子道:"有甚不得已事?"张福娘道:"妾身上已怀得有孕,此须是君家骨血。妾若回去了,他日生出儿女来,到底是朱家之人,难道又好那里去得不成?把似[1]他日在家守着,何如今日不去的是?"公子道:"你若不去,范家不肯成婚,可不担阁了一生婚姻正事?就强得他肯了,进门以后必是没有好气,相待得你刻薄起来,反为不美。不如权避了出去,等我成亲过了,慢慢看个机会,劝转了他,接你来同处,方得无碍。"张福娘没奈何,正是:

  人生莫作妇人身,百年苦乐籐他人。

福娘主意不要回去,却是堂上主张发遣,公子一心要遵依丈人说话,等待成亲。福娘四不拗六,徒增些哭哭啼啼,怎生撇强[2]得过?只得且自回家去守着。

  这朱家即把此信报与范家,范翁方才同女儿进发。昼夜兼程,行到衙中,择吉成亲。朱公子男人心性,一似荷叶上露水珠儿,这边缺了,那边又圆。且全了范氏伉丽之欢,管不得张福娘仳离[3]之苦,夫妻两下且自过得恩爱,此时便没有这妾也罢了。

---

 〔1〕 把似——与其。
 〔2〕 撇强——违拗别人的意见。
 〔3〕 仳(pǐ匹)离——意即别离,特指妇女被遗弃而离去。

明年，朱景先茶马差满，朝廷差少卿王渥交代[1]，召取景先还朝。景先拣定八月离任。此时福娘已将分娩，央人来说，要随了同归苏州。景先道："论来有了妊孕，原该带了同去为是。但途中生产，好生不便。且看他造化，若得目下即产，便好带去了。"福娘再三来说："已嫁从夫。当时只为避取大娘，暂回母家，原无绝理。况腹中之子，是那个的骨血，可以弃了竟去么？不论即产与不产，嫁鸡逐鸡飞，自然要一同去的。"朱景先是仕宦中人，被这女子把正理来讲，也有些说他不过。说与夫人，劝化范氏媳妇，要他接了福娘来衙中，一同东归。

范氏已先见公子说过两番，今翁姑来说，不好违命。他是诗礼之家出身的，晓得大体，一面打点接取福娘了。怎当得：

天有不测风云，人有旦夕祸福。

朱公子是色上要紧的人，看他未成婚时，便如此忍耐不得，急于取妾，以致害得个张福娘上不得，下不得，岂不是个喉急的？今与范氏夫妻，你贪我爱，又遭了张福娘，新换了一番境界，把从前毒火，多注在一处，朝夜探讨。早已染了痨怯之症，吐血丝，发夜热，医家只戒少近女色。景先与夫人商量道："儿子已得了病，一个媳妇，还要劝他分床而宿。若张氏女子再娶将来，分明是油锅内添上一把柴了。还只是立意回了他，不带去罢。""只可惜他已将分娩，是男是女，这

---

[1] 交代——交接手续。

是我朱家之后，舍不得撇他。"景先道："儿子媳妇，多是青年。只要儿子调理得身体好了，那怕少了孙子？趁着张家女子尚未分娩，黑白未分，还好辞得。他若不日之间产下一子，倒不好撇他了。而今只把途间不便生产去说；十分说不倒时，权约他日后来相接便是。"计议已定，当下力辞了张福娘，离了成都，归还苏州去了。

张福娘因朱家不肯带去，在家哭了几场。他心里一意守着腹中消息。朱家去得四十日后，生下一子，因道少不得要归朱家，只当权寄在四川，小名就唤做寄儿。福娘既生得有儿子，就甘贫守节，誓不嫁人。随你父母乡里百般说谕，并不改心。只绩纺补纫，资给度日，守那寄儿长成。

寄儿生得眉目疏秀，不同凡儿。与里巷同伴一般的孩童戏耍，他每每做了众童的头，自称是官人，把众童呼来喝去，俨然让他居尊的模样。到了七八岁，张福娘送他上学从师，所习诗书，一览成诵。福娘一发把做了大指望，坚心守去，也不管朱家日后来认不认的事了。

且不说福娘苦守教子。那朱家自回苏州，与川中相隔万里，彼此杳不闻知。过了两年，是庚子岁，公子朱逊病不得痊，呜呼哀哉。范氏虽做了四年夫妻，倒有两年不同房，寸男尺女皆无。朱景先又只生得这个公子，并无以下小男小女，一死只当绝了后代了。有诗为证：

不孝有三无后大，谁料儿亡竟绝孙。

早知今日凄凉景，何故当时忽妾妊？

朱景先虽然仕宦荣贵，却是上奉老母，下抚寡媳，膝下并无儿孙，光景孤单，悲苦无聊，再无开眉欢笑之日。直至乙巳年，景先母太夫人又丧，景先心事，一发只有痛伤。此时连前日儿子带妊还妾之事，尽多如隔了一世的，那里还记得影响起来。

又道是无巧不成话。四川后任茶马王渥少卿，闻知朱景先丁了母忧，因是他交手的前任官，多有首尾的，特差人赍了赙仪奠帛，前来致吊。你道来的是甚么人？正是那年朱公子托他讨张福娘的旧役健捕胡鸿。他随着本处一个巡简[1]邹圭到苏州公干的便船，来至朱家。送礼已毕，朱景先问他川中旧事，是件备陈。朱景先是个无情无绪之人，见了手下旧使役的，偏喜是长是短的婆儿气[2]，消遣闷怀。

那胡鸿住在朱家了几时，讲了好些闲说话，也看见朱景先家里事体光景在心，便问家人道："可惜大爷青年短寿。今不曾生得有公子，还与他立个继嗣么？"家人道："立是少不得立他一个，总是别人家的肉，那里煨得热？所以老爷还不曾提起。"胡鸿道："假如大爷留得一股真骨血在世上，老爷喜欢么？"家人道："可知道喜欢！却那里讨得出？"胡鸿道："有是有些缘故在那里，只不知老爷意思怎么样。"家人见说得蹊跷，便问道："你说的话，那里起？"胡鸿道："你每岂忘记了大爷在成都曾娶过妾么？"家人道："娶是娶过，后来因娶大娘子，还了他娘家了。"胡鸿道："而今他生得有儿子。"家人道："他别嫁了丈夫，就生得有儿子，与我家甚么相干？"胡鸿道："冤屈！冤屈！他那曾嫁人？还是你家带去的种哩！"家人道："我每不敢信你这话。

---

[1] 巡简——即"巡检"，宋置官名，负责巡视边防，维持地方治安。
[2] 婆儿气——像老太婆一样，爱问长问短，絮絮叨叨。

对老爷说了，你自说去。"

家人把胡鸿之言，一一来禀朱景先。朱景先却记起那年离任之日，张家女子将次分娩，再三要同到苏州之事，明知有遗腹在彼地。见说是生了儿子，且惊且喜，急唤胡鸿来问他的信。胡鸿道："小人不知老爷主意怎么样，小人不敢乱讲出来。"朱景先道："你只说前日与大爷做妾的那个女子，而今怎么样了就是。"胡鸿道："不敢瞒老爷说，当日大爷娶那女子，即是小人在里头做事的，所以备知端的。大爷遣他出去之时，元是有娠。后来老爷离任得四十多日，即产下一个公子了。"景先道："而今见在那里？"胡鸿道："这个公子生得好不清秀伶俐，极会读书。而今在娘身边，母子相守，在那里过日。"景先道："难道这女子还不嫁人？"胡鸿道："说这女子也可怜！他缝衣补裳，趁钱度日，养那儿子，供给读书，不肯嫁人。父母多曾劝他，乡里也有想他的，连小人也巴不得他有这日，在里头再赚两数银子。怎当得他心坚如铁，再说不入。后来看见儿子会读了书，一发把这条门路绝了。"景先道："若果然如此，我朱氏一脉可以不绝，莫大之喜了。只是你的说话可信么？"胡鸿道："小人是老爷旧役，从来老实，不会说谎。况此女是小人的首尾，小人怎得有差？"景先道："虽然如此，我嗣续大事非同小可。今路隔万里，未知虚实。你一介小人，岂可因你一言，造次举动得？"胡鸿道："老爷信不得小人一个的言语，小人附舟来的是巡简邹圭，他也是老爷的旧吏。老爷问他，他备知端的。"

朱景先见说话有来因，巴不得得知一个详细，即差家人请那邹巡简来。邹巡简见是旧时本官相召,不敢迟慢,忙写了禀帖,来见朱景先。朱景先问他蜀中之事,他把张福娘守贞教子,与那儿子聪明俊秀不比寻常的话,说了一遍。与胡鸿所说,分毫不差。景先喜得打跌,进去与夫人及媳妇范氏备言其故。合家惊喜道:"若得如此,绝处逢生,祖宗之大庆也!"景先分付备治酒饭,管待邹巡简,与邹巡简商量川中接他母子来苏州说话。邹巡简道:"此路迢遥,况一个女人,一个孩子,跋涉艰难,非有大力,不能周全得直到这里。小官如今公事已完,早晚回蜀。恩主除非乘此便,致书那边当道,支持一路舟车之费。小官自当效犬马之力,着落他母子起身,一径到府上,方可无误。"景先道:"足下所言,实是老成之见。下官如今写两封书,一封写与制置使〔1〕留尚书,一封即写与茶马王少卿,托他周置一应路上事体,保全途中母子无虞。至于两人在那里收拾起身之事,全仗足下与胡鸿照管停当。下官感激不尽,当有后报。"邹巡简道:"此正小官与胡鸿报答恩主之日,敢不随便尽心,曲护小公子到府?恩主作速写起书来,小官早晚即行也。"朱景先遂一面写起书来。书云:

> 铨不禄,母亡子夭,目前无孙。前发蜀时,有成都女子张氏,为儿妾,怀娠留彼。今据旧胥巡简邹圭及旧役胡鸿,俱言业已获雄,今计八龄矣。遗孽万里,实系寒宗如线。欲致其还吴,而伶仃母子,跋涉非易。敢祈鼎力覆庇,使舟车无虞。非但骨肉得以会合,实令祖宗藉以绵延,感激非可名喻也。铨白。

---

〔1〕 制置使——官名,为一路至数路地区的统兵大员。

一样发书二封，附与邹巡简将去。就便赏了胡鸿，致谢王少卿相吊之礼。各厚赠盘费，千叮万嘱，两人受托而去。朱景先道是既有上司主张，又有旧役帮衬，必是停当得来的，合家日夜只望好音，不题。

且说邹巡简与胡鸿，回去到了川中。邹巡简将留尚书的书，去至府中递过。胡鸿也回覆了王少卿的差使，就递了旧茶马朱景先谢帖并书一封。王少卿遂问胡鸿这书内的详细，胡鸿一一说了。王少卿留在心上，就分付胡鸿道："你先去他家通此消息，教母子收拾打叠停当了，来禀着我。我早晚乘便，周置他起身就路便是。"

胡鸿领旨，竟到张家见了福娘，备述身被差遣，直到苏州朱家作吊太夫人的事。福娘忙问："朱公子及合家安否？"胡鸿道："公子已故了五六年了。"张福娘大哭一场。又问公子身后事体，胡鸿道："公子无嗣，朱爷终日烦恼。偶然说起娘子这边有了儿子，娘子教他读书，苦守不嫁。朱爷不信，遂问得邹巡简之言相同，十分欢喜。有两封书，托这边留制使与王少卿，要他每设法护送着娘子与小官人到苏州。我方才见过少卿了。少卿叫我先来通知你母子，早晚有便，就要请你们动身也。"张福娘前番要跟回苏州，是他本心，因不得自繇，只得强留在彼，又不肯嫁人，如此苦守。今见朱家要来接他，正是叶落归根事务，心下岂不自喜？一面谢了胡鸿报信，一面对儿子说了，打点东归。只看王少卿发付。

王少卿因会着留制使，同提起朱景先托致遗孙之事，一齐道这是完全人家骨肉的美事，我辈当力任之。适有蜀中进士冯震武，要到临安，有舟东下。其路必经苏州，且舟中宽敞，尽可附人。王少卿知得，报与留制使，各发柬与冯进士说了。如此两位大头脑〔1〕去说那些小附舟之事，你道敢不依从么？冯进士分付了船户，将好舱口分别得内外的，收拾洁净，专等朱家家小下船。留制使与王少卿各赠路费、茶果、银两，即着邹巡简、胡鸿两人赍发张福娘母子动身，复着胡鸿防送到苏州。张福娘随别了自家家里，同了八岁儿子寄儿，上在张进士船上。张进士晓得是缙绅家属，又是制使、茶马使所托，加意照管，自不必说。一路进发，尚未得到。

这边朱景先家里，日日盼望消息，真同大旱望雨。一日，遇着朝廷南郊礼成，大赉恩典，侍从官员，当荫一子，无子即孙。朱景先待报有子孙来，目前实是没有；待说没有来，已着人四川勾当去了。虽是未到，不是无指望的，难道虚了恩典不成？心里计较道："宁可先报了名字去，他日可把人来补荫。"主意已定，只要取下一个名字，就好填了。想一想道："还是取一个甚么名字好？"

有恩须赁子和孙，争奈庭前未有人。

万里已迎遗腹孽，先将名讳报金门。

朱景先辗转了一夜，未得佳名。次早，心下猛然道："蜀中张氏之子，果收拾回来，此乃是数年绝望之后，从天降下来的，岂非天赐？《诗》云：'天锡公纯嘏〔2〕。'取名天锡，既含蓄天幸得来的意思，又觉字义

---

〔1〕 大头脑——吴方言，指有权力的长官。
〔2〕 天锡公纯嘏——见《诗·鲁颂·閟宫》，意思是上天赐予大福。

古雅,甚妙!甚妙!"遂把有孙朱天锡填在册子上,报到仪部[1]去。准了恩荫,只等蜀中人来顶补。

不多几时,忽然胡鸿复来叩见,将了留尚书、王少卿两封回书来禀道:"事已停当。两位爷给发盘缠,张小娘子与小公子多在冯进士船上附来,已到河下了。"朱景先大喜,正要着人出迎,只见冯进士先将帖来进拜。景先接见冯进士,诉出留、王二大人相托,顺带令孙母子在船上来,幸得安稳,已到府前说话。朱景先称谢不尽,答拜了冯进士,就接取张福娘母子上来。

张福娘领了儿子寄儿,见了翁姑与范氏大娘,感起了旧事,全家哭做了一团。又教寄儿逐位拜见过,又合家欢喜。朱景先问张福娘道:"孙儿可叫得甚么名字?"福娘道:"乳名叫得寄儿。两年之前,送入学堂从师,那先生取名天锡。"朱景先大惊道:"我因仪部索取恩荫之名,你每未来到,想了一夜,才取这两个字,预先填在册子上送去。岂知你每万里之外,两年之前,已取下这两个字作名了。可见天数有定若此,真为奇怪之事。"合家欢异。

那朱景先忽然得孙,直在四川去认将来,已此是新闻了。又两处取名适然相同,走进门来,只消补荫,更为可骇。传将开去,遂为奇谈。后来朱天锡袭了恩荫,官位大显,张福娘亦受封章。这是他守贞教子之报。有诗为证:

---

[1] 仪部——即礼部。

娶妾先妻亦偶然，岂知弃妾更心坚。
归来万里繇前定，善念阴中必保全。

二刻拍案惊奇卷三十三

杨抽马甘请杖　富家郎浪受惊

诗云：

敕使南来坐画船，袈裟犹带御炉烟。

无端撞着曹公相，二十皮鞭了宿缘。

这四句诗乃是国朝永乐[1]年间少师姚广孝[2]所作。这个少师乃是僧家出身，法名道衍，本贯苏州人氏。他虽是个出家人，广有法术，兼习兵机，乃元朝刘秉忠[3]之流。太祖分封诸王，各选一高僧伴送之国。道衍私下对燕王说道："殿下讨得臣去作伴，臣当送一顶白帽子与大王戴。""白"字加在"王"字上，乃是个"皇"字，他藏着哑谜，说道辅佐他做皇帝的意思。燕王也有些晓得他不凡，果然面奏太祖，讨了他去。后来赞成靖难之功[4]，出师胜败，无不未卜先知。

---

[1] 永乐——明成祖朱棣年号，公元1403—1424年。
[2] 少师姚广孝——少师，指"太子少师"，为辅导太子的官。姚广孝，名道衍，字斯道，广孝是明成祖朱棣所赐名。他十四岁出家为僧，后成为朱棣的心腹谋士。朱棣为燕王时，惠帝削藩，他策划朱棣起兵，得以即位。
[3] 刘秉忠——字仲晦，元初大臣。初为僧，博学多才，忽必烈为亲王时，他参与机密。忽必烈即帝位后，许多典章制度皆出其手。
[4] 赞成靖难之功——赞成，助成。靖难之功，指明惠帝用齐泰、黄子澄之谋，欲削除诸藩兵权，姚广孝劝燕王朱棣以清君侧为名，起兵南下，称其兵为"靖难之师"，攻破南京，取得帝位。

燕兵初起时,燕王问他利钝如何,他说:"事毕竟成,不过费得两日工夫。"后来败于东昌[1],方晓得"两日"是个"昌"字。他说道:"此后再无阻了。"果然屡战屡胜,燕王直正大位,改元永乐。道衍赐名广孝,封至少师之职。虽然受了职衔,却不肯留发还俗,仍旧光着个头,穿着蟒龙玉带,长安中出入。文武班中晓得是他佐命功臣,谁不钦敬?

一日成祖皇帝御笔亲差他到南海普陀落伽山[2]进香。少师随坐了几号大样官船,从长江中起行。不则数日,来到苏州马头上,湾船在姑苏馆驿河下。苏州是他父母之邦,他有心要上岸观看风俗,比旧同异如何。屏去从人,不要跟随,独自一个,穿着直掇[3]在身,只做野僧打扮,从胥门[4]走进街市上来行走。

正在看玩之际,忽见喝道之声远远而来,市上人虽不见十分惊惶,却也各自走开在两边了让他。有的说是管粮曹官人来了。少师虽则步行,自然不放他在眼里的,只在街上摇摆不避。须臾之间,那个官人看看抬近轿前,皂快人等高声喝骂道:"秃驴!怎不回避?"少师只是微微冷笑。就有两个应捕,把他推来抢去。少师口里只说得一句道:"不得无理!我怎么该避你们的?"应捕见他不肯走开,道是冲了节[5],一把拿住。只等轿到面前,应捕口禀道:"一个野僧冲

---
[1] 东昌——明初为府,辖境相当现在山东省西北部地区,治所在今聊城市。
[2] 普陀落伽山——即普陀山,在浙江省舟山市,为我国佛教四大名山之一。
[3] 直掇——也作"直裰",僧袍。
[4] 胥门——也叫姑胥门,在苏州城西,现仍保存。
[5] 节——节仗,即仪卫。旧时官员出行,有仪仗和侍卫护拥。

道,拿了,听候发落。"轿上那个官人问道:"你是那里野和尚,这等倔强?"少师只不做声。那个官人大怒,喝教拿下打着。众人喏了一声,如鹰拿燕雀,把少师按倒在地,打了二十板。少师再不分辨,竟自忍受了。才打得完,只见府里一个承差同一个船上人,飞也似跑来道:"那里不寻得少师爷到,却在这里!"众人惊道:"谁是少师爷?"承差道:"适才司道府县各爷,多到钦差少师姚老爷船上迎接。说着了小服,从胥门进来了。故此同他船上水手,急急赶来。各位爷多在后面来了。你们何得在此无理?"众人见说,大惊失色,一哄而散。连抬那官人的轿夫,把个官来撇在地上了,丢下轿子,恨不爷娘多生两只脚,尽数跑了。刚刚剩下得一个官人在那里。元来这官人姓曹,是吴县县丞。当下承差将出绳来,把县丞拴下,听候少师发落。

须臾,守巡两道府县各官多来迎接,把少师簇拥到察院衙门里坐了。各官挨次参见已毕。承差早已各官面前禀过少师被辱之事,各官多跪下待罪,就请当面治曹县丞之罪。少师笑道:"权且寄府狱中,明日早堂发落。"当下把县丞带出,监在府里。各官别了出来,少师是晚即宿于察院之中。

次早开门,各官又进见。少师开口问道:"昨日那位孟浪[1]的官人在那里?"各官禀道:"见监府狱。未得钧旨,不敢造次。"少师道:"带他进来。"各官道是此番曹县丞必不得活了,曹县丞也道性命只在霎时,战战兢兢,随着解人,膝行到庭下,叩头请死。少师笑对各

---

[1] 孟浪——卤莽、莽撞。

官道:"少年官人不晓事。即如一个野僧,在街上行走,与你何涉,定要打他?"各官多道:"这是有眼不识泰山,罪应万死。只求老大人自行诛戮,赐免奏闻,以宽某等失于简察之罪,便是大恩了。"少师笑嘻嘻的,袖中取出一个柬帖来,与各官看,即是前诗四句。各官看罢,少师哈哈大笑道:"此乃我前生欠下他的。昨日微服闲步,正要完这夙债。今事已毕,这官人原没甚么罪过,各请安心做官罢了。学生也再不提起了。"众官尽叹伏少师有此等度量。却是少师是晓得过去未来事的,这句话必非混帐之语。

看官若不信,小子再说宋时一个奇人,也要求人杖责了前欠的,已有个榜样过了。这人却有好些奇处,听小子慢慢说来,做回正话。

从来有奇人,其术堪玩世。

一切真实相,仅足供游戏。

话说宋朝蜀州江源[1]有一个奇人,姓杨,名望才,字希吕。自小时节,不知在那里遇了异人,得了异书,传了异术。七八岁时在学堂中,便自跷蹊作怪:专一聚集一班学生,耍他舞仙童,跳神鬼,或扮个《刘关张三战吕布》[2],或扮个《尉迟恭单鞭夺槊》[3],口里不知念些甚么,任凭随心搬演,那些村童无不一一按节跳舞,就像教师教

------

[1] 江源——旧县名,宋代江源县在今四川省崇州市东南。
[2] 《刘关张三战吕布》——戏剧名,演《三国演义》中刘备、关羽、张飞三人在虎牢关前大战吕布的故事。
[3] 《尉迟恭单鞭夺槊》——戏剧名,演唐将尉迟恭在夺取洛阳战斗中单鞭追赶单雄信,救出李世民的故事。

成了一般的。傍观着实好看。及至舞毕,问那些童子,毫厘不知。一日,同学的有钱数百文在书筒中,并没人知道。杨生忽地向他借起钱来,同学的推说没有。杨生便把手指掐道:"你的钱有几百几十几文,见在筒中,如何赖道没有?"众学生不信,群然启那同学的书筒看,果然一文不差。于是传将开去,尽道杨家学生有希奇术数。年纪渐大,长成得容状丑怪,双目如鬼,出口灵验。远近之人多来请问吉凶休咎,百发百中。因为能与人抽简禄马[1],川中起他一个混名,叫做杨抽马。但是经过抽马说的,近则近应,远则远应,正则正应,奇则奇应。且略述他几桩怪异去处:

杨家住居南边,有大木一株,荫蔽数丈。忽一日写个帖子出去,贴在门首道:

明日午未间,行人不可过此,恐有奇祸。

有人看见,传说将去道:"抽马门首,有此帖子。"多来争看。看见了的,晓得抽马有些古怪,不敢不信,相戒明日午未时候切勿从他门首来走。果然到了其期,那株大木忽然摧仆下来,盈塞街市;两傍房屋,略不少损。这多是杨抽马魇样过了,所以如此。又恐怕人不知道,失误伤犯,故此又先通示,得免于祸。若使当时不知,在街上摇摆时节,不好似受了孙行者金箍棒一压,一齐做了肉饼了?

又常持缣帛入市货卖。那买的接过手量着,定是三丈四丈长的,

---

〔1〕 抽简禄马——亦作"抽检禄马",简作"抽马",星命家术语,指为人占算星命吉凶。禄马,意谓人生禄食命运随乘天马运行,均有定数。

价钱且是相应。买的还要讨他便宜,短少些价值,他并不争论。及至买成,叫他再量看看,出得多少价钱,原只长得多少。随你是量过几丈的,价钱只有尺数,那缣也就只有几尺长了。

出去拜客,跨着一匹骡子,且是雄健。到了这家门内,将骡系在庭柱之下。宾主相见,茶毕,推说别故暂出,不牵骡去。骡初时叫跳不住,去久不来,骡亦不作声,看看缩小。主人怪异,仔细一看,乃是纸剪成的。

四川制置司有三十年前一宗案牍,急要对勘。年深尘积,不知下落。司中吏胥,彷徨终日,竟无寻处。有人教他请问杨抽马,必知端的。吏胥来问,抽马应声答道:"在某屋某柜第几沓[1]下。"依言去寻,果然即在那里翻出来。一日,眉山琛禅师造门相访,适有乡客在座。那乡客新得一马,黑身白鼻,状颇骏异。杨抽马见了道:"君此马不中骑,只该送与我罢了。君若骑他,必有不利之处。"乡客大怒道:"先生造此等言语,意欲吓骗吾马。吾用钱一百千买来的,乘坐未久,岂肯轻为你赚去么?"抽马笑道:"我好意替你解此大厄,你不信我,也是你的命了。今有禅师在此为证,你明年五月二十日,宿冤当有报应,切宜记取,勿可到马房看他刍秣[2],又须善护左肋。直待过了此日,还可望再与你相见耳。"乡客见他说得荒唐,又且利害,越加忿怒,不听而去。到了明年此日,乡客那里还把他言语放在心

---

[1] 沓(dá 达)——量词,许多纸张叠放一起谓之"沓"。
[2] 刍秣——喂牲畜的草料。

上?果然亲去喂马。那匹马忽然跳跃起来,将双蹄乱踢,乡客倒地。那马见他在地上了,急向左肋用力一踹,肋骨齐断。乡客叫得一声"阿也",连吼〔1〕是吼,早已后气不接,呜呼哀哉。琛禅师问知其事,大加惊异,每向人说杨抽马灵验,这是他亲经目见的说话。

虞丞相自荆襄召还,子公亮遣书来叩所向。抽马答书道:

得苏不得苏,半月去作同金书。

其时金书未有带"同"字的,虞公不信。以后守苏台到官十五日,果然召为同金书枢密院事。时钱处和先为金书,故加"同"字。其前知不差如此。

果州〔2〕教授关寿卿,名耆孙,有同僚闻知杨抽马之术,央他遣一仆,致书问休咎〔3〕。关仆未至,抽马先知,已在家分付其妻道:"快些造饭,有一关姓的家仆来了,须要待他。"其妻依言造饭。饭已熟了,关仆方来。未及进门,抽马迎着笑道:"足下不问自家事,却为别人来奔波么?"关仆惊拜道:"先生真神仙也!"其妻即将所造之饭,款待此仆。抽马答书,备言祸福而去。

元来他这妻子姓苏,也不是平常的人。原是一个娼家女子,模样也只中中,却是拿班做势,不肯轻易见客。及至见过的客,他就评论道:某人是好,某人是歹,某人该兴头,某人该落泊,某人有结果,某人没散场……。恰像请了一个设帐的相士一般,看了气色,是件断将出

---

〔1〕 吼——吴方言,喘气。"连吼是吼",接连急速地喘了几口气。
〔2〕 果州——宋代置果州南充郡,故治在今四川省南充市北。
〔3〕 休咎——吉凶。《书·洪范》有休征、咎征,即吉兆、凶兆。

来。却面前不十分明说,背后说一两句,无不应验的。因此也名重一时,来求见的颇多,王孙公子,车马盈门。中意的晚上也留几个。及至有的往来熟了,欲要娶他,只说道:"目前之人皆非吾夫也。"后来一见杨抽马,这样丑头怪脸,偏生喜欢道:"吾夫在此了。"抽马一见苏氏,便像一向认得的一般,道:"元来吾妻混迹于此!"两下说得投机,就把苏氏娶了过来,好一似桃花女嫁了周公[1],家里一发的——

> 阴阳有准,祸福无差。

杨抽马之名,越加著闻。就是身不在家,只消到他门里问着,也是不差的。所以门前热闹,家里喧阗,王侯贵客,无一日没有在座上的。

忽地一日,抽马在郡中。郡中中走出两个皂隶来,少不得是叫做张千、李万,多是认得抽马的,齐来声喏。抽马一把拉了他两人出郡门来道:"请两位到寒舍,有句要紧话相央则个。"那两个是公门中人,见说他到家,料不是白差使,自然愿随鞭镫,跟着就行。抽马道:"两位平日所用官杖,望乞就便带了去。"张千、李万道:"到宅上去,要官杖子何用?难道要我们去打那个不成?"抽马道:"有用得着处,到彼自知端的。"张千、李万晓得抽马是个古怪的人,莫不真有甚么事得做?依着言语,各掮了一条杖子,随到家来。抽马将出三万钱来,送与他两个。张千、李万道:"不知先生要小人那厢使唤。未曾

---
[1] 桃花女嫁周公——事见元人王晔杂剧《桃花女破法嫁周公》,演一名叫桃花的女子与洛阳卦铺主人周公斗法,后结为夫妻的故事。

效劳,怎敢受赐?"抽马道:"两位受了薄意,然后敢相烦。"张千、李万道:"先生且说将来,可以效得犬马的,自然奉命。"抽马走进去,唤妻苏氏出来,与两位公人相见。张千、李万不晓其意,为何出妻见子,各怀着疑心,不好做声。只见抽马与妻每人取了一条官杖,奉与张千、李万道:"在下别无相烦,止求两位牌头将此杖子,责我夫妻二人每人二十杖,便是盛情不浅。"张千、李万大惊道:"那有此话!"抽马道:"两位不要管,但依我行事,足见相爱。"张千、李万道:"且说明是甚么缘故。"抽马道:"吾夫妇目下当受此杖,不如私下请牌头来,完了这业债,省得当场出丑。两位是必见许则个。"张千、李万道:"不当人子!不当人子!小人至死也不敢胡做。"抽马与妻叹息道:"两位毕竟不肯,便是数已做定,解禳不去了。有劳两位到此,虽然不肯行杖,请收了钱去。"张千、李万道:"尊赐一发出于无名。"抽马道:"但请两位收去,他日略略用些盛情就是。"张千、李万虽然推托,公人见钱,犹如苍蝇见血,一边接在手里了,道:"既蒙厚赏,又道是'长者赐,少者不敢辞',他日有用着两小人处,水火不避便了。"两人真是无功受赏,头轻脚重,欢喜不胜而去。

且说杨抽马平日祠神,必设六位。东边二位空着虚座,道是神位。西边二位,却是他夫妻二人坐着作主。底下二位,每请一僧一道同坐。又不知奉的是甚么神,又不从僧,又不从道,人不能测。地方人见他行事古怪,就把他祠神诡异,说是左道[1]惑众,论法当死,首

---

[1] 左道——《礼·王制》:"执左道以乱政,杀。"疏:"地道尊右,右为贵,右贵左贱,故正道为右,不正道为左。"此为邪术之意,亦作"左道旁门"。

在郡中。郡中准词,差人捕他到官,未及讯问,且送在监里。狱吏一向晓得他是有手段的跷蹊作怪人,惧怕他的术法利害,不敢加上械扭[1],曲意奉承他。却又怕他用术逃去,没寻他处,心中甚是忧惶。抽马晓得狱吏的意思了,对狱吏道:"但请足下宽心,不必虑我,我当与妻各受刑责。其数已定,万不可逃,自当含笑受之。"狱吏道:"先生有神术,总使数该受刑,岂不能趋避?为何自来就他?"抽马道:"此魔业使然,避不过的。度过了厄,始可成道耳。"狱吏方才放下了心。果然,杨抽马从容在监,并不作怪。

郡中把他送在司理[2]杨忧处议罪。司理晓得他是法术人,有心护庇他,免不得外观体面,当堂鞫讯[3]一番。杨抽马不辨自己身上事,仰面对司理道:"令叔某人,这几时有信到否?可惜!可惜!"司理不知他所说之意,默然不答。只见外边一人走将进来,道是成都来的人,正报其叔讣音。司理大惊退堂,心服抽马之灵。

其时司理有一女久病,用一医者陈生之药,屡服无效。司理私召抽马到衙,意欲问他。抽马不等开口,便道:"公女久病,陈医所用某药一毫无益的,不必服他。此乃后庭朴树中小蛇为祟。我如今不好治得,因身在牢狱,不能役使鬼神。待我受杖后以符治之,可即平安,不必忧虑。"司理把所言对夫人说,夫人道:"说来有因。小姐未病之

----

[1] 扭——这里读 chǒu,通"杻"。古代刑具,手铐之类。
[2] 司理——"司理参军"的简称,宋建国后始置诸州司寇参军,太平兴国四年(979)改称司理参军,专治刑狱。
[3] 鞫讯——审问。鞫,通"鞠"。

前,曾在后园见一条小蛇,缘在朴树上,从此心中恍惚得病起的。他既知其根繇,又说能治,必有手段。快些周全他出狱,要他救治则个。"

司理有心出脱他,把罪名改轻,说元非左道惑众死罪,不过术人妄言祸福,只问得个不应、决杖,申上郡堂去。郡守依律科断,将抽马与妻苏氏各决臀杖二十。元来那行杖的皂隶,正是前日送钱与他的张千、李万,两人各怀旧恩,又心服他前知,加意用情,手腕偷力,蒲鞭示辱〔1〕而已。抽马与苏氏尽道业数该当,又且轻杖,恬然不以为意。

受杖归来,立书一符,又写几字,作一封送去司理衙中,权当酬谢周全之意。司理拆开,见是一符,乃教他挂在树上的。又一红纸,有六字,写道:"明年君家有喜。"司理先把符来试挂,果然女病洒然。留下六字,看明年何喜。果然司理兄弟四人,明年俱得中选。

抽马奇术如此类者,不一而足。独有受杖一节,说是度厄,且预先要求皂隶自行杖责解禳,及后皂隶不敢依从,毕竟受杖之时,用刑的仍是这两人,真堪奇绝。有诗为证:

祸福从来有宿根,要知受杖亦前因。

请君试看杨抽马,有术何能强避人?

杨抽马术数高奇,语言如响,无不畏服。独有一个富家子与抽马相交最久,极称厚善,却带一味狎玩,不肯十分敬信。抽马一日偶有

---

〔1〕 蒲鞭示辱——以蒲为鞭,是丝毫打不疼人的,只不过表示有辱而已。语出《后汉书·刘宽传》:"吏人有过,但用蒲鞭罚之,示辱而已。"

些事干，要钱使用，须得二万。囊中偶乏，心里想道："我且蒿恼[1]一个人着。"来向富家借贷一用。富家子听言，便有些不然之色。看官听说：大凡富人，没有一个不悭吝的。惟其看得钱财如同性命一般，宝惜倍至，所以钱神有灵，甘心跟着他走。若是把来不看在心上，东手接来西手去的，触了钱神嗔怒，岂肯到他手里来？故此非悭不成富家，才是富家一定悭了。真个"说了钱，便无缘"，这富子虽与杨抽马相好，只是见他兴头有术，门面撮哄[2]而已，忽然要与他借贷起来，他就心中起了好些歹肚肠。一则说是江湖行术之家，贪他家事，起发[3]他的，借了出门，只当舍去了。一则说是朋友面上，就还得本钱，不好算利。一则说是借惯了手脚，常要歆动，是开不得例子的。只回道是："家间正在缺乏，不得奉命。"抽马见他推辞，哈哈大笑道："好替你借，你却不肯。我只教你吃些惊恐，看你借我不迭，那时才见手段哩。"自此，见富家子再不提起借钱之事。

富家子自道回绝了他，甚是得意。偶然那一日独自在书房中歇宿，时已黄昏人定，忽闻得叩门之声。起来开看，只见一个女子闪将入来，含颦万福道："妾东家之女也。丈夫酒醉逞凶，横相逼逐，势不可当。今夜已深，不可远去，幸相邻近，愿借此一宿。天未明，即当潜回家里，以待丈夫酒醒。"富家子看其模样，尽自飘逸有致，私自想

---
[1] 蒿恼——惊扰、扰动。
[2] 门面撮哄——情面上的往来应付。门面，本指店铺的铺面，这里指情面。撮哄，凑热闹。
[3] 起发——哄骗。

道:"暮夜无知,落得留他伴寝。他说天未明就去,岂非神鬼不觉的?"遂欣然应允道:"既蒙娘子不弃,此时没人知觉,安心共寝一宵,明早即还尊府便了。"那妇人并无推拒,含笑解衣,共枕同衾,忙行云雨。

> 一个孤馆寂寥,不道佳人猝至;一个夜行凄楚,谁知书舍同欢。两出无心,略觉情形忸怩;各因乍会,翻惊意态新奇。未知你弱我强,从容试看;且自抽离添坎,热闹为先。

行事已毕,俱各困倦。睡到五更,富家子恐天色乍明,有人知道,忙呼那妇人起来。叫了两声,推了两番,既不见声响答应,又不见身子展动。心中正疑,鼻子中只闻得一阵阵血腥之气,甚是来得狠。富家子疑怪,只得起来挑明灯盏,将到床前一看,叫声:"阿也!"正是:

> 分开八片顶阳骨,浇下一桶雪水来。

你道却是怎么?元来昨夜那妇人,身首已斫做三段,鲜血横流,热腥扑鼻,恰像是才被人杀了的。富家子慌得只是打颤,心里道:"敢是丈夫知道,赶来杀了他?却怎不伤着我?我虽是弄了两番,有些疲倦,可也忒睡得死。同睡的人被杀了,怎一些也不知道?而今事已如此,这尸首在床,血痕狼籍,倏忽天明,他丈夫定然来这里讨人,岂不决撒〔1〕?若要并叠〔2〕过,一时怎能干净得?这祸事非同小可,除非杨抽马他广有法术,或者可以用甚么障眼法儿,遮掩得过。

---

〔1〕 决撒——败露。
〔2〕 并叠——收拾。

须是连夜去寻他！"也不管是四更五更,日里夜里,正是慌不择路,急走出门,望着杨抽马家里乱乱窜窜跑将来,擂鼓也似敲门,险些把一双拳头敲肿了,杨抽马方才在里面答应出来道:"是谁?"富家子忙道:"是我！是我！快开了门,有话讲。"此时富家子正是——

急惊风撞着了慢郎中。

抽马听得是他声音,且不开门,一路数落他道:"所贵朋友交厚,缓急须当相济。前日借贷些少,尚自不肯;今如此黑夜,来叫我甚么干?"富家子道:"有不是处,且慢讲。快与我开开门着！"

抽马从从容容把门开了。富家子一见抽马,且哭且拜道:"先生救我奇祸则个！"抽马道:"何事恁等慌张?"富家子道:"不瞒先生说,昨夜黄昏时分,有个邻妇投我,不合留他过夜。夜里不知何人所杀,今横尸在家,乃飞来大祸,望乞先生妙法救解。"抽马道:"事体特易。只是你不肯顾我缓急,我顾你缓急则甚?"富家子道:"好朋友！念我和你往来多时。前日偶因缺乏,多有得罪。今若救得我命,此后再不敢吝惜在先生面上了。"抽马笑道:"休得惊慌。我写一符与你拿去,贴在所卧室中,亟亟关了房门,切勿与人知道。天明开看,便知端的。"富家子道:"先生勿耍我。倘若天明开看,仍复如旧,可不误了大事?"抽马道:"岂有是理！若是如此,是我符不灵,后来如何行术?况我与你相交有日,怎误得你?只依我行去,包你一些没事便了。"富家子道:"若果蒙先生神法救得,当奉钱百万相报。"抽马笑道:"何用许多?但只原借我二万足矣。"富家子道:"这个敢不相奉?"

抽马遂提笔画一符与他,富家子袖了急去。幸得天尚未明,慌慌忙忙，依言贴在房中，自身走了出来，紧把房门闭了，站在外边，牙齿还是捉对儿厮打的，气也不敢多喘。守至天大明了，才敢走至房前。未及开门，先向门缝窥看，已此不见甚么狼籍意思。急急开进看时，但见干干净净，一床被卧，不曾有一点渍污，那里还见甚么尸首？富家子方才心安意定，喜欢不胜。

随即备钱二万，并分付仆人携酒持肴，特造抽马家来叩谢。抽马道："本意只求贷二万钱，得此已勾，何必又费酒肴之惠？"富家子道："多感先生神通广大，救我难解之祸。欲加厚酬，先生又分付只须二万。自念莫大之恩，无可报谢，聊奉卮酒，图与先生遣兴笑谈而已。"抽马道："这等，须与足下痛饮一回。但是家间窄隘无趣，又且不时有人来寻，搅扰杂沓，不得快畅。明日携此酒肴一往郊外，尽兴何如？"富家子道："这个绝妙！先生且留此酒肴自用，明日再携杖头〔1〕来，邀先生郊外一乐可也。"抽马道："多谢！多谢！"遂把二万钱与酒肴多收了进去。富家子别了回家。

到了明日，果来邀请出游。抽马随了他到郊外来。行不数里，只见一个僻净幽雅去处，一条酒帘子飘飘扬扬在那里。抽马道："此处店家洁静，吾每在此小饮则个。"富家子即命仆人将盒儿向店中座头上安放已定，相拉抽马进店，相对坐下，唤店家取上等好酒来。只见里面一个当垆的妇人应将出来，手拿一壶酒，走到面前。富家子抬头

---

〔1〕 杖头——指"杖头钱"，意即买酒钱。《晋书·阮修传》载，阮修常步行出玩，总在手杖头上挂百钱，遇酒店便独自畅饮。后因称买酒钱为"杖头钱"。

看时,吃了一惊,元来正是前夜投宿被杀的妇人,面貌一些不差,但只是像个初病起来的模样。那妇人见了富家子也注目相视,暗暗痴想,像个心里有甚么疑惑的一般。富家子有些鹘突,问道:"我们与你素不相识,你见了我们,只管看了又看,是甚么缘故?"那妇人道:"好教官人得知,前夜梦见有人邀到个所在,乃是一所精致书房,内中有少年留住。那个少年模样,颇与官人有些厮像,故此疑心。"富家子道:"既然留住,后来却怎么散场了?"妇人道:"后来直至半夜方才醒来,只觉身子异常不快,陡然下了几斗鲜血,至今还是有气无力的。平生从来无此病,不知是怎么样起的。"杨抽马在旁,只不开口,暗地微笑。富家子晓得是他的作怪,不敢明言。私念着一晌欢情,重赏了店家妇人,教他服药调理。杨抽马也笑嘻嘻的袖中取出一张符来,付与妇人道:"你只将此符贴在睡的床上,那怪梦也不做,身体也自平复了。"妇人喜欢称谢。

两人出了店门,富家子埋怨杨抽马道:"前日之事,正不知祸从何起,元来是先生作戏。既累了我受惊,又害了此妇受病。先生这样耍法,不是好事。"抽马道:"我只召他魂来诱你,你若主意老成,那有惊恐?谁教你一见就动心营勾他,不惊你惊谁!"富家子笑道:"深夜美人来至,遮莫是柳下惠、鲁男子也忍耐不住,怎教我不动心?虽然后来吃惊,那半夜也是我受用过了。而今再求先生致他来与我叙一叙旧,更感高情,再容酬谢。"抽马道:"此妇与你元有些小前缘,故此致得他魂来,不是轻易可以弄术的。岂不怕鬼神责罚么?你凤债原少我二万钱,只为前日若不如此,你不肯借,偶尔作此顽耍勾当。我原说二万之外,要也无用。我也不要再谢,你也不得再妄想了。"富家子方才死心塌地,敬服抽马神术。

　　抽马后在成都卖卜,不知所终。要知虽是绝奇术法,也脱不得天数的。

　　　　异术在身,可以惊世。
　　　　若非夙缘,不堪轻试。
　　　　杖既难逃,钱岂妄觊?
　　　　不过前知,游戏三昧。

二刻拍案惊奇卷三十四

任君用恣乐深闺　杨太尉戏宫馆客

诗曰：

黄金用尽教歌舞，留与他人乐少年。

此语只伤身后事，岂知现报在生前。

且说世间富贵人家，没一个不广蓄姬妾。自道是左拥燕姬，右拥赵女，娇艳盈前，歌舞成队，乃人生得意之事。岂知男女大欲，彼此一般，一人精力要周旋几个女子，便已不得相当。况富贵之人，必是中年上下，取的姬妾，必是花枝也似一般的后生，枕席之事，三分四路，怎能勾满得他们的意，尽得他们的兴？所以满闺中不是怨气，便是丑声。总有家法极严的，铁壁铜墙，提铃喝号，防得一个水泄不通，也只禁得他们的身，禁不得他们的心。略有空隙，就思量弄一场把戏，那有情趣到你身上来？只把做一个厌物看承而已。似此有何好处？费了钱财，用了心机，单买得这些人的憎嫌。试看红拂离了越公之宅[1]，红绡逃了勋臣之家[2]，此等事，不一而足。可见生前已如

---

[1] "红拂"句——见唐杜光庭传奇小说《虬髯客传》。隋末，越国公杨素权重一时，有家妓手执红拂者，见李靖来访，心慕之，遂与私奔。
[2] "红绡"句——见唐裴铏传奇小说《昆仑奴》。唐大历中有崔生，前去探视勋臣一品，见其家有一衣红绡美妓，心慕之，红绡遂逃离一品府，与崔生结合。

此了,何况一朝身死,树倒猢狲散,残花嫩蕊,尽多零落于他人之手。要那做得关盼盼[1]的,千中没有一人。这又是身后之事,管不得许多,不足慨叹了。争奈富贵之人,只顾眼前,以为极乐。小子在旁看的,正替你担着愁布袋[2]哩。

宋朝有个京师士人,出游归来,天色将晚。经过一个人家后苑,墙缺处苦不甚高,看来像个跳得进的。此时士人带着酒兴,一跃而过。只见里面是一所大花园子,好不空阔。四围一望,花木丛茂,路径交杂,想来煞有好看。一团高兴,随着石砌阶路,转弯抹角,渐走渐深,悄不见一个人,只管踱的进去,看之不足。

天色有些黑下来了,思量走回,一时忘了来路。正在追忆寻索,忽地望见红纱灯笼远远而来,想道必有贵家人到。心下慌忙,一发寻不出原路来了。恐怕撞见不便,思量躲过。看见道左有一小亭,亭前太湖石[3]畔,有叠成的一个石洞,洞口有一片小毡遮着。想道:"躲在这里头去,外面人不见,权可遮掩过了,岂不甚妙?"忙将这片小毡揭将开来,正要藏身进去,猛可里一个人在洞里钻将出来,那一惊可也不小。士人看那人时,是一个美貌少年,不知为何先伏在这里头。忽见士人揭开来,只道抄他跟脚的,也自老大吃惊,急忙奔窜,

---

[1] 关盼盼——唐武宁军节度使张愔爱妓,后愔死,不复嫁,守节张氏故宅燕子楼中。其事见白居易《燕子楼》诗序。
[2] 愁布袋——比喻招惹麻烦的东西。
[3] 太湖石——产于太湖地区的一种多孔而玲珑剔透的石头,用作点缀庭院、堆叠假山。

不知去向了。士人道："惭愧！且让我躲一躲着。"于是吞声忍气，蹲伏在内，只道必无人见。

岂知事不可料，冤家路窄，那一盏红纱灯笼偏生生[1]地向那亭子上来。士人洞中是暗处，觑出去看那灯亮处较明，乃是十来个少年妇人，靓妆丽服，一个个妖冶举止，风骚动人。士人正看得动火，不匡那一伙人一窝蜂的多抢到石洞口，众手齐来揭毡。看见士人面貌生疏，俱各失惊道："怎的不是那一个了？"面面斯觑，没做理会。一个年纪略老成些的妇人，夺将纱灯在手，提过来把士人仔细一照道："就这个也好。"随将纤手拽着士人的手，一把挽将出来。士人不敢声问，料道没甚么歹处，软软随他同走。引到洞房曲室，只见酒肴并列，众美争先，六博争雄，交杯换盏，以至搂肩交颈，揾脸接唇，无所不至。几杯酒下肚，一个个多兴热如火，不管三七二十一，一把推士人在床上了。齐攒入帐中，脱裤的脱裤，抱腰的抱腰，直到五鼓，方才一个个逐渐散去。士人早已弄得骨软筋麻，肢体无力，行走不动了。

那一个老成些的妇人，将一个大担箱放士人在内，叫了两三个丫鬟扛抬了，到了墙外，把担箱倾了士人出来，急把门闭上了，自进去了。此时天色将明，士人恐怕有人看见，惹出是非来。没奈何，强打精神，一步一步挨了回来，不敢与人说知。

过了几日，身体健旺，才到旧所旁边，打听缺墙内是何处。听得人说，是蔡太师家的花园，士人伸了舌头出来，一时缩不进去，担了一

---

[1] 偏生生——吴方言，偏偏。

把汗，再不敢打从那里走过了。

看官，你想：当时这蔡京太师何等威势！何等法令！有此一班儿姬妾，不知老头子在那里昏寐中，眼睛背后，任凭他们这等胡弄。约下了一个，惊去了，又换了一个，恣行淫乐，如同无人。太师那里拘管得来？也只为多蓄姬妾，所以有这等丑事。同时称高、童、杨、蔡[1]四大奸臣，与蔡太师差不多权势的杨戬太尉，也有这样一件事，后来败露，妆出许多笑柄来。看官不厌，听小子试道其详。

满前娇丽恣淫荒，雨露谁曾得饱尝？

自有阳台成乐地，行云何必定襄王！

话说宋时杨戬太尉，恃权怙宠，靡所不为。声色之奉，姬妾之多，一时自蔡太师而下，罕有其比。

一日，太尉要到郑州上冢，携带了家小同行。是上前的几位夫人，与各房随使的养娘、侍婢，多跟的西去。馀外有年纪过时了些的，与年幼未谙承奉的，又身子娇怯、怕历风霜的，月信方行、轿马不便的，剩下不去。合着养娘侍婢们，也还共有五六十人留在宅中。太尉心性猜忌，防闲紧严，中门以外直至大门，尽皆锁闭，添上朱笔封条，不通出入。惟有中门内前廊壁间挖一孔，装上转轮盘，在外边传将食物进去。一个年老院奴姓李的，在外监守。晚间督人巡更，鸣锣敲梆，通夕不歇。外边人不敢正眼觑视他。

---

[1] 高、童、杨、蔡——指高俅、童贯、杨戬、蔡京，皆北宋末年宋徽宗时大臣。其中杨戬为宋徽宗宠信的宦官，官彰化军节度使，升至太傅，先后在京东西、淮西北一带横征暴敛，鱼肉百姓，被时人和后世所唾骂。

内宅中留下不去的，有几位奢遮出色，乃太尉宠幸有名的姬妾。一个叫得瑶月夫人，一个叫得筑玉夫人，一个叫得宜笑姐，一个叫得餐花姨姨，同着一班儿侍女，关在里面。日长夜永，无事得做，无非是抹骨牌、斗百草[1]、戏秋千、蹴气球，消遣过日。然意味有限，那里当得甚么兴趣？况日间将就扯拽过了，晚间寂寞，何以支吾！这个筑玉夫人，原是长安玉工之妻，资性聪明，仪容美艳，私下也通些门路，京师传有盛名。杨太尉偶得瞥见，用势夺来，十分宠爱，立为第七位夫人，呼名筑玉。谁知标致如玉琢成一般的人，也就暗带着本来之意。他在女伴中伶俐异常，妖淫无赛。太尉在家之时，尚兀自思量背地里溜将个把少年进来取乐；今见太尉不在，镇日空闲，清清锁闭着，怎叫他不妄想起来？

　　太尉有一个馆客，姓任，表字君用，原是个读书不就的少年子弟，写得一笔好字，也代做得些书启简札之类。模样俊秀，年纪未上三十岁。总角之时，多曾与太尉后庭取乐过来，极善恢谐帮衬。又加心性熨贴，所以太尉喜欢他，留在馆中作陪客。太尉郑州去，因是途中姬妾过多，轿马上下之处恐有不便，故留在家间外舍不去。任生有个相好朋友，叫做方务德，是从幼同窗。平时但是府中得暇，便去寻他闲话饮酒。此时太尉不在家，任生一发身畔无事，日里只去拉他各处行走。晚间或同宿娼家，或独归书馆，不在话下。

　　且说筑玉夫人晚间寂守不过，有个最知心的侍婢，叫做如霞，唤

----

[1] 斗百草——也叫"斗草"，古时妇女一种用草来比赛的游戏。

来床上做一头睡着,与他说些淫欲之事,消遣闷怀。说得高兴,取出行淫的假具,教他缚在腰间权当男子行事。如霞弄得兴头上问夫人道:"可比得男子滋味么?"夫人道:"只好略取解馋,成得甚么正经!若是真男子滋味,岂止于此。"如霞道:"真男子如此直钱,可惜府中倒闲着一个在外舍。"夫人道:"不是任君用么?"如霞道:"正是。"夫人道:"这是太尉相公最亲爱的客人,且是好个人物。我们在里头窥见他,常自火动的。"如霞道:"这个人若设法得他进来,岂不妙哉?"夫人道:"果然此人闲着。只是墙垣高峻,岂能飞入?"如霞道:"只好说耍,自然进来不得。"夫人道:"待我心生一计,定要取他进来。"如霞道:"后花园墙下,便是外舍书房。我们明日早起,到后花园相相地头,夫人怎生设下好计弄进来,大家受用一番。"夫人笑道:"我未曾到手,你便思想分用了?"如霞道:"夫人不要独吃自屙!我们也大家有兴,好做帮手。"夫人笑道:"是,是。"一夜无话。

到得天明,梳洗已毕,夫人与如霞开了后花园门,去摘花戴,就便去相地头。行至秋千架边,只见绒索高悬。夫人看了,笑一笑道:"此件便有用他处了。"又见修树梯子倚在太湖石畔,夫人叫如霞道:"你看,你看,有此二物,岂怕内外隔墙?"如霞道:"计将安出?"夫人道:"且到那对外厢的墙边,再看个明白,方有道理。"如霞领着夫人,到两株梧桐树边,指着道:"此外正是外舍书房,任君用见今独居在内了。"夫人仔细相了一相,又想了一想,道:"今晚端的只在此处取他进来一会,不为难也。"如霞道:"却怎么?"夫人道:"我与你悄地把梯子拿将来,倚在梧桐树旁。你走上梯子,再在枝干上踏上去两层,即可以招呼得外厢听见了。"如霞道："这边上去不难,要外厢听见也不打紧,如何得他上来?"夫人道："我将几片木板,用秋千索缚住两头,隔一尺多缚一片板。收将起来,只是一捆;撒将直来,便似梯子一般。如与外边约得停当了,便从梯子走到梧桐枝上去,把索头扎紧在丫杈老干,生了根。然后将板索多抛向墙外挂下去,分明是张软梯。随你多几个,也次第上得来,何况一人乎?"如霞道："妙哉!妙哉!事不宜迟,且如法做起来试试看。"笑嘻嘻且向房中取出十来块小木板,递与夫人。夫人叫解将秋千索来,亲自扎缚得坚牢了,对如霞道："你且将梯儿倚好,走上梯去,望外边一望,看可通得个消息出去。倘遇不见人,就把这法儿先坠你下去,约他一约也好。"

如霞依言,将梯儿靠稳,身子小巧利便,一縠碌溜上枝头。望外边书舍一看,也是合当有事,恰恰任君用同方务德外边游耍,过了夜,方才转来,正要进房。墙里如霞笑指道："兀的不是任先生?"任君用听得墙头上笑声,抬头一看,却见是个双鬟女子指着他说话,认得是宅中如霞。他本是少年的人,如何禁架得定!便问道："姐姐说小生甚么?"如霞是有心招风揽火的,答道："先生这早在外边回来,莫非昨晚在那处行走么?"任君用道："小生独处难捱,怪不得要在外边走走。"如霞道："你看我墙内,那个不是独处的?你何不到里面走走,便大家不独了。"任君用道："我不生得双翅,飞不进来。"如霞道："你果要进来,我有法儿,不消飞得。"任君用向墙上唱一个肥喏道："多谢姐姐!速教妙方。"如霞道："待禀过了夫人,晚上伺候消息。"说罢了,溜下树来。任君用听得明白,不胜傒幸道："不知是那一位夫人,小生有此缘分。却如何能进得去？且到晚上看消息则个。"一面只望着日头下去。正是：

> 无端三足乌[1]，团圆光皎灼。
>
> 安得后羿[2]弓，射此一轮落。

不说任君用巴天晚。且说筑玉夫人在下边，看见如霞和墙外讲话，一句句多听得的，不待如霞回覆，各自心照，笑嘻嘻的且回房中。如霞道："今晚管不寂寞了。"夫人道："万一后生家胆怯，不敢进来，这样事也是有的。"如霞道："他方才恨不得立地飞了进来。听得说有个妙法，他肥喏就唱不迭，岂有胆怯之理？只准备今宵取乐便了。"筑玉夫人暗暗欢喜。

> 床上添铺异锦，炉中满爇名香。榛松细果贮教尝，美酒佳茗顿放。　　久作阱中猿马，今思野外鸳鸯。安排芳饵钩檀郎，百计图他欢畅。（词寄《西江月》）

是日将晚，夫人唤如霞同到园中。走到梯边，如霞仍前从梯子溜在梧桐枝去，对着墙外大声咳嗽。外面任君用看见天黑下来，正在那里探头探脑，伺候声响。忽闻有人咳嗽，仰面瞧处，正是如霞在树枝高头站着。忙道："好姐姐，望穿我眼也！快用妙法，等我进来。"如霞道："你在此等着，就来接你。"急下梯来，对夫人道："那人等久哩。"夫人道："快放他进来！"如霞即取早间扎缚停当的索子，掰在腋

---

[1] 三足乌——指太阳。古代神话说太阳中有神鸟三足乌。

[2] 后羿——传说为尧时人，善射，时天有十日，焦禾稼，民无所食，后羿射落九日。

下,望梯上便走。到树枝上,牢系两头。如霞口中叫声道:"着!"把木板绳索向墙外一撒,那索子早已挂了下去。任君用外边凝望处,见一件物事抛将出来,却是一条软梯索子,喜得打跌。将脚试蹃,且是结得牢实,料道可登。蹃着木板,双手吊索,一步一步吊上墙来。如霞看见,急跑下来道:"来了!来了!"夫人觉得有些害羞,走退一段路,在太湖石畔坐着等候。任君用跳过了墙,急从梯子跳下。一见如霞,向前双手抱住道:"姐姐恩人,快活杀小生也!"如霞啐一声道:"好不识羞的,不要馋脸!且去前面见夫人。"任君用道:"是那一位夫人?"如霞道:"是第七位筑玉夫人。"任君用道:"可正是京师极有名标致的么?"如霞道:"不是他,还有那个?"任君用道:"小生怎敢就去见他?"如霞道:"是他想着你,用见识教你进来的,你怕怎地?"任君用道:"果然如此,小生何以克当?"如霞道:"不要虚谦逊,造化着你罢了!切莫忘了我引见的。"任君用道:"小生以身相谢,不敢有忘。"

一头说话,已走到夫人面前。如霞抛声道:"任先生已请到了。"任君用满脸堆下笑来,深深拜揖道:"小生下界凡夫,敢望与仙子相近?今蒙夫人垂盼,不知是那世里积下的福。"夫人道:"妾处深闺,常因太尉宴会,窥见先生丰采,渴慕已久。今太尉不在,闺中空闲,特邀先生一叙。倘不弃嫌,妾之幸也。"任君用道:"夫人抬举,敢不执鞭坠镫?只是他日太尉知道,罪犯非同小可。"夫人道:"太尉昏昏的,那里有许多背后眼?况如此进来,无人知觉,先生不必疑虑,且到房中去来。"夫人叫如霞在前引路,一只手挽着任君用同行。任君用到此魂灵已飞在天外,那里还顾甚么利害?随着夫人,轻手轻脚,竟到房中。此时天已昏黑,各房寂静。如霞悄悄摆出酒肴,两人对酌,四目相视,甜语温存。三杯酒下肚,欲心如火,偎偎抱抱,共入鸳帷。两人之乐,不可名状。

　　本为旅馆孤栖客,今向蓬莱顶上游。

　　偏是乍逢滋味别,分明织女会牵牛。

　　两人云雨尽欢。任君用道:"久闻夫人美名,今日得同枕席,天高地厚之恩,无时可报。"夫人道:"妾身颇慕风情,奈为太尉拘禁,名虽朝欢暮乐,何曾有半点情趣?今日若非设法得先生进来,岂不辜负了好天良夜?自此当永图偷聚,虽极乐而死,妾亦甘心矣。"任君用道:"夫人玉质冰肌,但得挨皮靠肉,福分难消。何况亲承雨露之恩,实遂于飞之愿,总然事败,直得一死了。"两人笑谈欢谑,不觉东方发白。如霞走到床前来,催起身道:"快活了一夜,也勾了。趁天色未明,不出去了,更待何时?"任君用慌忙披衣而起,夫人不忍舍去,执手留连,叮咛夜会而别。分付如霞送出后园中,元从来时方法,在索上挂将下去。到晚夕仍旧进来,真个是:

　　朝隐而出,暮隐而入。

　　果然行不繇径,早已非公至室。

　　如此往来数晚,连如霞也弄上了手,滚得热做一团。筑玉夫人心欢喜,未免与同伴中笑语之间,有些精神恍惚,说话没头没脑的,露出些马脚来。同伴里面初时不觉,后来看出意态,颇生疑心。到晚上有有心的,多方察听,已见了些声响。大家多是吃得杯儿的的,巴不得寻着些破绽,同在浑水里搅搅,只是没有找着来踪去迹。

一日,众人偶然高兴,说起打秋千,一哄的走到架边,不见了索子。大家寻将起来。筑玉夫人与如霞两个多做不得声。元来先前两番,任君用出去了,便把索子解下藏过,以防别人看见。以后多次,便有些托大了,晓得夜来要用,不耐烦去解他。任君用虽然出去了,索子还吊在树枝上,挂向外边,未及收拾。却被众人寻见了,道:"兀的不是秋千索,如何缚在这里树上,抛向外边去了?"宜笑姐年纪最小,身子轻便,见有梯在那里,便溜在树枝上去,吊了索头,收将进来。众人看见一节一节缚着木板,共惊道:"奇怪,奇怪。可不有人在此出入的么?"筑玉夫人通红了脸,半晌不敢开言。瑶月夫人道:"眼见得是甚人在此通内了,我们该传与李院公查出,等候太尉来家禀知为是。"口里一头说,一头把眼来瞅着筑玉夫人。筑玉夫人只低了头。餐花姨姨十分瞧科了,笑道:"筑玉夫人为何不说一句?莫不心下有事?不如实对姐妹们说了,通同作个商量,倒是美事。"如霞料是瞒不过了,对筑玉夫人道:"此事若不通众,终须大家炒坏,便要独做也做不成了。大家和同些说明白了罢。"众人拍手道:"如霞姐说得有理,不要瞒着我们了。"筑玉夫人才把任生在此墙外做书房、用计取他进来的事,说了一遍。瑶月夫人道:"好姐姐,瞒了我们做这样好事!"宜笑姐道:"而今不必说了。既是通同知道,我每合伴取些快乐罢了。"瑶月夫人故意道:"做的自做,不做的自不做,怎如此说?"餐花姨姨道:"就是不做,姐妹情分,只是帮衬些为妙。"宜笑姐道:"姨姨说得是。"大家哄笑而散。

元来瑶月夫人内中与筑玉夫人两下最说得来，晓得筑玉有此私事，已自上心，要分他的趣了。碍着众人在面前，只得说假撇清的话。比及众人散了，独自走到筑玉房中，问道："姐姐，今夜来否？"筑玉道："不瞒姐姐说，连日惯了的，为甚么不来？"瑶月笑道："来时仍是姐姐独乐么？"筑玉道："姐姐才说不做的自不做。"瑶月道："才方是大概说话。我便也要学做做儿的。"筑玉道："姐姐果有此意，小妹理当奉让。今夜唤他进来，送到姐姐房中便了。"瑶月道："我与他又不厮熟，羞答答的，怎好就叫他到我房中？我只在姐姐处做个帮户便使得。"筑玉笑道："这件事用不着人帮。"瑶月道："没奈何，我初次害羞，只好顶着姐姐的名尝一尝滋味，不要说破是我，等熟分了再处。"筑玉道："这等，姐姐须权躲躲过，待他到我床上，脱衣之后，吹息了灯，掉了包就是。"瑶月道："好姐姐，彼此帮衬些个。"筑玉道："这个自然。"两个商量已定。

到得晚来，仍叫如霞到后花园把索儿收将出去，叫了任君用进来。筑玉夫人打发他先睡好了，将灯吹灭，暗中拽出瑶月夫人来，推他到床上去。瑶月夫人先前两个说话时，已自春心荡漾。适才闪在灯后偷觑任君用进来，暗处看明处较清，见任君用俊俏风流态度，着实动了眼里火。趁着筑玉夫人来拽他，心里巴不得就到手。况且黑暗之中，不消顾忌，也没甚么羞耻，一毂辘钻进床去。床上任君用只道是筑玉夫人，轻车熟路，也不等开口，翻过身就弄起来。瑶月夫人欲心已炽，猛力承受，弄到间深之处，任君用觉得肌肤腰理，与那做作态度略是有些异样，又且不见则声，未免有些疑惑。低低叫道："亲亲的夫人,为甚么今夜不开了口?"瑶月夫人不好答应。任君用越加盘问,瑶月转闭口念声,气也不敢出。急得任君用连叫"奇怪",按住身子不动。筑玉在床沿边站着,听这一会。听见这些光景,不觉失笑,轻轻揭帐,将任君用狠打一下,道:"天杀的!便宜了你。只管絮叨么?今夜换了个胜我十倍的瑶月夫人,你还不知哩!"任君用才晓得果然不是,便道:"不知又是那一位夫人见怜,小生不曾叩见,辄敢放肆了。"瑶月夫人方出声道:"文诌诌甚么,晓得便罢。"任君用听了娇声细语,不繇不兴动,越加鼓煽起来。瑶月夫人乐极道:"好知心姐姐,肯让我这一会快活死也!"筑玉夫人听得,当不住兴发,也跳上床来。任君用且喜旗枪未倒,瑶月已自风流兴过,连忙帮衬,放下身来,推他到筑玉夫人那边去。任君用换了对主,另复交锋起来。正是:

倚翠偎红情最奇,巫山黯黯雨云迷。

风流一似偷香蝶,才过东来又向西。

不说三人一床高兴,且说宜笑姐、餐花姨姨日里见说其事,明知夜间任君用必然进内,要去约瑶月夫人,同守着他,大家取乐。且自各去吃了夜饭,然后走到瑶月夫人房中,早已不见夫人。心下疑猜,急到筑玉夫人处探听。房外遇见如霞,问道:"瑶月夫人在你处否?"如霞笑道:"老早在我这里,今在我夫人床上睡哩。"两人道:"同睡了?那人来时却有些不便。"如霞道:"有甚不便?且是便得忒煞,三人做一头了。"两人道:"那人已进来了么?"如霞道:"进来,进来,此时进进出出得不耐烦。"宜笑姐道:"日里他见我说了合伴取乐,老大撇清，今反是他先来下手。"餐花姨姨道："偏是说乔话的最要紧。"宜笑姐道："我两个炒进去，也不好推拒得我每。"餐花姨姨道："不要，不要。而今他两个弄一个，必定消乏，那里还有甚么本事轮到得我每！"附着宜笑姐的耳朵说道："不如耐过了今夜，明日我每先下些功夫，弄到了房里，不怕他不让我每受用。"宜笑姐道："说得有理。"两下各自归房去了，一夜无词。

次日早，放了任君用出去，如霞到夫人床前，说昨晚宜笑、餐花两人来寻瑶月夫人的说话。瑶月听得，忙问道："他们晓得我在这里么？"如霞道："怎不晓得？"瑶月惊道："怎么好？须被他们耻笑。"筑玉道："何妨！索性连这两个丫头也弄在里头了，省得彼此顾忌，那时小任也不必早去夜来，只消留在这里，大家轮流，一发无些阻碍，有何不可？"瑶月道："是倒极是，只是今日难见他们。"筑玉道："姐姐今日只如常时，不必提起甚么。等他们不问便罢，若问时，我便乘机兜他在里面做事便了。"瑶月放下心肠，因是夜来困倦，直睡到晌午起来，心里暗暗得意乐事，只隄防宜笑、餐花两人要来饶舌，见了带些没意思。

岂知二人已自有了主意，并不说破一字。两个夫人各像没些事故一般，怡然相安，也不提起。到了晚来，宜笑姐与餐花姨商量，竟往后花园中迎候那人。两人走到那里，躲在僻处，瞧那树边。只见任君用已在墙头上过来，从梯子下地，整一整巾帻，抖一抖衣裳，正举步要望里面走去。宜笑姐抢出来，喝道："是何闲汉，越墙进来做甚么？"餐花姨也走出来，一把扭住道："有贼！有贼！"任君用吃了一惊，慌得颤抖抖道："是,是,是里头两位夫人约我进来的。姐姐休高声。"宜笑姐道："你可是任先生么?"任君用道："小生正是任君用,并无假冒。"餐花姨道："你偷奸了两位夫人,罪名不小。你要官休私休?"任君用道："是夫人们教我进来的,非干小生大胆。却是官休不得,情愿私休。"宜笑姐道："官休时,拿你交付李院公,等太尉回来,禀知处分,叫你了不得。既情愿私休,今晚不许你到两位夫人处去,只随我两个悄悄到里边,凭我们处置。"任君用笑道："这里头料没有苦楚勾当,只随两位姐姐去罢了。"当下三人捏手捏脚,一直领到宜笑姐自己房中,连餐花姨也留做了一床,翻云覆雨,倒凤颠鸾,自不必说。

这边筑玉、瑶月两位夫人,等到黄昏时候,不见任生到来,叫如霞拿灯去后花园中隔墙支会一声。到得那里,将灯照着树边,只见秋千索子挂向墙里边来了。元来任君用但是进来了,便把索子收向墙内,恐防挂在外面有人瞧见,又可以随着尾他踪迹,故收了进来,以此为常。如霞看见,晓得任生已自进来了,忙来回覆道："任先生进来过了,不到夫人处,却在那里?"筑玉夫人想了一想,笑道："这等,有人剪着绺〔1〕去也。"瑶月夫人道："料想只在这两个丫头处。"即着如霞去看。如霞先到餐花房中,见房门闭着,内中寂然。随到宜笑房前,听得房内笑声哈哈,床上轧轧震动不住,明知是任生在床做事。如霞好不口馋,急跑来对两个夫人道："果然在他那里,正弄得兴哩,我们快去炒他!"瑶月夫人道："不可,不可,昨夜他们也不捉破我们,今若

---

〔1〕 剪着绺——剪绺,窃取别人身上的东西。这里指诱走了原该属于自己的人。

去炒,便是我们不是,须要伤了和气。"筑玉道:"我正要弄他两个在里头,不匡他先自留心,已做下了,正合我的机谋。今夜且不可炒他,我与他一个见识,绝了明日的出路,取笑他慌张一回,不怕不打做一团。"瑶月道:"却是如何?"筑玉道:"只消叫如霞去把那秋千索解将下来,藏过了,且着他明日出去不得,看他们怎地瞒得我们!"如霞道:"有理,有理。是我们做下这些机关,弄得人进来,怎么不通知我们一声,竟自邀截了去?不通!不通!"手提了灯,一性子跑到后花园,溜上树去,把索子解了下来,做一捆抱到房中来,道:"解来了!解来了!"筑玉夫人道:"藏下了,到明日再处。我们睡休。"两个夫人各自归房中,寂寂寞寞睡了。正是:

一样玉壶传漏出,南宫夜短北宫长。

那边宜笑、餐花两人,搂了任君用,不知怎生狂荡了一夜,约了晚间再会。清早打发他起身出去,任君用前走,宜笑、餐花两人蓬着头尾在后边,悄悄送他同到后花园中。任生照常登梯上树,早不见了索子软梯,出墙外去不得。依旧走了下来,道:"不知那个解去了索子。必是两位夫人见我不到,知了些风,有些见怪,故意难我。而今怎生别寻根索子,弄出去罢。"宜笑姐道:"那里有这样粗索吊得人起,坠得下去的?"任君用道:"不如等我索性去见见两位夫人,告个罪,大家商量。"餐花姨姨道:"只是我们不好意思些。"

三人正踌躇间,忽见两位夫人同了如霞赶到园中来,拍手笑道:"你们瞒了我们干得好事!怎不教飞了出去?"宜笑姐道:"先有人干过了,我们学样的。"餐花道:"且不要斗口,原说道大家帮衬。只为两位夫人撇了我们,自家做事,故此我们也打一场偏手。而今不必说了。且将索子出来,放了他出去。"筑玉夫人大笑道:"请问,还要放出去做甚么?既是你知我见,大家有分了,便终日在此,还碍着那个?落得我们成群合伙喧哄过日。"一齐笑道:"妙!妙!夫人之言有理。"筑玉便挽了任生,同众美步回内庭中来。

从此任生昼夜不出,朝欢暮乐,不是与夫人每并肩叠股,便与姨姐们作对成双。淫欲无休,身体劳惫,思量要歇息一会儿,怎繇得你自在?没奈何,求放出去两日,又没个人肯。各人只将出私钱,买下肥甘物件,进去调养他。虑恐李院公有言,各凑重赏,买他口净。真是无拘无忌,受用过火了。所谓——

志不可满,乐不可极。

福过灾生,终有败日。

任生在里头快活了一月有馀,忽然一日,外边传报进来,说太尉回来了。众人多在睡梦昏迷之中,还未十分准信,不知太尉立时就到,府门院门,豁然大开。众人慌了手脚,连忙着两个送任生出后花园,叫他越墙出去。任生上得墙头,底下人忙把梯子掇过,口里叫道:"快下去!快下去!"不顾死活,没头的奔了转来。那时多着了忙,那曾仔细?竟不想不曾系得秋千索子,却是下去不得;这边没了梯子,又下来不得。想道有人撞见,煞是利害,欲待奋身跳出,争奈淘虚的身子,手脚酸软,胆气虚怯,挣着便簌簌的抖,只得骑着墙檐脊上坐着,好似——

羝羊触藩,进退两难。

自古道："冤家路儿窄。"谁想太尉回来，不问别事，且先要到院中各处墙垣上看有无可疑踪迹，一径走到后花园来。太尉抬起头来，早已看见墙头上有人。此时任生在高处望下，认得是太尉自来，慌得无计可施，只得把身子伏在脊上。这叫得兔子掩面，只不就认得是他，却藏不得身子。太尉是奸狡有馀的人，明晓得内院墙垣有甚事，却到得这上头，毕竟连着闺门内的话，恐怕传播开去，反为不雅。假意扬声道："这墙垣高峻，岂是人走得上去的？那上面有个人，必是甚邪祟凭附着他了，可寻梯子扶下来问他端的。"左右从人应声去掇张梯子，将任生一步步扶掖下地。

任生明明听得太尉方才的说话，心生一计，将错就错，只做憎朦不省人事的一般，任凭众人扯扯拽拽，拖至太尉跟前。太尉认一认面庞，道："兀的不是任君么？元何这等模样？必是着鬼了！"任生紧闭双目，只不开言。太尉叫去神乐观里请个法师来救解。太尉的威令，谁敢稽迟？不一刻法师已到。太尉叫他把任生看一看。法师捏鬼道："是个着邪的。"手里仗了剑，口里哼了几句咒语，喷了一口净水，道："好了，好了。"任生果然睁开眼来，道："我如何却在这里？"太尉道："你方才怎的来？"任生诌出一段谎来道："夜来独坐书房，恍惚之中，有五个锦衣花帽的将军来说，要随他天宫里去抄写甚么。小生疑他怪样，抵死不肯。他叫从人扯捉，腾空而起。小生慌忙吊住树枝，口里喊道：'我是杨太尉爷馆宾，你们不得无礼。'那些小鬼见说出'杨太尉'三字，便放松了手，推跌下来，一时昏迷不省，不知却在太尉面前。太尉几时回来的？这里是那里？"傍边人道："你方才被鬼迷在墙头上伏着,是太尉教救下来的。这里是后花园。"太尉道:"适间所言,还是何神怪?"法师道:"依他说来,是五通[1]神道,见此独居无伴,作怪求食的。今与小符一纸,贴在房中,再将些三牲酒果安一安神,自然平稳无事。"太尉分付当直的依言而行。送了法师回去。

任生扶在馆中将息。任生心里道:"惭愧!天字号一场是非,早被瞒过了也。"任生因是几时斲丧过度了,精神元是虚耗的,做这被鬼迷了要将息的名头,在馆中调养了十来日。终是少年易复,渐觉旺相,进来见太尉称谢道:"不是太尉请法师救治,此时不知怎生被神鬼所迷,丧了残生也不见得。"太尉也自忻然道:"且喜得平安无事。老夫与君用久阔,今又值君用病起,安排几品,畅饮一番则个。"随命取酒共酌,猜枚行令,极其欢洽。任生随机应变,曲意奉承。酒间任生故意说起遇鬼之事,要探太尉心上如何。但提起,太尉便道:"使君用独居遇魅,原是老夫不是。"着实安慰。任生心下私喜道:"所做之事,点滴不漏了。只是众美人几时能勾再会?此生只好做梦罢了。"书房静夜,常是相思不歇。却见太尉不疑,放下了老大的鬼胎,不担干系,自道侥幸了。

岂知太尉有心,从墙头上见了任生,已瞧科了九分在肚里。及到筑玉夫人房中,不想那条做软梯的索子,自那夜取笑,将来堆在壁间,终日喧哄,已此忘了,一时不曾藏得过,被太尉看在眼里,料道此物正

---

[1] 五通——也称"五圣",旧时民间传说的妖邪之神,谓兄弟五人,能为祟于人。

是接引人进来的东西了。即将如霞拷问。如霞吃苦不过,一一招出。太尉又各处查访从头彻尾的事,无一不明白了,却只毫不发觉出来。待那任生一如平时,宁可加厚些。正是:

腹中怀剑,笑里藏刀。

撩他虎口,怎得开交?

一日,太尉召任生吃酒,直引至内书房中。欢饮多时,唤两个歌姬出来唱曲,轮番劝酒。任生见了歌姬,不觉想起内里相交过的这几位来,心事悒怏,只是吃酒,被灌得酩酊大醉。太尉起身走了进去,歌姬也随时进来了,只留下任生正在椅子上打盹。忽然四五个壮士走到面前,不繇分说,将任生捆缚起来。任生此时醉中,不知好歹,口里胡言乱语,没个清头,早被众人抬放一张卧榻上。一个壮士拔出风也似一把快刀来。任生此时,正是:

命如五鼓衔山月,身似三更油尽灯。

看官,你道若是要结果任生性命,这也是太尉家惯做的事,况且任生造下罪业不小,除之亦不为过,何必将酒诱他在内室了,然后动手?元来不是杀他,那处法实是希罕。只见拿刀的壮士,褪下任生腰裤,将左手扯他的阳物出来,右手飕的一刀割下,随即剔出双肾。任生昏梦之中,叫声"阿呀",痛极晕绝。那壮士即将神效止疼生肌的敷药敷在伤处,放了任生捆缚,紧闭房门而出。这几个壮士是谁?乃是平日内里所用阉工,专与内相净身的。太尉怪任生淫污了他的姬妾,又平日喜欢他知趣,着人不要径自除他,故此分付这些阉工把来阉割了。因是阉割的见不得风,故引入内里密室之中。古人所云

"下蚕室"[1]，正是此意。太尉又分付如法调治他，不得伤命。饮食之类，务要加意。任生疼得十死九生，还亏调理有方，得以不死。明知太尉洞晓前事，下此毒手，忍气吞声，没处申诉。且喜留得性命。过了十来日，勉强挣扎起来，讨些汤来洗面，但见下颏上微微几茎髭须尽脱在盆内。急取镜来照时，俨然成了一个太监之相。看那小肚之下，结起一个大疤。这一条行淫之具，已丢向东洋大海里去了。任生摸了一摸，泪如雨下。有诗为证：

昔日花丛多快乐，今朝独坐闷无聊。

始知裙带乔衣食，也要生来有福消。

任君用自被阉割之后，杨太尉见了，便带笑容，越加待得他殷勤。索性时时引他到内室中，与妻妾杂坐，宴饮耍笑，盖为他身无此物，不必顾忌，正好把来做玩笑之具了。起初瑶月、筑玉等人凡与他有一手者，时时说起旧情，还十分怜念他。却而今没蛇得弄，中看不中吃，要来无干。任生对这些旧人道："自太尉归来，我只道今生与你们永无相会之日了。岂知今日时时可以相会，却做了个无用之物，空咽唾津，可怜，可怜！"自此任生十日倒有九日在太尉内院，希得出外。又兼颏净声雌，太监嘴脸，怕见熟人，一发不敢到街上闲走。平时极往来得密的方务德，也有半年不见他面。务德曾到太尉府中探问，乃太尉分付过的，尽说道他死了。

[1] 下蚕室——打入受宫刑的牢狱。《后汉书·光武帝纪下》："诏死罪系囚皆一切募下蚕室。"李贤注："蚕室，宫刑狱名。宫刑者畏风，须暖，作窨室蓄火如蚕室，因以名焉。"

一日，太尉带了姬妾，出游相国寺。任生随在里头，偶然独自走至大悲阁下，恰恰与方务德撞见。务德看去，模样虽像任生，却已脸皮改变。又闻得有已死之说，心里踌躇，不敢上前相认，走了开去。任生却认得是务德不差，连忙呼道："务德，务德，你为何不认我故人了？"务德方晓得真是任生，走来相揖。任生一见故友，手握着手，不觉呜咽流涕。务德问他许久不见及有甚伤心之事，任生道："小弟不才遭变，一言难尽。"遂把前后始末之事细述一遍，道："一时狂兴，岂知受祸如此！"痛哭不止。务德道："你受用太过，故折罚至此。已成往事，不必追悔。今后只宜出来相寻同辈，消遣过日。"任生道："何颜复与友朋相见？贪恋馀生，苟延且夕罢了。"务德大加嗟叹而别。

后来打听任生郁郁不快，不久竟死于太尉府中，这是行淫的结果。方务德每见少年好色之人，即举任君用之事以为戒。看官听说：那血气未定后生们，固当谨慎；就是太尉虽然下这等毒手，毕竟心爱姬妾被他弄过了，此亦是富贵人多蓄妇女之鉴。

堪笑累垂一肉具，喜者夺来怒削去。

寄语少年渔色人，大身勿受小身累！

又一诗笑杨太尉云：

削去淫根淫已过，尚留残质共婆娑。

譬如宫女寻奄尹[1]，一样多情奈若何？

---

[1] 奄尹——官名，原为周代的内宰，后指主管宫廷事务的宦官头目，亦泛指宦官。

二刻拍案惊奇卷三十五

错调情贾母詈女　误告状孙郎得妻

诗曰：

妇女轻自缢，就里别贞淫。

若非能审处，枉自命归阴。

话说妇人短见，往往没奈何了，便自轻生。所以缢死之事，惟妇人极多。然有死得有用的，有死得没用的。

湖广黄州蕲水县[1]有一个女子陈氏，年十四岁，嫁与周世文为妻。世文年纪更小似陈氏两岁，未知房室之事。其母马氏，是个寡妇，却是好风月淫滥之人。先与奸夫蔡凤鸣私通，后来索性赘他入室，作做晚夫。欲心未足，还要吃一看二。有个方外僧人性月，善能养龟，广有春方，也与他搭上了。蔡凤鸣正要学些抽添之法，借些药力帮衬，并不吃醋捻酸，反与僧人一路宣淫，晓夜无度。有那媳妇陈氏在面前走动，一来碍眼，二来也带些羞惭，要一网兜他在里头。况且马氏中年了，那两个奸夫见了少艾女子，分外动火，巴不得到一到手。三人合伴，百计来哄诱他，陈氏只是不从。婆婆马氏怪他不肯学样，羞他道："看你独造了贞节牌坊不成？"先是毒骂，渐加痛打。蔡

---

[1] 蕲（qí其）水县——旧县名，今湖北省浠水县。

凤鸣假意旁边相劝,便就捏捏撮撮撩拨他。陈氏一头受打,一头口里乱骂凤鸣道:"繇婆婆自打,不干你这野贼事,不要你来劝得。"婆婆道:"不知好歹的贱货,必要打你肯顺随了才住。"陈氏道:"拚得打死,决难从命。"蔡凤鸣趁势抱住道:"乖乖,偏要你从命,不舍得打你。"马氏也来相帮,扯裤揿腿,强要奸他。怎当得陈氏乱颠乱滚,两个人用力,只好捉得他身子住,那里有闲空凑得着道儿行淫!原来世间强奸之说,元是说不通的。落得马氏费坏了些气力,恨毒不过,狠打了一场才罢。

　　陈氏受这一番作践[1],气忿不过,跑回到自己家里,哭诉父亲陈东阳。那陈东阳是个市井小人,不晓道理的,不指望帮助女儿,反说道不该逆着婆婆,凡事随顺些自不讨打。陈氏晓得分理不清的,走了转来,一心只要自尽。家里还有一个太婆[2],年纪八十五了,最是疼他的。陈氏对太婆道:"媳妇做不得这样狗彘的事,寻一条死路罢,不得伏侍你老人家了。却是我决不空死,我决来要两个同去!"太婆道:"我晓得你是个守志的女子,不肯跟他们胡做。却是人身难得,快不要起这样念头!"陈氏主意已定,恐怕太婆老人家婆儿气,又或者来防闲着他,假意道:"既是太婆劝我,我只得且忍着过去。"是夜在房,竟自缢死。

　　死得两日,马氏晚间取汤澡牝,正要上床与蔡凤鸣快活,忽然一

------

〔1〕 作践——糟蹋、残害。
〔2〕 太婆——吴方言,称曾祖母。

阵冷风过处,见陈氏拖出舌头尺馀当面走来,叫声:"不好了!媳妇来了!"蓦然倒地,叫唤不醒。蔡凤鸣看见,吓得魂不附体,连夜逃走英山[1]地方,思要躲过。不想心慌不择路,走脱了力[2]。次日发寒发热,口发谵语[3],不上几日也死了。眼见得必是陈氏活拿了去。

此时是六月天气。起初陈氏死时,婆婆恨他,不曾收殓。今见显报如此,邻里喧传,争到周家来看。那陈氏停尸在低檐草屋中,烈日炎蒸,面色如生,毫不变动。说起他死得可怜,无不垂涕。又见恶姑奸夫俱死,又无不拍手称快。有许多好事儒生,为文的为文,作传的作传,备了牲礼,多来祭奠。呈明上司,替他立起祠堂。后来察院采风[4],奏知朝廷,建坊旌表为烈妇,果应着马氏独造牌坊之谶。这个缢死,可不是死得有用的了?

莲花出水,不染泥淤。

均之一死,唾骂在姑。

湖广又有承天府景陵县[5]一个人家,有姑嫂两人。姑未嫁出,嫂也未成房,尚多是女子,共居一个小楼上。楼后有别家房屋一所,

---

[1] 英山——县名,在今浠水县东北,两县相邻。
[2] 脱了力——吴方言称生病或劳累过度而没了力气为"脱力","走脱了力"是说走路太远太急而累得没了力气。
[3] 谵(zhān沾)语——中医术语,指人神志不清时胡言乱语。
[4] 采风——古代称民歌为"风","采风"即搜集民间歌谣。《汉书·艺文志》:"故古有采诗之官,王者所以观风俗。"这里即引申为考察民俗。
[5] 景陵县——旧县名,今湖北省天门市。

被火焚过，馀下一块老大空地，积久为人堆聚粪秽之场。因此楼墙后窗，直见街道。二女闲空，就到窗边看街上行人往来光景。有邻家一个学生，朝夕在这街上经过，貌甚韶秀。二女年俱二八，情欲已动，见了多次，未免妄想起来，便两相私语道："这个标致小官，不知是那一家的。若得与他同宿一晚，死也甘心。"

正说话间，恰好有个卖糖的小厮，唤做四儿，敲着锣，在那里后头走来。姑嫂两人多是与他卖糖厮熟的，楼窗内把手一招，四儿就挑着担，走转向前门来，叫道："姑娘们买糖？"姑嫂多走下楼来，与他买了些糖，便对他道："我问你一句说话，方才在你前头走的小官，是那一家的？"四儿道："可是那生得齐整的么？"二女道："正是。"四儿道："这个是钱朝奉家哥子。"二女道："为何日日在这条街上走来走去？"四儿道："他到学堂中去读书。姑娘问他怎的？"二女笑道："不怎的。我们看见，问问着。"四儿年纪虽小，倒是点头会意的人，晓得二女有些心动，便道："姑娘喜欢这哥子，我替你们传情，叫他来耍耍何如？"二女有些羞缩，多红了脸，半晌方才道："你怎么叫得他来？"四儿道："这哥子在书房中，我时常挑担去卖糖，极是熟的。他心性好不风月，说了两位姑娘好情，他巴不得在里头的。只是门前不好来得，却怎么处？"二女笑道："只他肯来，我自有处。"四儿道："包管我去约得来。"二女就在汗巾里解下一串钱来，递与四儿道："与你买果子吃。烦你去约他一约，只叫他在后边粪场上走到楼窗下来。我们在楼上窗里抛下一个布兜，兜他上来就是。"四儿道："这等，我去说与他知道了。讨了回音，来复两位姑娘。"三个多是孩子家，不知甚么利害，欢欢喜喜,各自散去。

四儿走到书房来寻钱小官,撞着他不在书房,不曾说得。走来回复,把锣敲得响,二女即出来问。四儿便说未得见他的话。二女苦央他再去一番,千万等个回信。四儿去了一会,又走来道:"偏生今日他不在书房中。待走到他家里去与他说。"二女又千叮万嘱道:"不可忘了。"似此来去了两番。

对门有一个老儿,姓程,年纪七十来岁,终日坐在门前一只凳上,蒙眬着双眼,看人往来。见那卖糖的四儿,在对门这家去了又来,频敲糖锣。那里头两个女人,但是敲锣,就走出来与他交头接耳。想道:"若只是买糖,一次便了,为何这等藤缠?里头必有缘故。"跟着四儿到僻净处,便一把扯住问道:"对门这两个女儿,托你做些甚么私事?你实对我说了,我与你果儿吃。"四儿道:"不做甚么事。"程老儿道:"你不说,我只不放你。"四儿道:"老人家休缠我,我自要去寻钱家小哥。"程老儿道:"想是他两个与那小官有情,故此叫你去么?"四儿被缠不过,只得把实情说了。程老儿带着笑说道:"这等,今夜若来,就成事了?"四儿道:"却不怎的!"程老儿笑嘻嘻的扯着四儿道:"好对你说,作成了我罢。"四儿拍手大笑道:"他是女儿家,喜欢他小官,要你老人家做甚么?"程老儿道:"我老则老,兴趣还高。我黑夜里坐在布兜内上去了,不怕他们推了我出来。那时临老入花丛,我之愿也。"四儿道:"这是我哄他两个了,我做不得这事!"程老儿道:"你若依着我,我明日与你一件衣服穿。若不依我,我去对他家家主说了,还要拿你这小猴子去摆布哩!"四儿有些着忙了,道:"老爹爹果有此意，只要重赏我，我便假说是钱小官，送了你上楼罢。"程老儿便伸手腰间钱袋内摸出一块银子来，约有一钱五六分重，递与四儿道："你且先拿了这些须去，明日再与你衣服。"四儿千欢万喜，果然不到钱家去，竟诌一个谎，走来回复二女道："说与钱小官了，等天黑就来。"二女喜之不胜，停当了布匹等他，一团春兴。

谁知程老儿老不识死，想要剪绺。四儿走来回了他话，他就呆呆等着日晚。家里人叫他进去吃晚饭，他回说："我今夜有夜宵主人，不来吃了。"磕磕撞撞，撞到粪场边来，走至楼窗下面，咳嗽一声。时已天黑，不辨色了。两女听得人声，向窗外一看，但见黑魆魆一个人影，料道是那话来了，急把布来每人捏紧了一头，放将中段下去。程老儿见布下来了，即兜在屁股上坐好。楼上见布中已重，知是有人，扯将起去。那程老儿老年的人，身体干枯，苦不甚重。二女趁着兴高，用力一扯，扯到窗边。正要伸手扶他，楼中火光照出窗外，却是一个白头老人，吃了一惊。手臂索软，布扯不牢，一个失手，程老儿早已头轻脚重，跌下去了。二女慌忙把布收进，颤笃笃的关了楼窗，一场扫兴，不在话下。

次日，程老儿家见家主夜晚不回，又不知在那一家宿了，分头去亲眷家问，没个踪迹。忽见粪场墙边一个人死在那里，认着衣服，正是程翁。报至家里，儿子每来看着，不知其繇，只道是老人家脚蹉，自跌死了的。一齐哭着，扛抬回去，一面开丧入殓，家里嚷做一堆。

那卖糖的四儿还不晓得缘故，指望讨夜来信息，希冀衣服，莽莽走来。听见里面声喧，进去看看，只见程老儿直挺挺的躺在板上。心里明知是昨夜做出来的，不胜伤感，点头叹息。程家人看见了道："昨夜晚上请吃晚饭时，正见主翁同这个小厮在那里唧哝些甚么，想是牵他到那处去，今日却死在墙边。那厢又不是街路，死得蹊跷，这小厮必定知情。"众人齐来一把拿住道："你不实说，活活打死你才住！"四儿慌了，只得把昨日的事一一说了道："我只晓得这些缘故，以后去到那里，怎么死了，我实不知。"程家儿子们听了这话道："虽是我家老子老没志气，牵头是你。这条性命断送在你身上，干休不得。"就把四儿缚住，送到官司告理。

四儿到官，把首尾一十一五说了。事情干连着二女，免不得出牌行提。二女见说，晓得要出丑了，双双缢死楼上。只为一时没正经，不曾做得一点事，葬送了三条性命。这个缢死，可不是死得没用的了？

二美属目，眷眷恋童。

老翁凤孽，彼此凶终。

小子而今说一个缢死的，只因一吊，倒吊出许多妙事来。正是：

失马未为祸，其间自有缘。

不因俱错认，怎得两团圆？

话说吴淞[1]地方，有一个小官人，姓孙，也是儒家子弟，年方十七，姿容甚美。隔邻三四家，有一寡妇，姓方，嫁与贾家，先年其夫亡故。止生得一个女儿，名唤闰娘，也是十七岁，貌美出群。只因家无

---

[1] 吴淞——地名，在今上海市北部。

男子，止是娘女两个过活，顾得一个秃小厮使唤，无人少力，免不得出头露面。邻舍家个个看见的，人人称羡。孙小官自是读书之人，又年纪相当，时时撞着，两下眉来眼去，各自有心。只是方妈妈做人刁钻，心性凶暴，不是好惹的人。拘管女儿甚是严紧，日里只在面前，未晚就收拾女儿到房里去了。虽是贾闰娘有这个孙郎在肚里，只好空自咽唾。孙小官恰像经布[1]一般，不时往来他门首，只弄得个眼熟，再无便处下手。幸喜得方妈妈见了孙小官，心里也自爱他一分的，时常留他吃茶，与他闲话，算做通家子弟，还得频来走走，捉空与闰娘说得句把话。闰娘恐怕娘疑心，也不敢十分兜揽。似此多时，孙小官心痒难熬，没个计策。

一日，贾闰娘穿了淡红裙子，在窗前刺绣。孙小官走来，看见无人，便又把语言挑他。贾闰娘提防娘瞧着，只不答应。孙小官不离左右的，蹔了好两次。贾闰娘只怕露出破绽，轻轻的道："青天白日，只管人面前来晃做甚么？"孙小官听得，只得走了去，思量道："适间所言，甚为有意。教我青天白日不要来晃，敢是要我夜晚些来？或有个机会，也不见得。"

等到傍晚，又蹔来贾家门首，呆呆立着，见贾家门已闭了。忽听得呀的一响，开将出来。孙小官未知是那个，且略把身子退后，望把门开处，走出一个人来，影影看去，正是着淡红裙子的。孙小官喜得了不得，连忙尾来，只见走入坑厕里去了。孙小官也跳进去，拦腰抱

---

[1] 经布——织布时梭子往来于经线之间，也就是"穿梭"。

住道："亲亲姐姐,我被你想杀了! 你叫我日里不要来,今已晚了,你怎生打发我?"那个人啐了一口道:"小入娘贼! 你认做那个哩?"元来不是贾闰娘,是他母亲方妈妈。为晚了,到坑厕上收拾马子。因是女儿换下褂子在那里,他就穿了出来。孙小官一心想着贾闰娘,又见衣服是日里的打扮,娘女们身分必定有些厮像,眼花撩乱,认错了。直等听得声音,方知是差讹,打个失惊,不要命的一道烟跑了去。

方妈妈吃了一场没意思,气得颤抖抖的,提了马子回来。想着道:"适才小猢狲的言语甚有跷蹊,必是女儿与他做下了,有甚么约会,认错了我,故作此行径,不必说得!"一忿之气,走进房来对女儿道:"孙家小猢狲在外头,叫你快出来!"贾闰娘不知一些清头,说道:"甚么孙家李家,却来叫我?"方妈妈道:"你这臭淫妇约他来的,还要假撇清?"贾闰娘叫起屈来道:"那里说起! 我好耽耽坐在这里,却与谁有约来? 把这等话脏污我。"方妈妈道:"方才我走出去,那小猢狲急急赶来,口口叫姐姐,不是认做了你这臭淫妇了? 做了这样龌龊人,不如死了罢!"贾闰娘没口得分剖,大哭道:"可不是冤杀我! 我那知他这些事体来?"方妈妈道:"你浑身是口,也洗不清。平日不调得喉惯,没些事体,他怎敢来动手动脚?"方妈妈平日本是难相处的人,就碎聒得一个不了不休。贾闰娘欲待辨来,往常心里本是有他的,虚心病说不出强话。欲待不辨来,其实不曾与他有勾当,委是冤屈。思量一转,泪如泉涌,道:"以此一番,防范越严,他走来也无面目,这因缘料不能勾了。况我当不得这擦刮,受不得这腌臜,不如死了,与他结个来生缘罢。"哭了半夜,趁着方妈妈炒骂兴阑,精神疲

倦,昏昏熟睡,轻轻床上起来,将束腰的汗巾悬梁高吊。正是:

未得野鸳交颈,且做羚羊挂角。

且说方妈妈一觉睡醒,天已大明,口里还唠唠叨叨说昨夜的事,带着骂道:"只会引老公,招汉子。这时候还不起来,挺着尸〔1〕做甚么?"一头碎聒,一头穿衣服,静悄悄不见有人声响,嚷道:"索性不见则声,还嫌我做娘的多嘴哩!"夹着气蛊,跳下床来,抬头一看,正见女儿挂着,好似打秋千的模样,叫声:"不好了!"连忙解了下来。早已满口白沫,鼻下无气了。

方妈妈又惊又苦又懊悔,一面抱来放倒在床上,搥胸跌脚的哭起来。哭了一会,狠的一声道:"这多是孙家那小人娘贼害了他性命,更待干罢!必要寻他来抵偿,出这口气。"又想道:"若是小人娘贼得知了这个消息,必定躲过我。且趁着未张扬时,去赚得他来,留住了,当官告他。不怕他飞到天外去。"忙叫秃小厮来,不与他说明,只教去请孙小官来讲话。

孙小官正想着昨夜之事,好生没意思。闻知方妈妈请他,一发心里缩缩朒朒起来道:"怎倒反来请我?敢怕要发作我么?"却又是平日往来的,不好推辞得,只得含着些羞惭之色,随着秃小厮来到,见了方妈妈。方妈妈撮起笑容来道:"小哥夜来好莽撞,敢是认得我小女么?"孙小官面孔通红,半响不敢答应。方妈妈道:"吾家与你家门当户对。你若喜欢着我女儿,只消明对我说,一丝为定,便可成事。何

---

〔1〕 挺着尸——像尸体一样躺着不动,用来骂人睡懒觉。

必做那鼠窃狗偷、没道理的勾当？"孙小官听了这一片好言，不知是计，喜之不胜道："多蒙妈妈厚情，待小子去备些薄意，央个媒人来说。"方妈妈道："这个且从容。我既以口许了你，你且进房来与小女相会一相会，再去央媒也未迟。"孙小官正像尼姑庵里卖卵袋——巴不得要的，欢天喜地，随了方妈妈进去。方妈妈到得房门边，推他一把道："在这里头，你自进去。"孙小官冒冒失失，踹脚进了房。方妈妈随把房门拽上了，铿的一声，下了锁。隔着板障，大声骂道："孙家小猢狲，听着！你害我女儿吊死了，今挺尸在床上，交付你看守着。我到官去告你因奸致死，看你活得成活不成！"孙小官初时见关了门，正有些慌忙，道不知何意。及听得这些说话，方晓得是方妈妈因女儿死了，赚他来讨命。看那床上，果有个死人躺着，老大惊惶。却是门儿已锁，要出去又无别路。在里头哀告道："妈妈，是我不是，且不要经官，放我出来再商量着。"门外悄没人应。元来方妈妈叫秃小厮跟着，已去告诉了地方，到县间递状去了。

孙小官自是小小年纪，不曾惊过甚么事体，见了这个光景，岂不慌怕？思量道："弄出这人命事来，非同小可，我这番定是死了。"叹口气道："就死也罢，只是我虽承姐姐顾盼好情，不曾沾得半分实味。今却为我而死，我免不得一死偿他。无端的两条性命，可不是前缘前世欠下的业债么？"看着贾闰娘尸骸，不觉伤心大哭道："我的姐姐！昨日还是活泼泼与我说话的，怎今日就是这样了？却害着我！"

正伤感间，一眼觑那贾闰娘时：

　　双眸虽闭，一貌犹生。袅袅腰肢，如不舞的迎风杨柳；亭亭体态，像不动的出水芙蕖。宛然美女独眠时，只少才郎同伴宿。

孙小官见贾闰娘颜面如生，可怜可爱，将自己的脸偎着他脸上，又把口呜喂一番。将手去摸摸肌肤身体，还是和软的，不觉兴动起来。心里想道："生前不曾沾着滋味，今旁无一人，落得任我所为。我且解他的衣服开来，虽是死的，也弄他一下，还此心愿，不枉把性命赔他。"就揭开了外边衫子与裙子，把裤子解了带扭，褪将下来，露出雪白也似两腿。孙小官按不住欲心如火，腾的跳上身去，嘴对着嘴，恣意亲咂。只见贾闰娘口鼻中渐渐有些气息，喉中咯咯声响。元来起初放下时，被汗巾勒住了气，一时不得回转，心头温和，原不曾死。方妈妈性子不好，一看见死了，就耐不得，只思报仇害人，一下子奔了出去，不曾仔细解救。今得孙小官在身体上腾那，气便活动，口鼻之间，又接着真阳之气，恹恹的苏醒转来。

孙小官见有些奇异，反惊得不敢胡动。跳下身来，忙把贾闰娘款款扶起。闰娘得这一起，胸口痰落，忽地叫声"哎呀"，早把双眼朦胧闪开。看见是孙小官扶着他，便道："我莫不是梦里么？"孙小官道："姐姐，你险些害杀我也。"闰娘道："我妈妈在那里了，你到得这里？"孙小官道："你家妈妈道你死了，哄我到此，反锁着门，当官告我去了。不想姐姐却得重醒转来。而今妈妈未来，房门又锁得好好的，可不是天叫我两个成就好事了？"闰娘道："昨夜受妈妈炒聒不过，拚着性命。谁知今日重活，又得见哥哥在此，只当另是一世人了。"孙小官抱住要云雨，闰娘羞阻道："妈妈昨日没些事体，尚且百般丑骂。若今日知道与哥哥有些甚么，一发了不得。"孙小官道："这是你妈妈自家请我上门的,须怪不得别人。况且姐姐你适才未醒之时,我已先做了点点事了。而今不必推掉得。"闰娘见说,自看身体上,才觉得裙裤俱开,阴中生楚,已知着了他手。况且原是心爱的人,有何不情愿?只算任凭他舞弄。孙小官重整旗枪,两下交战起来。

> 一个朦胧初醒,一个热闹重兴。烈火干柴,正是相逢对手;疾风暴雨,还饶未惯娇姿。不怕隔垣听,喜的是房门静闭;何须牵线合,妙在那觌面成交。两意浓时,好似渴中新得水;一番乐处,真为死去再还魂。

两人无拘无管,尽情尽意,乐了一番。闰娘道:"你道妈妈回家来见了,却怎么?"孙小官道:"我两人已成了事,你妈妈来家,推也推我不出去,怕他怎么?谁叫他锁着你我在这里的!"

两人情投意合,亲爱无尽。也只诓[1]妈妈就来,谁知到了天晚,还不见回。闰娘自在房里取着火种,到厨房中做饭与孙小官吃。孙小官也跟着相帮动手,已宛然似夫妻一般。至晚妈妈竟不来家,两人索性放开肚肠,一床一卧,相偎相抱睡了。自不见有这样凑趣帮衬的事,那怕方妈妈住在外边过了年回来。这厢不题。

且说方妈妈这日哄着孙小官锁禁在房了,一径到县前来叫屈。县官唤进审问,方妈妈口诉因奸致死人命事情。县官不信,道:"你们吴中风俗不好,妇女刁泼。必是你女儿病死了,想要图赖邻里的。"方妈妈说:"女儿不从缢死,奸夫现获在家,只求差人押小妇人

---

[1] 诓——通"匡",料、估计。

到家,便可扭来,登堂究问。如有虚诳,情愿受罪。"县官见他说得的确,才叫个吏典,将纸笔责了口词,准发该房出牌行拘。

方妈妈终是个女流,被衙门中刁难,要长要短的,诈得不耐烦,才与他差得个差人出来。差人又一时不肯起身,藤缠着要钱,羁绊住身子。转眼已是两三日,方得同了差人,来到自家门首。

方妈妈心里道:"不诓一出门,担阁了这些时,那小猢狲不要说急死,饿也该饿得零丁了。"先请公差到堂屋里坐下,一面将了钥匙去开房门。只听得里边笑语声响,心下疑惑道:"这小猢狲在里头,却和那个说话?"忙开进去,抬眼看时,只见两个人并肩而坐,正在那里知心知意的商量。方妈妈惊得把双眼一擦,看着女儿道:"你几时又活了?"孙小官笑道:"多承把一个死令爱交我相伴,而今我设法一个活令爱还了。这个人是我的了。"方妈妈呆了半晌,开口不得。思量没收场,只得拗曲作直,说道:"谁叫你私下通奸?我已告在官了!"孙小官道:"我不曾通奸,是你锁我在房里的,当官我也不怕。"方妈妈正有些没摆布处,心下踌躇,早忘了支分公差。外边公差每焦燥道:"怎么进去不出来了?打发我们回复官人去!"方妈妈只得走出来,把实情告诉公差道:"起初小女实是缢死了,故此告这状。不想小女仍复得活,而今怎生去回得官人便好?"公差变起脸来道:"偌大的天,凭你掇出掇入的?人命重情,告了状,又说是不死,你家老子做官,也说不通!谁教你告这样谎状?"方妈妈道:"人命不实,奸情是真,我也不为虚情。有烦替我带人到官,我自会说。"就把孙小官交付与公差。孙小官道:"我须不是自家走来的。况且人又不曾死,不犯甚么事,要我到官何干?"公差道:"这不是这样说。你牌上有名,有理没理你自见官分辨,不干我们事。我们来一番,须与我们差使钱去。"孙小官道:"我身子被这里妈妈锁住,饿了几日,而今拚得见官,那里有使用?但凭妈妈怎样罢了!"

当下方妈妈反输一帖,只得安排酒饭,款待了公差。公差还要连闰娘带去,方妈妈求免女儿出官。公差道:"起初说是死的,也少不得要相验尸首;而今是个活的,怎好不见得官?"贾闰娘闻知,说道:"果要出丑,我不如仍旧缢死了罢!"方妈妈没奈何,苦苦央及公差。公差做好做歉了一番,又送了东西,公差方肯住手,只带了孙小官同原告方妈妈到官回复。

县官先叫方妈妈问道:"你且说女儿怎么样死的?"方妈妈因是女儿不曾死,头一句就不好答应,只得说:"爷爷,女儿其实不曾死。"县官道:"不死怎生就告人因奸致死?"方妈妈道:"起初告状时节是死的,爷爷准得状回去,不想又活了。"县官道:"有这样胡说?原说吴下妇人刁,多是一派虚情。人不曾死,就告人命。好打!"方妈妈道:"人虽不死,奸情实是有的。小妇人现获正身在此。"县官就叫孙小官上去,问道:"方氏告你奸情,是怎么说?"孙小官道:"小人委实不曾有奸。"县官道:"你方才是那里拿出来的?"孙小官道:"在贾家房里。"县官道:"可知是行奸被获了!"孙小官道:"小人是方氏骗去锁在房里,非小人自去的,如何是小人行奸?"县官又问方妈妈道:"你如何骗他到家?"方妈妈道:"他与小妇人女儿有奸,小妇人知道了,骂了女儿一场,女儿当夜缢死。所以小妇人哄他到家锁住了,特来告状。及至小妇人到得家里,不想女儿已活,双双的住在房里了几日。这奸情一发不消说起了。"孙小官道:"小人与贾家女儿邻居,自幼相识,原不曾有一些甚么事。不知方氏与女儿有何话说,却致女儿上吊,道是女儿死了,把小人哄到家里,一把锁锁住。小人并不知其繇。及至小人慌了,看看女儿尸首时,女儿忽然睁开双目,依然活在床上。此时小人出来又出来不得,便做小人是柳下惠、鲁男子时,也只索同这女儿住在里头了。不诓一住就是两三日,却来拿小人到官。这不是小人自家走进去住在里头的,须怪小人不得。望爷爷详情。"

县官见说了,笑将起来道:"这说的是真话。只是女儿今虽不死,起初自缢,必有隐情。"孙小官道:"这是他娘女自有相争,小人却不知道。"县官叫方氏起来问道:"且说你女儿为何自缢?"方妈妈道:"方才说过,是与孙某有奸了。"县官道:"怎见得他有奸?拿奸要双,你曾拿得他着么?"方妈妈道:"他把小妇人认做了女儿,赶来把言语调戏,所以疑心他有奸。"县官笑道:"疑心有奸,怎么算得奸?以前反未必有这事,是你疑错了。以后再活转来,同住这两日夜,这就不可知。却是你自锁他在房里,成就他的。此莫非是他的姻缘了!况已死得活,世所罕有,当是天意。我看这孩子仪容可观,说话伶俐,你把女儿嫁了他,这些多不消饶舌了。"方妈妈道:"小妇人原与他无仇,只为女儿死了,思量没处出这口气,要摆布他。今女儿不死,小妇人已自悔多告了这状了。只凭爷爷主张。"县官大笑道:"你若不出来告状,女儿与女婿怎能勾先相会这两三日?"遂援笔判道:

孙郎贾女,貌若年当。疑奸非奸,认死不死。欲蛰其钻穴之身,反遂夫同衾之乐。似有天意,非属人为。宜效绸缪,以消怨旷[1]。

判毕,令吏典读与方妈妈、孙小官听了,俱各喜欢,两两拜谢而出。孙小官就去择日行礼,与贾闰娘配为夫妇。这段姻缘,分明在这一吊上成的。有诗为证:

姻缘分定不须忙,自有天公作主张。

不是一番寒彻骨,怎得梅花扑鼻香?

---

[1] 怨旷——即"怨女旷夫"的略语。

二刻拍案惊奇卷三十六

王渔翁舍镜崇三宝　白水僧盗物丧双生

诗云：

　　资财自有分定，贪谋枉费跨蹯。

　　假使取非其物，定为神鬼揶揄。

话说宋时淳熙年间，临安府市民沈一，以卖酒营生。家居官巷口，开着一个大酒坊。又见西湖上生意好，在钱塘门外丰楼买了一所库房，开着一个大酒店。楼上临湖玩景，游客往来不绝。沈一日里在店里监着酒工卖酒，傍晚方回家去。日逐营营，算计利息，好不兴头。

一日，正值春尽夏初，店里吃酒的甚多。到晚未歇，收拾不及，不回家去，就在店里宿了。将及二鼓时分，忽地湖中有一大船，泊将拢岸。鼓吹喧阗，丝管交沸。有五个贵公子，各戴花帽，锦袍玉带，挟同姬妾十数辈，径到楼下。唤酒工过来，问道："店主人何在？"酒工道："主人沈一，今日不回家去，正在此间。"五客多喜道："主人在此更好，快请相见。"沈一出来见过了。五客道："有好酒只管拿出来，我每不亏你。"沈一道："小店酒颇有，但凭开量洪饮。请到楼上去坐。"五客拥了歌童舞女，一齐登楼。畅饮更馀，店中百来坛酒，吃个罄尽。算还酒钱，多是雪花白银。沈一是个乖觉的人，见了光景，想道："世间那有一样打扮的五个贵人？况他容止飘然，多有仙气。只这用了无数的酒,决不是凡人了。必是五通神道无疑。既到我店,不可错过了。"一点贪心忍不住,向前跪拜道:"小人一生辛苦经纪,赶趁些微末利钱,只勾度日。不道十二分天幸,得遇尊神,真是夙世前缘,有此遭际。愿求赐一场小富贵。"五客多笑道:"要与你些富贵也不难,只是你所求何等事?"沈一叩头道:"小人市井小辈,别不指望,只求多赐些金银便了。"五客多笑着点头道:"使得,使得。"即叫一个黄巾力士听使用。力士向前声喏,五客内中一个为首的唤到近身,附耳低言,不知分付了些甚么,领命去了。

须臾回覆,背上负一大布囊来,掷于地。五客教沈一来,与他道:"此一囊金银器皿,尽以赏汝。然须到家始看,此处不可泄露。"沈一伸手去隔囊捏一捏,捏得囊里块块累累,其声铿锵,大喜过望,叩头称谢不止。俄顷鸡鸣,五客率领姬妾上马,笼烛夹道,其去如飞。

沈一心里快活,不去再睡,要驼回到家开看。虑恐入城之际囊里狼犺被城门上盘诘,拿一个大锤,隔囊锤击,再加蹴踏匾了,使不闻声。然后背在肩上,急到家里,妻子还在床上睡着未起。沈一连声喊道:"快起来!快起来!我得一主横财在这里了,寻秤来与我秤秤看。"妻子道:"甚么横财?昨夜家中柜里头异常响声,疑心有贼,只得起来照看,不见甚么。为此一夜睡不着,至今未起。你且先去看看柜里着,再来寻秤不迟。"沈一走去取了钥匙,开柜一看,那里头空空的了。元来沈一城内城外两处酒坊,所用铜锡器皿家伙,与妻子金银首饰,但是值钱的,多收拾在柜内,而今一件也不见了。惊异道:"奇怪,若是贼偷了去,为何锁都不开的?"妻子见说柜里空了,大哭起来道："罢了！罢了！一生辛苦,多没有了！"沈一道："不妨,且将神道昨夜所赐来看看,尽勾受用哩。"慌忙打开布袋来看时,沈一惊得呆了。说也好笑,一件件拿出来看,多是自家柜里东西。只可惜被夜来那一顿锤踏,多弄得歪的歪,匾的匾,不成一件家伙了。沈一大叫道："不好了！不好了！被这伙泼毛神作弄了！"妻子问其缘故,乃说："昨夜遇着五通神道,求他赏赐金银,他与我这一布囊。谁知多是自家屋里东西,叫个小鬼来搬去的。"妻子道："为何多打坏了？"沈一道："这却是我怕东西狼犺,撞着城门上盘诘,故此多敲打实落了。那知有这样□,自家害着自家了。"

沈一夫妻多气得不耐烦,重新唤了匠人,逐件置造过,反费了好些工食。不指望横财,倒折了本。传闻开去,做了笑话。沈一好些时不敢出来见人。只因一念贪痴,妄想非分之得,故受神道侮弄如此。可见世上不是自家东西,不要欺心贪他的。

小子说一个欺心贪别人东西,不得受用,反受显报的一段话,与看官听一听,冷一冷这些欺心要人的肚肠。有诗为证：

异宝归人定夙缘,岂容旁睨得垂涎？

试看欺隐皆成祸,始信冥冥自有权。

话说宋朝隆兴年间,蜀中嘉州地方,有一个渔翁,姓王,名甲。家住岷江之旁,世代以捕鱼为业。每日与同妻子棹着小舟,往来江上,撒网施罟[1]。一日所得,恰好供给一家。这个渔翁虽然行业落在

---

[1] 施罟(gǔ古)——与"撒网"同义。罟,网的总称。

这里头了,却一心好善敬佛。每将鱼虾市上去卖,若勾了一日食用,便肯将来布施与乞丐,或是寺院里打斋化饭,禅堂中募化腐菜,他不拘一文二文,常自喜舍不吝。他妻子见惯了的,况是女流,愈加信佛,也自与他一心一意。虽是生意浅薄,不多大事,没有一日不舍两文的。

一日正在江中棹舟,忽然看见水底一物,荡漾不定,恰像是个日头的影一般,火采闪烁,射人眼目。王甲对妻子道:"你看见么?此下必有奇异。我和你设法取他起来,看是何物。"遂教妻子理网,搜的一声,撒将下去。不多时,掉转船头,牵将起来。看那网中光亮异常,笑道:"是甚么好物事呀?"取上手看,却元来是面古镜,周围有八寸大小,雕镂着龙凤之文,又有篆书许多字,字形像符箓[1]一般样,识不出的。王甲与妻子看了,道:"闻得古镜值钱。这个镜虽不知值多少,必然也是件好东西。我和你且拿到家里藏好,看有识者,才取出来与他看看,不要等闲亵渎了。"

看官听说:原来这镜果是有来历之物,乃是轩辕黄帝所造。采着日精月华,按着奇门遁甲[2],拣取年月日时,下炉开铸。上有金章宝篆,多是秘笈灵符。但此镜所在之处,金银财宝多来聚会,名为聚宝之镜。只为王甲夫妻好善,也是夙世前缘,合该兴旺,故此物出现,却得取了回家。自得此镜之后,财物不求而至。在家里扫地也扫出

---

[1] 符箓——道教传说中天上神的文字,可以驱使鬼神,治病避邪。
[2] 奇门遁甲——古时的一种数术,根据天干和八卦相互推演,以测知祸福。

金屑来，垦田也垦出银窖来，船上去撒网也牵起珍宝来，剖蚌也剖出明珠来。

一日在江边捕鱼，只见滩上有两件小白东西，赶来赶去，盘旋数番。急跳上岸，将衣襟兜住，却似莲子大两块小石子，生得明净莹洁，光彩射人，甚是可爱。藏在袖里，带回家来，放在匣中。是夜即梦见两个白衣美女，自言是姊妹二人，特来随侍。醒来想道："必是二石子的精灵，可见是宝贝了。"把来包好，结在衣带上。

隔得几日，有一个波斯胡人，特来寻问。见了王甲道："君身上有宝物，愿求一看。"王甲推道："没甚宝物。"胡人道："我远望宝气在江边。跟寻到此，知在君家；及见君走出，宝气却在身上。千万求看一看，不必瞒我。"王甲晓得是个识宝的，身上取出与他看。胡人看了，啧啧道："有缘得遇此宝。况是一双，尤为难得。不知可肯卖否？"王甲道："我要他无用，得价也就卖了。"胡人见说肯卖，不胜之喜，道："此宝本没有定价。今我行囊止有三万缗，尽数与君，买了去罢。"王甲道："吾无心得来，不识何物。价钱既不轻了，不敢论量。只求指明，要此物何用？"胡人道："此名澄水石，放在水中，随你浊水皆清。带此泛海，即海水皆同湖水，淡而可食。"王甲道："只如此，怎就值得许多？"胡人道："吾本国有宝池，内多奇宝。只是淤泥浊水，水中有毒，人下去的，起来无不即死。所以要取宝的，必用重价募着舍性命的下水。那人死了，还要养赡他一家。如今有了此石，只须带在身边，水多澄清，如同凡水，任从取宝，总无妨了。岂不值钱？"王甲道："这等，只买一颗去勾了，何必两颗多要？便等我留下一颗也好。"胡人道："有个缘故。此宝形虽两颗,气实相联,彼此相逐,才是活物,可以长久。若拆开两处,用不多时,就枯槁无用。所以分不得的。"王甲想胡人识货,就取出前日的古镜出来,求他赏识。胡人见了,合掌顶礼道："此非凡间之宝,其妙无量,连咱也不能尽知其用。必是世间大有福的人,方得有此。咱就有钱,也不敢买。只买此二宝去也勾了。此镜好好藏着,不可轻觑了他。"王甲依言,把镜来藏好,遂与胡人成了交易,果将三万缗买了二白石去。

王甲一时富足起来,然还未舍渔船生活。一日天晚,遇着风雨,掉船归家,望见江南火把明亮,有人唤船求渡,其声甚急。王甲料此时没有别舟,若不得渡,这些人须吃了苦。急急冒着风,掉过去载他。元来是两个道士,一个穿黄衣,一个穿白衣。下在船里了,摇过对岸。道士对王甲道："如今夜黑雨大,没处投宿,得到宅上权歇一宵,实为万幸。"王甲是个行善的人,便道："家里虽蜗窄,尚有草榻可以安寝,师父每不妨下顾的。"遂把船拴好,同了两道士到家里来,分付妻子安排斋饭。两道士苦辞道："不必赐飧,只求一宿。"果然茶水多不吃,径到一张竹床上,一铺睡了。

王甲夫妻夜里睡觉,只听得竹床栗喇有声,扑的一响,像似甚重物跌下地来的光景。王甲夫妻猜道："莫不是客人跌下床来?然是人跌,没有得这样响声。"王甲疑心,暗里走出来,听两道士宿处寂然没一些声息,愈加奇怪。走转房里,寻出火种,点起个灯来。出外一照,叫声："阿也!"元来竹床压破,两道士俱落在床底下,直挺挺的眠着。伸手去一摸,吓得舌头伸了出去,半个时辰缩不进来。你道怎么？但见这两个道士：

> 冰一般冷，石一样坚。俨焉两个皮囊，块然一双宝体。黄黄白白，世间无此不成人；重重痴痴，路上非斯难算客。

王甲叫妻子起来道："说也希罕，两个客人，不是生人，多变得硬硬的了。"妻子道："变了何物？"王甲道："火光之下看不明白，不知是铜是锡，是金是银。直待天明，才知分晓。"妻子道："这等会作怪通灵的，料不是铜锡东西。"王甲道："也是。"

渐渐天明，仔细一看，果然那穿黄的是个金人，那穿白的是一个银人，约重有千百来斤。王甲夫妻惊喜非常，道此是天赐，只恐这等会变化的，必要走了那里去。急急去买了一二十篓山炭，归家炽煽起来，把来销熔了。但见黄的是精金，白的是纹银。王甲前此日逐有意外之得，已是渐饶。又卖了二石子，得了一大主钱。今又有了这许多金银，一发瓶满瓮满，几间破屋没放处了。

王甲夫妻是本分的人，虽然有了许多东西，也不想去起造房屋，也不想去置买田产，但把渔家之事搁起，不去弄了，只是安守过日。尚且无时无刻没有横财到手，又不消去做得生意，两年之间，富得当不得。却只是夫妻两口，要这些家私竟没用处，自己反觉多得不耐烦起来。心里有些惶惧不安，与妻子商量道："我家自从祖上到今，只是以渔钓为生计，一日所得，极多有了百钱，再没去处了。今我每自得了这宝镜，动不动上千上万，不消经求，凭空飞到，梦里也是不打点的。我每且自思量着，我与你本是何等之人？骤然有这等非常富贵，只恐怕天理不容。况我每粗衣淡饭便自过日，要这许多来何用？今若留着这宝镜在家,只有得增添起来。我想天地之宝,不该久留在身边,自取罪业。不如拿到峨眉山白水禅院,舍在圣像上,做了圆光,永做了佛家供养,也尽了我每一片心,也结了我每一个缘,岂不为美?"妻子道:"这是佛天面上好看的事。况我每知时识务,正该如此。"

于是两个志志诚诚,吃了十来日斋,同到寺里,献此宝镜。寺里住持僧法轮问知来意,不胜赞叹道:"此乃檀越大福田〔1〕事。"王甲央他写成意旨,就使邀集合寺僧众,做一个三日夜的道场。办斋粮,施衬钱,费过了数十两银钱。道场已毕,王甲即将宝镜交付住持法轮,作别而归。法轮久已知得王甲家里此镜聚宝,乃谦词推托道:"这件物事,天下至宝,神明所惜。檀越肯将来施作佛供,自是檀越结缘,吾僧家何敢与其事?檀越自奉着置在三宝〔2〕之前,顶礼而去就是了,贫僧不去沾手。"王甲夫妻依言,亲自把宝镜安放佛顶后面停当,拜了四拜,别了法轮,自回去了。

谁知这个法轮是个奸狡有馀的僧人,明知这镜是至宝,王甲钜富皆因于此,见说肯舍在佛寺,已有心贪他的了。又恐怕日后翻悔,原来取去,所以故意说个不敢沾手,他日好赖。王甲去后,就取将下来,密唤一个绝巧的铸镜匠人,照着形模,另铸起一面来。铸成,与这面宝镜分毫无异,随你识货的人也分别不出的。法轮重谢了匠人,教他

---

〔1〕 福田——佛教以为供养布施,行善修德,能受福报,就像播种田亩,有收获之利。
〔2〕 三宝——佛教称佛、法、僧为"三宝"。佛指佛祖释迦牟尼,法指佛教教义,僧指佛教徒众僧。这里实指佛像。

谨言。随将新铸之镜装在佛座,将真的换去藏好了。那法轮自得此镜之后,金银财物,不求自至,悉如王甲这两年的光景。以致衣钵充牣[1],买祠部度牒[2]度的僮奴,多至三百馀人。寺刹兴旺,富不可言。

王甲回去,却便一日衰败一日起来。元来人家要穷,是不打紧的。不消得盗劫火烧,只消有出无进,七颠八倒,做事不着,算计不就,不知不觉的,渐渐消耗了。况且王甲起初财物原是来得容易的,慷慨用费,不在心上,好似没底的吊桶一般,只管漏了出去。不想宝镜不在手里,更没有得来路,一用一空。只勾有两年光景,把一个大财主仍旧弄做个渔翁身分,一些也没有了。俗语说得好:

> 宁可无了有,不可有了无。

王甲泼天家事,弄得精光,思量道:"我当初本是穷人,只为得了宝镜,以致日遇横财,如此富厚。若是好端端放在家中,自然日长夜大,那里得个穷来? 无福消受,却没要紧的舍在白水寺中了。而今这寺里好生兴旺,却教我仍受贫穷,这是那里说起的事?" 夫妻两个互相埋怨道:"当初是甚主意,怎不阻当一声?" 王甲道:"而今也好处。我每又不是卖绝与他,是白白舍去供养的。今把实情去告诉住持长

---

[1] 充牣(rèn 认)——充满、丰足。
[2] 祠部度牒——简称"祠部牒"或"度牒"。祠部始设于东晋,为礼部所属四司之一,主管祠祭、国忌及各州僧尼、道士、女冠、行童的名籍,颁发剃度受戒文牒。度牒,是祠部发给僧尼证明身分的凭证。唐宋时,官府可以出售度牒,以充军政费用。此处所谓买度牒也就是买"僮奴",有度牒可免除赋税和劳役,成为最低廉的劳力。

老,原取了来家。这须是我家的旧物,他也不肯不得。若怕佛天面上不好看,等我每照旧丰富之后,多出些布施,庄严三宝起来,也不为失信行了。"妻子道:"说得极是!为甚么睁着眼看别人富贵,自己受穷?作急去取了来,不可迟了。"商议已定,明日王甲径到峨眉山白水禅院中来。

  昔日轻施重宝,是个慷慨有量之人;今朝重想旧踪,无非穷促无聊之计。一般檀越,贫富不同。总是登临,苦乐顿别。

且说王甲见了住持法轮,说起为舍镜倾家,目前无奈,只得来求还原物。王甲口里虽说,还怕法轮有些甚么推故。不匡法轮见说,毫无难色,欣然道:"此原是君家之物,今日来取,理之当然。小僧前日所以毫不与事,正为后来必有重取之日,小僧何苦又在里头经手?小僧出家人,只这个色身[1]尚非我有,何况外物乎?但恐早晚之间有些不测,或被小人偷盗去了,难为檀越好情,见不得檀越金面。今得物归其主,小僧睡梦也安,何敢吝惜?"遂分付香积厨中办斋,管待了王甲已毕,却令王甲自上佛座,取了宝镜下来。王甲捧在手中,反覆仔细转看,认是旧物宛然,一些也无疑心。拿回家里来,与妻子看过,十分珍重,收藏起了。指望一似前日,财物水一般涌来;岂知一些也不灵验,依然贫困。时常拿出镜子来看看,光彩如旧,毫不济事。叹道:"敢是我福气已过,连宝镜也不灵了。"梦里也不道是假的。有改字陈朝驸马诗为证:

---

[1] 色身——佛教名词,指人的身体。

镜与财俱去,镜归财不归。

无复珍奇影,空留明月辉。

王甲虽然宝藏镜子,仍旧贫穷;那白水禅院,只管一日兴似一日。外人闻得的,尽疑心道:"必然原镜还在僧处,所以如此。"起先那铸镜匠人打造时节,只说寺中住持无非看样造镜,不知其中就里。今见人议论,说出王家有镜聚宝,舍在寺中,被寺僧偷过,致得王家贫穷,寺中丰富一段缘繇,匠人才省得前日的事,未免对人告诉出来。闻知的越恨那和尚欺心了。却是王甲有了一镜,虽知其假,那从证辨? 不好再向寺中争论得,只得吞声忍气,自恨命薄。妻子叫神叫佛,冤屈无申,没计奈何。法轮自谓得计,道是没有尽藏的,安然享用了。看官,你道若是如此,做人落得欺心,倒反便宜,没个公道了。怎知:

量大福亦大,机深祸亦深。

法轮用了心机,藏了别人的宝镜,自发了家。天理不容,自然生出事端来。

汉嘉[1]来了一个提点刑狱使者[2],姓浑,名耀,是个大贪之人。闻得白水寺僧十分富厚,已自动了顽涎。后来察听,闻知有镜聚宝之说,想道:"一个僧家,要他上万上千,不为难事。只是万千也有尽时,况且动人眼目。何如要了他这镜,这些财富尽跟了我走,岂不是无穷之利? 亦且只是一件物事,甚为稳便。"当下差了一个心腹吏

----

[1] 汉嘉——汉州和嘉州,宋代均属成都府。
[2] 提点刑狱使者——简称"提刑",也叫做"宪司",宋淳化二年(991)置,掌所辖地区司法、刑狱、审问囚徒,并监察地方官吏。

典,叫得宋喜,特来白水禅院,问住持要借宝镜一看。只一句话,正中了法轮的心病,如何应承得?回吏典道:"好交提控得知,几年前有个施主,曾将古镜一面舍在佛顶上,久已讨回去了。小寺中那得有甚么宝镜?万望提控回言一声。"宋喜道:"提点相公坐名〔1〕要问这宝镜,必是知道些甚么来历的,今如何回得他?"法轮道:"委实没有,叫小僧如何生得出来?"宋喜道:"就是恁地时,在下也不敢回话,须讨嗔怪。"法轮晓得他作难,寺里有的是银子,将出十两来,送与吏典道:"是必有烦提控回一回。些小薄意,勿嫌轻鲜。"宋喜见了银子,千欢万喜道:"既承盛情,好歹替你回一回去。"

法轮送吏典出了门,回身转来,与亲信的一个行者真空商量道:"此镜乃我寺发迹之本,岂可轻易露白〔2〕,放得在别人家去的?不见王家的样么?况是官府来借,他不还了,没处叫得撞天屈。又是瞒着别人家的东西,明白告诉人不得的事。如今只是紧紧藏着,推个没有。随他要得急时,做些银子不着,买求罢了。"真空道:"这个自然。怎么好轻与得他?随他要了多少物事去,只要留得这宝贝在,不愁他的。"师徒两个愈加谨密,不题。

且说吏典宋喜去回浑提点相公的话,提点大怒道:"僧家直恁无状!吾上司官取一物,辄敢抗拒不肯!"宋喜道:"他不是不肯,说道原不曾有。"提点道:"胡说!吾访得真实在这里,是一个姓王的富人

---

〔1〕 坐名——指明,点名。
〔2〕 露白——露出财物。这里指宝镜。白,即银子。

舍与寺中,他却将来换过,把假的还了本人。真的还在他处,怎说没有?必定你受了他贿赂,替他解说。如取不来,连你也是一顿好打!"宋喜慌了道:"待吏典再去与他说,必要取来就是。"提点道:"快去!快去!没有镜子,不要思量来见我!"

宋喜唯唯而出,又到白水禅院来见住持,说:"提点相公必要镜子,连在下也被他焦燥得不耐烦。而今没有镜子,莫想去见得他。"法轮道:"前日已奉告过,委实还了施主家了,而今还那里再有?"宋喜道:"相公说得丁一卯二的,道有姓王的施主,舍在寺中,以后来取,你把假的还了他,真的自藏了。不知那里访问在肚里的,怎好把此话回得他?"法轮道:"此皆左近之人,见小寺有两贯浮财[1],气苦眼热,造出些无端说话。"宋喜道:"而今说不得了。他起了风,少不得要下些雨。既没有镜子,须得送些甚么与他,才熄得这火。"法轮道:"除了镜子,随分要多少,敝寺也还出得起。小僧不敢吝,凭提控怎么分付。"宋喜道:"若要周全这事,依在下见识,须得与他千金,才打得他倒。"法轮道:"千金也好处,只是如何送去?"宋喜道:"这多在我,我自有送进的门路方法。"法轮道:"只求停妥得,不来再要便好。"即命行者真空在箱内取出千金,交与宋喜明白;又与三十两,另谢了宋喜。

宋喜将的去,又藏起了二百,止将八百送进提点衙内,禀道:"僧

---

[1] 浮财——可以随时挪用的财物,如钱币、金银、珠宝、衣物等,与田地房屋等不动产相对而言。

家实无此镜,备些镜价在此。"宋喜心里道:"量便是宝镜,也未必值得许多,可以罢了。"提点见了银子,虽然也动火的,却想道:"有了聚宝的东西,这七八百两只当毫毛,有甚希罕?叵耐这贼秃,你总是欺心赖别人的,怎在你手里了,就不舍得拿出来?而今只是推说没有,又不好奈何得。"心生一计道:"我须是刑狱重情衙门,我只把这几百两银做了赃物,坐他一个私通贿赂、夤缘〔1〕刑狱、污蔑官府的罪名,拿他来敲打。不怕不敲打得出来!"当下将银八百两封贮库内,即差下两个公人,竟到白水禅院拿犯法住持僧人法轮。

法轮见了公人来到,晓得别无他事,不过宝镜一桩前件未妥。分付行者真空道:"提点衙门来拿我,我别无词讼干连,料没甚事。他无非生端,诈取宝镜。我只索去见一见,看他怎么说话,我也讲个明白。他住了手,也不见得。前日宋提控送了这些去,想是嫌少。拚得再添上两倍,量也有数。你须把那话藏好些,一发露形不得了。"真空道:"师父放心。师父到衙门,要甚使用,只管来取。至于那话,我一面将来藏在人寻不到的去处,随你甚么人来,只不认帐罢了。"法轮道:"就是指了我名来要,你也决不可说是有的。"两下约定。好管待两个公人,又重谢了差使钱了,两个公人各各欢喜。

法轮自恃有钱,不怕官府,挺身同了公人,竟到提点衙门来。浑提点升堂,见了法轮,变起脸来,拍案大怒道:"我是生死衙门。你这秃贼,怎么将着重贿,营谋甚事?见获赃银在库,中间必有隐情。快

---

〔1〕 夤缘——攀附。

快招来!"法轮道:"是相公差吏典要取镜子,小寺没有镜子,吏典教小僧把银子来准[1]的。"提点道:"多是一划胡说!那有这个道理?必是买嘱私情,不打不招。"喝叫皂隶拖翻,将法轮打得一佛出世,二佛涅槃[2],收在监中了。

提点私下又教宋喜去把言词哄他,要说镜子的下落。法轮咬定牙关,只说:"没有镜子。宁可要银子,去与我徒弟说,再凑些送他,赎我去罢。"宋喜道:"他只是要镜子,不知可是增些银子完得事体的?待我先讨个消息,再商量。"宋喜把和尚的口语回了提点,提点道:"与他熟商量,料不肯拿出来。就是敲打他也无益。我想,他这镜子无非只在寺中。我如今密地差人把寺围了,只说查取犯法赃物,把他家资尽数抄将出来,简验一过,那怕镜子不在里头?"就分付吏典宋喜,监押着四个公差,速行此事。

宋喜受过和尚好处的,便暗把此意通知法轮。法轮心里思量道:"来时曾嘱付行者,行者说把镜子藏在密处,料必搜寻不着。家资也不好尽抄没了我的。"遂对宋喜道:"镜子原是没有,任凭箱匣中搜索也不妨。只求提控照管一二,有小徒在彼,不要把家计东西乘机散失了,便是提控周全处。小僧出去,另有厚报。"宋喜道:"这个当得效力。"别了法轮,一同公差到白水禅院中来,不在话下。

且说白水禅院行者真空,原是个少年风流淫浪的僧人,又且本房

------

[1] 准——准折,折算。
[2] 涅槃——梵文音译,意为"灭",佛教指僧人去世,即经过入灭而进入最高境界。

饶富，尽可凭他撒漫。只是一向碍着住持师父，自家像不得意。目前见师父官提了去，正中下怀，好不自繇自在。俗语云："偷得爷钱没使处。"平日结识的私情，相交的表子，没一处不把东西来乱摆乱用，费掉了好些过了。又偷将来各处寄顿下，自做私房，不计其数。猛地思量道："师父一时出来，须要查算，却不决撒？况且根究镜子起来，我未免不也缠在里头。目下趁师父不在，何不卷掳了这偌多家财，连镜子多带在身边了，星夜逃去他州外府，养起头发来，做了俗人，快活他下半世，岂不是好？"算计已定，连夜把箱笼中细软值钱的，并叠起来，做了两担。次日自己挑了一担，顾人挑了一担，众人面前只说到州里救师父去，竟出山门去了。

去后一日，宋喜才押同四个公差来到，声说要搜简住持僧房之意。寺僧回说："本房师父在官，行者也出去了，止有空房在此。"公差道："说不得，我们奉上司明文，搜简违法赃物，那管人在不在？打进去便了！"当即毁门而入。在房内一看，里面止是些粗重家伙，椅桌狼犺，空箱空笼，并不见有甚么细软贵重的东西了。就将房里地皮翻了转来，也不见有甚么镜子在那里。宋喜道："住持师父叮嘱我，教不要散失了他的东西。今房里空空，却是怎么呢？"合寺僧众多道："本房行者不过出去看师父消息，为甚把房中搬得恁空？敢怕是乘机走了。"四个公差见不是头，晓得没甚大生意，且把遗下的破衣旧服乱卷掳在身边了，问众僧要了本房僧人在逃的结状，一同宋喜来回覆提点。

提点大怒道："这些秃驴，这等奸猾！分明抗拒我，私下教徒弟逃去了,有甚难见处?"立时提出法轮,又加一顿臭打。那法轮本在深山中做住持,富足受用的僧人,何曾吃过这样苦? 今监禁得不耐烦,指望折些银子,早晚得脱。见说徒弟逃走,家私已空,心里已此苦楚。更是一番毒打,真个雪上加霜,怎经得起? 到得监中,不胜狼狈,当晚气绝。提点得知死了,方才歇手。眼见得法轮欺心,盗了别人的宝物,受此果报。有诗为证:

赝镜偷将宝镜充,翻令施主受贫穷。

今朝财散人离处,四大〔1〕元来本是空。

且说行者真空偷窃了住持东西,逃出山门,且不顾师父目前死活,一径打点他方去享用。把日前寄顿在别人家的物事,多讨了拢来,同寺中带出去的放做一处。驾起一辆大车,装载行李,顾个脚夫,推了前走。看官,你道住持偌大家私,况且金银体重,岂是一车载得尽的? 不知宋时尽行官钞,又叫得纸币,又叫得官会子,一贯止是一张纸。就有十万贯,止是十万张纸,甚是轻便。那住持固然有金银财宝,这个纸钞兀自有了几十万,所以携带不难。行者身边藏了宝镜,押了车辆,穿山越岭,待往黎州〔2〕而去。到得竹公溪头,忽见大雾漫天,寻路不出。一个金甲神人,闪将出来——

躯长丈许,面有威容。身披锁子黄金,手执方天画戟。

大声喝道:"那里走? 还我宝镜来!"惊得那推车的人丢了车子,跑回

---
〔1〕 四大——指地、水、火、风。佛教认为世界万物和人的身体均由"四大"组成。
〔2〕 黎州——辖境相当现在四川省大渡河流域,治所在今汉源县北。

旧路，只恨爷娘不生得四只脚，不顾行者死活，一道烟走了。那行者也不及来照管车子，慌了手脚，带着宝镜，只是望前乱窜，走入林子深处。忽地起阵狂风，一个斑斓猛虎跳将出来，照头一扑，把行者拖的去了。眼见得真空欺心盗了师父的物件，害了师父的性命，受此果报。有诗为证：

盗窃原为非分财，况兼宝镜鬼神猜。

早知虎口应难免，何不安心守旧来？

再说渔翁王甲讨还寺中宝镜，藏在家里，仍旧贫穷。又见寺中日加兴旺，外人纷纷议论，已晓得和尚欺心调换，没处告诉。他是个善人，只自家怨怅命薄。夫妻两个，说着宝镜在家时节许多妙处，时时叹恨而已。一日，夫妻两个同得一梦，见一金甲神人分付道："你家宝镜今在竹公溪头，可去收拾了回家。"两人醒来，各述其梦。王甲道："此乃我们心里想着，所以做梦。"妻子道："想着做梦，也或有之，不该两个相同。敢是我们还有些造化，故神明有些警报。既有地方的，便到那里去寻一寻看也好。"王甲次日问着竹公溪路径，穿山度岭，走到溪头。只见一辆车子倒在地上，内有无数物件，金银钞币，约莫有数十万光景。左右一看，并无人影。想道："此一套无主之物，莫非是天赐我的么？梦中说宝镜在此，敢怕也在里头。"把车内逐一简过，不见有镜子。又在前后地下草中四处寻遍，也多不见。笑道："镜子虽不得见，这一套富贵，也勾我下半世了。不如趁早取了他去，省得有人来。"整起车来，推到路口，顾一脚夫推了，一直到家里来。对妻子道："多蒙神明指点，去到溪口寻宝镜。宝镜虽不得见，却见这一车物事在那里。等了一会,并没个人来,多管是天赐我的,故取了家来。"妻子当下简看,尽多是金银宝钞,一一收拾,安顿停当。

夫妻两人,不胜之喜,只是疑心道:"梦里原说宝镜,今虽得此横财,不见宝镜影踪,却是何故?还该到那里仔细一寻。"王甲道:"不然,我便明日再去走一遭。"到了晚间,复得一梦,仍旧是个金甲神人来说道:"王甲,你不必痴心。此镜乃神天之宝,因你夫妻好善,故使暂出人间,作成你一段富贵,也是你的前缘。不想两入奸僧之手。今奸僧多已受报,此镜仍归天上去矣。你不要再妄想。昨日一车之物,原即是宝镜所聚的东西,所以仍归于你。你只坚心好善,就这些也享用不尽了。"飒然惊觉,乃是南柯一梦。王甲逐句记得明白,一一对妻子说。明知天意,也不去寻镜子了。夫妻享有寺中之物,尽勾丰足,仍旧做了嘉陵富翁。此乃好善之报,亦是他命中应有之财,不可强也。

休慕他人富贵,命中所有方真。

若要贪图非分,试看两个僧人。

行孝子到底不简尸

卷三十二·张福娘一心贞守

張福娘一心貞守

朱天錫萬里符名

卷三十三·杨抽马甘请杖

富家郎浪受驚

卷三十三・富家郎浪受驚

任君用恣樂深閨

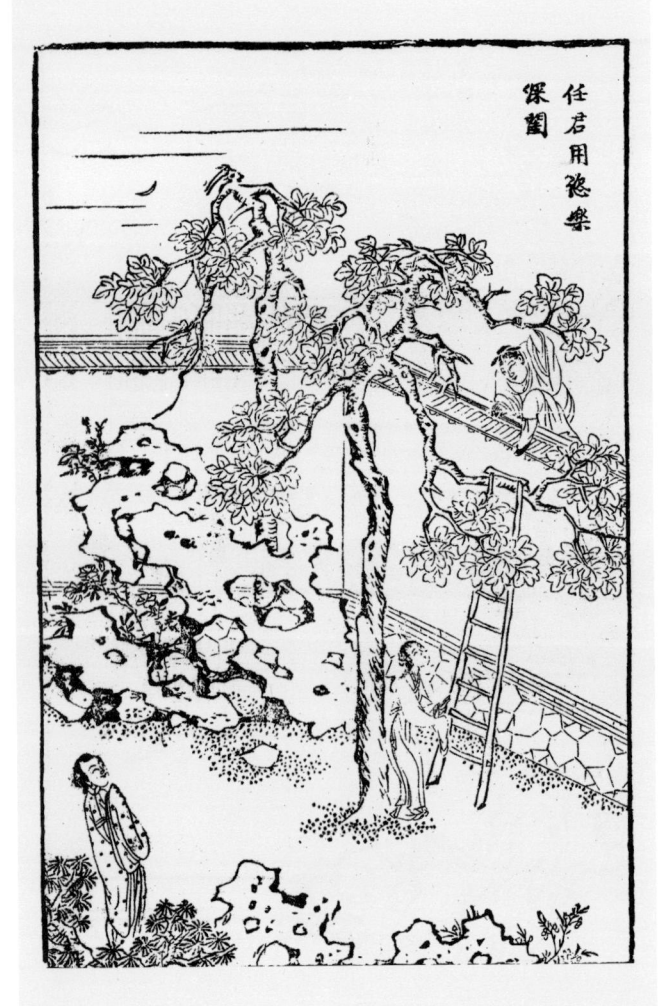

楊太尉戲官館客

卷三十五·错调情贾母詈女

卷三十五・誤告狀孫郎得妻

誤告狀孫郎
得妻

卷三十六・王渔翁舍镜崇三宝

卷三十六・白水僧盜物喪双生

白水僧盜物
喪雙生

卷三十七・叠居奇程客得助

叠居奇程客得助

三救厄海神顯靈

卷三十八・两错认莫大姐私奔

两错认莫大姐私奔

再成交楊二
郎正本

卷三十九・侠盗惯行三昧戏

侠盗惯行
三昧戏

二刻拍案惊奇卷三十七

叠居奇程客得助　　三救厄海神显灵

诗曰：

窈渺神奇事，文人多寓言。

其间应有实，岂必尽虚玄。

话说世间稗官[1]野史中，多有纪载那遇神遇仙，遇鬼遇怪，情欲相感之事。其间多有偶因所感，撰造出来的。如牛僧孺《周秦行纪》[2]，道是僧孺落第时遇着薄太后，见了许多异代、本朝妃嫔美人，如戚夫人、齐潘妃、杨贵妃、昭君、绿珠，诗词唱和，又得昭君伴寝，许多怪诞的话。却乃是李德裕与牛僧孺有不解之仇，教门客韦瓘作此计诬着他。只说是他自己做的，中怀不臣之心，妄言污蔑妃后，要坐他族灭之罪。这个记中事体，可不是一些影也没有的了？又有那《后土夫人传》[3]，说是韦安道遇着后土之神，到家做了新妇，被父

---

[1] 稗官——小官；这里作"小说"的代称，因《汉书·艺文志》云："小说家者流，盖出于稗官。"
[2] 牛僧孺《周秦行纪》——牛僧孺与下文提到的李德裕，为唐代穆宗至宣宗（821—859）近四十年间朋党对峙双方的首领，史称"牛李党争"。《周秦行纪》旧题牛僧孺撰，不可信；下文云"乃是李德裕与牛僧孺有不解之仇，教门客韦瓘作此计诬着他"，此本宋代张洎《贾氏谈录》，近代研究者多从此说。
[3] 《后土夫人传》——唐代传奇小说，记夫人访嫁韦郎的故事，情节略如文中所叙。

母疑心是妖魅,请明崇俨行五雷天心正法,遣他不去。后来父母教安道自央他去,只得去了,却要安道随行。安道到他去处,看见五岳四渎之神,多来朝他。又召天后之灵,嘱他予安道官职钱钞。安道归来,果见天后传令洛阳城中访韦安道,与他做魏王府长史,赐钱五百万。说得有枝有叶,元来也是借此讥着天后的。后来宋太宗好文,太平兴国[1]年间,命史官编集从来小说,以类分载,名为《太平广记》[2],不论真的假的,一总收拾在内。议论的道:"上自神祇仙子,下及昆虫草木,无不受了淫亵污点。"道是其中之事,大略是不可信的。

不知天下的事,才有假,便有真。那神仙鬼怪固然有假托的,也原自有真实的,未可执了一个见识,道总是虚妄的事。只看《太平广记》以后许多记载之书,中间尽多遇神遇鬼的,说得的的确确,难道尽是假托出来不成?只是我朝嘉靖年间,蔡林屋[3]所记《辽阳海神》一节,乃是千真万真的。盖是林屋先在京师,京师与辽阳相近,就闻得人说有个商人遇着海神的说话,半疑半信。后见辽东一个金宪、一个总兵到京师来。两人一样说话,说得详细,方信其实。也还只晓得在辽的事,以后的事不明白。直到林屋做了南京翰林院孔目,

---

[1] 太平兴国——宋太宗赵光义年号,公元976—984年。
[2] 《太平广记》——宋代李昉等奉宋太宗之命编纂的一部大型类书,从六朝到宋初的小说几乎全收在内,共五百卷,分九十二类,引书近四百种。
[3] 蔡林屋——蔡羽,字九逵,号林屋山人,明代文学家。本篇故事即出自所著《辽阳海神传》。

撞着这人来游雨花台。林屋知道了,着人邀请他来相会,特问这话,方说得始末根由,备备细细。林屋叙述他觌面自己说的话,作成此传,无一句不真的。方知从古来有这样事的,不尽是虚诞了。

说话的,毕竟那个人是甚么人?那个事怎么样起?看官,听小子据着传文敷演出来。正是:

怪事难拘理,明神亦赋情。

不知精爽质,何以恋凡生?

话说徽州商人姓程,名宰,表字士贤,是彼处渔村大姓。世代儒门,少时多曾习读诗书。却是徽州风俗,以商贾为第一等生业,科第反在次着。正德初年,与兄程案将了数千金,到辽阳地方为商,贩卖人参、松子、貂皮、东珠[1]之类。往来数年,但到处必定失了便宜,耗折了资本,再没一番做得着。徽人因是专重那做商的,所以凡是商人归家,外而宗族朋友,内而妻妾家属,只看你所得归来的利息多少为重轻。得利多的,尽皆爱敬趋奉;得利少的,尽皆轻薄鄙笑。犹如读书求名的中与不中归来的光景一般。程宰弟兄两人因是做折了本钱,怕归来受人笑话,羞惭惨沮,无面目见江东[2]父老,不思量还乡去了。

那徽州有一般做大商贾的,在辽阳开着大铺子。程宰兄弟因是平日是惯做商的,熟于帐目出入,盘算本利。这些本事,是商贾家最

----

[1] 东珠——又称"北珠",产于松花江中下游的珍珠,颇名贵。
[2] 江东——长江自九江至南京一段,呈西南往东北流向,习惯上称自此以下的长江以南地区为"江东"。徽州地处"江东","江东父老",即家乡父老。

用得着的。他兄弟自无本钱,就有人出些束修请下了他,专掌帐目,徽州人称为二朝奉。兄弟两人日里只在铺内掌帐,晚间却在自赁的下处歇宿。那下处一带两间,兄弟各住一间,只隔得中间一垛板壁。住在里头,就像客店一般湫隘,有甚快活?也是没奈何了,勉强度日。

如此过了数年,那年是戊寅〔1〕年秋间了,边方地土,天气早寒。一日晚间,风雨暴作。程宰与宷各自在一间房中,拥被在床,想要就枕。因是寒气逼人,程宰不能成寐,翻来覆去,不觉思念家乡起来。只得重复穿了衣服,坐在床里,浩叹数声,自想如此凄凉情状,不如早死了倒干净。此时灯烛已灭,又无月光,正在黑暗中苦挨着寒冷。忽地一室之中,豁然明朗,照耀如同白日,室中器物之类,纤毫皆见。程宰心里疑惑。又觉异香扑鼻,氤氲满室,毫无风雨之声,顿然和暖,如江南二三月的气候起来。程宰越加惊愕,自想道:"莫非在梦境中了?"不免走出外边,看是如何。他原披衣服在身上的,亟跳下床来,走到门边,开出去看。只见外边阴黑风雨,寒冷得不可当,慌忙奔了进来。才把门关上,又是先前光景,满室明朗,别是一般境界。程宰道:"此必是怪异!"心里慌怕,不敢移动脚步,只在床上高声大叫其兄。程宷止隔得一层壁,随你喊破了喉咙,莫想答应一声。程宰着了急,没奈何了,只得钻在被里,把被连头盖了,撒得紧紧,向里壁睡着,图得个眼睛不看见,凭他怎么样了。却是心里明白,耳朵里听得出的,远远的似有车马喧阗之声,空中管弦金石音乐迭奏,自东南方而

---

〔1〕 戊寅——此叙"正德"时事,戊寅为正德十三年,公元1518年。

来。看看相近，须臾之间，已进房中。程宰轻轻放开被角，露出眼睛偷看。只见三个美妇人，朱颜绿鬓，明眸皓齿，冠帔盛饰，有像世间图画上后妃的打扮，浑身上下，金翠珠玉，光采夺目。容色风度，一个个如天上仙人，绝不似凡间模样。年纪多只可二十馀岁光景。前后侍女无数，尽皆韶丽非常，各有执事，自分行列。但见：

  或提炉，或挥扇，或张盖，或带剑，或持节，或捧琴，或秉烛花，或挟图书，或列宝玩，或荷旌幢，或拥衾褥，或执巾帨，或奉盘匜[1]，或擎如意，或举肴核，或陈屏障，或布几筵，或陈音乐。

虽然纷纭杂沓，仍自严肃整齐。只此一室之中，随从何止数百？

说话的，你错了。这一间空房，能有多大，容得这几百人？若一个个在这扇房门里走将进来，走也走他一两个更次，挤也要挤坍了。看官，不是这话。列位曾见《维摩经》[2]上的说话么？那维摩居士止方丈之室，乃有诸天[3]，皆在室内，又容得十万八千狮子坐[4]。难道是地方着得去？无非是法相神通。今程宰一室有限，那光明境界无尽。譬如一面镜子，能有多大？内中也着了无尽物像。这只是个现相，所以容得数百个人，一时齐在面前，原不是从门里一个两个

---

〔1〕 盘匜（yí 夷）——"盘"和"匜"均古代贵族洗盥器皿，用匜提水浇洗，以盘承接水。
〔2〕 《维摩经》——全称《维摩诘所说经》，中译本有多种。维摩诘，简称维摩，佛教菩萨，是毗耶离神通广大的大乘居士。
〔3〕 诸天——诸神。唐吉藏《金光明经疏》："外国呼神亦名为天。"
〔4〕 狮子坐——佛所坐之处，也叫"狮子座"。《天智度论》卷七："佛为人中狮子，佛所坐处，若床若地，皆名狮子座。"

进来的。

闲话休絮,且表正事。那三个美人,内中一个更觉齐整些的,走到床边,将程宰身上抚摩一过,随即开莺声,吐燕语,微微笑道:"果然睡熟了么?吾非是有害于人的,与郎君有夙缘,特来相就,不必见疑。且吾已到此,万无去理。郎君便高呼大叫,必无人听见,枉自苦耳。不如作速起来,与吾相见。"程宰听罢,心里想道:"这等灵变光景,非是神仙,即是鬼怪。他若要摆布着我,我便不起来,这被头里岂是躲得过的?他既说是有夙缘,或者无害也不见得。我且起来见他,看是怎地。"遂一毂辘跳将起来,走下卧床,整一整衣襟,跪在地下道:"程宰下界愚夫,不知真仙降临,有失迎迓,罪合万死,伏乞哀怜。"美人急将纤纤玉手,一把拽将起来道:"你休惧怕,且与我同坐着。"挽着程宰之手,双双南面坐下。那两个美人,一个向西,一个向东,相对侍坐。

坐定,东西两美人道:"今夕之会,数非偶然,不要自生疑虑。"即命侍女设酒进馔,品物珍美,生平目中所未曾睹。才一举箸,心胸顿爽。美人又命取红玉莲花卮进酒。卮形绝大,可容酒一升。程宰素不善酌,竭力推辞不饮。美人笑道:"郎怕醉么?此非人间曲糵所酝,不是吃了迷性的,多饮不妨。"手举一卮,亲奉程宰。程宰不过意,只得接了到口。那酒味甘芳,却又爽滑清冽,毫不粘滞。虽醴泉甘露的滋味,有所不及。程宰觉得好吃,不觉一卮俱尽。美人又笑道:"郎信吾否?"一连又进数卮,三美人皆陪饮。程宰越吃越清爽,精神顿开,略无醉意。每进一卮,侍女们八音齐奏,音调清和,令人有超凡遗世之想。

酒阑,东西二美人起身道:"夜已向深,郎与夫人可以就寝矣。"随起身褰帷拂枕,叠被铺床,向南面坐的美人告去。其馀侍女,一同随散。眼前凡百具器,霎时不见,门户皆闭,又不知打从那里去了。

当下止剩得同坐的美人一个,挽着程宰道:"众人已散,我与郎解衣睡罢。"程宰私自想道:"我这床上布衾草褥,怎么好与这样美人同睡的?"举眼一看,只见枕衾帐褥,尽皆换过,锦绣珍奇,一些也不是旧时的了。程宰虽是有些惊惶,却已神魂飞越,心里不知如何才好,只得一同解衣登床。美人卸了簪珥,徐徐解开髻发绺辫,总绾起一窝丝来。那发又长又黑,光明可鉴。脱下里衣,肌肤莹洁,滑若凝脂,侧身相就。程宰汤[1]着,遍体酥麻了。真个是:

> 丰若有馀,柔若无骨。云雨初交,流丹浃藉。若远若近,宛转娇怯。俨如处子,含苞初拆[2]。

程宰客中荒凉,不意得了此味,真个魂飞天外,魄散九霄,实出望外,喜之如狂。美人也自爱着程宰,枕上对他道:"世间花月之妖,飞走之怪,往往害人。所以世上说着便怕,惹人憎恶。我非此类,郎慎勿疑。我得与郎相遇,虽不能大有益于郎,亦可使郎身体康健,资用丰足。倘有患难之处,亦可出小力周全。但不可漏泄风声,就是至亲如兄,亦慎勿使知道。能守吾戒,自今以后,便当恒奉枕席,不敢有

---

[1] 汤——动词,接触。
[2] 拆——同"坼",绽开、裂开。

废。若一有漏言，不要说我不能来，就有大祸临身，吾也救不得你了。慎之！慎之！"程宰闻言甚喜，合掌罚誓道："某本凡贱，误蒙真仙厚德，虽粉骨碎身，不能为报。既承法旨，敢不铭心？倘违所言，九死无悔。"誓毕，美人大喜，将手来勾着程宰之颈，说道："我不是仙人，实海神也。与郎有夙缘甚久，故来相就耳。"语话缠绵，恩爱万状。不觉邻鸡已报晓二次。美人揽衣起道："吾今去了，夜当复来。郎君自爱。"

说罢，又见昨夜东西坐的两个美人，与众侍女齐到床前，口里多称："贺喜夫人、郎君！"美人走下床来，就有捧家伙的侍女，各将梳洗应用的物件，伏侍梳洗罢，仍带簪珥冠帔，一如昨夜光景。美人执着程宰之手，叮咛再四，不可泄漏。徘徊眷恋，不忍舍去。众女簇拥而行，尚回顾不止。人间夫妇，无此爱厚。程宰也下了床，穿了衣服，伫立细看，如痴似呆，欢喜依恋之态不能自禁。转眼间，室中寂然，一无所见。看那门窗，还是昨日关得好好的。回头再看房内，但见：

> 土坑上铺一带荆筐，芦席中拖一条布被。欹颓墙角，堆零星几块煤烟；坍塌地炉，摆缺绽一行瓶罐。浑如古庙无香火，一似牢房不洁清。

程宰恍然自失道："莫非是做梦么？"定睛一想，想那饮食笑语，以及交合之状，盟誓之言，历历有据，绝非是梦寐之境。肚里又喜又疑。

顷刻间，天已大明。程宰思量道："吾且到哥哥房中去看一看。莫非夜来事体，他有些听得么？"走到间壁，叫声："阿哥！"程案正在床上起来，看见了程宰，大惊道："你今日面上神彩异常，不似平日光景，甚么缘故？"程宰心里踌躇道："莫非果有些甚么怪样，惹他们疑心?"只得假意说道:"我与你时乖运蹇,失张失志,落魄在此,归家无期。昨夜暴冷,愁苦的当不得,展转悲叹,一夜不曾合眼。阿哥必然听见的,有甚么好处?却说我神彩异常起来!"程寀道:"我也苦冷,又想着家乡,通夕不寐。听你房中,静悄悄地不闻一些声响。我怪道你这样睡得熟,何曾有愁叹之声?却说这个话!"程宰见哥哥说了,晓得哥哥不曾听见夜来的事了,心中放下了跎踏。等程寀梳洗了,一同到铺里来。

那铺里的人见了程宰,没一个不吃惊道:"怎地今日程宰哥面上这等光彩?"程寀对兄弟笑道:"我说么!"程宰只做不晓得,不来接口。却心里也自觉神思清爽,肌肉润泽,比平日不同,暗暗快活,惟恐他不再来了。

是日频视曙影,恨不速移。刚才傍晚,就回到下处,托言腹痛,把门扃闭,静坐虔想,等待消息。到得街鼓初动,房内忽然明亮起来,一如昨夜的光景。程宰顾盼间,但见一对香炉前导,美人已到面前。侍女止是数人,仪从之类稀少,连那傍坐的两个美人也不来了。美人见程宰嘿坐相等,笑道:"郎果有心如此,但须始终如一方好。"即命侍女设馔进酒,欢谑笑谈,更比昨日熟分亲热了许多。须臾彻席就寝,侍女俱散。顾看床褥,并不曾见有人去铺设,又复锦绣重叠。程宰心忖道:"床上虽然如此,地下尘埃秽污,且看是怎么样的。"才一起念,只见满地多是锦裀铺衬,毫无寸隙了。是夜两人绸缪好合,愈加亲狎。依旧鸡鸣两度,起来梳妆而去。

此后人定即来,鸡鸣即去,率以为常,竟无虚夕。每来必言语喧闹，音乐铿锵。兄房只隔层壁，到底影响不闻，也不知是何法术如此。自此情爱愈笃。程宰心里想要甚么物件，即刻就有，极其神速。一日，偶思闽中鲜荔枝，即有带叶百馀颗，香味珍美，颜色新鲜，恰像树上才摘下的。又说此味只有江南杨梅可以相匹，便有杨梅一枝，坠于面前，枝上有二万馀颗，甘美异常。此时已是深冬，况此二物皆不是北地所产，不知何自得来。又一夕，谈及鹦鹉，程宰道："闻得说有白的，惜不曾见。"才说罢，便有几只鹦鹉飞舞将来，白的、五色的多有，或诵佛经，或歌诗赋，多是中土官话[1]。一日，程宰在市上看见大商将宝石二颗来卖，名为硬红，色若桃花，大似拇指，索价百金。程宰夜间与美人说起，口中啧啧，称为罕见。美人抚掌大笑道："郎如此眼光浅，真是夏虫不可语冰。我教你看着！"说罢，异宝满室，珊瑚有高丈馀的，明珠有如鸡卵的，五色宝石有大如栲栳[2]的，光艳夺目，不可正视。程宰左顾右盼，应接不暇。须臾之间，尽皆不见。程宰自思："我夜间无欲不遂，如此受用，日里仍是人家佣工，美人那知我心事来？"遂把往年贸易耗折了数千金，以致流落于此，告诉一遍，不胜嗟叹。美人又抚掌大笑道："正在欢会时，忽然想着这样俗事来，何乃不脱洒如此！虽然，这是郎的本业，也不要怪你。我再教你看一个光景。"说罢，金银满前，从地上直堆至屋梁边，不计其数。美人指着问程宰道："你可要么？"程宰是个做商人的，见了偌多金银，怎不动

---

[1] 中土官话——汉语中通行较广的北方话。中土，即中原，黄河中下游流域广大地区。

[2] 栲栳（kǎolǎo 考老）——一种用竹篾或细柳条编的圆形盛物器具。

火？心热口馋，支手舞脚，却待要取。美人将箸去馔碗内夹肉一块，掷程宰面上道："此肉粘得在你面上么？"程宰道："此是他肉，怎粘得在吾面上？"美人指金银道："此亦是他物，岂可取为己有？若目前取了些，也无不可；只是非分之物，得了反要生祸。世人为取了不该得的东西，后来加陪丧去的，或连身子不保的，何止一人一事？我岂忍以此误你！你若要金银，你可自去经营，吾当指点路径，暗暗助你，这便使得。"程宰道："只这样也好了。"

其时是己卯[1]初夏，有贩药材到辽东的，诸药多卖尽，独有黄柏、大黄两味卖不去，各剩下千来斤。此是贱物，所值不多。那卖药的见无人买，只思量丢下去了。美人对程宰道："你可去买了他的，有大利钱在里头。"程宰去问一问价钱，那卖的巴不得脱手，略得些就罢了。程宰深信美人之言，料必不差，身边积有佣工银十来两，尽数买他的归来，搬到下处。哥子程寀看见累累堆堆，偌多东西，却是两味草药。问知是十多两银子买的，大骂道："你敢失心疯了？将了有用的银子，置这样无用的东西！虽然买得贱，这偌多几时脱得手去，讨得本利到手？有这样失算的事！"谁知隔不多日，辽东疫疠盛作，二药各铺多卖缺了，一时价钱腾贵起来。程宰所有，多得了好价，卖得罄尽，共卖了五百馀两。程寀不知就里，只说是兄弟偶然造化到了，做着了这一桩生意，大加欣羡道："幸不可屡侥。今既有了本钱，该图些傍实[2]的利息，不可造次了。"程宰自有

----

〔1〕 己卯——正德十四年，公元1519年。
〔2〕 傍实——犹可靠、实在。

主意，只不说破。

过了几日，有个荆州商人贩彩缎到辽东的，途中遭雨湿塵黦[1]，多发了斑点，一匹也没有颜色完好的。荆商日夜啼哭，惟恐卖不去，只要有捉手[2]，便可成交，价钱甚是将就。美人又对程宰道："这个又该做了。"程宰罄将前日所得五百两银子，买了他五百匹。荆商大喜而去。程家见了道："我说你福薄！前日不意中得了些非分之财，今日就倒灶[3]了。这些彩缎，全靠颜色。颜色好时，头二两[4]一匹，还有便宜。而今斑斑点点，那个要他？这五百两不撩[5]在水里了？似此做生意，几能勾挣得好日回家？"说罢大恸。众商伙中知得这事，也有惜他的，也有笑他的。谁知时运到了，自然生出巧来。程宰顿放彩缎不上一月，江西宁王宸濠造反[6]，杀了巡抚孙公、副使许公，谋要顺流而下，破安庆，取南京，僭宝位。东南一时震动，朝廷急调辽兵南讨。飞檄到来，急如星火。军中戎装旗帜之类，多要整齐，限在顷刻。这个边地上，那里立地有这许多缎匹？一时间价钱腾贵起来。只买得有就是，好歹不论。程宰所买这些斑斑

---

[1] 塵黦（méizhèn 霉镇）——当作"霉黦"，指因发霉而变黑。
[2] 捉手——犹买主。
[3] 倒灶——吴方言，失利、倒霉。
[4] 头二两——吴方言，即"一二两"。
[5] 撩——通"撂"。
[6] 宁王宸濠造反——朱宸濠，明太祖第十七子朱权之后，袭封宁王。时明武宗无嗣，宸濠欲谋皇位，于正德十四年（1519）起兵造反，杀死巡抚江西右副都御史孙燧和南昌兵备副使许逵（即下文所说"孙公"、"许公"），后为王守仁战败，被俘处死。

点点的,尽多得了三倍的好价钱。这一番除了本钱五百两,分外足足撰[1]了千金。

庚辰[2]秋间,又有苏州商人贩布三万匹到辽阳,陆续卖去已有二万三四千匹了,剩下粗些的还有六千多匹。忽然家信到来,母亲死了,急要奔丧回去。美人又对程宰道:"这件事又该做了。"程宰两番得利,心知灵验,急急去寻他讲价。那苏商先卖去的得利已多了,今止是馀剩,况归心已急,只要一伙卖,便照原来价钱也罢。程宰遂把千金尽数买了他这六千多匹回来。明年辛巳三月,武宗皇帝驾崩,天下人多要戴着国丧。辽东远在塞外,地不产布,人人要件白衣,一时那讨得许多布来?一匹粗布,就卖得七八钱银子。程宰这六千匹,又卖了三四千两。

如此事体,逢着便做,做来便希奇古怪,得利非常。记不得许多。四五年间,展转弄了五七万两,比昔年所折的,倒多了几十倍了。正是:

人弃我堪取,奇赢自可居。

虽然神暗助,不得浪贪图。

且说辽东起初闻得江西宁王反时,人心危骇,流传讹言,纷纷不一。有的说在南京登基了,有的说兵过两淮了,有的说过了临清到德州了。一日几番说话,也不知那句是真,那句是假。程宰心念家乡切

---
[1] 撰——通"赚"。
[2] 庚辰——正德十五年,公元1520年。

近，颇不自安，私下问美人道："那反叛的到底如何？"美人微笑道："真天子自在湖湘之间，与他甚么相干？他自要讨死吃，故如此猖狂，不日就擒了。不足为虑。"此是七月下旬的说；再过月馀，报到，果然被南赣巡抚王阳明[1]擒了解京。程宰见美人说天子在湖湘，恐怕江南又有战争之事，心中仍旧惧怕。再问美人，美人道："不妨，不妨。国家庆祚灵长，天下方享太平之福，只在一二年了。"后来嘉靖自湖广兴藩，入继大统，海内安宁，悉如美人之言。

到嘉靖甲申[2]年间，美人与程宰往来已是七载，两情缱绻，犹如一日。程宰囊中幸已丰富，未免思念故乡起来。一夕对美人道："某离家已二十年了，一向因本钱耗折，回去不得。今蒙大造[3]，囊资丰饶，已过所望。意欲暂与家兄归到乡里，一见妻子，便当即来。多不过一年之期，就好到此，永奉欢笑。不知可否？"美人听罢，不觉惊叹道："数年之好，止于此乎？郎宜自爱，勉图后福，我不得伏侍左右了！"歔欷泣下，悲不自胜。程宰大骇道："某暂时归省，必当速来，以图后会。岂敢有负恩私？夫人乃说此断头话！"美人哭道："大数当然，彼此做不得主。郎适发此言，便是数当永诀了。"

言犹未已，前日初次来的东、西二美人及诸侍女仪从之类，一时

---
〔1〕王阳明——即王守仁，字伯安，馀姚人，明代著名哲学家、教育家，因在故乡创办阳明书院，故世称阳明先生。他巡抚南赣时平定了宸濠之乱，封新建伯，官至南京兵部尚书。
〔2〕嘉靖甲申——嘉靖三年，公元1524年。
〔3〕大造——大恩德。

皆集。音乐竞奏，盛设酒筵。美人自起，酌酒相劝，追叙往时初会与数年情爱，每说一句，哽咽难胜。程宰大声号恸，自悔失言，恨不得将身投地，将头撞壁。两情依依，不能相舍。诸女前来禀白道："大数已终，法驾齐备，速请夫人登途，不必过伤了。"美人执着程宰之手，一头垂泪，一头分付道："你有三大难，今将近了。时时宜自警省，至期吾自来相救。过了此后，终身吉利，寿至九九。吾当在蓬莱三岛，等你来续前缘。你自宜居心清净，力行善事，以副吾望。吾与你身虽隔远，你一举一动，吾必晓得。万一做了歹事，以致堕落，犯了天条，吾也无可周全了。后会迢遥，勉之！勉之！"叮宁了又叮宁，何止十来番。程宰此时神志俱丧，说不出一句话，只好唯唯应承，苏苏落泪而已。正是：

世上万般哀苦事，无非死别与生离。

天长地久有时尽，此恨绵绵无限期。

须臾，邻鸡群唱，侍女催促，诀别启行。美人还回头顾盼了三四番，方才寂然一无所见。但有：

蟋蟀悲鸣，孤灯半灭。凄风萧飒，铁马[1]玎珰。曙星东升，银河西转。顷刻之间，已如隔世。

程宰不胜哀痛，望着空中，禁不住的号哭起来。才发得声，哥子程寀隔房早已听见，不像前番随你间壁翻天覆地，总不知道的。哥子闻得兄弟哭声，慌忙起来问其缘故。程宰支吾道："无过是思想家

---

[1] 铁马——悬挂在檐角的铁片，风吹相击作响。

乡。"口里强说,声音还是凄咽的。程宰道:"一向流落,归去不得。今这几年来,生意做得着,手头饶裕,要归不难,为何反哭得这等悲切起来?从来不曾见你如此,想必有甚伤心之事,休得瞒我。"程宰被哥子说破,晓得瞒不住,只得把昔年遇合美人,夜夜的受用,及生意所以做得着,以致丰富,皆出美人之助,从头至尾述了一遍。程寀惊异不已,望空礼拜。明日与客商伴里说了,辽阳城内外没一个不传说程士贤遇海神的奇话。程宰自此终日郁郁不乐,犹如丧偶一般。与哥子商量,收拾南归。

其时有个叔父在大同做卫经历[1],程宰有好几时不相见了,想道:"今番归家,不知几时又到得北边。须趁此便,打那边走一遭,看叔叔一看去。"先打发行李资囊,付托哥子程寀监押,从潞河[2]下在船内,沿途等候着他。他自己却顾了一个牲口,繇京师出居庸关,到大同地方。见了叔父,一家骨肉久别相聚,未免留连几日,不得动身。晚上睡去,梦见美人走来催促道:"祸事到了,还不快走!"程宰记得临别之言,慌忙向叔父告行。叔父又留他饯别,直到将晚,方出得大同城门。时已天黑,程宰道:"总是前途赶不上多少路罢了,不如就在城外且安宿了一晚,明日早行。"睡到三鼓,梦中美人又来催道:"快走!快走!大难就到,略迟脱不去了。"程宰当时惊醒,不管天早天晚,骑了牲口,忙赶了四五里路。只听得炮声连响,回头看那城外

----

[1] 经历——掌出纳文书的官员。
[2] 潞河——北京市通州以下的北运河。

时,火光烛天,照耀如同白日。元来是大同军变。

且道如何是大同军变?大同参将贾鉴,不给军士行粮。军士鼓噪,杀了贾鉴。巡抚都御史张文锦出榜招安,方得平静。张文锦密访了几个为头的,要行正法。正差人出来擒拿,军士重番鼓噪起来,索性把张巡抚也杀了,据了大同,谋反朝廷。要搜寻内外壮丁,一同叛逆,故此点了火把出城,凡是饭店经商,尽被拘刷了转去,收在伙内,无一得脱。若是程宰迟了些个,一定也拿将去了。此是海神来救了第一遭大难了。

程宰得脱,兼程到了居庸。夜宿关外,又梦见美人来催道:"趁早过关。略迟一步,就有牢狱之灾了。"程宰又惊将起来,店内同宿的多不曾起身,他独自一个,急到关前挨门而进。行得数里,忽然宣府军门[1]行将文书来,因为大同反乱,恐有奸细混入京师,凡是在大同来进关者,不是公差吏人有官文照验在身者,尽收入监内,盘诘明白,方准释放。是夜与程宰同宿的人多被留住,下在狱中。后来有到半年方得放出的,也有染了病,竟死在狱中的。程宰若非文书未到之前先走脱了,便干净无事,也得耐烦坐他五七月的监。此是海神来救他第二遭的大难了。

程宰赶上了潞河船只,见了哥子,备述一路遇难,因梦中报信得脱之故,两人感念不已。一路无话,已到了淮安府高邮湖中,忽然:

---

[1] 宣府军门——宣府,"宣慰司都元帅府"的简称,为行省和郡县间的转承机关,掌管军民事务。军门,明代对军事衙门的通称。

黑云密布,狂风怒号。水底老龙惊,半空猛虎啸。左掀右荡,浑如落在簸箕中;前跷后攧,宛似滚起饭锅内。双桅折断,一舵飘零。等闲要见阎王,立地须游水府。

正在危急之中,程宰忽闻异香满船,风势顿息。须臾,黑雾四散中,有彩云一片,正当船上。云中现出美人模样来,上半身毫发分明,下半身霞光拥蔽,不可细辨。程宰明知是海神又来救他,况且别过多时,不能觏见,悲感之极,涕泗交下,对着云中,只是磕头礼拜。美人也在云端举手答礼,容色恋恋,良久方隐。船上人多不见些甚么,但见程宰与空中施礼之状,惊疑来问。程宰备说缘故如此,尽皆瞻仰。此是海神来救他第三遭的大难。此后再不见影响了。

　　后来程宰年过六十,在南京遇着蔡林屋时,容颜只像四十来岁的。可见是遇着异人无疑。若依着美人蓬莱三岛之约,他日必登仙路也。但不知程宰无过是个经商俗人,有何缘分,得有此一段奇遇。说来也不信,却这事是实实有的。可见神仙鬼怪之事,未必尽无。有诗为证:

　　流落边关一俗商,却逢神眷不寻常。
　　宁知钟爱缘何许,谈罢令人欲断肠。

二刻拍案惊奇卷三十八

两错认莫大姐私奔　　再成交杨二郎正本

诗云：

> 李代桃僵，羊易牛死[1]。
> 世上冤情，最不易理。

话说宋时南安府大庾县[2]有个吏典黄节，娶妻李四娘。四娘为人心性风月，好结识个把风流子弟，私下往来。向与黄节生下一子，已是三岁了。不肯收心，只是贪淫。一日黄节因有公事，住在衙门中了十来日。四娘与一个不知姓名的奸夫说通了，带了这三岁儿子一同逃去。出城门不多路，那儿子见眼前光景生疏，啼哭不止。四娘好生不便，竟把儿子丢弃在草中，自同奸夫去了。

大庾县中有个手力人[3]李三，到乡间行公事。才出城门，只听

---

[1] "李代桃僵"二句——喻相互顶替或代人受过。"李代桃僵"典出古乐府《鸡鸣》："桃生露井上，李树生桃傍；虫来啮桃根，李树代桃僵。""羊易牛死"典出《孟子·梁惠王上》，言齐宣王见有牵牛而过堂下者，将以衅钟，遂命以羊易之。

[2] 南安府大庾县——南安府，辖境相当现在江西省章水、上犹江流域，治所在大庾县，即今江西省大余县。

[3] 手力人——古代官府中担任杂役的差役小吏。清黄宗羲《明夷待访录·胥吏》："宋时差役有衙前散从、承符、弓手、手力……以供驱使，今皂隶、快手、承差之类。"

得草地里有小儿啼哭之声。急往前一看,见是一个小儿,眠在草里,擂天倒地价哭。李三看了,心中好生不忍,又不见一个人来睬他,不知父母在那里去了。李三走去抱扶着他。那小儿半日不见了人,心中虚怯,哭得不耐烦。今见个人来偎傍,虽是面生些,也倒忍住了哭,任凭他抱了起来。元来这李三不曾有儿女,看见欢喜。也是合当有事,道是天赐与他小儿,一径的抱了回家。家人见孩子生得清秀,尽多快活,养在家里,认做是自家的了。

这边黄节衙门中出来,回到家里,只见房闼寂静,妻子多不见了。骇问邻舍,多道是:"押司〔1〕出去不多日,娘子即抱着小哥,不知那里去了。关得门户寂悄悄的,我们只道到那里亲眷家去,不晓得备细。"黄节情知妻四娘有些毛病的,着了忙,各处亲眷家问,并无下落。黄节只得写下了招子〔2〕,各处访寻,情愿出十贯钱做报信的谢礼。

一日,偶然出城数里,恰恰经过李三门首。那李三正抱着这拾来的儿子,在那里与他作耍。黄节仔细一看,认得是自家的儿子,喝问李三道:"这是我的儿子,你却如何抱在此间?我家娘子那里去了?"李三道:"这儿子吾自在草地上拾来的,那晓得甚么娘子?"黄节道:"我妻子失去,遍贴招示,谁不知道?今儿子既在你处,必然是你作奸犯科,诱藏了我娘子,有甚么得解说?"李三道:"我自是拾得的,那

---

〔1〕 押司——宋时州县中地位较高的吏人,多由当地有产业人户中差选,任办理案牍等事务。

〔2〕 招子——即后文所说的"招贴",犹如现在的寻人启事。

知这些事?"黄节扭住李三,叫起屈来,惊动地方邻里,多走将拢来。黄节告诉其事,众人道:"李三元不曾有儿子。抱来时节,实是有些来历不明。却不知是押司的。"黄节道:"儿子在他处了,还有我娘子不见,是他一同拐了来的。"众人道:"这个我们不知道。"李三发极道:"我那见甚么娘子?那日草地上只见得这个孩子在那里哭,我抱了回家。今既是押司的,我认了悔气还你罢了,怎的还要赖我甚么娘子?"黄节道:"放你娘的屁!是我赖你?我现有招贴在外的。你这个奸徒,我当官与你说话!"对众人道:"有烦列位与我带一带,带到县里来。事关着拐骗良家子女,是你地方邻里的干系,不要走了人。"李三道:"我没甚欺心事,随你去见官,自有明白。一世也不走!"黄节随同了众人,押了李三,抱了儿子,一直到县里来。

黄节写了纸状词,把上项事一一禀告县官。县官审问李三,李三只说:"路遇孩子,抱了归来是实,并不知别项情繇。"县官道:"胡说!他家不见了两个人,一个在你家了,这一个又在那里?这样奸诈,不打不招!"遂把李三上起刑法来,打得一佛出世,二佛生天,只不肯招。那县里有与黄节的一般吏典二十多个,多护着吏典行里体面,一齐来跪禀县官,求他严行根究。县官又把李三重加敲打。李三当不过,只得屈招道:"因为家中无子,见黄节妻抱了儿子在那里,把来杀了,盗了他儿子回来。今被捉获,情愿就死。"县官又问:"尸首今在何处?"李三道:"恐怕人看见,抛在江中了。"县官录了口词,取了供状,问成罪名,下在死囚牢中了。分付当案孔目,做成招状,只等写完文卷,就行解府定夺。孔目又为着黄节,把李三狱情做得没些漏洞。

其时乃是绍兴十九年八月二十九日,文卷已完,狱中取出李三解府。系是杀人重犯,上了镣肘,戴了木枷,跪在庭下,专听点名起解。忽然阴云四合,空中雷电交加,李三身上枷扭尽行脱落。霹雳一声,掌案孔目震死在堂上;二十多个吏典,头上吏巾皆被雷风掣去。县官惊得浑身打颤。须臾性定,叫把孔目身尸验看,背上有朱红写的"李三狱冤"四个篆字。县官便叫李三问时,李三兀自痴痴地立着,一似失了魂的。听得呼叫,然后答应出来。县官问道:"你身上枷扭,适才怎么样解了的?"李三道:"小人眼前昏黑,犹如梦里一般,更不知一些甚么。不晓得身上枷扭,怎地脱了。"县官明知此事有冤,遂问李三道:"你前日孩子果是怎生的?"李三道:"实实不知谁人遗下在草地上啼哭,小人不忍,抱了回家。至于黄节夫妻之事,小人并不知道。是受刑不过屈招的。"县官此时又惊又悔,道:"今日看起来,果然与你无干。"当时遂把李三释放,叫黄节与同差人别行寻缉李四娘下落。后来毕竟在别处地方寻获。方知天下事,专在疑似之间冤枉了人。这个李三,若非雷神显灵,险些儿没辨白处了。

而今说着国朝一个人,也为妻子随人走了,冤着一个邻舍往来的,几乎累死,后来却得明白。与大庾这件事有些仿佛,待小子慢慢说来,便知端的。

佳期误泄桑中〔1〕约,好事讹牵月下绳。

------

〔1〕 桑中——本为《诗·鄘风》篇名,《诗序》说是讽刺"卫之公室淫乱,男女相奔"的,后遂作了男女幽期或淫乱行为的代称。

只解推原平日状,岂知局外有翻更。

话说北直张家湾有个居民,姓徐,名德,本身在城上做长班。有妻莫大姐,生得大有容色,且是兴高好酒,醉后就要趁着风势,撩拨男子汉,说话勾搭。邻舍有个杨二郎,也是风月场中人,年少风流,闲荡游耍过日,没甚根基。与莫大姐终日调情,你贪我爱,弄上了手,外边人无不知道。虽是莫大姐平日也还有个把梯己人往来,总不如与杨二郎过得恩爱。况且徐德在衙门里走动,常有个月程不在家里,杨二郎一发便当,竟像夫妻一般过日。

后来徐德挣得家事从容了,衙门中寻了替身,不消得日日出去,每有时节歇息在家里,渐渐把杨二郎与莫大姐光景看了些出来。细访邻里街坊,也多有三三两两说话。徐德一日对莫大姐道:"咱辛辛苦苦了半世,挣得有碗饭吃了,也要装些体面,不要被外人笑话便好。"莫大姐道:"有甚笑话?"徐德道:"钟不扣不鸣,鼓不打不响。欲人不知,莫若不为。你做的事,外边那一个不说的?你瞒咱则甚?咱叫你今后仔细些罢了。"莫大姐被丈夫道着海底眼,虽然撒娇撒痴,说了几句支吾门面说话,却自想平日忒做得渗濑,晓得瞒不过了,不好十分强辨得。暗地忖道:"我与杨二郎交好,情同夫妻,时刻不间得的。今被丈夫知道,必然防备得紧,怎得象意?不如私下与他商量,卷了些家财,同他逃了,去他州外府,自繇自在的快活,岂不是好?"藏在心中。

一日,看见徐德出去,便约了杨二郎,密商此事。杨二郎道:"我此间又没甚牵带,大姐肯同我去,要走就走。只是到外边去,须要有些本钱,才好养得口活。"莫大姐道:"我把家里细软尽数卷了去,怕不也过几时！等住定身子，慢慢生发做活就是。"杨二郎道："这个就好了。一面收拾起来，得便再商量走道儿罢了。"莫大姐道："说与你了。待我看着机会，拣个日子，悄悄约你走路。你不要走漏了消息。"杨二郎道："知道。"两个趁空处又做了一点点事，千分万付而去。

徐德归来几日，看见莫大姐神思撩乱，心不在焉的光景，又访知杨二郎仍来走动，恨着道："等我一时撞着了，怕不斫他做两段！"莫大姐听见，私下教人递信与杨二郎："目下切不要到门前来露影。"自此杨二郎不敢到徐家左近来。莫大姐切切在心，只思量和他那里去了便好。已此心不在徐家，只碍着丈夫一个是眼中钉了。

大凡女人心一野，自然七颠八倒，如痴如呆，有头没脑，说着东边，认着西边，没情没绪的。况且杨二郎又不得来，茶里饭里多是他，想也想痴了。因是闷得不耐烦，问了丈夫，同了邻舍两三个妇女们约了，要到岳庙里烧一炷香。此时徐德晓得这婆娘不长进，不该放他出去才是。却是北人直性，心里道："这几时拘系得紧了，看他恍恍惚惚，莫不生出病来？便等他外边去散散。"北方风俗，女人出去只是自行，男子自有勾当，不大肯跟随走的。当下莫大姐自同一伙女伴，带了纸马酒盒，抬着轿，飘飘逸逸的出门去了。只因此一去，有分交：

闺中佚女，竟留烟月之场；枕上情人，险作囹圄之鬼。直待海清终见底，方今盆覆得还光。

且说齐化门〔1〕外有一个俏哨的子弟，姓郁，名盛。生性淫荡，

---

〔1〕 齐化门——元大都（今北京市）东侧城门之一，明代改称朝阳门，延用至今。

立心刁钻,专一不守本分,勾搭良家妇女。又喜讨人便宜,做那昧心短行的事。他与莫大姐是姑舅之亲,一向往来。两下多有些意思,只是不曾便便,未上得手。郁盛心里道是一桩欠事,时常记念的。一日在自己门前闲立,只见几乘女轿抬过。他窥头探脑去看那轿里抬的女眷,恰好轿帘隙处,认得是徐家的莫大姐。看了轿上挂着纸钱,晓得是岳庙进香;又有闲的挑着盒担,乃是女眷们游耍吃酒的。想道:"我若厮赶着他们去闲荡一番,不过插得些寡趣,落得个眼饱,没有实味。况有别人家女眷在里头,便插趣也有好些不便。不若我整治些酒馔在此,等莫大姐转来。我是亲眷人家,邀他进来打个中火〔1〕,没人说得。亦且莫大姐尽是贪杯高兴,十分有情的,必不推拒。那时趁着酒兴营勾他,不怕他不成这事。好计,好计。"即时奔往闹热胡同,只拣可口的鱼肉荤肴,榛松细果,买了偌多,撮弄得齐齐整整。正是:

安排扑鼻芳香饵,专等鲸鲵来上钩。

却说莫大姐同了一班女伴,到庙里烧过了香,各处去游耍。挑了酒盒,野地上随着好坐处,即便摆着吃酒。女眷们多不十分大饮,无非吃下三数杯。晓得莫大姐量好,多来劝他。莫大姐并不推辞,拿起杯来就吃就干,把带来的酒吃得罄尽,已有了七八分酒意。天色将晚,然后收拾家伙,上轿抬回。

回至郁家门前,郁盛瞧见,忙至莫大姐轿前施礼道:"此是小人

---

〔1〕 打个中火——吴方言,称上午或下午的中间略微吃点儿东西为"打中火"。

家下,大姐途中口渴了,可进里面告奉一茶。"莫大姐醉眼朦胧,见了郁盛是表亲,又是平日调得情惯的,忙叫住轿。走出轿来,与郁盛万福道:"元来哥哥住在这里?"郁盛笑容满面道:"请大姐里面坐一坐去。"莫大姐带着酒意,踉踉跄跄的跟了进门。别家女轿,晓得徐家轿子有亲眷留住,各自先去了。徐家的轿夫住在门口等候。莫大姐进得门来,郁盛邀至一间房中,只见酒果肴馔摆得满桌。莫大姐道:"甚么道理,要哥哥这们价费心?"郁盛道:"难得大姐在此经过,一杯淡酒,聊表寸心而已。"郁盛是有意的,特地不令一个人来伏侍,只是一身陪着,自己斟酒,极尽殷勤相劝。正是:

　　茶为花博士,酒是色媒人。

莫大姐本是已有酒的,更加郁盛慢橹摇船捉醉鱼,觑觑着面庞,央求不过,又吃了许多。酒力发作,乜斜了双眼,淫兴勃然,倒来丢眼色,说风话。郁盛挨在身边同坐了,将着一杯酒,你呷半口,我呷半口,又噙了一口,勾着脖子,度将过去。莫大姐接来,咽下去了,就把舌头伸过口来。郁盛咂了一回,彼此春心荡漾,偎抱到床中,褪下小衣,弄将起来。

　　一个醉后掀腾,一个醒中摩弄。醉的如迷花之梦蝶,醒的似采蕊之狂蜂。醉的一味兴浓,担承愈勇;醒的半兼趣胜,玩视偏真。此贪彼爱不同情,你醉我醒皆妙境。

两人战到间深之处,莫大姐不胜乐畅,口里哼哼的道:"我二哥,亲亲的肉。我一心待你,只要同你一处去快活了罢。我家天杀的不知趣,又来拘管人,怎如得二哥这等亲热有趣!"说罢,将腰下乱颠乱耸,紧紧抱住郁□不放,口里只叫:"二哥亲亲。"

元来莫大姐醉得极了,但知快活异常,神思昏迷,忘其所以。真个"醉里醒时言",又道是"酒道真性"。平时心上恋恋的是杨二郎,恍恍惚惚竟把郁盛错认。干事的是郁盛,说的话多是对杨二郎的话。郁盛原晓得杨二郎与他相厚的,明明是醉里认差了。郁盛道:"叵耐这浪淫妇,你只□得心上人,我且将计就计,舔[1]他说话,看他说甚么来。"就接口道:"我怎生得同你一处去快活?"莫大姐道:"我前日与你说的,收拾了家私,和你别处去过活。一向不得空便。今秋分之日,那天杀的进城上去,有那衙门里勾当。我与你趁那晚走了罢。"郁盛道:"走不及却怎么?"莫大姐道:"你端正下船儿,一搬下船,连夜摇了去。等他城上出来知得,已此赶不着了。"郁盛道:"夜晚间把甚么为暗号?"莫大姐道:"你只在门外拍拍手掌,我里头自接应你。我打点停当好了,你不要错过!"口里糊糊涂涂,又说好些,总不过肉麻说话。郁盛只拣那几句要紧的,记得明明白白在心。

须臾云收雨散,莫大姐整一整头髻,头眩眼花的走下床来。郁盛先此已把酒饭与轿夫吃过了,叫他来打着轿,搀扶莫大姐上轿去了。郁盛回来,道是占了采头[2],心中欢喜。却又得了他心腹里的话,笑道:"咤异!咤异!那知他要与杨二郎逃走,尽把相约的事,对我说了。又认我做了杨二郎,岂不好笑么?我如今将错就错,顾下了

---

〔1〕 舔(tiǎn 舔)——这里是探取、诱取的意思。
〔2〕 采头——好运气。

船,到那晚剪他这绺,落得载他娘在别处去,受用几时,有何不可?"郁盛是个不学好的人,正挠着他的痒处,以为得计。一面料理船只,只等到期行事,不在话下。

且说莫大姐归家,次日病了一日酒,昨日到郁家之事,犹如梦里,多不十分记得。只依稀影响,认做已约定杨二郎日子过了。收拾停当,只待起身。岂知杨二郎处虽曾说过两番,晓得有这个意思,反不曾精细叮咛得,不做整备的。

到了秋分这夜,夜已二鼓,莫大姐在家里等候消息。只听得外边拍手响,莫大姐心照,也拍拍手。开门出去,黑影中见一个人在那里拍手,心里道是杨二郎了。急回身进去,将衣囊箱笼逐件递出,那人一件件接了,安顿在船中。莫大姐恐怕有人瞧见,不敢用火,将房中灯打灭了,虚锁了房门,黑里走出。那人扶了上船,如飞把船开了。船中两个多是低声细语,况是慌张之际,莫大姐只认是杨二郎,急切辨不出来。莫大姐失张失志,历碌〔1〕了一日,下得船才心安,倦将起来,不及做甚么事。说得一两句话,那人又不十分回答。莫大姐放倒头,和衣就睡着了去。

比及天明,已在潞河,离家有百十里了。撑开眼来,看那舱里同坐的人不是杨二郎,却正是齐化门外的郁盛。莫大姐吃了一惊,道:"如何却是你?"郁盛笑道:"那日大姐在岳庙归来,途中到家下小酌,承大姐不弃,赐与欢会。是大姐亲口约下我的,如何倒吃惊起来?"

---

〔1〕 历碌——忙乱。

莫大姐呆了一回，仔细一想，才省起前日在他家吃酒，酒中淫媾之事。后来想是错认，把真话告诉了出来。醒来记差，只说是约下杨二郎了，岂知错约了他。今事已至此，说不得了，只得随他去。只是怎生发付杨二郎呵？因问道："而今随着哥哥到那里去才好？"郁盛道："临清是个大马头去处，我有个主人在那里。我与你那边去住了，寻生意做。我两个一窝儿作伴，岂不快活？"莫大姐道："我衣囊里尽有些本钱，哥哥要营运时，足可生发度日的。"郁盛道："这个最好。"从此莫大姐竟同郁盛到临清去了。

话分两头。且说徐德衙门公事已毕，回到家里，家里悄没一人，箱笼什物，皆已搬空。徐德骂道："这歪剌姑，一定跟得奸夫走了！"问一问邻舍，邻舍道："小娘子一个夜里不知去向，第二日我们看见门是锁的了，不晓得里面虚实。你老人家自想着，无过是平日有往来的人约的去。"徐德道："有甚么难见处，料只在杨二郎家里！"邻舍道："这猜得着，我们也是这般说。"徐德道："小人平日家丑，须瞒列位不得。今日做出事来，眼见得是杨二郎的缘故。这事少不得要经官，有烦两位做一做见证。而今小人先到杨家去问一问下落，与他闹一场则个。"邻舍道："这事情那一个不知道的？到官时，我们自然讲出公道来。"徐德道："有劳！有劳！"

当下一忿之气，奔到杨二郎家里。恰好杨二郎走出来，徐德一把扭住道："你把我家媳妇子拐在那里去藏过了？"杨二郎虽不曾做这事，却是曾有这话关着心的，骤然闻得，老大吃惊。口里嚷道："我那知这事，却来嫌我？"徐德道："街坊上那一个不晓得你营勾了我媳妇子？你还要赖哩,我与你见官去。还我人来!"杨二郎道:"不知你家嫂子几时不见了？我好耽耽在家里,却来问我要人。就见官,我不相干。"徐德那听他分说,只是拖住了交付与地方,一同送到城上兵马司[1]来。

徐德衙门情熟,为他的多。兵马司先把杨二郎下在铺里。次日徐德就将奸拐事情,在巡城察院衙门告将下来,批与兵马司严究。兵马审问杨二郎,杨二郎初时只推无干。徐德拉同地方,众口证他有奸。兵马喝叫加上刑法,杨二郎熬不过,只得招出平日通奸往来是实。兵马道:"奸情既真,自然是你拐藏了!"杨二郎道:"只是平日有奸,逃去一事,委实与小的无涉。"兵马又唤地方与徐德问道:"他妻子莫氏还有别个奸夫么？"徐德道:"并无别人,只有杨二郎奸宿是真。"地方也说道:"邻里中也只晓杨二郎是奸夫,别一个不见说起。"兵马喝杨二郎道:"这等,还要强辨！你实说,拐来藏在那里？"杨二郎道:"其实不在小的处,小的知他在那里？"兵马大怒,喝叫重重夹起,必要他说。杨二郎只得又招道:"曾与小的商量,要一同逃去,这说话是有的。小的不曾应承,故此未约得定。而今却不知怎的不见了。"兵马道:"既然曾商量同逃,而今走了,自然知情。他无非私下藏过,只图混赖一时,背地里却去奸宿。我如今收在监中,三日、五日一比,看你藏得到底不成!"遂把杨二郎监下,隔几日就带出鞫问一

----

〔1〕 兵马司——明代北京置五城兵马司,掌京师巡捕盗贼及火禁、囚犯等事,并不掌兵。其长官为指挥,下文"兵马"即指此。

番。杨二郎只是一般说话,招不出人来。徐德又时时来催禀,不过做杨二郎屁股不着,打得些屈棒,毫无头绪。杨二郎正是俗语所云:

从前作孽,没兴齐来。

乌狗吃食,白狗当灾。

杨二郎当不过屈打,也将霹诬枉禁事情在上司告下来,提到别衙门去问。却是徐德家里实实没了人,奸情又招是真的,不好出脱得他。有矜疑[1]他的,教他出了招帖,许下赏钱,募人缉访。然是十个人内倒有九个说杨二郎藏过了是真的,那个说一声其中有冤枉?此亦是杨二郎淫人妻女应受的果报。

女色从来是祸胎,奸淫谁不惹非灾?

虽然逃去浑无涉,亦岂无端受枉来!

且不说这边杨二郎受累,累年不决的事。再表郁盛自那日载了莫大姐,到了临清地方,赁间闲房住下,两人行其淫乐,混过了几时。莫大姐终久有这杨二郎在心里,身子虽现随着郁盛,毕竟是勉强的,终日价没心没想,哀声叹气。郁盛起初绸缪相处了两个月,看看两下里各有些嫌憎,不自在起来。郁盛自想道:"我目下用他的。带来的东西须有尽时,我又不会做生意,日后怎生结果?况且是别人的妻小,留在身边,到底怕露将出来,不是长便。我也要到自家里去的,那里守得定在这里?我不如寻个主儿卖了他。他模样尽好,倒也还值得百十两银子。我得他这些身价,与他身边带来的许多东西,也尽勾

---

[1] 矜疑——不轻率怀疑。矜,慎重。

受用了。"打听得临清渡口驿前乐户魏妈妈家里，养许多粉头，是个兴头的鸨儿，要的是女人。寻个人去与他说了。魏妈只做访亲，来相探望。看过了人物，还出了八十两价钱，交兑明白，只要抬人去。郁盛哄着莫大姐道："这魏妈妈是我家外亲，极是好情分。你我在此异乡，图得与他做个相识往来，也不寂寞。魏妈妈前日来望过了你，你今日也去还拜他一拜才是。"莫大姐女眷心性，巴不得寻个头脑，外边去走走的。见说了，即便梳妆起来。郁盛就去顾了一乘轿，把莫大姐竟抬到魏妈家里。

莫大姐看见魏妈妈笑嘻嘻相头相脚，只是上下看觑，大剌剌的不十分接待；又见许多粉头在面前，心里道："甚么外亲！看来是个衙衕人家了。"吃了一杯茶，告别起身。魏妈妈笑道："你还要到那里去？"莫大姐道："家去。"魏妈妈道："还有甚么家里？你已是此间人了。"莫大姐吃一惊道："这怎么说？"魏妈妈道："你家郁官儿得了我八十两银子，把你卖与我家了。"莫大姐道："那有此话？我身子是自家的，谁卖得我？"魏妈妈道："甚么自家不自家，银子已拿得去了，我那管你？"莫大姐道："等我去和那天杀的说个明白！"魏妈妈道："此时他跑自家的道儿，敢走过七八里路了，你那里寻他去？我这里好道路，你安心住下了罢，不要讨我杀威棒儿吃。"莫大姐情知被郁盛所赚，叫起撞天屈来，大哭了一场。魏妈妈喝住，只说要打；众粉头做好做歉的来劝住。莫大姐原是立不得贞节牌坊的，到此地位，落了圈套，没计奈何，只得和光同尘，随着做娼妓罢了。此亦是莫大姐做妇女不学好应受的果报。

妇女何当有异图？贪淫只欲闪亲夫。

今朝更被他人闪，天报昭昭不可诬。

莫大姐自从落娼之后，心里常自想道："我只图与杨二郎逃出来快活，谁道醉后错记，却被郁盛天杀的赚来卖我在此！而今不知杨二郎怎地在那里？我家里不见了人，又不知怎样光景？"时常切切于心。有时接着相投的孤老[1]，也略把这些前因说说，只好感伤流泪，那里有人管他这些唠叨？

光阴如箭，不觉已是四五个年头。一日，有一个客人来嫖宿饮酒，见了莫大姐，目不停瞬，只管上下瞧觑。莫大姐也觉有些面染，两下疑惑。莫大姐开口问道："客官贵处？"那客人道："小子姓幸，名逢，住居在张家湾。"莫大姐见说"张家湾"三字，不觉潸然泪下，道："既在张家湾，可晓得长班徐德家里么？"幸客惊道："徐德是我邻人，他家里失去了嫂子几年。适见小娘子面庞有些厮像，莫不正是徐嫂子么？"莫大姐道："奴正是徐家媳妇，被人拐来坑陷在此。方才见客人面庞，奴家道有些认得，岂知却是日前邻舍幸官儿。"元来幸逢也是风月中人，向时看见莫大姐有些话头，也曾咽着干唾的，故此一见就认得。幸客道："小娘子你在此不打紧，却害得一个人好苦！"莫大姐道："是那个？"幸客道："你家告了杨二郎，累了几年官司，打也不知打了多少，至今还在监里，未得明白。"莫大姐见说，好不伤心，轻轻对幸客道："日里不好尽言，晚上留在此间，有句说话奉告。"

---

[1] 孤老——指妇女所私的人，如姘夫、嫖客等。

幸客是晚就与莫大姐同宿了。莫大姐悄悄告诉他,说委实与杨二郎有交,被郁盛冒充了杨二郎拐来卖在这里。从头至尾,一一说了。又与他道:"客人可看平日邻舍面上,到家说知此事。一来救了奴家出去;二来说清了杨二郎,也是阴功;三来吃了郁盛这厮这样大亏,等得见了天日,咬也咬他几口。"幸客道:"我去说,我去说。杨二郎、徐长班多是我一块土上人,况且贴得有赏单,今我得实,怎不去报?郁盛这厮有名刁钻,天理不容,也该败了。"莫大姐道:"须得密些才好。若漏了风,怕这家又把我藏过了。"幸客道:"只你知我知。而今见人,再不要提起。我一到彼,就出首便是。"

两人商约已定,幸客竟自回转张家湾,来见徐德道:"你家嫂子已有下落,我亲眼见了。"徐德道:"见在那里?"幸逢道:"我替你同到官面前,还你的明白。"徐德遂同了幸逢,齐到兵马司来。幸逢当官递上一纸首状。状云:

首状人幸逢,系张家湾民,为举首略卖[1]事。本湾徐德,失妻莫氏,告官未获。今逢目见本妇,身在临清乐户魏鸨家倚门卖奸。本妇称系市棍郁盛略卖在彼是的。贩良为娼,理合举首。所首是实。

兵马即将首状判准在案,一面申文察院,一面密差兵番拿获郁盛,到官刑鞫。郁盛抵赖不过,供吐前情明白,当下收在监中,俟莫氏到时质证定罪。随即奉察院批发明文,押了原首人幸逢与本夫徐德,

------
[1] 略卖——劫掠贩卖。

行关到临清州,眼同认拘莫氏及买良为娼乐户魏鸨到司审问,原差守提。临清州里即忙添差公人,一同行拘。一干人到魏家,好似——

瓮中捉鳖,手到拿来。

临清州点齐了。发了批回,押解到兵马司来。杨二郎彼时还在监中,得知这事,连忙写了诉状,称是与己无干,今日幸见天日等情,投递兵马司。准了,等候一同发落。

其时人犯齐到听审。兵马先唤莫大姐问他。莫大姐将郁盛如何骗他到临清,如何哄他卖娼家,一一说了备细。又唤魏鸨儿问道:"你如何买了良人之妇?"魏妈妈道:"小妇人是个乐户,靠那取讨娼妓为生。郁盛称说自己妻子愿卖,小妇人见了是本夫做主的,与他讨了。岂知他是拐来的?"徐德走上来道:"当时妻子失去,还带了家里许多箱笼资财去。今人既被获,还望追出赃私,给还小人。"莫大姐道:"郁盛哄我到魏家,我只走得一身去,就卖绝在那里。一应所有,多被郁盛得了,与魏家无干。"兵马拍桌道:"那郁盛这样可恶!既拐了人去奸宿了,又卖了他身子,又没了他资财,有这等没天理的!"喝叫:"重打!"郁盛辩道:"卖他在娼家,是小人不是,甘认其罪。至于逃去,是他自跟了小人走的,非干小人拐他。"兵马问莫大姐道:"你当时为何跟了他走?不实说出来,讨拶!"莫大姐只得把与杨二郎有奸、认错了郁盛的事,一一招了。兵马笑道:"怪道你丈夫徐德告着杨二郎。杨二郎虽然屈坐了监几年,徐德不为全诬。莫氏虽然认错,郁盛乘机盗拐,岂得推故?"喝教把郁盛打了四十大板,问略贩良人军罪,押追带去赃物给还徐德;莫氏身价八十两,追出入官。魏妈买良,系不知情,问个不应罪名;出过身价,有几年卖奸得利,不必偿还。杨二郎先有奸情,后虽无干,也问杖赎,释放宁家。幸逢首事得实,量行给赏。

判断已明,将莫大姐发与原夫徐德收领。徐德道:"小人妻子背了小人逃出了几年,又落在娼家了,小人还要这滥淫妇做甚么?情愿当官休了,等他别嫁个人罢。"兵马道:"这个繇你。且保领出去,自寻人嫁了他,再与你立案罢了。"

一干人众,各到家里。杨二郎自思:"别人拐去了,却冤了我坐了几年监,更待干罢!"告诉邻里,要与徐德厮闹。徐德也有些心怯,过不去,转央邻里和解。邻里商量调停这事,议道:"总是徐德不与莫大姐完聚了,现在寻人别嫁,何不让与杨二郎娶了,消释两家冤仇?"与徐德说了。徐德也道:"负累了他,便依议也罢。"杨二郎闻知,一发正中下怀,笑道:"若肯如此,便多坐了几时,我也永不提起了。"邻里把此意三面约同,当官禀明。兵马备知杨二郎顶缸坐监,有些屈在里头。依地方处分,准徐德立了婚书,给与杨二郎为妻。莫大姐称心像意,得嫁了旧时相识。因为吃过了这些时苦,也自收心学好,不似前时惹骚招祸,竟与杨二郎到了底。这莫非是杨二郎的前缘?然也为他吃苦不少了,不为美事。后人当以此为鉴。

枉坐囹圄已数年,而今方得保婵娟。

何如自守家常饭,不害官司不损钱!

二刻拍案惊奇卷三十九

神偷寄兴一枝梅　侠盗惯行三昧戏

诗曰：

剧贼从来有贼智，其间妙巧亦无穷。

若能收作公家用，何必疆场不立功？

自古说孟尝君[1]养食客三千，鸡鸣狗盗的多收拾在门下。后来被秦王拘留，无计得脱。秦王有个爱姬传语道："闻得孟尝君有领狐白裘，价值千金。若将来送了我，我替他讨个人情，放他归去。"孟尝君当时只有一领狐白裘，已送上秦王，收藏内库，那得再有？其时狗盗的便献计道："臣善狗偷，往内库去偷将出来便是。"你道何为狗偷？乃是此人善做狗嗥。就假做了狗，爬墙越壁，快捷如飞，果然把狐白裘偷了出来。送与秦宫爱姬，才得善言放脱，连夜行到函谷关。孟尝君恐怕秦王有悔，后面追来，急要出关。当得关上直等鸡鸣才开。孟尝君着了急，那时食客道："臣善鸡鸣，此时正用得着。"就曳起声音，学作鸡啼起来，果然与真无二。啼得两三声，四下群鸡皆啼，关吏听得，把关开了，孟尝君才得脱去。

---

[1] 孟尝君——姓田，名文，战国时齐国贵族，曾为齐相，封于薛（今山东省滕州市南），号孟尝君，以好客养士著称。

孟尝君平时养了许多客,今脱秦难,却得此两小人之力。可见天下寸长尺技,俱有用处。而今世上只重着科目[1],非此出身,纵有奢遮的,一概不用。所以有奇巧智谋之人,没处设施,多赶去做了为非作歹的勾当。若是善用人材的收拾将来,随宜酌用,未必不得他气力,且省得他流在盗贼里头去了。

且如宋朝临安有个剧盗,叫做"我来也"。不知他姓甚名谁,但是他到人家偷盗了物事,一些踪影不露出来,只是临行时壁上写着"我来也"三个大字。第二日人家看见了字,方才简点家中,晓得失了贼。若无此字,竟是神不知、鬼不觉的,煞好手段。临安中受他蒿恼不过,纷纷告状。府尹责着缉捕使臣,严行挨查,要获着真正写"我来也"三字的贼人。却是没个姓名,知是张三、李四?拿着那个才肯认帐?使臣人等受那比较不过,只得用心体访。元来随你巧贼,须瞒不过公人,占风望气,定然知道的。只因拿得甚紧,毕竟不知怎的缉着了他的真身,解到临安府里来。

府尹升堂,使臣禀说缉着了真正"我来也",虽不晓得姓名,却正是写这三字的。府尹道:"何以见得?"使臣道:"小人们体访甚真,一些不差。"那个人道:"小人是良民,并不是甚么'我来也'。公人们比较不过,拿小人来冒充的。"使臣道:"的是真正的,贼口听他不得。"府尹只是疑心。使臣们禀道:"小人们费了多少心机,才访得着。若被他花言巧语脱了出去,后来小人们再没处拿了。"府尹欲待要放,

---

[1] 科目——指唐朝以来分科选拔官吏的名目。这里指科考。

见使臣们如此说,又怕是真的,万一放去了,难以寻他,再不好比较缉捕了。只得权发下监中收监。

那人一到监中,便好言对狱卒道:"进监的旧例,该有使费。我身边之物,尽被做公的搜去。我有一主银两,在岳庙里神座破砖之下,送与哥哥做拜见钱。哥哥只做去烧香,取了来。"狱卒似信不信,免不得跑去一看,果然得了一包东西,约有二十馀两。狱卒大喜,遂把那人好好看待,渐加亲密。

一日,那人又对狱卒道:"小人承蒙哥哥盛情,十分看待得好,小人无可报效。还有一主东西,在某处桥垛之下,哥哥去取了,也见小人一点敬意。"狱卒道:"这个所在是往来之所,人眼极多,如何取得?"那人道:"哥哥将个筐篮,盛着衣服,到那河里去洗。摸来放在篮中,就把衣服盖好,却不拿将来了?"狱卒依言,如法取了来,没人知觉。简简物事,约有百金之外。狱卒一发喜谢不尽,爱厚那人,如同骨肉。晚间买酒请他。

酒中那人对狱卒道:"今夜三更,我要到家里去看一看,五更即来。哥哥可放我出去一遭。"狱卒思量道:"我受了他许多东西,他要出去,做难不得。万一不来了怎么处?"那人见狱卒迟疑,便道:"哥哥不必疑心。小人被做公的冒认做'我来也',送在此间。既无真名,又无实迹,须问不得小人的罪,小人少不得辨出去。一世也不私逃的,但请哥哥放心,只消两个更次,小人仍旧在此了。"狱卒见他说得有理,想道:"一个不曾问罪的犯人,就是失了,没甚大事。他现与了我许多银两,拚得与他使用些,好歹糊涂得过。况他未必不来的。"就依允放了他。那人不繇狱门，竟在屋檐上跳了去。屋瓦无声，早已不见。

到得天未大明，狱卒宿酒未醒，尚在朦胧，那人已从屋檐跳下，摇起狱卒道："来了，来了。"狱卒惊醒，看了一看道："有这等信人！"那人道："小人怎敢不来，有累哥哥？多谢哥哥放了我去，已有小小谢意留在哥哥家里，哥哥快去收拾了来。小人就要别了哥哥，当官出监去了。"狱卒不解其意，急回到家中。家中妻子说："有件事，正要你回来得知。昨夜更鼓尽时，不知梁上甚么响，忽地掉下一个包来。解开看时，尽是金银器物。敢是天赐我们的？"狱卒情知是那人的缘故，急摇手道："不要露声！快收拾好了，慢慢受用。"狱卒急转到监中，又谢了那人。

须臾，府尹升堂，放告牌出。只见纷纷来告盗情事，共有六七纸，多是昨夜失了盗，墙壁上俱写得有"我来也"三字，恳求着落缉捕。府尹道："我元疑心前日监的未必是真'我来也'，果然另有这个人在那里。那监的岂不冤枉？"即叫狱卒来分付，快把前日监的那人放了。另行责着缉捕使臣，定要访个真正"我来也"解官，立限比较。岂知真的却在眼前放去了！只有狱卒心里明白，伏他神机妙用。受过重贿，再也不敢说破。

看官，你道如此贼人智巧，可不是有用得着他的去处么？这是旧话，不必说。只是我朝嘉靖年间，苏州有个神偷懒龙，事迹颇多。虽是个贼，煞是有义气，兼带着戏耍，说来有许多好笑好听处。有诗为证：

> 谁道偷无道？神偷事每奇。
> 更看多慷慨，不是俗偷儿。

话说苏州亚字城东玄妙观前第一巷，有一个人，不晓得他的姓名，后来他自号懒龙，人只称呼他是懒龙。其母村居，偶然走路遇着天雨，走到一所枯庙中避着，却是草鞋三郎庙。其母坐久，雨尚不住，昏昏睡去，梦见神道与他交感。归来有妊，满了十月，生下这个懒龙来。懒龙生得身材小巧，胆气壮猛，心机灵变，度量慨慷。且说他的身体行径：

> 柔若无骨，轻若御风。大则登屋跳梁，小则扪墙摸壁。随机应变，看景生情。撮口则为鸡犬狸鼠之声，拍手则作箫鼓弦索之弄。饮啄有方，律吕相应。无弗酷肖，可使乱真。出没如鬼神，去来如风雨。果然天下无双手，真是人间第一偷。

懒龙不但伎俩巧妙，又有几件希奇本事，咤异性格。自小就会着了靴在壁上走，又会说十三省乡谈[1]。夜间可以连宵不睡，日间可以连睡几日，不茶不饭，像陈抟[2]一般。有时放量一吃，酒数斗，饭数升，不够一饱；有时不吃起来，便动几日不饿。鞋底中用稻草灰做衬，

---

[1] 十三省乡谈——明初袭元制，除两个直隶省外，境内分设十三个行中书省，不久即改为承宣布政使司，但习惯上仍称省，即山东、山西、河南、陕西、四川、湖广、浙江、江西、福建、广东、广西、云南、贵州。乡谈，指方言。"十三省乡谈"，即指全国各地方言。
[2] 陈抟——字图南，号扶摇子，五代宋初道士。相传他活了百馀岁，善睡，常百日不起，世称"隐于睡"。

走步绝无声响。与人相扑,掉臂往来,倏忽如风。想来《剑侠传》[1]中白猿公,《水浒传》中鼓上蚤,其矫捷不过如此。

自古道:"性之所近。"懒龙既有这一番咗嚄,便自藏埋不住,好与少年无赖的人往来,习成偷儿行径。一时偷儿中高手有:

芦茄茄(骨瘦如青芦枝,探丸白打最胜);

刺毛鹰(见人辄隐伏,形如虿蜂[2],能宿梁壁上);

白搭膊(以素练为腰缠,角上挂大铁钩,以钩向上抛掷,遇冒挂,便攀缘腰缠上升,欲下亦藉钩力,梯其腰缠,翩然而落)。

这数个多是吴中高手,见了懒龙手段,尽皆心伏,自以为不及。懒龙原没甚家缘家计,今一发弃了,到处为家,人都不晓得他歇在那一个所在。白日行都市中,或闪入人家,但见其影,不见其形。暗夜便窃入大户朱门寻宿处,玳瑁梁[3]间、鸳鸯楼下、绣屏之内、画阁之中,缩做刺猬一团,没一处不是他睡场。得便就做他一手。因是终日会睡,变幻不测如龙,所以人叫他懒龙。所到之处,但得了手,就画一枝梅花在壁上,在黑处将粉写白字,在粉墙将煤写黑字,再不空过。所以人又叫他做一枝梅。

嘉靖初年,洞庭两山出蛟,太湖边山崖崩塌,露出一古冢朱漆棺,

---

[1]《剑侠传》——传为唐段成式所撰,共二卷。
[2] 虿蜂(chàifēng 瘥泛)——虿,蝎子一类的毒虫;蜂,即蜂。
[3] 玳瑁梁——画梁。

宝物无数，尽被人盗去无遗。有人传说到城，懒龙偶同亲友泛湖，因到其处。看见藤蔓缠棺，已被斩断；开发棺中惟枯骸一具；冢傍有断碑模糊。懒龙道是古来王公之墓，不觉恻然，就与他掩蔽了。即时出些银两，顾本处土人聚土埋藏好了，把酒浇奠。奠毕将行，懒龙见草中一物碍脚，俯首取起，乃是古铜镜一面。急藏袜中，不与人见。及到城中，将往僻处，刷净泥滓细看。那镜小小只有四五寸，面上精光闪烁，背上鼻钮四傍，隐起穷奇[1]、饕餮[2]、鱼龙、波浪之形，满身青绿，尽蚀朱砂、水银之色。试敲一下，其声泠然。晓得是件宝贝，将来佩带身边。到得晚间，将来一照，暗处皆明，雪白如昼。懒龙得了此镜，出入不离，夜行更不用火，一发添了一助。别人怕黑时节，他竟同日里行走，偷法愈便。

却是懒龙虽是偷儿行径，却有几件好处：不肯淫人家妇女；不入良善与患难之家；许了人说话，再不失信。亦且仗义疏财，偷来东西，随手散与贫穷负极之人；最要薅恼那悭吝财主、无义富人，逢场作戏，做出笑话。因此到所在，人多倚草附木，成行逐队来皈依他，义声赫然。懒龙笑道："吾无父母妻子可养，借这些世间馀财，聊救贫人，正所谓损有馀补不足，天道当然。非关吾的好义也。"

一日，有人传说一个大商下千金在织人周甲家，懒龙要去取他的。酒后错认了所在，误入了一个人家。其家乃是个贫人，房内止有

---

[1] 穷奇——古代传说中的恶兽名，形状像牛，毛如刺猬，食人。
[2] 饕餮（tāotiè 滔帖）——古代传说中的恶兽名，性贪食，古代钟鼎彝器上多刻其头部形状作为装饰。

一张大几。四下一看,别无长物。既已进了房中,一时不好出去,只得伏在几下。看见贫家夫妻对食,盘餐萧瑟。夫满面愁容,对妻道:"欠了客债要紧,别无头脑可还,我不如死了罢。"妻子道:"怎便寻死? 不如把我卖了,还好将钱营生。"说罢,夫妻泪如雨下。懒龙忽然跳将出来,夫妻慌怕。懒龙道:"你两个不必怕我,我乃懒龙也。偶听人言,来寻一个商客,错走至此。今见你每生计可怜,我当送二百金与你,助你经营。快不可别寻道路,如此苦楚。"夫妻素闻其名,拜道:"若得义士如此厚恩,吾夫妻死里得生了。"懒龙出了门去。一个更次,门内铿然一响,夫妻走起看时,果然一个布囊有银二百两在内,乃是懒龙是夜取得商人之物。夫妻喜跃非常,写个懒龙牌位,奉事终身。

有一贫儿,少时与懒龙游狎,后来消乏,与懒龙途中相遇,身上褴褛,自觉羞惭,引扇掩面而过。懒龙掣住其衣,问道:"你不是某舍〔1〕么?"贫儿踧踖道:"惶恐,惶恐。"懒龙道:"你一贫至此,明日当同你入一大家,取些来付你。勿得妄言。"贫儿晓得懒龙手段,又是不哄人的,明日傍晚,来寻懒龙。懒龙与他共至一所,乃是士夫家池馆。但见:

暮鸦撩乱,碧树蒙笼。

万籁凄清,四隅寂静。

懒龙分付贫儿止住在外,自己竦身攀树,逾垣而入。许久不出。贫儿

----

〔1〕 某舍——犹如说某位少爷。舍,即"舍人",对富家子弟的尊称。

屏气吞声,蹲踞墙外。又被群犬嚎吠,赶来咋啮,贫儿绕墙走避。微听得墙内水响,倏有一物,如没水鸬鹚,从林影中堕地。仔细看看,却是懒龙,浑身沾湿,状甚狼狈。对贫儿道:"吾为你几乎送了性命!里面黄金无数,可以斗量,我已取到了手。因为外边犬吠得紧,惊醒里面的人,追将出来。只得丢弃道傍,轻身走脱。此乃子之命也。"贫儿道:"老龙平日手到拿来,今日如此,是我命薄。"叹息不胜。懒龙道:"不必烦恼,改日别作道理。"贫儿怏怏而去。

过了一个多月,懒龙路上又遇着他,哀告道:"我穷得不耐烦了。今日去卜问一卦,遇着上上大吉,财爻发动。先生说:'当有一场飞来富贵,是别人作成的。'我想,不是老龙,还那里指望?"懒龙笑道:"吾几乎忘了,前日那家金银一箱,已到手了。若竟把来与你,恐那家发觉,你藏不过,做出事来。所以权放在那家水池内,再看动静。今已个月期程,不见声息,想那家不思量追访了,可以取之无碍。晚间当再去走遭。"贫儿等到薄暮,来约懒龙同往。懒龙一到彼处,但见:

度柳穿花,捷若飞鸟。

驰波溅沫,矫似游龙。

须臾之间,背负一箱而出。急到僻处开看,将着身带宝镜一照,里头尽是金银。懒龙分文不取,也不问多少,尽数与了贫儿。分付道:"这些财物可勾你一世了,好好将去用度,不要学我懒龙混帐,半生不做人家。"贫儿感激谢教,将着做本钱,后来竟成富家。懒龙所行之事,每多如此。

说话的，懒龙固然手段高强，难道只这等游行无碍，再没有失手时节？看官听说：他也有遇着不巧，受了窘迫，却会得逢急智生，脱身溜撒。

曾有一日走到人家，见衣橱开着，急向里头藏身，要取橱中衣服。不匡这家子临上床时，将衣橱关好，上了大锁，竟把懒龙锁在橱内了。懒龙出来不得，心生一计，把橱内衣饰紧缠在身，又另包下一大包，俱挨着橱门，口里就做鼠咬衣裳之声。主人听得，叫起老妪来道："为何把老鼠关在橱内了？可不咬坏了衣服！快开了橱，赶了出来。"老妪取火开橱，才开得门，那挨着门口包儿先滚了下地。说时迟，那时快，懒龙就这包滚下来头里，一同滚将出来，就势扑灭了老妪手中之火。老妪吃惊，大叫一声。懒龙恐怕人起难脱，急取了那个包，随将老妪要处一拨，扑的跌倒在地，望外便走。房中有人走起，地上踏着老妪，只说是贼，拳脚乱下。老妪喊叫连天。房外人听得房里嚷乱，尽奔将来，点起火一照，见是自家人厮打。方喊得住，懒龙不知已去过几时了。

有一织纺人家，客人将银子定下绸罗若干。其家夫妻收银箱内，放在床里边。夫妻同寝在床，夜夜小心谨守。懒龙知道，要取他的。闪进房去，一脚踏了床沿，挽手进床内掇那箱子。妇人惊醒，觉得床沿上有物，暗中一摸，晓得是只人脚，急用手抱住不放，忙叫丈夫道："快起来，吾捉住贼脚在这里了！"懒龙即将其夫之脚用手抱住一招。其夫负痛，忙喊道："是我的脚！是我的脚！"妇人认是错拿了夫脚，即时把手放开。懒龙便掇了箱子，如飞出房。夫妻两人还争个不清，妻道:"分明拿的是贼脚,你却教放了。"夫道:"现今我脚掐得生疼,那里是贼脚?"妻道:"你脚在里床,我拿的在外床,况且吾不曾掐着。"夫道:"这等,是贼掐我的脚。你只不要放那只脚便是。"妻道:"我听你喊将起来,慌忙之中,认是错了,不觉把手放松,他便抽得去了,着了他贼见识,定是不好了。"摸摸里床,箱子果是不见。夫妻两个,我道你错,你道我差,互相埋怨不了。

懒龙又走在一个卖衣服的铺里,寻着他衣库,正要拣好的卷他。黑暗难认,却把身边宝镜来照。又道是:

隔墙须有耳,门外岂无人?

谁想隔邻人家,有人在楼上做房,楼窗看见间壁衣库亮光一闪,如闪电一般,情知有些尴尬。忙敲楼窗,向铺里叫道:"隔壁仔细,家中敢有小人了!"铺中人惊起,口喊"捉贼"。懒龙听得在先,看见庭中有一只大酱缸,上盖蓬笪[1]。懒龙慌忙揭起,蹲在缸中,仍复反手盖好。那家人提着灯各处一照,不见影响,寻到后边去了。懒龙在缸里想道:"方才只有缸内,不曾开看。今后头寻不见,此番必来。我不如往看过的所在躲去。"又思身上衣已染酱,淋漓开来,掩不得踪迹,便把衣服卸在缸内,赤身脱出来。把脚踪印些酱迹在地下,一路到门,把门开了,自己翻身进来,仍入衣库中藏着。那家人后头寻了一转,又将火到前边来,果然把酱缸盖揭开看时,却有一套衣服在内,认得不是家里的。多道:"这分明是贼的衣裳了!"又见地下脚迹,自缸

---

[1] 蓬笪(gān竿)——即"蓬竿",竹编盖具。

边直到门边,门已洞开。尽皆道:"贼见我们寻,慌躲在酱缸里面。我们后边去寻时,他却脱下衣服,逃走了。可惜看得迟了些个,不然,此时已被我们拿住。"店主人家道:"赶得他去也罢了。关好了门,歇息罢!"一家尽道贼去无事,又历碌了一会,放倒了头,大家酣睡。讵知贼还在家里,懒龙安然住在锦绣丛中,把上好衣服绕身系束得紧峭,把一领青旧衣外面盖着,又把细软好物装在一条布被里面,打做个包儿。弄了大半夜,寂寂负了,从屋檐上跳出。这家子没一人知觉。

跳到街上,正走时,天尚黎明,有三四一起早行的人,前来撞着。见懒龙独自一个,负着重囊,侵早行走,疑他来路不正气,遮住道:"你是甚么人?在那里来?说个明白,方放你走。"懒龙口不答应,伸手在肘后摸出一包,团圞如球,抛在地下就走。那几个人多来抢看,见上面牢卷密扎,道他必是好物,争先来解。解了一层,又有一层,就像剥笋壳一般。且是层层捆得紧,剥了一尺多,里头还不尽,剩有拳头大一块。疑道:"不知裹着甚么!"众人不肯住手,还要夺来解看。那先前解下的,多是敝衣破絮,零零落落,堆得满地。正在闹嚷之际,只见一伙人赶来道:"你们偷了我家铺里衣服,在此分赃么!"不繇分说,拿起器械蛮打将来。众人呼喝不住,见不是头,各跑散了。中间拿住一个老头儿,天色黯黑之中,也不来认面庞,一步一棍,直打到铺里。老头儿口里乱叫乱喊道:"不要打!不要打!你们错了!"众人多是兴头上,人住马不住,那里听他?看看天色大明,店主人仔细一看,乃是自家亲家翁,在乡里住的。连忙喝住众人,已此打得头虚面肿。店主人忙陪不是，置酒请罪。因说失贼之事，老头儿方诉出来道："适才同两三个乡里人作伴到此，天未明亮，因见一人背驮一大囊行走，正拦住盘问，不匡他丢下一件包裹，多来夺看，他乘闹走了。谁想一层一层，多是破衣败絮。我们被他哄了，不拿得他，却被这里人不分皂白，混打这番，把同伴人惊散。便宜那贼骨头，又不知走了多少路了。"众人听见这话，大家惊悔。邻里闻知某家捉贼，错打了亲家公，传为笑话。原来那个球就是懒龙在衣橱里把闲工结成，带在身边，防人尾追，把此抛下做缓兵之计的。这多是他临危急智，脱身巧妙之处。有诗为证：

巧技承蜩与弄丸〔1〕，当前卖弄许多般。

虽然贼态何堪述，也要临时猝智难。

懒龙神偷之名，四处布闻。卫中巡捕张指挥访知，叫巡军拿去。指挥见了，问道："你是个贼的头儿么？"懒龙道："小人不曾做贼，怎说是贼的头儿？小人不曾有一毫赃私犯在公庭，亦不曾见有窃盗贼伙扳及小人。小人只为有些小智巧，与亲戚朋友作耍之事间或有之。爷爷不要见罪小人，或者有时用得小人着，水里火里，小人不辞。"指挥见他身材小巧，语言爽快，想道无赃无证，难以罪他。又见说肯出力，思量这样人有用处，便没有难为的意思。

---

〔1〕 承蜩与弄丸——承蜩，用长竿粘取蝉。《庄子·达生》记一驼背人取蝉就像拾物一样容易。弄丸，抛接丸铃，是一种杂技。《庄子·徐无鬼》记楚国勇士熊宜僚善弄玩丸铃，传说常八个在空中，一个在手。这两个故事均用来比喻技巧高超。

正说话间，有个阊门陆小闲将一只红嘴绿鹦哥来献与指挥。指挥教把锁镣挂在檐下，笑对懒龙道："闻你手段通神，你虽说戏耍无赃，偷人的必也不少。今且权恕你罪，我只要看你手段。你今晚若能偷得我这鹦哥去，明日送来还我，凡事不计较你了。"懒龙道："这个不难。容小人出去，明早送来。"懒龙叩头而出。指挥当下分付两个守夜军人："小心看守架上鹦哥，倘有疏失，重加责治。"两个军人听命，守宿在檐下，一步不敢走离。虽是眼皮压将下来，只得勉强支持。一阵盹睡，闻声惊醒，甚是苦楚。夜已五鼓，懒龙走在指挥书房屋脊上，挖开椽子，溜将下来。只见衣架上有一件沉香色潞绸披风，几上有一顶华阳巾，壁上挂一盏小行灯，上写着"苏州卫堂"四字。懒龙心思有计，登时把衣巾来穿戴了，袖中拿出火种，吹起烛煤，点了行灯，提在手里，装着老张指挥声音步履，仪容气度，无一不像。走到中堂壁门边，把门耒然开了，远远放住行灯，跮出廊檐下来。此时月色朦胧，天光昏惨，两个军人大盹小盹，方在困倦之际。懒龙轻轻踢他一下道："天色渐明，不必守了，出去罢。"一头说，一头伸手去提了鹦哥锁镣，望中门里面摇摆了进去。两个军人闭眉刷眼，正不耐烦，听得发放，犹如九重天上的赦书来了，那里还管甚么好歹，一道烟去了。

须臾天明，张指挥走将出来，鹦哥不见在檐下。急唤军人问他，两个多不在了。忙教拿来，军人还是残梦未醒。指挥喝道："叫你们看守鹦哥，鹦哥在那里？你们倒在外边来？"军人道："五更时恩主亲自出来，取了鹦哥进去，发放小人们归去的，怎么反问小人要鹦哥？"指挥道："胡说！我何曾出来？你们见鬼了？"军人道："分明是恩主亲自出来，我们两个人同在那里，难道一齐眼花了不成？"指挥情知尴尬，走到书房，仰见屋橼有孔道，想必在这里着手去了。正持疑间，外报懒龙将鹦哥送到。指挥含笑出来，问他何繇偷得出去。懒龙把昨夜着衣戴巾假装主人、取进鹦哥之事，说了一遍。指挥惊喜，大加亲幸。懒龙也时常有些小孝顺，指挥一发心腹相托，懒龙一发安然无事了。普天下巡捕官偏会养贼，从来如此。有诗为证：

> 猫鼠何当一处眠？总因有味要垂涎。
> 繇来捕盗皆为盗，贼党安能不炽然？

虽如此说，懒龙果然与人作戏的事体多。曾有一个博徒在赌场得了采，背负千钱回家。路上撞见懒龙，博徒指着钱戏懒龙道："我今夜把此钱放在枕头底下，你若取得去，明日我输东道。若取不去，你请我吃东道。"懒龙笑道："使得，使得。"博徒归到家中对妻子说今日得了采，把钱藏在枕下了。妻子心里欢喜，杀一只鸡，盪酒共吃。鸡吃不完，还剩下一半，收拾在橱中。上床同睡，又说了与懒龙打赌赛之事，夫妻相戒，大家醒觉些个。岂知懒龙此时已在窗下，一一听得。见他夫妻惺憽，难以下手，心生一计。便走去灶下拾根麻骨放在口中，嚼得膈膊有声，竟似猫儿吃鸡之状。妇人惊起道："还有老大半只鸡，明日好吃一餐，不要被这亡人拖了去。"连忙走下床来，去开橱来看。懒龙闪入天井中，将一块石头抛下井里，"洞"的一声响。博徒听得，惊道："不要为这点小小口腹，失脚落在井中了，不是耍处！"急出门来看时，懒龙已隐身入房，在枕下挖钱去了。夫妇两人黑暗里叫唤相应，方知无事，挽手归房。到得床里，只见枕头移开，摸那钱时，早已不见。夫妻互相怨怅道："清清白白两个人，又不曾睡着，却被他当面作弄了去，也倒好笑。"到得天明，懒龙将钱来还了，来索东道。博徒大笑，就勒下几百放在袖里，与懒龙前到酒店中买酒请他。

两个饮酒中间，细说昨日光景，拍掌大笑。酒家翁听见，来问其故。与他说了。酒家翁道："一向闻知手段高强，果然如此。"指着桌上锡酒壶道："今夜若能取得此壶去，我明日也输一个东道。"懒龙笑道："这也不难。"酒家翁道："我不许你毁门坏户，只在此桌上，凭你如何取去。"懒龙道："使得，使得。"起身相别而去。

酒家翁到晚，分付牢关门户，自家把灯四处照了，料道进来不得。想道："我停灯在桌上了，拚得坐着，守定这壶，看他那里下手！"酒家翁果然坐至夜分，绝无影响。意思有些不耐烦了，倦怠起来。瞌睡到了，起初还着实勉强；支撑不过，就斜靠在桌上睡去，不觉大鼾。懒龙早已在门外听得，就悄悄的扒上屋脊，揭开屋瓦，将一猪脬紧扎在细竹管上。竹管是打通中节的，徐徐放下，插入酒壶口中。酒店里的壶，多是肚宽颈窄的。懒龙在上边把一口气从竹管里吹出去，那猪脬在壶内涨将开来，已满壶中。懒龙就掐住竹管上眼，便把酒壶提将起来。仍旧盖好屋瓦，不动分毫。酒家翁一觉醒来，桌上灯还未灭，酒壶已失。急起四下看时，窗户安然，毫无漏处。竟不知甚么神通，摄得去了。

又一日，与二三少年同立在北潼子门酒家。河下船中有个福建公子，令从人将衣被在船头上晒曝，锦绣璨烂，观者无不啧啧。内中有一条被，乃是西洋异锦，更为奇特。众人见他如此炫耀，戏道："我们用甚法取了他的，以博一笑才好。"尽推懒龙道："此时懒龙不逞技俩，更待何时？"懒龙笑道："今夜让我弄了他来，明日大家送还他，要他赏钱，同诸公取醉。"懒龙说罢，先到混堂[1]把身子洗得洁净，再来到船边看相动静。守到更点二声，公子与众客尽带酣意，潦倒模糊。打一个混同铺[2]，吹灭了灯，一齐藉地而寝。懒龙倏忽闪烁，已杂入众客铺内，挨入被中。说着闽中乡谈，故意在被中挨来挤去。众客睡不像意，口里和啰埋怨。懒龙也作闽音说睡话，趁着挨挤杂闹中，扯了那条异锦被，卷作一束。就作睡起要泻溺的声音，公然拽开舱门，走出泻溺，径跳上岸去了。船中诸人一些不觉。

及到天明，船中不见锦被，满舱闹嚷。公子甚是叹惜，与众客商量。要告官，又不直得；要住了，又不舍得。只得许下赏钱一千，招人追寻踪迹。懒龙同了昨日一干人下船中，对公子道："船上所失锦被，我们已见在一个所在。公子发出赏钱与我们弟兄买酒吃，包管寻来奉还。"公子立教取出千钱来放着，待被到手即发。懒龙道："可叫管家随我们去取。"公子分付亲随家人，同了一伙人，走到徽州当内，认着锦被，正是元物。亲随便问道："这是我船上东西，为何在此？"当内道："早间一人拿此被来当。我们看见此锦不是这里出的，有些

---

[1] 混堂——即澡堂、浴室，也叫"香水行"。明郎瑛《七修类稿》卷上："吴俗，甃大石为池……一人专执爨，池水相吞，遂成沸汤，名曰混堂，榜其门则曰香水。"
[2] 混同铺——也叫"总铺"，多人睡在一起的大床铺。

疑心，不肯当钱与他。那个人道：'你每若放不下时，我去寻个熟人来保着，秤银子去就是。'我们说：'这个使得。'那人一去，竟不来了。我元道必是来历不明的，既是尊舟之物，拿去便了。等那个来取时，小当还要捉住了他，送到船上来。"众人将了锦被，去还了公子，就说当中说话。公子道："我们客边的人，但得原物不失罢了，还要寻那贼人怎的？"就将出千钱送与懒龙等一伙报事的人。众人收受，俱到酒店里破除了。元来当里去的人，也是懒龙央出来，把锦被卸脱在那里，好来请赏的。如此作戏之事，不一而足。正是：

　　胪传能发冢[1]，穿窬[2]何足薄？

　　若托大儒言，是名善戏谑。

懒龙固然好戏，若是他心中不快意的，就连真带耍，必要扰他。

有一伙小偷置酒邀懒龙游虎丘，船经山塘，暂停米店门口河下。穿出店中[3]，买柴沽酒。米店中人嫌他停泊在此，出入搅扰，厉声推逐，不许系缆。众偷不平，争嚷。懒龙丢个眼色，道："此间不容借走，我们移船下去些，别寻好上岸处罢了，何必动气！"遂教把船放开，众人还忿忿。懒龙道："不须角口，今夜我自有处置他所在。"众人请问。懒龙道："你们去寻一只站船来，今夜留一樽酒，一个槛及

---

[1]　"胪传"句——语出《庄子·外物》："儒以诗礼发冢，大儒胪传曰：'东方作矣，事之何若？'"这是庄子不满儒家的话，认为儒家口倡诗礼仁义，而行为却干着掘坟取财的事。胪传，对下传告。

[2]　穿窬（yú 鱼）——穿壁逾墙，指盗窃行为。窬，通"逾"。

[3]　"船经山塘……穿出店中"——山塘是苏州城外河名，自城西北流绕虎丘，沿水市街名山塘街，两岸房屋后边面河，上岸购物，须穿过人家内室或店堂。

暖酒家火、薪炭之类,多安放船中。我要归途一路赏月色到天明。你们明日便知,眼下不要说破。"是夜虎丘席罢,众人散去。懒龙约他明日早会,止留得一个善饮的为伴,一个会行船的持篙,下在站船中回来。经过米店河头,店中已扃闭得严密。其时河中赏月,归舟吹唱过往的甚多。米店里头人,安心熟睡。懒龙把船贴米店板门住下。日间看在眼里,有米一囤在店角落中,正临水次近板之处。懒龙袖出小刀,看板上有节处一挖,那块木节囵囵的落了出来,板上老大一孔。懒龙腰间摸出竹管一个,两头削如藕披[1],将一头在板孔中插入米囤,略摆一摆,只见囤内米簌簌的从管里泻将下来,就如注水一般。懒龙一边对月举杯,酣呼跳笑,与泻米之声相杂,来往船上多不知觉。那家子在里面睡的,一发梦想不到了。看看斗转参横,管中没得泻下,想来囤中已空。看那船舱也满了,便叫解开船缆,慢慢的放了船去。到一僻处,众偷皆来。懒龙说与缘故,尽皆抚掌大笑。懒龙拱手道:"聊奉列位众分,以答昨夜盛情。"竟自一无所取。那米店直到开囤,才知其中已空,再不晓得是几时失去,怎么样失了的。

苏州新兴百柱帽,少年浮浪的,无不戴着装幌[2]。南园侧东道堂白云房一起道士,多私下置一顶,以备出去游耍,好装俗家。一日夏月天气,商量游虎丘,已叫下酒船。有个纱王三,乃是王织纱第三个儿子,平日与众道士相好,常合伴打平火。众道士嫌他惯讨便宜,

---

[1] 藕披——藕节斜切处。
[2] 装幌——作幌子以招人,这里含有出风头显示自己的意思。

且又使酒难堪,这番务要瞒着了他。不想纱王三已知道此事,恨那道士不来约他,去寻懒龙商量,要怎生败他游兴。懒龙应允,即闪到白云房,将众道常戴板巾[1]尽取了来。纱王三道:"何不取了他新帽,要他板巾何用?"懒龙道:"若他失去了新帽,明日不来游山了,有何趣味?你不要管,看我明日消遣他。"纱王三终是不解其意,只得繇他。

明日,一伙道士轻衫短帽,装束做少年子弟,登舟放浪。懒龙青衣相随下船,蹲坐舵楼。众道只道是船上人,船家又道是跟的侍者,各不相疑。开得船时,众道解衣脱帽,纵酒欢呼。懒龙看个空处,将几顶新帽卷在袖里,腰头摸出昨日所取几顶板巾,放在其处。行到斟酌桥边,拢船近岸,懒龙已望岸上跳将去了。一伙道士正要着衣帽登岸潇洒,寻帽不见,但有常戴的纱罗板巾,压折整齐,安放做一堆在那里。众道大嚷道:"怪哉!怪哉!我们的帽子多在那里去了?"船家道:"你们自收拾,怎么问我?船不漏针,料没失处。"众道又各处寻了一遍,不见踪影,问船家道:"方才你船上有个穿青的瘦小汉子走上岸去,叫来问他一声,敢是他见在那里?"船家道:"我船上那有这人?是跟随你们下来的。"众道嚷道:"我们几曾有人跟来?这是你串同了白日撞[2]偷了我帽子去了。我们帽子几两一顶结的,决不与你干休!"扭住船家不放。船家不伏,大声嚷乱。岸上聚起无数人

---

[1] 板巾——也叫"瓦楞帽",道士戴的一种可压褶的帽子。
[2] 白日撞——吴方言,指白天借故混入人家行窃的小偷。

来，蜂拥争看。人丛中走出一个少年子弟，扑的跳下船来道："为甚么喧闹？"众道与船家各各告诉一番。众道认得那人，道是决帮他的。不匡那人正色起来，反责众道道："列位多是羽流〔1〕，自然只戴板巾上船。今板巾多在那里，再有甚么百柱帽？分明是诬诈船家了。"看的人听见，才晓得是一伙道士，板巾见在，反要诈船上赔帽子，发起喊来。就有那地方游手好闲几个揽事的光棍来出尖〔2〕，伸拳捋手道："果是贼道无理！我们打他一顿，拿来送官。"那人在船里摇手，止住道："不要动手，不要动手，等他们去了罢。"那人忙跳上岸。众道怕惹出是非来，叫快开了船。一来没了帽子，二来被人看破，装幌不得了，不好登山，怏怏而回。枉费了一番东道，落得扫兴。

你道跳下船来这人是谁？正是纱王三。懒龙把板巾换了帽子，知会了他，趁扰攘之际，特来证实道士本相，扫他这一场。道士回去，还缠住船家不歇。纱王三叫人将几顶帽子送将来还他，上覆道："已后做东道，要洒浪〔3〕那帽子时，千万通知一声。"众道才晓得是纱王三耍他。又曾闻懒龙之名，晓得纱王三平日与他来往，多是懒龙的做作了。

其时邻境无锡有个知县，贪婪异常，秽声狼籍。有人来对懒龙道："无锡县官廨中金宝山积，无非是不义之财，何不去取他些来？分惠贫人也好。"懒龙听在肚里，即往无锡地方，晚间潜入官舍中，观

---

〔1〕 羽流——羽士之流，即道士。
〔2〕 出尖——吴方言，称出面袒护某方某事。
〔3〕 洒浪——卖弄，出风头。

看动静。那衙里果然富贵,但见:

> 连箱锦绮,累架珍奇。元宝不用纸包,叠成行列;器皿半非陶就,摆满金银。大象口中牙,蠢婢将来揭火;犀牛头上角,小儿拿去盛汤。不知夏楚[1]追呼,拆了人家几多骨肉;更兼苞苴[2]混滥,卷了地方到处皮毛。费尽心,要传家里子孙;觍着面,且认民之父母。

懒龙看不尽许多奢华,想道:"重门深锁,外边梆铃之声不绝,难以多取。"看见一个小匣,十分沉重,料必是精金白银,溜在身边。心里想道:"官府衙中之物,省得明日胡猜乱猜,屈了无干的人。"摸出笔来,在他箱架边墙上,画着一枝梅花,然后轻轻的从屋檐下望衙后出去了。

过了两三日,知县简点宦囊,不见一个专放金子的小匣儿,约有二百余两金子在内,价值一千多两银子。各处寻看,只见傍边画着一枝梅,墨迹尚新。知县吃惊道:"这分明不是我衙里人了。卧房中谁人来得,却又从容画梅为记?此不是个寻常之盗,必要查他出来!"遂唤取一班眼明手快的应捕,进衙来看贼迹。众应捕见了壁上之画,吃惊道:"覆官人,这贼小的们晓得了,却是拿不得的。此乃苏州城中神偷,名曰懒龙,身到之处,必写一枝梅在失主家为认号。其人非比等闲手段,出有入无,更兼义气过人,死党极多。寻他要紧,怕生出

---

[1] 夏(jiǎ 甲)楚——楸板和荆杖,古代扑打犯人的刑具。夏,通"榎",楸木。楚,荆木。
[2] 苞苴(jū 居)——送礼物用的蒲包,引申为贿赂。

别事来。失去金银还是小事,不如放舍罢了,不可轻易惹他。"知县大怒道:"你看这班奴才!既晓得了这人名字,岂有拿不得的?你们专惯与贼通同,故意把这等话党庇他,多打一顿大板才好。今要你们拿贼,且寄下在那里。十日之内不拿来见我,多是一个死!"应捕不敢回答。知县即唤书房写下捕盗批文,差下捕头两人,又写下关子[1],关会长、吴二县[2],必要拿那懒龙到官。应捕无奈,只得到苏州来走一遭。

正进阊门,看见懒龙立在门口,应捕把他肩胛拍一拍道:"老龙,你取了我家官人东西罢了,卖弄甚么手段,画着梅花?今立限与我们,必要拿你到官,却是如何?"懒龙不慌不忙道:"不劳二位费心,且到店中坐坐细讲。"懒龙拉了两个应捕,一同到店里来,占副座头吃酒。懒龙道:"我与两位商量:你家县主果然要得我紧,怎么好累得两位?只要从容一日,待我送个信与他,等他自然收了牌票,不敢问两位要我,何如?"应捕道:"这个虽好,只是你取得他的忒多了,他说多是金子,怎么肯住手?我们不同得你去,必要为你受亏了。"懒龙道:"就是要我去,我的金子也没有了。"应捕道:"在那里了?"懒龙道:"当下就与两位分了。"应捕道:"老龙不要取笑。这样话,当官不是耍处。"懒龙:"我平时不曾说诳语,原不取笑。两位到宅上去,一看便见。"扯着两个人耳朵说道:"只在家里瓦沟中去寻就有。"应

---

[1] 关子——这里指关照文书。
[2] 长、吴二县——明代苏州分为长洲县和吴县两个县治。

捕晓得他手段,忖道:"万一当官这样说起来,真个有赃在我家里,岂不反受他累?"遂商量道:"我们不敢要老龙去了,而今老龙待怎么分付?"懒龙道:"两位请先到家,我当随至。包管知县官人不敢提起,决不相累就罢了。"腰间摸出一包金子,约有二两重,送与两人道:"权当盘费。"从来说公人见钱,如苍蝇见血。两个应捕看见赤艳艳的黄金,怎不动火?笑欣欣接受了。就想:"此金子未必不就是本县之物。"一发不敢要他同去了。两下别过。

懒龙连夜起身,早到无锡,晚来已闪入县令衙中。县官有大小孺人,这晚在大孺人房中宿歇,小孺人独自在帐中。懒龙揭起帐来,伸手进去一摸,摸着顶上青丝髻,真如盘龙一般。懒龙将剪子轻轻剪下,再去寻着印箱,将来撬开,把一盘发髻塞在箱内,仍与他关好了。又在壁上画下一枝梅。别样不动分毫,轻身脱走。

次日小孺人起来,忽然头发纷披,觉得异样。将手一摸,顶髻俱无,大叫起来。合衙惊怪,多跑将来问缘故。小孺人哭道:"谁人使促掐[1],把我的头发剪去了!"忙报知县来看。知县见帐里坐着一个头陀,不知那里作怪起。想着平日绿云委地,好不可爱,今却如此模样,心里又痛又惊,道:"前番金子失去,尚在严提未到,今番又有歹人进衙了!别件犹可,县印要紧。"亟取印箱来看,看见封皮完好,锁钥俱在。随即开来看时,印章在上格不动,心里略放宽些。又见有头发缠绕,掇起上格,底下一堆髻发,散在箱里。再简点别件,不动分

----
〔1〕 促掐——吴方言,阴恶、刻薄、捉弄人。

毫。又见壁上画着一枝梅,连前凑做一对了。知县吓得目睁口呆,道:"元来又是前番这人!见我追得急了,他弄这神通出来,报信与我。剪去头发,分明说可以割得头去;放在印箱里,分明说可以盗得印去。这贼直如此利害!前日应捕们劝我不要惹他,元来果是这等。若不住手,必遭大害。金子是小事,拚得再做几个富户不着,便好补填了。不要追究的是。"连忙掣签,去唤前日差往苏州下关文的应捕来销牌。

两个应捕自那日与懒龙别后,来到家中。依他说话,各自家里屋瓦中寻,果然各有一包金子,上写着日月封记,正是前日县间失贼的日子,不知懒龙几时送来藏下的。应捕老大心惊,噙着指头道:"早是不拿他来见官。他一口招出,搜了赃去,浑身口洗不清。只是而今怎生回得官人的话?"叫了伙计,正自商量踌躇,忽见县里差签来到。只道是拿违限的,心里慌张,谁知却是来叫销牌的。应捕问其缘故,来差把衙中之事一一说了,道:"官人此时好不惊怕,还敢拿人?"应捕方知懒龙果不失信,已到这里弄了神通去了,委实好手段。

嘉靖末年,吴江一个知县治行贪秽,心术狡狠。忽差心腹公人,赍了聘礼,到苏城求访懒龙,要他到县相见。懒龙应聘而来,见了知县,禀道:"不知相公呼唤小人那厢使用。"知县道:"一向闻得你名,有一机密事要你做去。"懒龙道:"小人是市井无赖,既蒙相公青目,要干何事,小人水火不避。"知县屏退左右,密与懒龙商量道:"叵耐巡按御史到我县中,只管来寻我的不是。我要你去察院衙里,偷了他印信出来,处置他不得做官了,方快我心。你成了事,我与你百金之赏。"懒龙道："管取手到拿来，不负台旨。"果然去了半夜，把一颗察院印信弄将出来，双手递与知县。知县大喜，道："果然妙手！虽红线盗金盒[1]，不过如此神通罢了。"急取百金赏了懒龙，分付他快些出境，不要留在地方。懒龙道："多谢相公厚赐。只是相公要此印怎么？"知县笑道："此印已在我手，料他奈何我不得了。"懒龙道："小人蒙相公厚德，有句忠言要说。"知县道："怎么？"懒龙道："小人躲在察院梁上半夜，偷看巡按爷烛下批详文书，运笔如飞，处置极当。这人敏捷聪察，瞒他不过的。相公明日，不如竟将印信送还，只说是夜巡所获，贼已逃去。御史爷纵然不能无疑，却是又感又怕，自然不敢与相公异同了。"县令道："还了他的，却不依旧让他行事去？岂有此理！你自走你的路，不要管我。"懒龙不敢再言，潜踪去了。

却说明日察院在私衙中开印来用，只剩得空匣。叫内班人等遍处寻觅，不见踪迹。察院心里道："再没处去。那个知县晓得我有些不像意他，此间是他地方，奸细必多，叫人来设法过了。我自有处。"分付众人，不得把这事漏泄出去，仍把印匣封锁如常。推说有病，不开门坐堂，一应文移，权发巡捕官收贮，一连几日。知县晓得这是他心病发了，暗暗笑着，却不得不去问安。察院见传报知县来到，即开小门请进。直请到内衙床前，欢然谈笑，说着民风土俗，钱粮政务，无一不剖胆倾心，津津不已。一茶未了，又是一茶。知县见察院如此肝

---

[1] 红线盗金盒——红线为潞州节度薛嵩婢女，时魏博节度使田承嗣欲强占潞州，薛嵩无策，红线夜入田承嗣府第，盗走枕前金盒，薛嵩遣人送还，田承嗣惧为所害，遂谢罪。事见唐人袁郊所撰传奇小说《红线》。

鬲相待，反觉踢蹡，不晓是甚么缘故。正絮话间，忽报厨房发火，内班门皂、厨役纷纷赶进，只叫："烧将来了，爷爷快走！"察院变色，急走起来，手取封好的印匣，亲付与知县道："烦贤令与我护持了出去，收在县库。就拨人夫快来救火！"知县慌忙失错，又不好推得，只得抱了空匣出来。此时地方水夫俱集，把火救灭，只烧得厨房两间，公廨无事。察院分付把门关了。这个计较，乃是失印之后，察院预先分付下的。

知县回去思量道："他把这空匣交在我手，若仍旧如此送还，他开来不见印信，我这干系须推不去。"展转无计，只得润开封皮，把前日所偷之印仍放匣中，封锁如旧。明日升堂，抱匣送还。察院就留住知县，当堂开验印信，印了许多前日未发放的公文。就于是日发牌起马，离却吴江，却把此话告诉了巡抚都堂。两个会同，把这知县不法之事参奏一本，论[1]了他去。知县临去时，对衙门人道："懒龙这人是有见识的，我悔不用其言，以至于此。"正是：

枉使心机，自作之孽。

无梁不成，反输一帖。

懒龙名既流传太广，未免别处贼情也有疑猜着他的，时时有些株连着身上。适遇苏州府库失去元宝十来锭，做公的私自议论道："这失去得没影响，莫非是懒龙？"懒龙却其实不曾偷，见人错疑了他，反要打听明白此事。他心疑是库吏知情，夜藏府中公廨黑处，走到库吏

----
〔1〕论——依罪论处。

房中静听。忽听库吏对其妻道："吾取了库银，外人多疑心懒龙，我落得造化了。却是懒龙怎肯应承？我明日把他一生做贼的事迹，纂成一本，送与府主，不怕不拿他来做顶缸。"懒龙听见，心里思量道："不好，不好。本是与我无干，今库吏自盗，他要卸罪，官面前暗栽着我。官吏一心，我又不是没一点黑迹的，怎辨得明白？不如逃去了为上着，免受无端的拷打。"连夜起身，竟走南京，诈妆了双盲的，在街上卖卦。

苏州府太仓夷亭[1]有个张小舍，是个有名极会识贼的魁首。偶到南京街上，撞见了道："这盲子来得蹊跷！"仔细一相，认得是懒龙诈妆的，一把扯住，引他到僻静处，道："你偷了库中元宝，官府正在追捕，你却遁来这里，妆此模样躲闪么？你怎生瞒得我这双眼过？"懒龙挽了小舍的手道："你是晓得我的，该替我分剖这件事，怎么也如此说？那库里银子，是库吏自盗了，我曾听得他夫妻二人床中私语，甚是的确。他商量要推在我身上，暗在官府处下手。我恐怕官府信他说话，故逃亡至此。你若到官府处，把此事首明，不但得了府中赏钱，亦且辨明了我事，我自当有薄意孝敬你。今不要在此处破我的道路。"小舍原受府委，要访这事的。今得此的信，遂放了懒龙，走回苏州出首。果然在库吏处，一追便见，与懒龙并无干涉。

张小舍首盗得实，受了官赏。过了几时，又到南京，撞见懒龙仍妆着盲子在街上行走。小舍故意撞他一肩道："你苏州事已明，前日

---

[1] 夷亭——古镇名，今名唯亭，在苏州吴中区东三十多里。

说话的怎么忘了?"懒龙道:"我不曾忘,你到家里灰堆中去看,便晓得我的薄意了。"小舍欣然道:"老龙自来不掉谎的。"别了回去,到得家里,便到灰中一寻,果然一包金银,同着白晃晃一把快刀埋在灰里。小舍伸舌道:"这个狠贼!他怕我只管缠他,故虽把东西谢我,却又把刀来吓我。不知几时放下的,真是神手段。我而今也不敢再惹他了。"

懒龙自小舍第二番遇见,回他苏州事明,晓得无碍了。恐怕终久有人算他,此后收拾起手段,再不试用,实实卖卜度日。栖迟长干寺中,数年竟得善终。虽然做了一世剧贼,并不曾犯官刑,刺臂字。至今苏州人还说他狡狯耍笑事体不尽。似这等人,也算做穿窬小人中大侠了。反比那面是背非、临财苟得、见利忘义一班峨冠博带的不同。况兼这番神技,若用去偷营劫寨,为间作谍,那里不干些事业?可惜太平之世,守文之时,只好小用伎俩,供人话柄而已。正是:

世上于今半是君,犹然说得未均匀。

懒龙事迹从头看,岂必穿窬是小人!

附：

二刻拍案惊奇卷四十

宋公明闹元宵杂剧

《贵耳集》《瓮天脞语》 纪事

即空观 填词

宋公明闹元宵杂剧目录

第一折　　提纲

第二折　　破橙

第三折　　讯灯

第四折　　词忤

第五折　　闯禁

第六折　　折柳

第七折　　赐环

第八折　　狎游

第九折　　闹灯

第一折　提　纲（末[1]上）

【青玉案】[2]东风未放花千树,早吹陨、星如雨。宝马雕车香满路。凤箫声动,玉壶光转,一夜鱼龙舞。　　蛾儿雪柳黄金缕,笑靥盈盈暗香去。众里寻他千百度。蓦然回首,那人却在,灯火阑珊处。

李师师手破新橙,周待制惨赋离情。

小旋风簪花禁苑,及时雨元夜观灯[3]。

第二折　破　橙（生扮周美成上）　用支思韵

【仙吕引子】【紫苏丸】穷秀才学问不中使,是门庭那堪投止。甚因缘

---

[1] 末——中国戏曲特有的"脚色行当"之一,是演员专业的具体分工。明代南戏分为生、外、旦、贴、净、丑、末七类,下文多有出现,不再注。

[2] 青玉案——此词作者为辛弃疾,所引文字出自《阳春白雪》,其中"未放"、"早吹陨"、"笑靥",通行本为"夜放"、"更吹落"、"笑语"。

[3] "李师师"四句——这四句概括了本杂剧的主要人物和情节,即本折所标的"提纲"。李师师,北宋末汴京名妓。周待制,即北宋著名词人周邦彦,字美成,曾官徽猷阁待制,故称。"小旋风"和"及时雨"是《水浒传》中柴进和宋江的绰号。本剧所演故事,可参看《水浒传》第七十二回《柴进簪花入禁院,李逵元夜闹东京》。

得逗女娇姿,总君王禁不住相思死。

《忆秦娥》"香馥馥,樽前有个人如玉。人如玉,翠翘金凤,内家装束。娇羞爱把眉儿蹙,逢人只唱相思曲。相思曲,一声声是,怨红愁绿。"自家周邦彦,字美成,钱塘人氏。才学拟扬云[1],曾献《汴都》之赋;风流欺柳七[2],同传乐府之名。典册高文,不晓是翰墨林中大手;淫词艳曲,多认做繁华队里当家[3]。只得混俗和光,偷闲寄傲。见作开封监税,权为吏隐金门[4]。此间有个上厅行首李师师,乃是当今道君皇帝所幸。此女风情不凡,委是烟花魁首。亦且善能赏鉴,钟爱文人。小生蒙彼不弃,忝在相知。今日天气寒冷,料想官家不出来了。不免步至他家,取醉一回则个。(行介)

【仙吕过曲】【醉扶归】他九重兀自关情事,我三生结下小缘儿。两字温柔是证明师,尽树起莺花帜。任奇葩开暖向南枝,这芳香自惹蜂蝶恣。(旦扮李师师上)

【前腔】舞裙歌扇烟花市,便珠宫蕊殿有甚参差?谁许轻来觑罘罳[5]。须不是闲阶址。花衢衕排下个海神祠[6],破题儿[7]先把君王试。

---

[1] 扬云——"扬子云"的略称,即西汉著名辞赋家扬雄。
[2] 柳七——即柳永,排行第七,故世称柳七。
[3] 当家——擅长而出色的"行家"。
[4] 金门——"金马门"的略称,汉代宫门名,这里借指都城开封。
[5] 罘罳(fúsī 浮私)——也作"浮思",此指门外之屏,上有孔,形似网。
[6] 海神祠——指王魁与敫桂英在海神庙盟誓事。
[7] 破题儿——指文章点明题意处。试帖诗赋及八股文等多用在起首两句,后遂比喻事情的开端或第一次。这里指一开始。

奴家李师师是也。谁人在客堂中？上前看去。（相见介）呀,元来是周官人。甚风吹得到此？（生）小生心绪无聊,愿与贤卿一谈。想今日天气严寒,官家不出,故尔造访。（旦）既如此,小妹暖酒,与官人敌寒清话。丫鬟取酒过来。（丑扮丫鬟持酒上）有酒。（旦送介）

【桂枝香】高贤来至,撩人清思。俺这家门户呵,假饶终日喧阗,只算做黄昏独自。论知心有几？论知心有几？多情相视,甘当陪侍。（合）意孜孜,最是疼人处,吹灯带笑时。（生）

【前腔】迂疏寒士,馋穷酸子。谢娘行眼底种情,早赏识胸中奇字。论知音有几？论知音有几？这般怜才谁似？办取志诚无二。（合前）

（小生扮宋道君,道服带二内侍上）

【赚】美玉于斯,微服潜行有所之。风流事,谁言王者必无私？（内侍唱）驾到！（生旦慌介）（旦）忙趋俟。（生）书生俏胆无双翅,（躲床下介）且向床阴作伏雌。（小生）听宣示,从容只对无迁次。（旦拜介）妾当万死！妾当万死！

（小生）赐卿平身。（旦）愿官家万岁。（小生）爱卿坐了讲话。（旦谢恩介）圣驾光临,龙体劳顿,臣妾敢奉卮酒上寿。（内作乐,旦送酒介）（小生）朕有新物,可以下酒。（袖出橙介）（旦）芳香酷烈,此地所未有也。（小生）此江南初进到,与卿同之。（旦）容臣妾手破,以刀作虀,配盐下酒。（小生进酒介）

【棹角儿序】这新橙芳香正滋,驿传来江南初至。须不是一骑红尘,也烦着几多星使。试看他下并刀,蘸吴盐,胜金虀,同玉脍,手似凝脂。(吹笙合唱)寒威方肆,兽烟袅丝。笑欣欣调笙坐对,醉眼迷眵[1]。

(小生)酒兴已阑,朕将还宫矣。(旦)臣妾有一言,向官家敢道么?

(小生)恕卿无罪。(旦附耳,作低唱)

【前腔】问今宵谁行侍私?(小生笑介)不要管他。(旦)这些时犹烦唇齿。听严城鼓已三挝[2],六街[3]中少人行止。试看他露霜浓,骑马滑,倒不如,休回去,着甚嗟咨?(合前)

(小生)爱卿爱朕,言之有理。传与内侍,明早还宫。(搂旦肩介)

【尾声】留侬此处欢情恣。抵多少昭阳殿里梦回时。(合)怎知道行雨行云在别一司。(同下)

(生作床下出介)奇哉,奇哉。吓杀我也!侥幸杀我也!你看他剖橙而食,促膝而谈,欲去欲留,相调相谑。若有史官在傍,也该载入起居注了。小臣何缘,得以亲见亲闻。不免将一时光景,作一新词,以记其事。(词寄《少年游》)(念介)"并刀如水,吴盐胜雪,纤手破新橙。锦幄初温,兽烟不断,相对坐调笙。　　低声问:向谁行宿?城上已三更。马滑霜浓,不如休去,直是少人行。"词已写完,明日与师师看了,以博一笑。

【皂罗袍】偶到阳台左次,遇东皇雨露,正洒旁枝。新橙剖出傲霜姿,玉笙按就纤纤指。低声斯诨,含娇带嗤。不如休去,殷勤致辞。怕官

---
[1] 迷眵(chī吃)——吴方言,形容眼睛模糊不清。
[2] 三挝(zhuā抓)——敲过三次更鼓。挝,击打。
[3] 六街——泛指京城街道。

家不押个鸳鸯字？

> 未许流莺过院墙，天家于此赋《高唐》。
>
> 大鹏飞在梧桐上，自有傍人说短长。

第三折　讯　灯（外扮宋公明领从人上）　用江阳韵

【中吕引子】【粉蝶儿】四海无人，谁知俺满怀忠壮。这些时且自埋藏。借山东烟水寨，三关兴旺。问谁当？这横行一时无两。

一水洼中能出令，万山深处自鸣金。包身义胆奇男子，也自称名在绿林！我乃山东宋江，表字公明。现为梁山寨主，替天行道，人多称我为及时雨。目下天气严寒，不知山下有甚事体，且待众兄弟到来，试问则个。（众扮梁山泊好汉，净扮李逵，照常上场诗、通姓名，相见介）（外）众兄弟，山下有甚事来？（众）启哥哥得知，朱贵酒店里，拿得一班莱州府灯匠，往东京进灯的。未敢擅便，押在关前听令。（外）休得要惊吓他，押上堂来我问咱[1]。（众）得令。（杂扮灯匠挑灯上）朝为田舍郎，献灯忠义堂。寨主本无种，男儿当自强。（众）灯匠当面。（外）

【中吕过曲】【尾犯序】率土戴君王。岂是吾侪，不晓伦常？谄佞盈朝，致闾阎尽荒。灯匠，无非是繁华景物，才显出精工伎俩。争知道，

---

[1]　咱——语尾助词，无义，大致同"者"。

脂膏尽处,黄雀觑螳螂〔1〕。(杂叩头介)

【前腔换头】应当,灯铺乃官行。里甲排门〔2〕,痛比钱粮。今年官家大张灯火,庆赏元宵,着落本州解造五架好灯。这灯呵,妙手雕镂,号玲珑玉光。(外)我多取了你的,你待如何?(杂)惊惶。若还是山中尽取,难销破京师业帐。(作悲介)从何处,重寻儿女?更一度哭爹娘。

(外)听之可伤。我逗你耍来!若取了你的,恐怕你吃苦,不当稳便。只取你小的一架,值多少价钱?(杂)本钱二十两。大王跟前,不敢说价。(外)就与你二十两。其馀的你们自解官。(杂)多谢大王!双手劈开生死路,一身跳出是非门。(下)(外)众兄弟,据灯匠所言,京师十分好灯,我欲往看一遭。

【前腔换头】京华靡丽乡。少长山东,未得徜徉。改换规模,到天边日旁。(众)斟量。若还遇风波竞险,须难免干戈闹嚷。分明是,龙居浅地,索是要隄防。

(外)我日间只在客店里藏身,夜晚入城看灯,不足为虑。且听我分拨:我与柴进、戴宗、燕青一路,史进与穆弘一路,鲁智深与武松一路,朱仝与刘唐一路。只此四路人,暗地相随,缓急策应。其馀兄弟,尽数在家守寨。(净李逵云)说东京好灯,我也要去走一遭。(外)你如何去得?(净)我如何去不得?(外)你生性不善,面庞丑恶。(净)几曾见我那里吓杀了别人家大的小的?若不带我去,我独自一个先赶

---

〔1〕 黄雀觑螳螂——用成语"螳螂捕蝉,黄雀在后"之意,原喻只见眼前利益而不虑后患,此处指强者总想吞噬弱者。

〔2〕 排门——挨家挨户。

到东京,杀他一场,大家看不安稳。(外)既然要去,只打扮做伴当,跟随着我,不许惹事便了。

【前腔】王都本上邦。须胜似军州,马壮人强。此去私游,要行踪敛藏。(众)须仗,一队队分行布摆,一步步回头顾望。从今日,长安梦里,搅起是非场。

(外)明日黄道吉日,就此起行。(众)得令!

且解征袍脱茜巾,洛阳如锦旧知闻。

相逢何用通名姓,世上于今半是君。(众调阵下)

第四折　词　忏（旦扮李师师上）　用庚青韵

【南吕过曲】【一江风】是生来落得排场胜,那个曾红定?但相逢便有姻缘,暮雨朝云,暂主巫山令。嫦娥不恁撑,君王取次行。是风流占尽无馀剩。

妾身李师师。前日正与周美成饮笑,恰遇官家到来,仓忙避在床下。后来官家语言动止,尽为美成所见。美成填作一词,眼前说话,尽作词中佳料。似此才人,真堪爱敬。今日无事在此,且把此词展玩一遍则个。(小生道服扮道君上)

【前腔】离宫闲喜踏闲花径,种下风流性。但相从可意冤家,别样温柔,反似多溪幸。知他是怎生?拚倾若个城。任朝端絮不了穷三圣[1]。

---

[1] 絮不了穷三圣——意谓朝中众儒臣说起话来总是没完没了。絮不了,唠叨不止。三圣,原指儒家尊奉的禹、周公和孔子。穷三圣,这里指穷儒。

已到师师家了。师师那里?(旦迎驾介)臣妾候迎圣驾。愿官家万岁!(小生)赐卿平身。爱卿,朕因元宵将近,暂息万机。乘此清闲,访卿夜话。(旦)臣妾洁除几席,专候驾临。(小生看案上介)爱卿在此看些甚么?(见词介)元来是一首词。(念前词介)此乃前日与卿晚夕的光景,何人櫽括入词?(旦)不敢隐瞒,实出周邦彦之笔。(小生)周邦彦为何知得这等亲切?似目见耳闻的一般。(旦)臣妾万死!前日偶与周邦彦在此闲话,适遇驾到,邦彦无处躲避,窜伏床下。故彼时官家与臣妾举动言语,悉被窥见,作此词以纪其事。(小生怒介)轻薄如此,可恨!可恨!

【锁寒窗】是何方劣相酸丁[1],混入花丛举止轻。看论黄数黑,画影描形;机关逗处,唇枪斯逞。怎当他风狂行径!(合)思量直恁不相应,便早遣离神京。

(旦跪介)邦彦之罪,皆臣妾之罪也。望天恩宽宥!(起介)

【前腔】念他们白面书生,得见天颜喜倍增。任一时风欠[2],写就新声;知他那是,违条干令?总歌讴太平时境。(合)思量有恁不相应,便早遣离神京。

(小生)这个断难饶他。明日分付开封府,逐他出城便了。

(旦)一曲新词话不投,(小生)明朝谪遣向边州。

(合)是非只为多开口,烦恼皆因强出头。

---

[1] 酸丁——对贫寒迂腐的读书人的嘲讽性蔑称。
[2] 风欠——即空观本《西厢记注》谓:"风欠,方言,兼风流、风狂二义。"常与"酸丁"合用,作"风欠酸丁",则意义更明。

第五折　闯　禁（末儒巾扮柴进,贴小帽扮燕青,同上）

用齐微韵

(末)金吾[1]不禁夜,玉漏莫相催。则俺是梁山泊上第十位头领小旋风柴进。这个兄弟,是第三十六位头领浪子燕青。随俺哥哥宋公明下山,到东京看灯。哥哥在城外住下,俺和这个兄弟先进城来探听光景,做一番细作[2]。早已入城来了也。

【北正宫】【端正好】却离了水云乡,早来到繁华地。路傍人不索猜疑,满朝中不及俺那山间位,衠[3]一味怀忠义。

(贴)哥哥,来到东华门外。你看,街上的人好不多也!(末)

【滚绣球】景色奇,士女齐。满街衢游人如蚁,大多来肉眼愚眉。(手指介)兄弟,你看那戴翠花,着锦衣,一班儿纷纷济济,走将来别是容仪。多管是堂中珠履三千客,须不似山上兜鍪[4]八面威。煞有跷蹊。

兄弟,俺到酒坊中坐下,你去看那锦衣花帽的,与我赚将一个来者。(贴)理会得。(丑扮王班直上)花有重开日,人无再少年。俺乃穿宫班直老王的便是。方才宫中承应出来,且到街上走一走。(贴迎揖

---
[1] 金吾——原为鸟名,主辟不祥。后天子出行,画此鸟之象为先导,"执金吾"便成了官名。宋袭唐制,置左右"金吾卫",作为皇家卫队。这里即指禁卫人员。
[2] 细作——探听情况的间谍。
[3] 衠(zhūn谆)——真、纯。
[4] 兜鍪(móu谋)——古代战时所戴的头盔,用以保护头部、防御兵刃的。这里代称士兵。

介）观察，小人声喏。（丑作不认介）你是何人？咱不认得。（贴）小人的东人和观察是旧交，特使小人来相请。观察莫不姓张？（丑）俺自姓王。（贴）小人贪慌失错了。正是叫小人请王观察。（丑）你主人是谁？（贴）观察同小人去，见面就晓得。（丑）而今在那里？（贴）在这阁儿里。（走到介，对末云）请到王观察来了。（末迎介）

【倘秀才】见说着良朋遇值，（揖介）忙举手当前拜礼。（丑还礼介）在下眼拙，失忘了足下，愿求大名。（末笑介）俺是恁二十年前一旧知，这些时离别久，往来稀，今朝瞯会。

（丑想介）其实一时想不起。（末）小弟且不说，等兄长再想。想不出时，只是罚酒。（杂送酒肴上，末送酒介）

【滚绣球】俺这里殷勤待举觞，尊兄且莫推。谁教你贵人忘记，辞不得罚盏淋漓。（丑）在下吃不得急酒，醉了须误了点名。（末）正要问兄长，头上为何戴这朵翠花？（丑）官家庆赏元宵。我们左右内外，共有二十四班。每班二百四十人，通共五千七百六十人。每人皆赐衣袄一领，翠叶金花一枝。上有小小金牌一个，凿着"与民同乐"四字。因此每日在这里点视，如有宫花锦袄，便能勾入内里〔1〕去。（末）小弟却不省得。元来是打扮乔，入内直。便饮一醉不妨。总无过随行逐队，料非关违误了军机。小的每，镟〔2〕一杯热酒来，奉敬兄长者。（贴取酒下药介）（末奉酒介）兄长饮此一杯，小弟敢告姓名。（丑）在下实想不起，愿求大名。（末灌酒介，丑饮介）（末）你早忘眼底人千里，且尽尊前酒一杯。则交

---

〔1〕 内里——指皇宫里。
〔2〕 镟——一种温酒的器具。此处作动词，意即"烫"。

我含笑微微。

(丑作醉倒介)(末)早已麻倒了也。且脱他锦衣花帽下来,待俺穿戴了,充做入直的,到内里看一遭去。(换衣帽介)兄弟,你扶他去床上睡着。酒保来问时,只说这观察醉了,那官人出去未回,好生支吾者。(贴)不必分付,自有道理。(扶丑下)(末)俺如此服色进内去,料没挡拦也呵。(行介)

【倘秀才】本是个水浒中魔君下世,权做了皇城内当筵傀儡。抵多少壮士还家尽锦衣。从此去,到宫闱,没些儿回避。

呀! 你看禁门上并无阻碍,一直到了紫宸殿。殿门上多有金锁锁着,进去不得。且转过凝晖殿,殿旁有路,转将入去。元来又是一个偏殿,牌上金书"睿思殿"三字。侧首一扇朱红槅子[1],且喜开着,不免闪将入去。

【滚绣球】幸逢着殿宇开,闯入个锦绣堆。耀人睛帘垂翡翠,看不迭案满珠玑。则见架上签,尽典籍,奚超[2]墨龙文象笔,薛涛笺子石端溪。御屏上山河一统皆图画,比及俺水泊三关也在范围。这的是帝主宏规。

转过御屏后边,元来这是素面,却有几个大字在上,待我看者。(念介)山东宋江,淮西王庆,河北田虎,江南方腊。呀! 好不利害也!

【叨叨令】御屏上写得淋淋侵侵地,多是些绿林中一派参参差差讳。

---

[1] 槅(gé 隔)子——房屋的隔板。
[2] 奚超——五代时造墨名家,入南唐赐姓李。其父䎆,其子廷珪,制墨均有盛名。

列两行墨印分分明明配,俺哥哥早占了高高强强位。(拔刀介)俺待取下来也么哥[1],俺待取下来也么哥,(作挖下走介)急抽身且自慌慌忙忙退。

已把四字挖下,急走出殿门回去者。

【滚绣球】这事儿好骇惊,这事儿忒罕希!到那帝王家一同儿戏,俏一似出函关夜度鸣鸡[2]。(贴上接介)哥哥来了也,看得如何?(末)且禁声,莫笑嘻,干着的一桩机密,免教他姓字高题!(将字与贴看介)略施万丈深潭计,已在骊龙颔下归。落得便宜。

(贴)请问哥哥,这是甚么意思?(末)此处耳目较近,不便细说。到下处见了大哥,自知明白。且脱下衣帽咱。(换衣帽介)(贴)这人还未醒,把衣服交与店家罢。(叫介)酒保!(酒保上)官人有何分付?(末)俺和这王观察是兄弟,恰才他醉了,俺替他去内里点名了回来,他还未醒。俺却在城外住,恐怕误了城门。剩下的酒钱,多赏了你。他的服色号衣多在这里,你等他醒来,交付还他。俺们自去了。(酒保)官人但请放心,男女自会伏侍。(笑介)这样好主顾,剩钱多赏了我,明日再来下顾一下顾。若要号衣用时,我在戏房中借一付与你。(下)(末)

【尾声】俺入宫的,俏冥冥已将望帝[3]春心递;那醉酒的,黑魆魆兀

---

[1] 也么哥——语尾助词,无义。
[2] 函关夜度鸣鸡——用孟尝君夜度函谷关门客学鸡鸣故事。
[3] 望帝——古蜀帝杜宇。传说他隐于西山修道,后化为杜鹃,至春则啼;事见晋张华《禽经》。这里喻指宋徽宗。

自庄周晓梦[1]迷。却不道他是何人我是谁?借得宫花压帽低,天子门庭去复回,御墨鲜妍满袖携。少不得惊动官家心下疑,索尽宫中甚处追?空对屏儿三叹息。怎知俺小旋风爷爷亲身来看过了你?

(同下)(丑吊场上)一觉好睡也。酒保,方才请我的官人那里去了?(内应)他见你醉了,替你去点了名回来,你还未醒。恐怕误了城门,他出城去了。留下号衣在此,还你。(丑)好没来繇!又不知姓张姓李,说是我的故人,请我吃得酩酊,敢是拐我当酒吃的?酒保,他会钞[2]过不曾?(内)会钞过了。(丑)奇怪!酒钱又不欠,衣服又在此,他拐我甚么?我不是落得吃的了?看来我是个刷子[3],他也是个痴人。(诗云)"有人请吃酒,问着不开口。灌我醺醺醉,他自往外走。这样好主人,十番撞着九。"好造化!好造化!(笑下)

第六折　折　柳（生扮周美成上）　用先天韵

【双调引子】【捣练子】愁脉脉,意悬悬,夺去微官不值的钱。只恨元宵将近矣,嫦娥从此隔天边。

"桃溪不作从容住,秋藕绝来无续处。人如风后入江云,情似雨馀粘

---

[1] 庄周晓梦——用庄子梦见自己化为蝴蝶的故事,见《庄子·齐物论》。这里指睡得酣沉。
[2] 会钞——犹如说交钱、付款。
[3] 刷子——指傻瓜或胡闹的人。《墨娥小录》卷十四记"庄家学俏:花刷子"。又《南词叙录》:"勤儿,言其勤于悦色,不惮烦也。亦曰刷子,言其乱也。"

地絮。"下官周美成,只因今上微行妓馆,偶得窃窥,度一新词,致触圣怒。宣示蔡京丞相,着落开封府,要按发我课税不登。府尹说:"惟有此官,课额增羡。"蔡京道:"圣意如此。"只索迁就屈坐,劾上一本。随传圣旨:"周邦彦职事废弛,日下押出国门。"好不冤枉也!我想一官甚轻,不做也罢。只是元宵在即,良辰美景,万民同乐,独我一人不得与观。这也犹可,怎生撇得下心上李师师呵!他着人来说,要到十里长亭送我起程。敢待来也?(旦上)

【海棠春】何处是离筵,举步心如箭。

呀!美成已在此了。(相见介)(旦)官人,风波忽起,离别须臾,无限衷情,特来面语。(生)贤卿远至,足感深情。只是我事出无端,非意所料。这分别好难割舍呵!(旦)小妹聊具一杯,与君话别。(生)生受你。想小生呵!

【仙吕入双调过曲】【园林好】书生命随方受邅,书生态无人见怜。投至得娘行缱绻,徯幸煞并香肩,平白地降灾愆。(旦)

【前腔】遇君王承恩最偏,遇多才钟情更专。强消受皇躬垂眷,一谜里〔1〕慕英贤,怎知道事相牵?(生)想那日呵!

【江儿水】寒夜挑灯话,炉中火正燃。君王蓦地来游宴,躲避慌忙身还颤。眼睁睁馋口涎空咽,划地芳心思展。(合)一曲新词,倒做了《阳关》三转〔2〕。(旦)

---

〔1〕 一谜里——一味地,一股劲地。
〔2〕 《阳关》三转——唐代有《阳关曲》,又称《阳关三叠》,词本王维诗《送元二使安西》,是一首著名的送别曲。这里《阳关》即以此曲作为送别的代词。三转,即"三叠",曲子反复三遍。

【前腔】当日心中事,君前不敢言。谁知觑地龙颜变,判案些时无情面。笑啼两下恩成怨,教我如何过遣!(合前)(生)

【五供养】穷神活现,一个新橙,剖出冤缠。开封遵圣意,不论羡馀钱。官评坐贬,端只为床头铨选。一霎分离去,怎俄延?(合)何日归来,旧家庭院?(旦)

【前腔】君王不辨,扫煞风光,当甚传宣? 知心从避地,无计可回天。奴身命蹇,禁不住泪痕如线。愁看元宵月,两地自为圆。(合前)

  (旦)君家以词得名,以词得罪。今日之别,岂可无词?(生)小生试吟一首,以纪折柳[1]之情。(词寄《兰陵王》)(念介)"柳阴直,烟里丝丝弄碧。隋堤上,曾见几番,拂水飘绵送行色。登临望故国,谁惜京华倦客?长亭路,年去岁来,应折柔条过千尺。　　闲寻旧踪迹。又酒趁哀弦,灯照离席。梨花榆火催寒食。愁一箭风快,半篙波暖,回头迢递便数驿。望人在天北。　　凄恻,恨堆积。渐别浦萦回,津堠岑寂,斜阳冉冉春无极。念月榭携手,露桥吹笛。沉思前事,似梦里,泪暗滴。"

【玉交枝】题词一遍,谢承他举贤荐贤。而今再把词来显,真个是旧病难痊。鸳鸯拆开为短篇,长吟只怕还重谴。(合)拚今宵孤身自眠,又何妨重重写怨!(旦)

【前腔】心中生羡,看词章风流似前。虽经折挫留馀喘,尚兀自挥洒联翩。本是连枝并头铁石坚,倒做了伯劳东去西飞燕。(合前)

---
[1] 折柳——古有折柳送别的习俗,借指惜别。

（生）俺和你就此拜别。（拜介）（生）

【川拨棹】辞卿面，记平时相燕婉。再不能整宿停眠，再不能整宿停眠，立斯须三生有缘。（合）怎教人着去鞭？任从他足不前。（旦）

【前腔换头】诉不了离愁只自煎，揾不了啼妆只自湮。从此去度日如年，从此去度日如年，愿君家长途保全。（合前）（生）

【尾声】临行执手还相恋，归向君王一句言，道床下人儿今去的远。

　　一番清话又成空，满纸离愁曲未终。

　　情到不堪回首处，一齐分付与东风。

第七折　赐　环（贴扮燕青上）　　用齐微入声韵

【商调引子】【绕地游】来游上国，到处无人识，向章台寻消问息。

　　白云本是无心物，又被清风引出来。俺浪子燕青，前日随着柴大官人进城探路，被柴大官人计入禁苑，挖出御屏上四字。俺宋公明哥哥晓得官家时刻不忘，思量寻个关节，讨个招安。那角妓[1]李师师，与官家打得最熟。今欲到他家饮一巡儿酒，看取机会，着我先去送贽见之礼。来到此间，不免扯个谎哄他。里面有人么？（丑扮妈妈上）谈笑有鸿儒，往来无白丁。是那个？（贴拜介）是我。（丑）小哥高姓？（贴）老娘忘了？小人是张乙儿的子张闲便是。从小在外，今日方

---

〔1〕　角妓——姿容美丽、技艺出众的妓女。明徐渭云："宋人谓风流蕴藉为角，故有角妓之名。"

归,老娘怎不认得了?(丑想介)你不是太平桥下的小张闲么?(贴)正是。(丑)你那里去了?许多时不见。(贴)小人一向不在家,不得来看老娘。如今伏侍个山东梁客人,是燕南河北第一个有名的财主,来此间做买卖。一者就赏元宵,二者要求娘子一面。怎敢说在宅上出入?只求同席一饮,称心满意。先送一百两金子为进见之礼,与娘子打些头面[1]器皿。若得往来往来,还有罕物相送。(出礼物介)(丑看伸舌介)好赤金也!火块一般的。只一件,我女儿今日为送周监税,出城去了,却不在家。怎么是好?(贴)少不得回来的。小人便闲坐一坐,等个回音。(小生上)

【绕地游后】和风丽日,忆娇姿来相探觅。是光阴怎生闲得?

自家道君皇帝便是。前日睿思殿上,失去了"山东宋江"四字,想城中必有奸细,已分付盘诘去了。心下好生不快,且与师师闲话去。(内喝)驾到。(丑慌介)官家来了,怎么好?女儿不在,谁人接待?张小乙哥,便与我支应一番则个。(贴)我正要认一认官家,借此机会上前答应去。(叩头介)男女万死!叩头陛下,愿陛下万岁!(小生)师师怎么不见?(贴)师师城外去了。(小生)你是何人?(贴)男女是师师中表兄弟,一向出外,今日回来。(小生)抬起头来我看。(贴抬头介)(小生)怪道也一般俊秀的。你既是师师兄弟,必有技艺。(贴)男女吹弹歌舞,多晓得些。(小生)赐卿平身,唱曲奉酒。(贴送酒,随意唱时曲一只介)(小生)此时已是更馀,师师还未见到,可恼!可恼!(旦愁妆上)

---

[1] 头面——首饰。

【忆秦娥】愁如织,归来别泪还频滴。还频滴,翠帏春梦,江南行客。(见介)(贴暗下)(小生)更馀兀守方岑寂,何来俏脸添悲戚!添悲戚,向时淹润[1],这番狼藉。

(怒介)你看啼痕满面,憔悴不胜,适自何来?意态如此!(旦)臣妾万死!臣妾知周邦彦得罪,押出国门,略致一杯相别。不知得官家来此,接待不及,臣妾罪当万死!(小生冷笑介)痴妮子,只是与那酸子相厚!这酸子轻口薄舌,专会做词。今日你去送别曾有词否?从实奏来。(旦)有《兰陵王》调一词。(小生)你起来唱一遍看。(旦)容臣妾奉一杯,歌此词为官家寿。(小生)使得。(旦送酒介)

【商调过曲】【二郎神】柳阴直,在烟中丝丝弄碧。曾见隋堤凡几历,飘绵拂水,从来专送行色。无奈登临望故国,谁怜惜京华倦客?算长亭,年来岁去,柔条折过千尺。

【集贤宾】闲寻旧日踪与迹,趁哀弦灯照离席。榆火梨花知在即,一霎时催了寒食。风高箭急,待回首迢遥多驿。人在北,怎生不恨情堆积?

【琥珀猫儿坠】萦回别浦,津埭已岑寂。冉冉斜阳春景极。念相携素手露桥笛。凄恻,前事沉思,暗泪空滴。

(小生笑介)好词,好词。关情之处,令人泪落,真一时名手!怪不得他咬文嚼字。明日元宵佳节,正须好词。不免赦其罪犯,召他转来,

---

[1] 淹润——妩媚,丰润。

为大晟乐正[1],供应词章。传旨与两府施行去!(旦叩头介)如此多谢天恩。(小生笑介)连你也欢喜了。

【尾声】道一声赦也欢交集,词去词来还则是词上力。(旦)可正是成败萧何[2]一笑值。

(旦)新词动听不争多,成也萧何败也何。

(小生)遇饮酒时须饮酒,得高歌处且高歌。(下)

(旦吊场)(丑引贴见旦介)小乙哥过来见了姐姐。(旦)我正要问这是那一个?(丑)儿,这是太平桥张小乙哥。他引了一个大财主,是山东梁员外,送了一百两金子为见礼,要与你吃一杯儿酒。因你未回,留他在此。恰遇圣驾到来,无人接待,亏得他认做了你的中表兄弟,支持答应,俄延这一会,等得你回来。也是个道地人儿。(贴)小人有幸,得瞻天表,且候着了娘子。小人回去,回覆员外,还着他几时来?(旦)明日是元宵,驾幸上清宫,必然不来。却请员外过来少叙便是。(贴)小人理会得。正是:

嫦娥曾有约,(丑、旦)明夜早些来。(同下)

第八折　狎　游（外宋江上）　　用萧豪韵

【双调引子】【梅花引】留连客舍已元宵,谁能识恁根苗?(末柴进上)

---

[1] 大晟乐正——宋徽宗崇宁年间设置大晟府,为最高音乐机构,聚拢一大批词人,创制新词,以周邦彦为提举官。乐正,周时乐官之长,这里是以古称代指提举官。
[2] 成败萧何——汉初名臣萧何先荐韩信为大将,后又助吕后设计杀死韩信,宋时已有俚语"成也萧何,败也萧何"。这里借以讽宋徽宗对周邦彦的反复无常。

凭是宫庭,鱼服曾行到。(合)宿卫重重成底事?待看尽莺花春色饶。

(外)不入虎穴,焉得虎子?差之一时,失之千里。俺宋江不到东京看灯,怎晓得御屏上写下名字?亏得俺柴进兄弟取了出来。这两日闻得城门上提防甚紧,却是人山人海,谁识得破?俺一来要进去观灯,二来要与当今打得热的李师师往来一番,觑个机会。昨日燕青兄弟已到他家,约定了今日,又兼得见了官家回来。俺想,若得我宋江遇见,可不将胸中之事表白一遍?讨得个招安,也不见得。(末)哥哥,招安也不是这样容易讨的。借这机会通些消息,或者有用,也未可知。目今且落得去游耍一番。(贴燕青上)欲赴天边约,须教月下来。哥哥,此时正好进城了。(外)我与柴大官人做伴,同去走遭。戴宗、李逵两个兄弟,扮做伴当,远远跟着便了。(同行介)

【仙吕入双调过曲】【六么令】官街乱嘈,趁着人多,早过城壕。无人认识大英豪,齐胡混,醉酕醄。镇闻满市皆喧笑,镇闻满市皆喧笑。

(贴)从此小街进去,便是李家瓦子[1]了。(众行介)

【前腔】笙歌院落,煞是撩人,一曲魂消。君王外宅贮多娇,灯光映,月轮高。画栏十二珠帘悄,画栏十二珠帘悄。(旦同鸨女童上)

【前腔】游人似潮,昨日相期,佳客游邀。此时月色上花梢。(贴)近前去,把门敲。(旦出见,迎外、末介)(外、末)慕名特地来相造,慕名特地来相造。

---

[1] 瓦子——也叫"瓦舍"、"瓦肆",宋代大城市娱乐场所集中的地方,妓院也在其内。南宋耐得翁《都城纪胜》:"瓦者,野合易散之意也。"这里"李家瓦子",指李师师住所。

(相见礼介)(贴向旦指外介)这位就是员外。(旦)昨日张闲多谈大雅,又蒙厚赐。今辱左顾,绮阁生光。(外)山僻之客,孤陋寡闻,得睹花容,生平愿足。(旦)这位官人,是员外何人?(外)是表弟华巡简。(旦)多是贵客。夙世有缘,得遇二君。草草杯盘,以奉长者。(外)在下山乡,未曾见此富贵。花魁娘子,名播寰宇。求见一面,如登天之难,何况促膝笑谈,亲赐杯酒!(旦)员外奖誉太过,何敢当此?丫鬟将酒过来。

【二犯江儿水】【五马江儿水】逢霁色皇都春早,融和雪正消。看争驰玉勒,竞睹金鳌,赛蓬莱结就的岛。迤逦御香飘,群仙不待邀。楼接层霄,铁锁星桥,大家来看一个饱。【朝元歌】幸遇着风流俊髦,厮觑了轩昂仪表。【一机锦】不枉了,两相辉灯月交。

(外)多蒙厚款!美酒嘉肴,清歌妙舞,鄙人遇此,如在天上。不胜酒狂,意欲乱道一词,尽诉胸中郁结,呈上花魁尊听。(末)哥哥,花魁美情,正当请教。(外)待不才先诉心事呵!

【前腔】问何处堪容狂啸?天南地北遥。借山东烟水,暂买春宵,凤城〔1〕中春正好。薄幸怎生消?神仙体态娇。(起介)想汀蓼洲蒿,皓月空高,雁行飞,三匝绕。(做裸袖揎拳势介)谁识我忠肝共包?只等待金鸡消耗〔2〕。(拍桌介)愁万种,醉乡中两鬓萧。

(末)表兄从来酒后如此,娘子勿笑。(旦)酒以合欢,何拘于礼?只

----
〔1〕凤城——都城的别称。
〔2〕金鸡消耗——指赦书。《唐书·百官志》:"初赦日,树金鸡于仗南,竿长七尺,有鸡高四尺,黄金饰首。"

是员外言语含糊,有许多不明处。(外)借纸笔来,写出请教。(旦)取笔砚过来,向员外告珠玉。(外写介)(词寄《念奴娇》)(念介)"天南地北,问乾坤何处,可容狂客?借得山东烟水寨,来买凤城春色。翠袖围香,绛绡笼雪,一笑千金值。神仙体态,薄幸如何消得!

想芦叶滩头,蓼花汀畔,皓月空凝碧。六六雁行连八九,只等金鸡消息。义胆包天,忠肝盖地,四海无人识。离愁万种,醉乡一夜头白。"(旦)细观此词,员外是何等之人?心中有甚不平之事?奴家文义浅薄,解不出来,求员外明言。(外欲语介)(内叫)圣驾到后门了!(旦慌介)不能相陪,望乞恕罪。(急下)(外对末、贴介)我正要诉出心事,却又去接驾了。我们且未可去,躲在暗处瞧一回。(末、贴)大哥有些酒意了,小心些则个。(外)晓得。

始信桃源有路通,这回陡遇主人翁。

今宵剩把银釭照,犹恐相逢是梦中。(各虚下)

第九折　闹　灯 (净扮李逵,大帽青衣,内抹额束腰。杂扮戴宗随上)　用东钟韵

(净)浩气冲天冠斗牛,英雄事业未曾酬。手提三尺龙泉剑,不斩奸邪誓不休!俺黑旋风李逵便是。俺大哥好没来繇,看灯,看灯,竟与柴大官人、燕小乙哥走入衖衕人家吃酒去了。却教我与戴院长扮做伴当,跟随在门外坐守。这可是俺耐烦的?不要恼起俺杀人放火的性子来,把这家子来杀个罄尽!(做势介)(戴)哥哥怎生对你说来?

（净）只怕大哥又说我生事，俺且权忍片时也呵。

【北双调】【新水令】看长安灯火照天红，似俺这老苍头也大家来胡哄。恕面生也花世界，少拜识也锦胡同。偌大英雄，偌大英雄，替他每守门阑，太知重！（虚下）（小生、旦上）

【南仙吕入双调过曲】【步步娇】三五良宵冰轮涌，帝辇宸游动。（旦）今日该驾幸上清宫。欢情那处浓？（小生）朕今日幸上清宫方回，教太子在宣德殿赐万民御酒，御弟在千步廊买市。约下杨太尉同到卿家，久等不至，只得自来。（旦）不道馀恩，又得陪从。（小生）今日佳辰，宜有佳词。传旨宣周邦彦。（旦）斟酒泛金钟，这些时值得佳词供。（生上）

小臣周邦彦，闻得陛下在此，特来献元宵新词。（小生）念与朕听。（生念介）（词寄《解语花》）"风销焰蜡，露浥烘炉，花市光相射。桂华流瓦，纤云散、耿耿素蛾欲下。衣裳澹雅，看楚女、纤腰一把。箫鼓喧、人影参差，满路飘香麝。　　因念帝城放夜。望千门如画，嬉笑游冶。钿车罗帕，相逢处，自有暗尘随马。年光是也，惟只见、旧情衰谢。清漏移、飞盖归来，从舞休歌罢。"（小生）好词！好词！得景得情。良辰美景，才子佳人，俱在朕前，可喜！可喜！周邦彦升为大晟乐府待制，赐与御酒三杯。（生饮酒谢恩介）（同唱）斟酒泛金钟，这些时值得佳词供。（同下）（净上，戴随上）（净）

【北折桂令】渐更阑古寺声钟。等的人心热肠鸣，坐的来背曲腰躬。须知俺兄弟排连，尽多是江湖志量，怎走入花月樊笼？一壁厢主人情重，那堪俺坐客心慵。折倒威风，做哑妆聋。这的是黑爹爹性格温柔，今日里学得个举止从容。（下）（外、末、贴上）

【南江儿水】万里君门远,乘舆蓦地逢,天颜有喜亲承奉。(外)何不急趁樽前无拦纵,把一生忠义多相控?(末)(贴)这个使不得!便亲写下招安何用?打破沙锅,少不得受那奸邪搬弄。(下)(净、戴上)(净)

【北雁儿落带得胜令】俺则待向章台猛去冲,(戴)这里头没你的勾当。(净)莽儿郎认不得鸾和凤。俺则待踏长街独自游,(戴)我不与你去,你须失了队。(净)急忙里认不出桃源洞。因此上权做个不惺憽,酩子里[1]且包笼。困腾腾眼底生春梦,实丕丕心头拽闷弓。难容!无明火浑身迸。宋公明也!尊兄,这桩儿也算不公。

(坐场上介)(丑扮杨太尉上)

【南侥侥令】君王曾有约,游戏晚来同。(作走进门,戴走避,净坐不理介)(丑)是何处儿郎真懵懂?见我贵人来不敛踪!

(问净介)你是那里的狗弟子孩儿?见了俺杨太尉,站也不站起来。

从人拿住者!(净大喊,脱衣帽,露内戎装介)

【北收江南】呀!要知咱名姓呵,须教认得黑旋风!(将丑打倒介)一拳儿打个倒栽葱。(丑跌介)(戴劝介)使不得!使不得!(净)方才泄俺气填胸。(放火介)不是俺性凶,不是俺性凶,只教你今朝风月两无功。

(净大喊介)梁山泊好汉全伙方在此!(外、末、贴急上)

---

[1] 酩子里——也作"冥子里",宋张耒《明道杂志》:"冥子里,俗谓昏也。"本义是昏暗,这里引申为昏昏沉沉、糊里糊涂。

【南园林好】听喧闹鱼游釜中,急奔脱鸟飞出笼。浑一似山崩潮涌。你看官家也从地道走了!惊凤辇离花丛,回首处隔巫峰。

(内喊介)休教走了黑旋风!(外)燕小乙哥,黑厮性发了,只怕有失。你是他降手,快去接了他出城。(净舞介)

【北沽美酒带太平令】谁人来犯俺锋?谁人来犯俺锋?(贴扑净跌介)(净看贴起笑介)元来是旧降手又相逢。(贴)不要生事,随哥哥去罢!(净随众走介)恁道是保护哥哥第一功。顿金锁,走蛟龙,须知是做郎君要担怕恐。(扮高俅追败下)(五虎将上接介)(净同众唱)看明晃晃旌旗簇拥,雄纠纠貔虎相从。宋公明翠乡一梦,杨太尉伤司告讼。俺呵,一班儿弟兄逞雄,脱离着祸丛。呀!这的是闹东京一场传诵。

【北清江引】宋三郎岂是柔情种?只要把机关送。惹起黑天蓬,好事成虚哄,则落得闹元宵一会儿哄。

周美成盖世逞词豪,宋公明一曲《念奴娇》。

李师师两事传佳话,合编成妆点《闹元宵》。